生命的梯度

刘小亮　著

民主与建设出版社

·北京·

图书在版编目（CIP）数据

生命的梯度 / 刘小亮著. -- 北京：民主与建设出版社，2024.1

ISBN 978-7-5139-4492-2

Ⅰ．①生… Ⅱ．①刘… Ⅲ．①散文集－中国－当代 Ⅳ．①I267

中国国家版本馆CIP数据核字（2024）第007637号

生命的梯度
SHENGMING DE TIDU

著　　者	刘小亮
责任编辑	郝　平
封面设计	青年作家网
出版发行	民主与建设出版社有限责任公司
电　　话	（010）59417747　59419778
社　　址	北京市海淀区西三环中路10号望海楼E座7层
邮　　编	100142
印　　刷	三河市双升印务有限公司
版　　次	2024年1月第1版
印　　次	2024年1月第1次印刷
开　　本	710毫米×1000毫米　1/16
印　　张	21.5
字　　数	278千字
书　　号	ISBN 978-7-5139-4492-2
定　　价	78.00元

注：如有印、装质量问题，请与出版社联系。

序一

往事犹可追

何　况

　　部队出作家，这是社会共识。远的不说，当代作家中穿过军装的，仅我所知，便能随手列出一长串名单，如徐怀中、李存葆、袁厚春、何建明、高洪波、莫言、阎连科、朱苏进、周涛、海波、钱钢、王朔、刘恒、刘震云、周大新、朱向前、徐贵祥、麦家、柳建伟、朱秀海、王树增、徐剑、裘山山、严歌苓、张正隆、李鸣生、二月河、石钟山、毕淑敏，等等。

　　部队为什么盛产作家？细究起来，个中原因千万条，我认为，领导重视是一条，生活孤寂是一条，年轻人血气方刚是一条，军人吃苦耐劳是一条，部队文学青年多、业余作者群体庞大是一条。但成名成家的终究是少数，更多的还是像本书作者刘小亮这般默默耕耘、不问收获。以刘小亮服役的单位为例，它是曾编有五六千人的部队，文化生活丰富多彩，曾被中央电视台、解放军报等媒体多次报道，但迄今稍有文名者，不外乎吴尔芬、沙封、王坚、刘小亮和我等屈指可数的几个人。如果给部队的业余文学创作打个不恰当的比喻，倒真是用得着唐代诗人曹松的句子："凭君莫话封侯事，一将功成万骨枯。"

　　有道是"不想当将军的士兵不是好士兵"，刘小亮刚到部队的时候，踌躇满志要下基层连队带兵，结果却被慧眼识才的领导留在机关"搞文字"。文字是有魔力的，《淮南子·本经训》形容仓颉在凤凰衔书台造字："仓颉作书，而天雨粟，鬼夜哭。"刘小亮与文字缠绵几十年，笔耕不辍，聚沙成塔，终有所成。

　　这本《生命的梯度》，是刘小亮近五年所作散文的结集。全书分为"军旅如虹映初心""乡愁悠悠寄远方""古渡探幽水自流""一路风景人间客"四辑。他"忆军营、抒乡愁、寻芳踪、踏名胜",让读他书的我们起而望月,听闻军旅的号角,感受乡愁的绵长,咀嚼游历的滋味,乐享亲情的萦绕。

作为同一个部队的战友,我读这本书,最关注他写军旅生涯的第一辑。书中提到的许多人、事、单位,都是我熟悉的,有些事甚至是我直接参与的。比如文中说他曾在"鼓浪屿好八连"工作过两年,收获很大,而我为了宣传"鼓浪屿好八连",参与过《鼓浪世界》《鼓浪屿好八连故事选》两本书的写作。我后来报考解放军艺术学院文学系,《鼓浪世界》为我加分。他又有一文说参加"青屿进岛四十周年" 纪念大会云云,他有所不知,会上介绍四连事迹的万字长文就出自我的笔下,当时的部队老领导还当面夸我"最熟悉青屿四连的情况"。读书共情如此,快何如哉,快何如哉!

刘小亮的文章,无论是写军旅、抒乡愁,还是记游历、叙亲情,最大的特点是平实真切,用细节说话,有烟火气,极少凌空蹈虚的议论。因为接地气、不虚浮,刘小亮的一些文章在战友群里被广泛传播,有相当的影响力。我就是在战友群里读到他的《"英雄三岛"上的部队》的,文中说,有位战友身患白血病,在福州协和医院救治,骨髓移植需要超百万元的巨额费用。战友有难的信息迅速发散,牵动着众多战友的心,"英雄三岛"各个战友微信群纷纷自行发起捐款活动,短短几天时间, 仅转业在厦门的战友捐款就超过 26 万元。这不是个小数目,战友之情跃然纸上。据说不少战友读了刘小亮的这篇正能量文章,被战友之情感动,纷纷慷慨解囊。

白居易《与元九书》说:"文章合为时而著,歌诗合为事而作。"为时为事而作,不为文而作,刘小亮在这方面躬行实践,收获颇丰。现在他激情依旧,勤奋依旧,相信他能写出更多更好的文章。

是为序。

作者简介:何光喜,笔名何况,江西婺源人,毕业于解放军艺术学院文学系,中国作家协会会员、厦门市文艺评论家协会主席、第十次全国作代会代表。出版各类著作近二十种，作品曾获鲁迅文学奖、中国图书奖、解放军文艺奖、福建省优秀文学作品奖、厦门文学艺术奖等。

序二

记忆建构下的共情场域

——《生命的梯度》的符号意象

李水兰

江西省作协主席李晓君在谈及散文的写作内容时说："以忘记世界的方式来识记世界。" 他的意思是说，过去成为作家绕不过去的必写内容，但现实中的过去与作家笔下的过去是有区别的，它是经过作家记忆重构的更符合主观真实的过去。他的观点概括了散文内容书写过去的普遍性和规律性。

刘小亮的散文集《生命的梯度》就是借助记忆还原个体生命中部队军人、他乡游子等重要角色和成长的节点，结合社会变迁和时代更替带来的集体和个体的冲击与补叙，借助"过去观照当下"的美学表达方式与读者的现实生活遥相呼应，重构了过去和现在交织的共情场域。这种以时代景观与微观个体相映衬，于人间烟火中见证社会变迁的创作思路，可以唤醒读者的集体记忆和时代情绪，在温暖细腻的情感共鸣中体悟岁月激荡，在心灵深处完成共情场域的编织。

一、特性化与群像化的人物符号

塑造人物是小说的关键内容，但不是小说的专利。随着新散文的发展，很多作家采用互文的创作方法来写散文，即利用小说、诗歌、戏剧和影视等方法来写散文，取得了很好的效果。

人物是散文创作的主要内容之一，对人物形象的刻画和设定可以传达出散文的审美旨趣和价值内涵。《生命的梯度》以特性化的人物描绘与群像化的形象演绎在丰富人物符号多元特征的同时，也营造了共通的情感空间。

一方面，通过特性化的人物演绎勾勒出平凡人的生活。"在整个叙事过程中，不需要将个体人物的成长、个体的成熟等作为叙事重点，而是有选择性地进行人物形象塑造。"《生命的梯度》重点刻画了作者本人18年职业军人的"阳刚符号"、28年他乡游子的"温情符号"、10年转业地方的"公仆符号"。与此同时，作者并没有给予人物完美形象的桎梏，而是追叙人物经历的各种变故和时代洪流的冲击，经过艰苦奋斗逐渐成长与成熟。没有任何光环的加持，以一位平凡军人的角度入手，以贴近老百姓的日常生活和话语习惯，将读者带到过去厦门园山下、对高山、大嶝、小嶝，南昌陆军学院，作者的故乡和现在的工作地，让读者，尤其是具有类似经历的读者产生时空共鸣。

另一方面，通过对群体人物的描绘与刻画，抓住每一个人的闪光点，使其丰满和立体地立于文本中，促成大众化的情感认同。1994年，莲花县110名青年经历残酷的竞争，才实现应征入伍的理想，是群体人物。而群体中的"我"，更是受到严苛的限制。但作者毅然决然辞去稳定工作，选择了一条奋斗之路。

60名莲花籍厦门兵中，和作者分在一起的谢清华、艾华林，分在厦门小嶝六连"大难不死"的颜志清、颜小勇，南昌陆军学院的教员、同学、校友、云顶岩下的机关兵、对高山下的连队等，是作者作为部队军人阳刚符号铸就的见证者和参与者，丰满了作者的军人形象。同时，他们与作者一起构筑了阳刚的军人群体形象。

第二辑"乡愁悠悠寄远方"。通过塑造人物群像的形式来折射社会形态是成功叙事的不二法宝。凭借微观视角来写人物，读者可以切身体会时代背景和氛围。如《装进包裹里的母爱》《深秋叶落愁满池》《母子连心心咫尺》《家有慈母心底安》中的母亲形象，代表了老一辈农村"身世凄凉、勤劳节俭、隐忍坚强、善良硬气、慈爱真挚"的群体母亲形象。《我的父亲》《家书》中，大男子主义式的、公而忘私的、硬汉柔情式的父亲形象，《怀念伯父》中的家族情怀和老一辈的领导形象，《叔叔留下半页纸的简历》中的农民父辈形象……这些合在一起，其实就代表了一心为公、清白做人、自立自强的传承家国情怀的老一辈中国式父亲的形象。《怀念伯父》中长兄如父的人物形象，散见于第二辑中的大哥二哥管教作者完成作业的场景，以及三哥一边读书一边种菜、做家务照顾作者的场景，代表了 20 世纪七八十年代本土哥哥们的群体形象。父辈、哥哥们以及母亲对作者的爱，组成了作者作为他乡游子与之血脉相连的温情符号。

这种微观化的视角将人物塑造得平凡而又珍贵，勾画出一幅幅错落有致的军人、战友、亲情群像图，在一定的时空背景下与读者达成精神汇聚和深度共情。

二、时代感与细节化的物象符号

物象本身是视觉呈现和文章旨趣相融合的存在。读者根据个体的生活经验对物象符号衍生出个体的意义理解空间，产生多维度多层次解读，"通过对这类具有共有认知的物象符号的使用，可以在相同或相似认知基础上缩小知识鸿沟带来的理解偏差，以一种共通共情的记忆，寻唤受众沉睡心底的情感共鸣"。

一方面，《生命的梯度》作为叙事类散文集，借助调研报告式的考察方式，叙述了极具时代感特征的物象，尽可能地还原时代现场，帮助读者打通过去和现在之间的理解空间，形成一条理解隧道。

另一方面，细节化的表达方式给物象符号带来了深层次解读。譬如"簸箕晒谷，教崽读书"（《庙背，留住我乡愁的地方》），"年过八十的伯父，带领全家齐心协力重修共建庙背老屋"（《怀念伯父》），这些物象的细节刻画，将全家凝心聚力、和睦相处、传承祖业、树立家风家训的深层含义贯穿其中。

《生命的梯度》第三辑中，有消失不见的弹丸之地莲河古渡口，再也找寻不到踪迹的澳头古渡口，隐匿尘世的大嶝渡口，曾经号称"小香港"

的塘厝港渡口，被人遗忘的曾厝垵渡口，嵩屿古渡口，董水渡口；有待考证的历史人物故居、民风彪悍即将消失的琼头渔村，支离破碎的五通古渡口，以人的名字命名的林銮古渡口。作者通过查找资料，寻访相关物象之间的关联，追忆古渡口曾经的苦难和辉煌，探知被掩埋的尘封往事，刻画小人物、大事件背后的时代脉搏，尽可能地调动人们的情感记忆。

《生命的梯度》第四辑中，作者描绘了昔日名建筑的宏伟与壮丽、精雕与细琢，以及周围园林布局的精致与秀美，考证了这些古建筑的建筑缘由、时间、过程和使用情况。通过采访古建筑主人的后人，挖掘华侨们的爱国义举，体味海外华侨的生存艰辛与无奈悲凉，理解他们回家乡与不回家乡的两难选择。

时代感的物象唤醒时代记忆。这些极富时代感的古渡口和古厝宅，唤醒了读者尘封已久的集体记忆，做好了共情空间的搭建。

三、真实感与对比化的场景符号

场景叙事本是影视作品的一种创作思路和艺术风格。刘小亮注重写实的写作思路引导读者走进那时那地，感受人、事、物的起伏与变化。《生命的梯度》所描写的场景使得地域景观得以具体化。

描写宏观场景可以强化叙事的真实性。铺陈场景不仅可以渲染气氛，交代书写的空间，也可以提升所写人、事、物的真实性，《生命的梯度》的真实感得益于此。作者就像一位摄影师，一边拍摄一边舒展拍摄的图景。同时，他又像一位导游，讲解此景此地发生的故事。场景是当下的新景，感触颇深的却是旧事。通过场景的变换，触景生情，记忆的闸门顺势打开。行文节奏也如军人的正步走，铿锵有力。过去与现在交替出现，不断转换交织成一个整体，很巧妙地被拆解为一个个军旅故事，使得时代褶皱被鲜活真实地投射到场景中。

在宏观场景中，作者穿插了一些小场景。这些小场景作为宏观场景的必要补充，在大场景中诗意般地呈现，有助于读者共情的构建，增加了那时那地那景的真实性。

第二辑"乡愁悠悠寄远方"，作者以他乡游子的身份和角度来描写家乡，不仅真实，而且珍贵。家乡的风景、习俗、建设、一草一木在作者笔下是那么生动形象，所到之处描绘得细致动情，热爱、喜悦、感动之情溢于言表。作者对家乡的变化和时代的变迁感觉灵敏，对家乡的发展由衷赞颂。

以平常心去品味过去、品味辉煌，是一种向根汲取力量、努力向上向前的现实渴望。正视现在、正视家乡，是一种感恩，是一种眷恋。过去与现在同时呈现，给人一种纪实与温暖并存的画面。

场景的对比蕴含地域和发展的差异，个别场景也饱含作者的反思和忧虑。《生命的梯度》最鲜明的是军营、家乡、古渡口、古厝宅的过去与现在的对比，对那些淹没在时代洪流中的军营、古渡口和古厝宅，作者庄严地告别，追忆并记录其过往，敬畏并热爱，珍藏并重视。

作者简介：李水兰，江西莲花人，文学硕士，中国文艺评论家协会会员，江西省作家协会会员。著有《审美现代性视野中的杜维明新儒学思想研究》《柔兰评论》。先后在《名作欣赏》《海燕》《人民政协报》《创作评谭》《安徽文学》《电影评介》《作家新视野》等报刊发表评论文章，在省、市级报刊和网络平台发表散文等各类文章百余篇。

目　录

第二辑　乡愁悠悠寄远方

第三辑　古渡探幽水自流

第四辑　一路风景人间客

第一辑

军旅如虹映初心

我的连队

每一个人，不论你处江湖之远，还是居庙堂之高，总有一些地方让你刻骨铭心，总有些事情不会随着时间的流逝而磨灭，有些人久久未曾谋面，却叫你难以忘怀。斗转星移，季节更替，有一个地方让我魂牵梦萦，那就是操枪列阵的军营绿地。

32842 和 91 这两组数字，有人以为是与摩尔斯电码相关联的神秘暗号。这组特殊的数字蕴含的内容，只有那些曾在绿色方阵里列过队、操过枪、弄过炮的官兵最晓得，看到它顿时就会想起那年那时园山下小东山军营里的那些充满兵味的故事。"铁打的营盘流水的兵"，无法精确计算有多少茬官兵曾聚集在园山下，在连旗下宣誓又向军旗挥泪告别，离开这里。

2017 年这个年份注定特殊，必定会在军史上留下浓墨重彩的一笔。我们心折首肯，但也会情不自禁地心生惆怅，内心涌动着一股复杂的情绪。曾经的连队，曾经的番号，曾经的光荣历程就此谢幕，尘封于军史。从此以后，作为实体的"天津登城英雄"只能尘封于历史的长河，安放在记忆最深处。

在厦门岛几何中心北侧，有一座普通的小山峰叫园山，在园山东侧有一条延绵的鹰厦铁路线。园山东北侧有一块特殊的绿色营地，一排三栋四层楼的营房面对园山而建，那就是我们的连队我们的营，营房西侧为驻地马垅社区小东山村。

因为那鲜红的连旗、激昂的军歌、嘹亮的军号，和战友们会聚于此。园山下那面军令一般的军旗聚集了一茬又一茬数以万计、五湖四海的热血青年。他们也会如我，虽已离开部队数年，但时时还会不由自主地回望军营的方向，回忆起曾经的连队、曾经同吃一锅饭的战友，还有驻地的村庄，那年那时那个喜欢过的驻地姑娘。这里有着太多的记忆可以记录，这里有着太多的故事值得珍藏，这里有着太多的战友情谊令人回味。这个园山下的小小村庄，永远的第二故乡。不知道有多少次，我梦回连队，似乎又端起了钢枪，挺立着身姿，回到了那个激情澎湃的年月。

1994年高中毕业，在县土管局工作半年后，我舍弃已有的稳定生活，决定到外面的世界去看看。第一次穿上军装就准备着第一次出省远行，第一次坐上火车，第一次领战士津贴，一切都是那样陌生而又新奇。从赣西那个偏僻落后的小县城出发，辗转于公路和铁路间，最后背上行囊，跨上军用卡车被送到园山这个营地。全新的生活由此开始，同下车的还有四个同乡的战友，从此五个战友便结下了比亲兄弟还铁的战友情谊。

忘不了那些曾经的战友。班长孙国清，如兄长一样的战友，与我年龄相仿，入伍第二年就当上班长，一张娃娃脸，两眼一笑眯成一条缝。孙班长是我们融入部队生活的第一位启蒙老师，点点滴滴，方方面面，从打扫卫生到折叠被褥，从单个军人队列到军事器械，从体能技能到作风养成，无微不至地教导都折射出班长的良苦用心。连长刘平华，一位平易近人、爱兵如子的好领导，平日里只要一有空余时间，他就会沉到班排，拿出象棋和战士们排兵布局，厮杀几回合。指导员陈玉忠，严中有细的政工干部，能够随时掌握战士们的思想动态。那年，我军考连连受挫，指导员及时有效的思想工作把我从沮丧中拉出来，帮我跨入军校的大门。副指导员江增水，音乐素养非常高，但面对五音不全的战士，只得反复教唱反复练习，有时气得跺脚摇头，却拿这些纯朴可爱的战士无计可施。排长潘新兵，与我们在连队相识，虽然只有短暂的一个多月，这位由士兵直接提干的兄长有着丰富的基层管理经验，每个晚上他都会为受伤的战士们治疗伤痛，这一招让战士们心生敬佩，潘排长不久就调到大嶝岛部队里任职。战友肖锡万——一位年龄稍长的江西老乡，成熟理性而又稳重，那年担任班长，带领同年兵在教导队集训，四个多月的艰苦日子里，较好地解决了同年兵管理引发的种种矛盾。

三年的军旅生活，连队里还有太多的战友、太多的故事可以在这里续写……

强军报国的梦想，园山下这空旷的操场上时而杀声震天，时而军旗猎猎，时而番号声阵阵，时而枪声大作，操枪弄炮、挥汗如雨是这里的主色调。冬练三九、夏练三伏，又有多少个日夜轮回，那一张张尚显稚嫩的脸孔在这里脱胎换骨，完成了社会青年向合格军人的转变，实现了由合格军人向部队精兵的转型。

怎么能不记得园山那陡峭弯曲的山坡？每天下午体能训练时间，四五趟冲刺园山山顶那段挑战体能极限的山坡，最后一趟下来都是那种重生的感觉。怎么能不记得那次五公里越野训练？班长试问谁与二班比一比时，班里没有一人应战，班长惩罚大家在操场上跑三圈，又一轮下来，始终没人应战，又被班长罚了几轮。是啊，当时谁又能懂得班长的心情？他带的兵，要随时具备敢比硬拼、争第一的军人品质。班长可谓用心良苦。

怎么能不记得园山那一条条纵横交错的战备山洞？最难耐的是那大夏天，坑道山洞里潮湿无比，几乎是滴水的水帘洞，存放在洞里的被褥和衣服受潮严重，战备一住就是两三个月，全连官兵苦不堪言但都顽强坚持下来。在那段特殊的岁月里，战士们最幸福的事情就是悄悄跑到山顶晒晒太阳，驱赶全身的阴潮霉气。怎么能不记得？通往营区外环绕园山的那条长长的水泥路，是跑步体能训练的最佳场所。体能训练要经过玻璃厂、圣达酒店，最后在厦门制氧厂门口拐弯折返，距离都是战士们用滴滴汗水丈量出来的。

怎么能不记得？进入新兵连第二个月的一个凌晨，仙岳山突发大火。火情就是战斗任务，作为厦门市抢险救灾唯一机动分队，营队义不容辞主动请缨，冲锋在火情最危急的地方。完成任务已是第二天清晨，战友们个个灰头土脸、异常疲惫，大家懂得了人民子弟兵就意味着奉献。一茬茬官兵有太多的故事可以书写……

记忆最深的是在连队代职的那段日子。2006年，指导员田本江刚调离连队，副指刘秋明被调往船运大队任职，其余干部均在西山国防园参加五级主官封闭集训。为加强连队管理，本人作为机关干部，被下派到连队代职,担任连队指导员。作为当时唯一的在职在岗干部,用部队的行话说就是"既当爹又当妈"。

连队作为新兵入伍的初始地,对于战士来说,有一种特殊的情怀。我心想,一定不能辜负各级领导的信任和期望。人一用心,事必躬亲,从连队站岗执勤到日常训练,从行政管理到思想工作,甚至猪圈三十多头猪的饲料供应问题都要一一考虑到位。那段经历悟出一个道理:一个人在一个岗位上,只要沉下身、沉下心、沉下力,把连队当成家来经营,遇到问题逢山开路、遇水架桥,再大的困难都会顺其自然地化解。

恰逢周日,偶然想起了老连队,便无须任何理由就朝园山方向而去,顺便以骑行方式锻炼身体。

驻地的沧桑巨变,也折射出特区这些年翻天覆地的科学发展新成就。沿着厦门制氧厂那条石头坡道上行,我在脑海里搜索着记忆中的画面。

记忆被一下拉回 1997 年 7 月。连队特意交代炊事班多加五道菜,让本人坐上连部餐桌,与连首长一起共进午餐,算是进军校前的欢送。对于战士来说,这是一种莫大的荣耀。当天中午,也正是在制氧厂下坡的这个路口,锡万、清华、永光、少锋等战友为我提背包、拿行李,将我送到这里。从此,我开启了别样的人生路。

如今,厦门制氧厂早已废弃,拆迁任务只留下大门一线的围墙,进入园山的大路现已改道,贯穿于制氧厂区直接并入园山路。水泥路环绕着半座园山,山脚下只要能利用的地方都被各路商家占据。小东山也不再是昔日的小村庄,旁边是厦门火炬高新区,小东山百姓的日子也红火起来了,这里成为外来人口最集中的区域,家家户户靠出租房屋发家致富。

营区排房已不再是昔日红瓦顶、水泥沙墙、水磨石地的老营房,全部换成了现代气息浓厚的别墅式军营,很难找回原来的影子,只有炊事班东侧那棵象征连队精神的榕树依然矗立如初,枝干更加粗壮,叶子更加茂密。大型综合训练场东侧的铁路线上,原先穿梭而过的只是绿皮火车,现在铁路越来越宽敞,火车越来越先进,动车和高铁飞速发展,也是祖国沧桑巨变的时代符号。

记得二十多年前，战士们训练之余，喜欢呆呆地坐在园山坡上，看着呼啸往来的火车——寄托着战士们太多的愁绪，因为铁路延伸的方向，可以直通战士们的家乡。思乡念亲人，是战士们缠绵的乡愁。那时当兵三年仅仅有一次探亲机会，那是令人心弦跳跃的最激动的事情。

从2013年开始，得益于通信技术的飞速发展，老连队的战友又有机会重新聚集于网络。"天津登城英雄"这个群体又频频在线，看到战友们各有所成，在各自领域风生水起，捷报频传，心头顿感欣慰。

2015年路过成都，遇见昔日的老战友国平、张敏等人。国平在村里担任支部书记，正豪情满怀带领村民创业致富。时光如梭，岁月蹉跎，二十几年弹指一挥间。感恩于连队，是连队使我们建立了战斗情谊，是园山留给我们最青春的回忆。园山下，不知有多少个年轻的梦在萌芽，如同革命火种，在这里集聚，又播撒到天南海北，战友们带着军营的烙印、军人的豪情、军人的品质，在祖国的四面八方传承着部队的优良作风，成为各个职业的行家里手、技术尖兵。

离开园山时，下起了蒙蒙细雨。遥望乌云稠稠的天际，一种离别之愁顿时涌上心头，细雨顺着额头流入婆娑泪眼。连队番号已经远逝，改编整合是为了更强有力地集聚、更好地前进，但总有一丝丝无法梳理的头绪在心中。

聚是一团火，可以燎原；散是满天星，各自芬芳。这就是我的连队，我的第二故乡，我的战友，串联着的是那历久弥新的情分。

远逝的番号

这两年，从各种媒体听闻了一些部队整编改革的消息，也就不由自主打听起老部队来。该来的事情终究是躲闪不开，只是不想会如此迅速。前段时间听说警备区和其他海防师旅要整合成一个旅，老部队都在裁减之列，部队番号从此取消，这意味着曾经的连队将就此安放在记忆内存中，尘封于军史。五十二团二营炮兵连对高山哨所，作为我军校毕业履职的第一站，令我铭记于心。

对高山弹药库，距离寓所其实并不远，也就三四公里的路程。艳阳当照，骑上"跑狼"，风一样朝着哨所方向飞奔而去。一路骑行一路回想起在连队的那些日子，犹如电影回放一般，从脑海里闪闪烁烁蹦出来，感觉是那样清晰，就像昨天的事情。

当年，连队驻地——小得不能再小的柯厝村——比较偏僻。当地老百姓种植一些龙眼之类的果树，开荒种菜运输到市区做点小生意，过着靠天吃饭的清苦日子。那时驻地还没有通公交车，更没有高楼大厦，好像没有沾上经济特区欣欣向荣的商业气息。可如今，以今非昔比这个词来形容最恰当贴切，厦门城市职业学院、厦门医学院等院校密布，栋栋高层建筑如雨后春笋一般矗立于连队周边，公交车可直通营区门口，各种特色商铺、餐馆排列其间，街面整洁，井然有序。

哨所距离连部也就有喝一壶茶的工夫，一条主干道像海带一样，从哨所旁边穿梭而过，一直延伸至美丽的环岛干道。从主干道转入哨所，原先映入眼帘的是一道栏杆。哨所几年前就撤防了，现在全然没有了军事重地的森严，全是方正石头垒砌的山路换成了水泥路，如今杂草丛生，越来越窄。走在通往哨所有点坡度的山路上，路旁空地早已被一些商家圈地，变成了临时加工厂或废品储藏仓库。我喜欢那些从石头缝里任性钻出的相思树，还有不知名的野草野花，心甘情愿地装饰于山野。烈日当空，山坡上各类植物散发出天然的芳香，相思树上那些知了依然在欢快地歌唱。此时的我，犹如坐在慢慢升温的蒸笼里，明显感到体内挤出的汗液在后背沟里自然地往下流淌。

"赤诚卫国作奉献，不负人民一片情"，哨所正式进入视线，不太对仗的标语，铭刻着一茬茬官兵报国从军的梦想，现已斑驳难辨。哨岗上，早已没有往日荷枪实弹的哨兵。如今，只有不知名的杂草，在哨位上自然生长。哨所铁门紧锁，院内方正的石头路缝隙里生长的小草顽强挺立，虽不能与温室里那些名贵花草争奇斗艳，但也能一展风采。是啊，石缝里的小草，如果没有外力的干扰，它的生命也会周而复始，绽放属于自己的芳华。

看到那青苔斑斑的储水池，不禁回想起那段艰苦的日子。哨所的水源完全靠连队旁边一眼水井的二次供水，故障频发。哨所的水源断断续续，遇上炎热的夏天，其中的苦楚只有在哨所待过的战士最清楚。哨所的主要任务虽说是看守弹药，但也承担连队的军事训练任务，白天是高强度训练，晚上还得进行夜训。哨所平时训练就是在空旷的地方挖坎沟，定标杆，打口令。一旦训练起来，经常是上下一身汗，战士们的衣服干了湿，湿了干，留下一道道白色弯曲的汗渍线条，所以水源的充足对战士来说很重要。

在哨所断水的日子里，我带领班长下山找水源，找到市政部门浇花洗路的洒水车，请求帮忙把水车拉到哨所，抽水到蓄水池供全排战士使用。那样的日子全排战士都很自觉，节约用水意识也自然养成。印象最深也最危险的一次，市政老林开着洒水车上山，因为装水太满太重在半山腰的石头路上溢出，打湿了路面，造成车轮打滑，反反复复几次，就是上不了坡，最后连车都差点翻了。老林从此也成了哨所人员的朋友，在需要的时候一个电话，老林二话不说，随叫随到，以解哨所缺水之苦。至今，我还与老林保持着联络，那年还参加了他家孩子的婚礼。我们相互邀约，炒上几个菜，喝几杯小酒。

站在荒凉废弃的哨所中，头脑里浮现曾经在哨所里经历的点点滴滴。

那时，部队全封闭式管理，干部禁止使用手机。若是被上级发现使用手机，没收手机事小，全部队通报批评就严重了。当时整个连队只有一部外线电话，战士只能在双休日使用，干部不在受限范围，通常由站岗值班的战士统一接听传达。哨所只有一部军线分机，音质很差，在台风来临的日子里，就苦了接打电话的战士，基本上靠吼才能完成任务传达。

2000年7月，到哨所之初，感觉最难的一件事就是通信联络问题。刚开始，我严格遵守部队规定，坚守不去购买当时流行的"小灵通"，因此与外界信息几近隔绝。连队外线电话，对哨所战士来说远水解不了近渴，大家都流露出一种无奈。那些年，亲人朋友也会打连队那部外线电话，哨兵跑连部，由连队通信员摇军线到哨所，便匆匆跑下山接电话。有时电话的那头早已没有了耐性，拿起电话已是"嘟嘟"的忙音。这种复杂的情感，只有身处哨所的人才能明白。

炊事班东侧的墙体上，隐约可见基层建设"五句话"总要求——"政治合格、军事过硬、作风优良、纪律严明、保障有力"。这五句话影响了我们那一代军人，融入了基层部队官兵的灵魂。墙体旁是战士们肩挑手提垒筑起的谈心桌。曾记得，多少个宁静的夜晚，把个别战士身上的小毛小病用"镜子"照出来，让战士身上的小问题在萌芽状态就得到彻底解决。

到哨所任职，也是军校毕业不久。我内心深处想把军校所学的管理知识运用开来，但往往欲速则不达，甚至出现事与愿违，事倍功半的效果。管理与被管理，理论与实践如何相辅相成、相互促进，却还没做到完美结合。曾在哨所实行一系列以提升战士综合素质为目的的举措，最终也是虎头蛇尾，收效甚微，随着我被借调进团政治处戛然而止。那时，我真切感到，一个人要在一个岗位做出一点成绩还真不容易，不论你是一个如何纯粹的人。

原先哨所通往连队的那条小路，现在也没有了，取而代之的是各种自然生长的树木、花草。在连队大门口，我从哨兵那里得知，二炮连被整合了，现在的官兵都是其他部队调防过来的。几经说明来意，哨兵请示了连队干部，我才被允许进入连队。走在曾经流过汗水的连队，心里五味杂陈。原来总感慨"铁打的营盘流水的兵"，连队是战士永远的家，现在却感叹营盘也未必真正是铁打的，曾经让战士视为无上荣光的连队和留下太多青春记忆的营区，还有那以为永不磨灭的部队番号，已悄然进入历史的档案、岁月的洪流。

由战士带着我在营房里各个角落里转悠，战士说部队整编到这里也不久，还不知道营部的位置，甚至连新营长的面都没有见过。在四楼，那间集会议室、课堂及连史于一体的大教室里，发现新连队还没来得及更新相关栏目，墙体上宣传板块和连队荣誉史、历任连队主官的还是老连队的。驻足一一细细品读，心里深知，下次再来这里，一切肯定要么焕然一新，要么人去空悠，不会再有二炮连的印迹。连队个人荣誉一栏里，有曾经的老领导，也有哨所的战士，又仿佛看到他们围绕着连队全面建设默默付出的身影。

荣誉墙上记载着我 2001 年参加省军区理想信念知识竞赛荣立三等功，瞬间我又回想起当年代表警备区参加省军区的理想信念知识竞赛的情景。记得那年，省军区理想信念专题教育在团里试点，先期在营级和团里两个层面进行知识竞赛选手的选拔。我和海防二连排长梁昌荣等四位战友作为参赛选手，被确定参加省军区在泉州十三师进行的省军区南片预赛。整个活动的压轴大戏，是在福州的总决赛。记得省军区所有没外出的常委，均参加了决赛现场的观摩。记得那时，警备区宣传科朱小强干事和团里欧阳升辉干事负责日常保障，几名选手都是全脱产加紧备战，各自加强分工，有重点地准备如何按键抢答，有的则主攻选择题，我对即兴演讲进行侧重准备，可以说都是全力以赴。宣传科朱干事要求选手要对选择题做到倒背如流，熟悉程度要达到主持人题目念出头五个字就能做到会答题。那时，区团政工领导对知识竞赛非常重视，团政治处柯主任为了激励士气，还给几位选手承诺，如果福州决赛场夺取第一名，一定为大家记功授奖。

在营房大门的拐角处，看到一位身板硬朗的老者，正在种树。出于好奇，我上前探个究竟。得知事情的原委，我被老者所为深深感动。这位身着旧军装的普通老者，曾经是一位南征北战、久经沙场、浴血奋战的英雄。这位老者叫王保田，从报刊得知连队需要绿化，便主动找到连队，种植波罗蜜。王老心中还有一幅宏伟"蓝图"，计划在建党一百周年时，在连队周边种植一百棵波罗蜜，成为闽南地区最大一片波罗蜜林。老将军这般年龄，还乐于做事，乐于助人，心里头装着部队的事，想着别人的难处，令我顿时心生景仰之情。

在营区大门口右侧看到石块上雕刻着"铸剑"两字，这不正是连队几十年光荣历程的写照吗？

曾记否，在将军山野外"三实"训练中，从单炮射击到全连齐射，从单一兵种到步炮协同作战，从白昼天到黑夜不同环境的实弹训练。

曾记否，美丽的环岛路上，参加区、团组织的建制连考核，全连全员全副武装五公里越野，你追我赶，相互帮衬，全连官兵齐心协力、众志成城、凝心聚力、战胜困难。

曾记否，在碧海蓝天、骄阳似火的椰风寨沙滩上，官兵们以海滩为战场，以海浪为敌人，在海上战酷暑，斗风浪，进行海上武装泅渡。

曾记否，在上级组织的"由防转攻"及"攻防兼备"的渡海登岛作战演习场上，全连官兵接受全时空全地全域武装换防训练，依据指令连续三天在岛屿各个位置间奔袭，饿了冷水冷食，累了和衣而卧，没有一人叫苦叫累，没有一人因此掉队……

离开了连队，离开了哨所，作为实体的二炮连也被整编，曾经的哨所已是明日黄花，但还是时不时会为曾经的绿色军营和钢铁交响的生活轻击其弦，为其而歌。那藤萝缠绕的炮衣，黎明激昂的军号，四方如砖的军被，曾经的战友，渐失的营盘，远去的哨音，都会勾起我片片思绪。

鼓浪涛声

鼓浪屿，犹如镶嵌在海峡西岸的一颗熠熠生辉的明珠。听闻鼓浪屿，还是学生时期从父亲讲的故事中，在一张张日渐模糊的照片里，了解鼓浪屿小岛四季如春，风景旖旎。没想到，此生与鼓浪屿的缘分如此紧密，参军至今二十多年，鼓浪屿便成了我的第二故乡，成为生活中不可或缺的一部分。

一段时间没上岛，心头便会滋长一种念头，该回小岛一趟了，就像女儿思念娘家的心切！此刻，说不清道不明，这究竟是一种怎样的情感在牵连着。今日闲暇无事，促使双脚不由自主往小岛的方向进发。

节假日的厦鼓海峡，两边对望的码头渡轮，依旧是那样拥挤，繁忙而嘈杂，摆渡船的节奏周而复始，步骤有序，穿梭于窄窄的厦鼓海峡间。赶上七点的渡船，伴随海关大楼整点钟声，《鼓浪屿之波》那优美动人的旋律，伴随渡轮航行而起的微风，拂面而来，惬意无比。渡轮在窄窄的厦鼓海峡间，荡漾在此起彼伏的海平面上，划出一道由近而远的弧线，不一会儿又被海水填平，十分钟左右，船靠码头，渡轮长笛声在鹭江海面划破了清晨的宁静，渡轮提示游客下船的铃声响亮悦耳。自己且当一回观光客，跟随着众多的游人接踵而下。

形如钢琴的码头，"鼓浪屿"三个镏金大字，在太阳的照射下格外闪烁醒目，我的思绪一下子被拉到二十几年前。1997 年 7 月，参加完军队院校的统招军考，而后又在等待消息的煎熬中，过了漫长的一个月。

八月的一天，我在警备区大礼堂参加"青屿进岛四十周年"纪念大会，被在团干部股帮工的老排长田本江悄悄告知，南昌陆军学院录取通知书已到。一颗亢奋的心，支撑着那段时间，战友们也都为之高兴，赠送影集，战友清华则把一个月的津贴费，悉数相赠。其间，战友还邀约上鼓浪屿游玩，算是告别之游。想到即将离开，不知以后是否还有机会见到这个闻名遐迩的风景名胜区，我们还特意在鼓浪屿码头这标志性建筑前留影。

时光如流，弹指一挥间，二十几年已成昨天，真感叹岁月匆匆，韶华易逝，码头依然是那个码头，但我不再是当年的那个青春年少、懵懂无知的人。

与鼓浪屿这座小岛的缘分由来已久。当兵三年，我被调往团机关从事宣传报道工作。新兵下连后，全团挑选出十几名新战士到海防一连，进行为期一周的新闻报道培训。与其说是培训，还不如称之为以老带新，由团新闻干事丁广阳和三营部的志愿兵张才旺授课。也许因那篇撰写培训的小消息有点新闻稿件的雏形，在培训结束后，我和九连钟世烈、五连李小可被调入团新闻报道组。

结果到团里报到的第二天，我又被抽调到警备区宣传科。我感觉自己不适应机关坐办公室的工作，不是写新闻报道那块料，宁愿回到训练场操枪弄炮。半年之后我向科长许龙祥汇报思想：坚持要求回团里下连队，准备报考军校。

回到团里，政治处主任张可年没有遂我心愿，他可是由战士报道成长起来的政工领导，心里跟明镜似的，懂得怎样把压力传导给报道员："报道搞不好，什么都别想。"

有时没有退路，只得硬着头皮上。我和钟世烈一起，带着一本笔记本，整天转悠在团队基层连队里。其实那三年里，没有更多的时间静心从事新闻写作，军事战备训练非常频繁，作为没有编制的报道员，每次战备等级训练都得回老连队参与训练，住坑道是那些年那些战友最常态的军营生活。回到团部师从欧阳升辉、徐林两位新闻老前辈，从帮他们抄写稿件、往报社送稿子开始，一点一滴，积累成长。

然而，当年我羡慕机关兵的舒适与安逸，并没有把主要精力投入新闻报道写作的磨砺中。两年下来，在驻地报纸刊登过几篇"豆腐块"，不过也算是开了头，入了个门。

"鼓浪屿上好八连"，作为警备区全面建设的一面旗帜，更是全军拥政爱民的先进典型。张主任对几个报道员反复教导，"鼓浪屿好八连"是挖掘新闻素材的富矿，要多往连队跑，和战士打成一片，才能写出有血有肉的新闻作品来。这样一来，我便成了鼓浪屿八连的常客。

记得那些年，"鼓浪屿好八连"这个驻守旅游区的特殊部队，涌现出一个个响当当的先进典型，在欧阳升辉、徐林等新闻战线老前辈的笔墨中，各类典型的镜头里跃然全国各个新闻媒介，让"鼓浪屿好八连"成为军队和厦门特区的一张烫金名片。

2003 年 3 月，排长任职的第三年，一纸调令，让我与鼓浪屿八连贴得更近了。我有幸成了鼓浪屿八连的一员，也成了鼓浪屿小岛屿日新月异的见证者。在鼓浪屿八连任职的两年时间里，我便和小岛与连队有了心贴心般的神交缘分。如今踏上这个小岛，不只是简简单单故地重游那份淡泊之情，更有一种缠绵的复杂情感交织在心中。

伫立于重建后的营区里，心头还是会涌现连队原先的模样，想起的还是那些尘封的往事。有一种情感，叫触景生情，回到好八连，想起连队过往的一幕幕，好像就是昨天发生的事情，历久弥新，从记忆里翻滚而出。

在连队，我有幸见到过军队军衔最高的军委领导，不会忘记总政治部主任李继耐上将视察连队时的情景。那是一个炎热的夏天，笑容可掬的首长在距离连队数百米的地方坚持步行至连队大门口，和列队的官兵一一握手行军礼。由于天气太闷热，首长后背的汗水明显地渗透了衬衫。工作人员想引导首长进入休息室，但首长坚持与连队每一个官兵握手。在荣誉室，首长一边听取范指导员介绍连队全面建设情况，一边认真仔细查看墙上张贴的连队每个时期的建设历程，不时询问一些问题。印象最深的要数合影前首长的那番即兴演讲。李继耐上将对连队的全面建设了解之深、深入之细真令在场的官兵印象深刻，近一个小时的演讲，熟悉细致如同在连队生活很久的老兵，对连队各个时期的发展情况如数家珍，让全连官兵深受教育。这体现了首长对一线官兵的深厚情感，更体现了军委领导对基层连队建设的殷切期望。

在连队，有幸见到了航天英雄杨利伟、聂海胜、景海鹏等航天英模代表团；在连队，有幸见到了军区著名作家葛逊；在连队，有幸见到了享有盛名的钢琴演奏家殷承宗；在连队，有幸参与了反映连队精神风貌的电视连续剧《琴岛之恋》的拍摄；在连队，有幸成为这里的一分子，参与连队两年全面建设的点点滴滴；在连队，有幸结识了比兄弟还亲的战友、同事、共建单位的领导……这里有太多的有幸，让我生命的宽度与厚度一次又一次得到拓展、延伸、沉淀。

"鼓浪屿好八连"作为新时期新时代涌现出来的拥政爱民的典型，如今还在传承延续吗？还记得那个免费茶水站，那一次次无偿献血，台风过后的抢险重建，轮渡码头的义务执勤，星期六打扫沙滩，节假日疏导游客，担任人民小学校外辅导员……

在八连任职的两年里，我有幸认识了一批又一批同事、战友、朋友，其中日光岩风景旅游区的黄凌，给我的印象最为深刻。他曾在某野战军服役，与连队官兵特别投缘，关键是他身上涌现出的音乐素养，对官兵帮助最大，可算是八连官兵乐器学习的编外教员。他擅长演奏萨克斯、架子鼓、钢琴等多种乐器，工作之余到连队来，免费给战士们进行乐理培训。另外，黄凌还担任青屿四连官兵的编外指导员，经常利用休息时间，逐浪跨海上岛，给战士们传经送宝。我在连队也耳濡目染，钢琴弹奏也能依葫芦画瓢，将一曲《鼓浪屿之波》简单弹奏下来。

都说往事如烟，但往事也总会留下一丝痕迹。辗转于小岛，沿着熟悉的小巷，曾经熟悉的风景也在眼前阅兵似的一一被掠过。

小岛屿刚刚获得世界文化遗产的殊荣，小岛屿这张烫金的名片如同一颗耀眼的宝石，镶嵌在海峡西岸美丽的厦门。的确，小岛屿这些年发生了很大的变化，原来的一些老建筑都在修复，及时抢救了一批快要倒塌的文化风貌建筑，尽力恢复本来的样子。

现在小岛屿的确很美丽，犹如一位风姿绰约的姑娘叫人流连忘返。但我眼里的鼓浪屿永远是心目中的鼓浪屿，我深知，小岛屿上有的东西可以修葺一新，有的东西却是永远修葺不了的创伤！

走在小岛上，感觉小岛始终是当下流行符号的时尚阵地。岛屿现在打造了很多以年轻人为主体的家庭旅馆、特色小屋、文化沙龙，吸引了全国各地的年轻人来这里度假旅游。栋栋风貌建筑前、金色沙滩上、各式教堂里，一对对即将步入婚姻殿堂的年轻人拍摄着婚纱照。那些寻找艺术梦想的年轻人背上吉他、拿起画笔、扛起相机、跳起街舞，因此，现在的小岛多了些喧嚣，少了份宁静。

在小岛上你会发现一个有趣的现象，南来北往的游人迷恋着南国特有的万种风情，但也有太多的游人在小岛上迷路。很多年轻人自信认为借助导航就可以解决一切问题，殊不知这个只有 1.91 平方公里的小岛大街小巷纵横交错，有名字的路就有近百条，道路犹如蜘蛛网一般交叉，导航根本无法精准引路。说实在的，当年我在岛上两年都没有完全弄清楚所有的路名，看着游客手拿各种地图，不断打听、一脸茫然的样子，感觉好笑又心生丝丝怜意。

就这样在小岛上随性转悠，没有任何目的，也不受时间局限。途经老连队门口，全新的面貌让我惊叹驻足，那一刻也会追忆老连队的一草一木。两年前，路过连队看到翻建拆除后留下的一片废墟，心里时常会惦记着连队的建设。

记得 2010 年，警备区政治部组织召集"鼓浪屿好八连"、青屿四连、角屿五连等三个先进连队的政工主官，由五十二团政治部主任魏然带队，奔赴军区"南京路上好八连""硬骨头六连""红色尖刀连"等军区几个英模连队实地参观。我作为机关人员随行，去上海，上杭州，转泉州，向军区内的先进连队现场取经，取人之长，补己之短，就此吹响了连队全面建设的号角。连队也有了焕然一新的面目。

看到连队的崭新面貌，那样有虎虎生气、融融暖气，心生丝丝欣慰。很想踏进营区里仔仔细细游览一番，但心底还是告诉自己，如今已脱下军装，不要无端地去打扰连队。正如到小岛上一样，也不想打电话给这里曾经熟悉的朋友，悄悄地到来，轻轻地离开。

对我来说，回到这里用心品味小岛和连队的今昔变化，已经达到此行的目的。

（2004年连队战士退伍前夕，作者在"鼓浪屿好八连"与连队战友合影）

忠仑芳地留"兵"心

进入深秋的鹭岛，窗外相思树在秋风中摇曳，沙沙作响，不知情的孩儿，以为是秋雨叩门。拉开窗帘，习习秋风拂面吹来落在身上，一丝凉意袭来。书斋斗室，一杯浓浓的咖啡，伴随着袅袅升起的芳香热气在空中恣意飘荡，端坐在电脑前开始码字，随意记录此刻的心情。此时，心儿不由得牵起寓室旁的忠仑社这片芳草地，想起与之千丝万缕的缘分，像绿叶对根的那种亲近。

转眼间，寓居忠仑公园旁已十多个年头，其实与之的缘分，屈指算来有二十多年了，可以说这里安放了我在厦门的青春脚印与惬意美好。忠仑芳地与我有着太多的交集。是啊！这里毕竟是我的第二故乡。可以说，这里成了我心中最温情的地方，因为家在这里，心也搁在了这片土地上。

如今的忠仑公园，已成为岛内东部城市片区的"绿肺"，一座闹中取静的天然休闲氧吧。早在二十几年前，这里并没什么忠仑公园，而只是忠仑社的一大片龙眼林，一片待开发的荒地。一条马路之隔，莲前路金鸡亭寺一侧，就是厦门警备区的教导大队。那年在教导队，作为一名来自基层连队的预提骨干，我在这里进行了四个半月的预提骨干集训。教导队培养的基层连队的带兵骨干，标准"高于连队，严于连队，强于连队"，这让年轻的战士每天都得消耗更多的体力。

最有底气的还是在海边班排战术科目训练期间，每天大家利用间隙分头在退潮的海边堤坝上的石缝里抓小螃蟹，捡花蛤，运气好时甚至能碰上几只海蛏。回到驻地便找家餐厅加工，再叫上几瓶啤酒，战友们屈膝围圈而坐，美美饱餐一顿，那种幸福的感觉现在很难再有。

1997年4月，历经团部干部股组织的一轮文化军事初考筛选，和连队许长华、艾华林打背包，来到教导队，参加警备区组织的军校统考招生的文化集训。如果说基层预提骨干集训是体能意志上的考验，那么文化集训就是脑力和心智的磨砺。

什么事情只有在你经历了之后才知道其中的不易，也才会更加珍惜那份小小的收获。全区集中了各个团队经过初步筛选的一百八十多名战士在此进行文化集中辅导。与其说是文化培训，还不如说是军考名额的再筛选再淘汰，因为最终只有一半的人能参加全军统考，也就是说，在三个多月的时间里，区干部科要通过不断考核、反复筛选来淘汰人员。每一次阶段考核都是残酷的，像闯关冲锋的游戏，每一次都有一批战友被淘汰出局，打起背包，黯然回到连队，这也意味着他们与军校无缘了。通过四次考核与复检，最后只有九十名战友参加了全军统考。

"千淘万漉虽辛苦，吹尽狂沙始到金。"经历了这个过程，才懂得了竞争的激烈、成功的不易。统考时，军事考核五公里以金尚路为考场，终点在厦门高崎国际机场。正是在这里，我同十名莲花同乡战友，迈入了军校，踏上了职业军人的道路。如今，金尚路已是厦门南北交通的大动脉。

在忠仑公园主峰东南侧，驻军建有东芳山庄靶场。在这里，有一段段理不清的军旅故事，沉淀在忠仑公园过往时空中。十几年的军营记忆，续写驻军部队军事课题沙场点兵最精华的篇章之一。

曾记得，"鼓浪屿好八连"所在团，每年均在这里举行年度开训动员誓师大会，筹划年度军事训练任务目标。最精彩的莫过于开训前的军事课题汇报表演，展示的是部队军事训练的目标和样板，树立的是从严治军的科学理念，确立的是敢打必胜的信念。曾记得，在建军七十周年那个八一建军节，警备区及民兵预备役部队在这里隆重集会，进行分列式阅兵。当年，作为磨步营刺杀操方阵的一员，当队列方阵通过主席台接受军地首长检阅时，心中呼喊的是那份从军报国、为国戍边的热烈情怀。

曾记得，全区五十七个建制连队进行先进达标考核时的情景。考核连队进行先考支部班子，"考核先考官"，让连队干部登台亮相，"是骡子是马，拉出来遛一遛"。那景那情叫人印象深刻，考核第一项就是考连队干部手枪射击。有的干部一登台就"砸锅"了，"连队先进基层达标连"

的资格被中止了，这种感觉只有经历过才能真正咀嚼出其中的滋味。在基层官兵中，使用频率最高的一句话是"兵熊熊一个，将熊熊一窝"，这种考核方式对干部不能不说是一种鞭策和激励。虽没担任过营连主官，但能够身临其境体会到连队主官"打铁还需自身硬"的危机感。

曾记得，那年在这里登上主席台受领三等功奖章的那种荣光，在这里进行部队"五级"军政主官训练考核的一幕幕。在这里曾有太多的战友流下过汗水，收获过喜悦……

前些年，教导队也会利用忠仑公园的场地进行体能训练，部分训练科目还在东芳山庄靶场展开。随着城市的发展与扩建，忠仑公园周边已是高楼林立，商铺如林，人流如织，不再是二十年前的一片荒地，呈现出一片经济繁荣、商贾如流、社会和谐共处的城市景象。这里的确不太适合大部队排兵布阵、沙场练兵了。忠仑社原先的那片龙眼地也得到了充分开发利用，从十年前就规划成公园建设项目，也是市委、市政府为民办实事的项目之一，公园总体规划用地面积为六十七万平方米，着力建成岛内最大的综合性公园。

从那时起，我也在关注着忠仑公园发展的点点滴滴，也是其中的受益者。的确，通过三期项目建设近十年的打造，忠仑公园已经渐渐成为市民休闲的好去处。

十年了，伴随着公园的建设发展，我充分感受到了厦门特区的发展给市民带来的实惠和福利。这里可以让我触摸到春的气息、夏的热烈、秋的风姿、冬的浪漫。整座公园峰峦畦地高低起伏，亭台错落有致，林木葱郁密布其间，石阶小道串联交错，各种花卉点缀其间，闪烁明亮，一幅自然美景呈现眼前。公园恰到好处地避开了市井的喧嚣，人流连其中，心会很放松，感觉不到这是在喧嚣城市的中心地带。

这里有着岛内最大的一片桃树林，每当花开灿烂时，游人如蜜蜂般追逐在簇簇桃花丛中，放飞春天的笑脸；这里有着雨雾缥缈的热带沙生植物林，若隐若现，让人仿佛身处仙山云海中，感受着热带雨林世界的美妙。

　　这里有岛内最具特色的儿童主题公园。每到周末，这里便成了孩子们的天堂，很多学校课外主题实践活动在这里进行。刻意的打造和出奇的创意也给公园带来了超高的人气，蔬菜种植区、探险索桥、观鸟廊亭、迷宫、手印墙、健身道、相思林，等等，都是忠仑公园的特色，顺应了市民的呼声，也吸引了市民的眼球。

　　如今的忠仑公园，鲜少听到军营的番号、操枪弄炮的喊杀声。原来驻军部队也顺应时代的要求，悄然地移防，无声地搬离。"赤诚为国作奉献，不负人民一片情"，曾是其中的一员，当祖国需要时义不容辞，紧握钢枪；当改革召唤时也作别军装，悄然离开。

　　伴随曾经在忠仑公园数十年军营军号中留下的故事，满怀的豪情也一起融入这岁月的长河中，丰富厚实着军歌奏响那激扬的韵律。

（1997 年 8 月 1 日，厦门警备区在建军七十周年时举行阅兵活动）

那年冬季飘进心头的那抹绿

人是感性的动物，常常会触景生情，融情于景，或容易将内心的感怀寓于自然界的一景一物，也借景抒情，借物移情。

十二月，虽已进入大雪时节，但整个岛屿仍秋高气爽，似乎与美丽的秋天还难舍难分。此时此刻，遍布鹭岛的三角梅正是艳时，在朋友圈看到徐林老师带领几位摄影专业战线上的老兵，飞舟跨海专程奔赴"鼓浪屿好八连"，为即将退伍的战士拍摄制作专辑。看着、读着他们发布的图文并茂的《又到老兵退伍时》的文章，我顿时感慨万千，那年冬季入伍时的青葱记忆又涌入脑海。

又是一年老兵离别的惆怅时分，也正值新兵入伍踌躇满志时，这勾起了那个冬季飘进心头那抹绿色的回忆。屈指算来，离别家乡已有 28 个年头了，慢慢地，故乡成了渐行渐远的他乡，有的只有留在脑海里的回忆。当年入伍时的情景清晰如初，犹如一壶陈年老酒，随着时间的远逝历久弥香。那年高考落榜，带着几分沮丧，我进入了县土地管理局(如今叫国土资源局)，规律地工作、简单地生活了大半年。

有一天，单位同事王松波决定报名参军，一石激起千层浪，这个决定打破了我原本不太平静的内心。到外面的世界去看看，这个想法支撑着我朝着军营这个目标努力。不想，局里的领导和同事都甚为关注，几位局领导也是部队转业的营连主官，不但赞成，还积极与武装部的同事沟通，为我入伍进行了许多铺垫。

思路决定着出路，梦想指引着方向。就这样，有了目标的我，心头似乎滋生着一种难以言表的劲头，自行跑到县直机关武装部填表格，报名参军。当时县直机关的贺部长，曾与我退休的伯父共事多年，当场询问我这项重大决定是否征询过父母意见，我只得支支吾吾作答。贺部长当即打电话给同在县政府大院上班的父亲。从贺部长的语气中，得知电话那头的父亲从开始惊诧到最终理解支持，我一颗悬着的心终于放下了。

父亲对我们兄弟几个非常严格，在平时的家教中一直渗透着自力更生的原则和底线。因此，我不愿事先告诉父亲，想过关后再说。在体检和政审等环节中，家人想动员父亲去走走门路，拉拉关系，但最终没成功。"如果你当上兵了，人家都说你是凭关系走门路的；如果没当上，人家也会说你走了关系也无济于事，影响不好。"这就是生性耿直的父亲一直坚持的理由。

一切顺其自然。按照武装部通知要求，一个步骤接着一个步骤地进行。那年，城镇户口报名者过多，所以组织过一次文化摸底考试，我们还被拉到萍乡军分区复检复查。

1994年12月7日，对于我来说确实是一个值得铭记的日子。那天，县直机关贺世民部长带领武装部的同志，将入伍通知书和军装、军被送到我家，说了很多祝福的话。这意味着我正式被批准入伍。

家族有人当兵，在家里算是一件大事，不逊于1984年大哥二哥同时考上大学。的确如此，家里围绕参军着实忙碌了一阵子。当天下午，父亲召集伯父和几位哥哥商议，准备置办几桌酒菜，邀请亲戚朋友，热热闹闹地为我送行。

次日，父亲特意要求我穿上军装，匆匆拉上我坐车去走亲戚，一则是告知亲戚朋友，二则是通知他们到家里喝酒。就这么一整天，父亲乐此不疲地从安福县姑姑家到路口叔叔家，再到五口舅公家等众多亲戚家里，接下来就是电话通知萍乡外婆家那边的各路亲戚。另外，就是叫人带口信给一些要好的同事和朋友。回到家里，看见家里人都在忙碌着，准备着宴请。晚上，父亲特意以商量的口气征询我需要请哪些同学和同事。顿感父亲此刻已把我当成年人看待，我反而一下没了主意，因为之前习惯了父亲做主。

最闹腾的莫过于接到入伍通知书的第三天，从中午到晚上，宗族的长辈们、家里的亲戚们、父亲的同事和朋友们、邻居，还有我的同学、同事都来了，说了一大堆祝福激励的话语。比如县政协的蒋副主席握着我的手不断摇晃："小刘，好好干，我在部队二十九岁就当副团长了，要争取超过我们这一代！"其实，我那时懵懵懂懂，部队上的副团长是个什么概念也不清楚，只好应付着。

军和红等同学来了，他们都是我中学时代的死党，也是班里曾经最活跃的一族，有种特别亲切的感情。特别是对于红，平时彼此打打闹闹、嬉嬉笑笑习惯了，说不清道不明究竟有没有那种相互爱慕喜欢的情愫，反正在后来的数年军旅生活里，总离不开她的影子，有时也会被她的情绪牵着很久很久。那些年，彼此之间传书也频频，多半是成长道路上的相互鼓劲。

离别家乡的日子日渐临近。记得那天天气很阴冷，天空还飘着毛毛细雨，但我的内心始终是滚烫滚烫的，一直幻想南国军营里的生活。一大早，我毕业刚参加工作的单位领导、县土管局的贺桂泉副局长带着手持锣鼓铜镲的女同事们来了，家族里的兄弟姐妹们来了，他们把千响鞭炮一字排列开来，母亲则叮嘱我在路上要小心。为了不让母亲担心，我装成什么都懂的样子。母亲哪里知道，我其实心里也没底，毕竟是头一回出远门，头一回离开父母。邻居樊叔是位转业在县工商局的军队干部，他手把手地教我打好背包，并交代我到部队的各种事项。锣鼓敲起喧天响，鞭炮点燃新征程，在亲人们的簇拥下走出了家门，就像鞭炮燃响后的烟雾，随着风起飘向了新的天地。

县武装部大院里人声鼎沸，锣鼓喧天，全县 110 名兵员集中在这里，被统一交给部队上的接兵干部。到厦门警备区的 60 名兵员，在接兵干部刘德贤统一指挥下，整理队列，清点人员，进行最后的交接。可惜那时没有相机，没能记录下那情那景，只记得自己当时挺高兴的，因为选择当兵是第一次自己做的决定。

身旁的母亲，只见她不断地转身，不停地擦拭眼睛，不想让我看到她泪眼婆娑的样子。中午时分，大卡车慢慢发动了，送别的人群再一次骚动起来，武装部操场又是一阵紧密的鞭炮声响起，上空弥漫着鞭炮烟花炸响后散发的层层烟雾。车后送别的亲人不断挥手，母亲跟着送别的人群小跑了一段路。车上有的战友也是泪眼模糊，有的战友甚至已经耸动着双肩泣不成声了。渐渐地，亲人离开了自己的视线；渐渐地，县城离开了自己的视线；渐渐地，家乡离开了自己的视线。

我深知，从此刻起，远方军营的绿色正飘向自己，如同身上绿色的军装、头上绿色的军帽、背上那绿色的背囊一样，自然而又亲切。我懂得，绿色的梦想从此也在心里播下了种、扎下了根。二十八载春华秋实、寒暑更替让很多的东西模糊远去，但始终难忘那年冬季飘进心头的那抹绿色。

（1996 年，作者在连队军事训练时与战友合照）

绿皮火车上的莲花兵

有些经历一不小心就被装进了岁月，有些物件一不留神就掉进了历史。

时光荏苒，岁月如梭。日子的流逝就像奔流不息的黄河水，始终自西向东、朝着大海的方向前行。那些日子不会因为你得意就流逝得快些，也不因你的伤感而停滞不前。流年犹如白驹过隙，离开赣西山城莲花已经有28个年头了，翻开那一张张泛黄褪色的军营照片，那些青春年少的影子似乎越来越模糊，但又越来越清晰，感觉越来越遥远，但似乎又越来越近在咫尺。是的，记忆有时像变幻的魔方，会穿越时空，跨越地界，像一位久违的远方朋友不约而至，带来一份历久弥新的情感，更是一份温暖于心的记忆。

1994年12月9日，莲花县人民武装部大院内人头攒动，热闹又嘈杂。最让人们关注的是那些身着绿色军装，背着行军被，手提行李箱，胸戴大红花的应征入伍的青年，他们都是那天的明星，被送站的亲戚朋友包围着。这些经过数次挑选，层层政审，复试复检，可谓百里选一的优秀青年，个个都身怀青春梦想，带着家族的荣光，凝聚着未来的期望。在一阵阵此起彼伏的鞭炮声中，在亲人满眼泪花的模糊视线里，在彩旗飘扬、锣鼓喧天的热烈气氛下，一种别离的愁绪飘散在整个县城的上空。"一人参军，全家光荣""到祖国最需要的地方建功立业"等横幅标语，张贴在大巴两侧，这是最平常也最深刻的标语，鼓舞着一茬又一茬有志青年投身军营，献身国防。

1994年12月，莲花县应征入伍的青年共计110名，其中50名被分配到安徽武警某监狱，其余60名则被分配到厦门警备区海防部队。我作为其中一员，正处在一个迷茫的年龄阶段，夹杂着不安分的心思。部队接兵干部刘德贤上尉，是接兵部队在莲花接兵连的连长，另外一位肩挂一颗星的少尉，应该是负责后勤保障的司务长。在革命老区莲花县，当兵可是一件人生大事。由于我们是1994年12月入伍，因此被称为95年度兵。

只要敢为人先，这个社会大舞台给予有志青年的机会也会越来越宽广的。

我的入伍经历有点曲折。当年我已在县土管局上班，单位同事王松波邀约，于是我们两个人瞒着家里偷偷前往县直机关报名，结果王松波未能如愿，我却被选中。据说，当年经过几轮的比拼和淘汰，最后的定兵会上，有人以我已参加工作为由，提出让我把名额让出来。关键时刻，县接兵领导小组组长、副县长黄凌轩表示："这么优秀的兵员就应该送到部队去。"终于，我圆了军营之梦。

就这样，我在土管局同事们的锣鼓喧天声中，在亲人朋友的簇拥下，从兴莲路的家到县武装部两公里的路程，一路上鞭炮响声不断，父母叮嘱连连。在武装部大院里，同其他应征青年集结出发。中午时分，60名同乡战友分别挤在两辆客运班车上，和送行的亲人们挥手，和连绵起伏的山脊道别，和故乡的山水泪别。60名懵懂的青年，怀着各自复杂的情绪，被带向了遥远的军营，开始了追逐斑斓梦想的军营之路。

离别的惆怅夹杂着远行的兴奋。头天在萍乡市区入住，次日又和萍乡其他县区的战友一道辗转登上绿皮火车，后换乘驶向东南沿海的火车。现在不记得当年的很多事了，唯独铭记着火车上分发过入伍第一份津贴费的事，一种陌生的新奇、悸动的兴奋充满整个车厢。12月11日中午，火车到达厦门火车站。我知道，全新的军旅之路就此开始了。

60名战友，脚还没跨入军营，有的就在火车站被调剂到其他部队。1996年，战友江劲超又被调入同安坂头部队，后来参加了集团军汽车司训队驾训，一直在后勤从事驾驶兵种，在江西省军区复转到南昌安置。当年，我和四连战友朱小华一道，在厦门火车站乘坐公交车把江劲超送往坂头军部，军务处参谋彭森林还特意招待。就这样，莲花籍60名战友只剩下57名留在警备区部队。

当年，我正处在心比天高的年龄段，拖着行李走出火车站，仰头望见二十几层楼高的厦门友谊商厦，心底就生出梦想："有朝一日，我要是能够留在这座美丽的城市里该有多好呀！"

厦门火车站广场站台上，留下的同乡战友就像一粒粒象棋子，被点名领走，又被军用卡车拉往厦门警备区各个部队的角落：从厦门岛到英雄三岛（即大嶝岛、小嶝岛、角屿岛），再到浯屿和青屿岛，从大团队五十二团到点多面广、极其分散的直属小分队，从事的兵种有步兵、炮兵、船艇兵，还有侦察兵、话务通信兵，后来还有成为报道员的。

分配在五十二团的战友有 20 名左右，比较集中的二、三、四营，每个营都有七八个战友，而一营只有文向军一人被分在一炮连，陈小平分在特务连有线排当话务员。同乡大部分被分散开来，大部分一至两个人一个连队，三个同乡一个连队的居少。文向军，我的小学同班同学，半年后在一炮连见面，他那激动而又苦闷的心情难以掩饰。

我与谢清华、艾华林被分配在五十二团"天津登城英雄连"。当兵前彼此素不相识，这段当兵经历让彼此相识相知，成为无话不说的"铁三角"，凝结成"一起扛过枪"的战友加兄弟的铁交。我与谢清华还同在一个排，我俩个子相当，分别在二班、三班的末尾，每当队列训练四目对视时，经常因一起发笑被班长惩罚。

正是在这种严格的军事训练管理中，战友谢清华在各方面突飞猛进，有的方面可以说是发生了质的飞跃。比如冲锋枪射击，他一开始扔枪不敢打，后来参加了运动中对隐显目标的抵近射击汇报表演。清华是连队同年兵中第一个入党的，也是第一年就进教导队参加预提骨干集训的，如果当年文化成绩好一点，也是一块可以打造的好材料。退伍后，清华更是刻苦上进，考进南昌大学，现在是神泉乡基层村委代职第一书记，工作上保持了军人那种吃苦当先的拼劲。

俗话说：连队好文书，胜过半个指导员。此话不假，连队文书既要能写，还要会协调，也是连队工作承上启下的协调者。那些年，电脑在部队还是稀罕物，基层连队更是短缺。因此，连队选文书不仅文化程度要高，钢笔字书写还必须过关。

同乡战友艾华林，连队一名有内才的高中生，写得一手漂亮钢笔字。连队 48 名新兵，放眼望去，就数几个江西兵具备高中文化，艾华林顺其自然成了连队文书。艾华林三年的文书经历，让他在各方面得到较好的历练。他在第三年参加了统招考试，被南京后勤干部管理学院录取，如今转业在萍乡市文新广电旅游局工作。也许就是当年文书的功底，文笔很优美，他经常在当地的各类报纸杂志上刊发文章。

五十二团步兵四营是一支相对集中的部队，也是厦门警备区唯一担负厦门地区抢险救灾任务的机动分队。在新兵连期间，岛外同安一座山突发火灾，全营官兵被拉出救急，营长王迎军带领全营官兵亲自上阵，记得那是一场通宵达旦的战斗。

同乡战友还有四炮连的李军波，十连的刘永光、刘少锋三人。军波在当年就去司训队培训，后来一直在机关担任团领导的驾驶员。他退伍后被分配在县劳动监察大队，后又在厦门市公安局工作数年。

刘永光是我同村的战友，还是幼儿园同学，退伍后分配在水务集团工作。刘少锋则是来自下坊一个农村家庭的战友，入伍后在四营与我成为好战友。也许因为家境一般，他不像其他几个战友都有正式工作安置，退役后也没有着落，只能自己在外面打拼。是的，每个人都无法决定自己的出身，只能把握好当下。我们步兵四营的六个战友正是因这段园山下小东山军营里共同扛枪的经历，才有缘相聚在一起，这也成为我们心中美好的记忆。

现转业到三明市某机关的颜志清，当年和另外三名同乡战友被分配在"英雄三岛"前沿的小嶝、角屿岛。那时，军车驶上厦门大桥的时候，他们就感觉很奇怪，不是说在厦门当兵吗？怎么越来越远？看到的环境越来越荒凉，他们的心里也越来越慌了。到了大嶝岛，也是一个个念到名字被叫下车，到最后没剩下几个战友，他们怎么也没想到还得在大嶝码头坐运输船，驶向茫茫的大海中央。

　　龙小彬、陈竞力、颜春华、肖希林、王伯生等同乡战友被拉到厦门第一码头乘船，他们没想到会到远离厦门都市的浯屿和青屿岛。这也是两座海上孤岛，属于漳州。

　　在小嶝和角屿岛的战友，三年里只有到达和退伍时两次路过厦门城区，有的甚至连厦门市区都没去一趟，他们所谓的进厦门就是去马巷老街逛一逛而已。如此艰苦的环境，考军校长期留在部队，的确需要笃定的意志和信念。贺洪亮，也是一名综合素质较高的同乡战友，当兵三年，扎根角屿。

　　1996年6月17日，对于在小嶝六连的同乡战友来说，也许是一辈子无法忘却的一天。

　　世上的任何事情处理不好，好事也会酿成悲剧。那年，对"英雄三岛"部队本来是件喜事，部队在大嶝岛举办迎接时任水利部部长钮茂生视察的活动，水利部会同省水利厅解决了"英雄三岛"部队的供水难题。部队非常重视钮部长的视察，特意抽调小嶝部队几十名官兵来助阵，给军地领导嘉宾表演军体拳。小嶝与大嶝两座岛屿之间横跨两千多米的海域，由于时间紧迫，只得急匆匆借用地方民船，官兵分两批赶往大嶝岛。那天，正逢海上风大浪高，民船又超负荷运载，不幸的事件发生了，船在大小嶝之间的海面上被大浪掀翻了，官兵十人就这样被大海吞噬了年轻的生命，真是惨不忍睹，令人痛惜不已，其中七人为同年兵。

　　分配在小嶝连队里的是颜志清和颜小勇两位同乡战友，如今颜志清谈起此事，还心有余悸。当时，他就在被掀翻的船上，大浪把渡船掀翻后，他凭借过硬的游泳技能，硬是游到了小嶝岛。战友颜小勇更是运气好。那时他在连队担任军械员，也在准备渡海的船上，临近开船时却被连长姚校全叫下船了，据说他还不会游泳。

　　大难不死，必有后福。1997年，颜志清考取重庆通信学院，毕业后被分配到海防第十三师，如今转业在三明市某机关单位。颜小勇退伍后一直在福建发展，如今在福州开公司做生意，相当出色。颜小勇富而思进，还一直热心公益事业，经常参与当地和家乡公益慈善项目。

李海松在塔铺海防九连服役，与彭小军和甘海军在同一连队。那时，我在团政治处当报道员，另一名报道员钟世烈的"娘家"也在九连。领导时常要求下连队找素材，我们会选择老乡较多的连队，这样便可名正言顺找老乡。在九连，三位战友会带着我到各个哨所班排。九连驻地塔铺是一个非常偏僻的地方，尤其是十三号哨所—— 全团最隐蔽的哨所之一，很具特色，排房依一块巨大无比的花岗岩石而建，是射击的死角，石块内也几乎被掏空，有小窗口和枪支射孔。

战友们来自五湖四海，深入接触便知各个地域战友的气质特征。我们这批莲花兵是江西人的缩影，大部分战友文化程度较高，为人本分低调，在连队中属于实干型，综合素质普遍较高。这批战友中，有当连队文书的，有参加预提骨干集训的，有参加军校统招的。比如，刘树金曾担任警备区郭司令员的勤务员；担任各类文书的也有不少，参加预提骨干集训的达二十多人。

特别值得称道的是 1997 年参加全军军校统招的莲花籍战友，11 人中10 人被各类军队院校录取。罗列一组数据，便知莲花籍战友综合素质普遍较高。1997 年度警备区共计 90 人参加统招考试，其中 60 人被录取，莲花籍战友 10 人被录取。另外，高炮营的李军还直接考取了士官学校。转眼间，26 年过去了，当年考进军校的 10 位莲花籍战友，如今转业安置也是遍布上海、重庆、福州、三明、泉州、厦门等地，在部队有升至团级干部的，转业地方有成为部门领导的。当年退伍的战友也是与时俱进，尤其是像五十二团的李水明、甘海军，区直属队高炮营郭建武等战友，退伍后先后考上了江西省人民武装学校，进入地方公务员系统，如今三人都走上了乡镇领导岗位。无论当下如何，大家如我一样，由衷地感恩部队这段特殊经历的馈赠。

三年当兵经历，终身战友情分。退伍后，战友们自发成立了战友联谊会，由成熟稳健的杨帆担任会长。谁都清楚，这种职务只有付出，只有责任，只有担当，但杨帆的确本着服务战友、联络感情、相互帮衬的目的，为战友们打造了凝心聚气的平台。我作为其中一员，感受到了这种战友情分的珍贵，但凡能现场参与我都乐在其中。在厦门当兵的战友，对同在厦门工作的同乡王立武再熟悉不过了。王立武年龄与战友们相仿，热情好客，简直就是厦门警备区战友的联络对接人，他的家里也成了战友们时常聚会的场所。

时间真的如流水，二十八年倏然而过，当年的战友都到了责任如山的中年阶段。然而，时间改变不了心中永远不变的初心，不论现实生活怎样一地鸡毛，但战友们总不会忘记那段苦乐并行的青春岁月。

生命中有了当兵的历史，一辈子都感到珍贵；生命中有了当兵的历史，一辈子都会充满光辉。是的，1995 年度厦门警备区莲花籍 60 位战友的那段当兵的经历，真切地映射在我的生活底色里。

（1996 年 8 月，莲花籍战友在教导队集训时合影）

五十二团，若干年后依然会记起

"时光流逝，道不尽说不完的是对军营的无限怀念，曾经不珍惜的军旅时光，到了现在却是无比向往，手中握不住的流沙，记忆里舍不下的绿军装。在我的记忆里，军旅永远是一首唱不完的歌，哪怕离开了部队，但我还会一如既往把军人本色继续发扬，因为曾经是一个兵，一辈子就是兵。"听着这首旋律优美的歌曲，注视着这个色彩斑斓的大千世界，我时常还会想起云顶岩山下那支悄然远逝的团队，也许与你无关，但真实地映照在我的生活里。

人的一生，总会有那么一些地方、一些事物、一些经历，磨人又磨心，甚至会让人产生一种负面的情绪，发誓不愿再涉其中，只想尽早离开，有时也臆想把这段经历丢进没人留意的角落，让它渐行渐远，遗忘于无声，消失于无形。

那年，南昌陆军学院正逢毕业季，同学们背上背囊坐上大卡车，在即将离开望城港军校大门时，眼含泪水歇斯底里发出呐喊："一辈子都不回这个鬼地方，太苦了！"然而，时间会抚摸那些曾经所谓的苦难和沧桑，让自己对曾经历的事情有一个重新的认知定位。时间流逝得越久远，越会勾起对那段青春激荡岁月的怀想，更会感恩那段艰苦的磨砺给予自己精神世界的丰盈。

这段烙印着青春印迹的时光，像一张有储藏功能的内存条，一旦插上电脑接口，把鼠标点开，那一段段往事就像水库蓄满的待倾的洪水，顷刻间从闸门喷涌而出。这是什么？这就是一段自然流淌的情感，一种当兵人对那段岁月挥之不去的特殊情结。海防第五十二团，这个军中内部代码编号，只有如我一样在此当过兵的人，才知道其中真正的含义。

这支部队，这片军营，对于一群有着几年、十几年，甚至数十年军龄的半职业化军人来说，那几千个日日夜夜、酸甜苦辣交织的经历，是无法用一两句话来概括其中确切的真意和况味的，其间必然混杂着喜悦和收获，也伴随着苦闷与徘徊，甚至还有彷徨，但更多的是一种由衷的感恩。是部队这个大熔炉锻造了自己钢铁一般的意志，成就了自己一段无怨无悔的青春岁月。

最近一次去五十二团机关大院，是转业七年后一个普普通通的日子，也是一个浮想翩翩的日子。回"娘家"吗？家还在，人已不知去向，一种莫名的情愫萦绕于心。想不到，曾经那个"铁打的营盘"也会时过境迁。据说，老部队整改后，这里作为整编后旅部机关的过渡，也在两个多月前悄然搬离，驻扎到远离城市的偏僻大山里了。喧嚣了几十年的五十二团机关大院从此不再神秘，不再有荷枪的岗哨，不再有军车穿梭了。

独自漫步在团部机关大院里，昔日那栋威严矗立的机关大楼早已人去楼空，门闭灯熄，空旷静寂。没有了值班室紧急短促的军用电话铃声，没有了参谋干事助理楼上楼下奔跑忙碌的身影，没有了操场上篮球比赛的拉歌，没有了特务连那响彻云霄的列队番号。此刻，双脚踏地的节奏，鼻孔呼吸的回荡，山间的鸟叫蛙鸣，都显得特别清脆悦耳。日暮之时，几栋错落有序的西式办公大楼，均处在云顶岩山体脊线草被植物深沉的环抱中，犹如沉睡的孩子安卧在母亲的怀抱里。那一株株高耸的木棉花树、几棵枝繁叶茂的大小叶榕树分布于主干道两侧的草地中央，通往车队东门路两旁矗立着的整齐的法国梧桐，在夜幕即将到来之时，伴随着海风，吹拂着梧桐树叶沙沙作响，映衬出一分凋零萧瑟的寂寥。

如果不是那几栋家属楼里照射出来的灯光，还有几个小孩子在开阔的草地上嬉戏打闹，又有谁能知道这里曾经是厦门岛内沿海一线部队的首脑机关，曾经军令如山，一道道作战指令、一封封演习文书从这里发出，运筹帷幄，沙场点兵。看着眼前熟悉的一草一木，在一个个春夏秋冬中周而复始地运行着自然的规律，虽没有人在意这里流星一样的往事，但曾在这里怀着青春梦想的一代代军人，必定如我一般，思绪万千，感慨良多，五味杂陈，咀之有味。

说来话长，想起可笑，我有着十几年军龄，可说是五十二团土生土长的干部，然而我对于五十二团的历史脉络却模糊不清，除了团队那些简单明了的发展沿革，对团队历史渊源真的知之甚少。

当年，有上级领导来部队视察，组织部门准备的汇报材料也是寥寥数语，一笔带过。

从 2004 年版的《厦门市志》上得知关于团队历经改编的简单脉络。再往前，团队历史渊源《厦门市志》里没有明确的记述，究竟什么原因也不得而知。团队的根脉就像断了的风筝线，不知根在何处，如今也无从考究。

数个团队分散在沿海一线数十个连队哨所，自其组建以来都有其筚路蓝缕、艰苦卓绝的历程，可以说这些连队远比团队更有历史渊源，更会让人铭记于心。

团队最值得称道的连队要数原摩步二连，一支战功卓著的英模连队，曾参加平津战役中解放天津的战斗。那是一场城市攻坚战，连队担负营第一梯队主攻连的重任，突破敌人的前沿阵地，为后续部队进攻开辟通路。连队当先锋、打头阵，最后将五星红旗插上天津城的城头，被第四野战军授予"天津登城英雄连"光荣称号，书写了连队的光辉历程。

新时期涌现出来的拥政爱民典型"鼓浪屿好八连"，驻扎鼓浪屿 5A 级旅游风景区几十年如一日，始终弘扬雷锋精神，在建设保卫特区中取得骄人的成绩，闻名遐迩。

海防一连，曾经因为一个班阻击敌人一个连的兵力，被东北抗联授予"印成班"光荣称号，还参加了解放长春的战役，后一路南下江西、进福建，在厦门整编纳入守备四师所属海防第十二团，如今又调防入编福州一个信息化部队；有着正规化建设标兵美誉的步兵二连，也有光荣的战斗历程，曾被西北野战军授予"集体三等功连"……

我也曾利用空闲走访了这些营房和前沿哨所，一座座没有人气的营区，到处杂草丛生，破败不堪，就像一位皮肤松弛的老嬷嬷，没有了往日训练场上虎虎生威的朝气，没有了杀声震天雷鸣般的番号呼声，留下的是那片起伏循环的海潮，以及那徐徐吹来的海风。

海防三连那幅印刻在连队一侧巨石上"身在海岛，心向北京"醒目清晰的标语，象征着这个连队的连魂，如今也是青苔斑驳，枯叶飘零。五十二团，这支身披战功、历经风雨的团队，就这样被整改分解了，像训练中分解手枪一般，但分解的手枪却再也没能组合起来。

聚是一团火，散是满天星。辗转在这支部队的各个角落，回想自己十几年的军旅生活，时常也会叩问灵魂深处：自己从哪里来，这些年又经历了什么，得失又有哪些呢？又该如何珍惜当下，努力工作，寻找自己内心想要的生活呢？这不免又会勾起26年前，自己当兵之初，心中那份渴望与追求。

"三十功名尘与土，八千里路云和月。莫等闲，白了少年头，空悲切。"自己也怀有独特的自我意识，迈自己的步，走自己的路。那年高考落榜，在几分沮丧中听从了父辈的安排，到县土管局监察股工作，随着时间的推移，特别是当征兵工作拉开序幕后，那颗不安定的心又开始骚动起来，一种"到外面世界去看看"的想法左右着自己，便跑到县直机关武装部报名参军。家里人起初不太同意，认为兄弟四个中最软弱瘦小的是我，母亲怕我吃不起苦受不了罪，有的兄弟说都已经参加了工作，又何必再去折腾，反正退伍还得回来，何必出去自找罪受？家人最终拗不过我，就索性顺其自然。

就这样，体重只有一百斤、穿着肥肥大大的绿军装的我，在同学、朋友、家人的簇拥下背起军用背囊。母亲跟在我的后面，不停地叮嘱。殊不知，虽然我头一回远离家乡，离开亲人，心里有太多的不舍，但明白自己已经不属于这里，心儿似乎早就飞向了那遥远的海岛军营。第一次出远门，第一次坐上绿皮火车，第一次在火车上领到战士津贴，年少的心气冲散了思乡的缠绵，很快自己就完全融入了火热的军营。

有人说当兵生活很清苦，我不能苟同。如果当兵是自己的选择，做自己喜欢的事情，苦也是一种乐！反之，做一些事与愿违的事，再优越的环境也觉得很苦涩。入伍之初，最难的就是从地方青年到合格战士的转变，从自由散漫到纪律严明的要求，从体能训练到作战技能训练的转变。

"不经一番寒彻骨，怎得梅花扑鼻香。"哪个步兵专业兵种都不会忘记，步枪跪姿二练习，虽没有五公里武装越野那样的疲惫奔袭，也没有四百米障碍的激烈对撞，但是最能考验一名战士的意志是否坚强。跪姿训练中右脚五个脚趾蜷缩，膝盖着地，与双手拖枪瞄准目标形成一个整体，整个身体重心落于右脚，脚趾关节弯曲时间一长，由痛到麻，由麻到钻心的刺痛，其中的滋味只有经历过的人感受最深刻。

哪个参加过教导队预提骨干培训的战友不记得，1996 年为期四个半月的预提骨干集中训练强度真的让人受不了，尤其是公共科目结束后的分专业训练，步兵专业的底气全靠"米数、秒数、环数"来支撑，要在集训队立稳脚就得用拿得出手的"干货"来亮相。厦门岛内的云顶岩，是岛内海拔最高山峰，也是观看日出的好平台。当年那条蜿蜒曲折通向山顶的石头山路，可是步兵专业磨砺持久耐力的最佳场地，一趟负重冲山下来，人都像虚脱一般。还好那时年轻，体力恢复快，没几个小时就又像满血复活的"奥特曼"了。

还记得当兵第三年参加军队院校招生考试，不仅是体力上的劳累，还是脑力上的煎熬，更是心智上的考验。从团里经过初步筛选，各部队共计150 名学员在教导队集中培训，但最终只有 90 名学员能参加全军统考，经过四轮体检、文化摸底和档案审查等环节，还得淘汰 60 名学员出局。淘汰比例之大、竞争之激烈可想而知，军校学员真的都是过五关斩六将，一步步从"枪林弹雨"中摸爬滚打出来的。

当年我体检时正遇上感冒，体检时连酱油、醋、酒精都分辨不出，被退回连队，我的情绪跌入低谷。所幸机关老领导鼎力相助，让我重回文化集训队，最终圆梦军校。南昌陆军学院，有着中国"西点军校"之称，印象最深的莫过于学员注册考核阶段的艰苦经历。一边是抓紧准备到校的军事和文化科目复考复试，还有复检和政审，哪项都不敢松懈麻痹，一边是面对亲戚朋友的追问，在半年时间里不敢书信电话联系，生怕自己被淘汰回部队面临尴尬。

注册考试后，身边的战友打起背包极不情愿离开的情景，还历历在目，自己心头也不是滋味。南昌陆院实施全程淘汰的管理教学模式，让学员始终绷紧弦，不敢有半点松懈。至今，我还记得学院院长许志龙少将那经典的"三品"定律——不要身体不合格的次品、军事文化不过硬的废品、思想不忠诚的危险品。这足以让我们印象深刻三年，甚至一辈子。

时光荏苒，岁月不居。在海防五十二团的十几年中，我从一名地方青年成为合格的革命战士，从一个普通战士成为军校学员，从军校毕业生成为一名基层部队的带兵人。从老百姓中来，又回到老百姓中，从满怀理想的叛逆青年到没棱没角的中年，经过一个部队周期的辗转周折，重新回归早出晚归的上班族的平静生活，那个激情四射而又毛毛躁躁的青年变成了稳重内敛的中年。

十几年如同翻书一般，失去的是时间，收获的是阅历。按理说，我原本已有一个稳定的工作，但自己并不太安分。也许就是那份心比天高的倔强起了很大的助推作用，让我开始了独自闯荡的人生。我的简历，经过的路可以复制，但我的人生和心路历程却是独一无二、不可复制的，就像每个人的指纹，都具有唯一性。正因为如此，这个世界才会多姿多彩，妙趣横生。

此时此刻，无意去大书特书部队里那些轰轰烈烈的演习场面和一些影响重大的事件，我只想再现基层官兵耳熟能详的往事和话题。然而，时间是检验事物本质的一把尺子，我武断地认为，在脑海里能够留下痕迹的，就是最好的风景。曾经那些美的、丑的、善的、恶的，都是人生的经历、过程，都是人生的可贵财富。也许有人离开一个地方很久，那些往事已经远去了，但总还不能释怀，心中那份所谓的怨恨有时反而更加深刻。其实，那些所谓的恩怨，放在生死面前又是何其渺小；那些纠葛，放在漫长的人生长河中，就像一滴水放入大海一样，又能激起多大的浪花呢？

回顾部队十几年的经历，自己付出过，努力过，奋斗过。

俗话说：理想很丰满，现实很骨感。我也曾经苦恼过，心累过，徘徊过，甚至后悔过，但平心静气回顾这段时光，我觉得问心无愧，无怨无悔。我深深知道，在这个开放竞争的时代，在人才济济的军营里，不缺人才缺平台。我由衷地感恩部队，感恩这段岁月使我的内心由软弱变强大。

莫被浮云遮望眼，风物长宜放眼量。一个人，眼睛中不能只有名利得失，其实经历过就是最好的收获，遇见就是最美的结局。告诉自己应当更加用心去经历，且行且珍惜，做好眼前力所能及的事情，努力使人生的每一个阶段绽放得精彩芬芳。生活的阅历告诉我，一个人要听从内心的召唤，尽量让自己活得明白坦然，多一点洒脱，也许有人说这是阿Q精神，我无意辩解。"横看成岭侧成峰，远近高低各不同。"不同，缘于自己的心境与追求。你追求的是什么，你的关注点就在哪里。

这段时间，追剧《一生只爱你》，剧中那一幕幕看似平凡又充满温情，夹杂着跌宕起伏的故事情节，还有那首旋律悠长的歌曲《爱是你我》。我也在想，自己与军队，也像一对难舍难分的痴情恋人，那一段段心情、青春交织的生活，细品如茶的醇香，啜饮如酒的甘洌。正如歌词中描述的："就算生活给我无尽的苦痛折磨，我还是觉得幸福更多。"接下来，我把留存在脑海里部分碎片化的记忆一一取出来，看看能否把你我带回到那段激情燃烧的军旅岁月。

三角戳

对于三角戳，只有当过兵的人才能理解其中真意。一封信，在营部盖上一个红色三角戳，就像一张绿色通行证，可以免费寄往祖国的四面八方。

通信联络，成为一代军人始终绕不开的话题。在20世纪90年代初当战士那会儿，别说手机和BP机了，连固定电话还不怎么普及。我家位于赣西罗霄山脉中段一个偏僻落后的小县城，家里1991年安装了第一部程控电话，那绝对是一件稀罕物。记得那时固定电话是六位数，打长途还不能直拨，得由县邮局总机转接完成。90 年代初，沿海一线的基层部队里还是手摇式有线电话，军用程控电话只有师团机关才配备。

那年，参军来到厦门，我竟然不会往家里拨打电话，不知道打长途电话还要加区号。因此，对于封闭式管理的军营，书信是战士们联络家乡亲人朋友同学的最常用的方式，探其原因不外乎三个。一则长途电话军营还没普及，平时打长途电话还得跑到小东山驻地的小店里。二则大部分战士来自农村，家里也没有安装电话。三则是长途电话费很贵，而义务兵通信属于免费范围，不需要购买张贴邮票，只需要连队通信员统一收集到营部，盖上三角戳，这一封封信就可北至漠河，南至海南岛，一路绿灯，畅通无阻。

那些年，训练之余除了每天晚上观看新闻联播，周三晚上教唱歌曲，周末进行少量文体活动外，其他时间基本上就是"白天兵看兵，晚上数星星"。书信往来可以排解思乡的寂寞，写信可以舒缓转移战士的不良情绪。因此写家信成了战友们主要的业余活动，不管家乡多么山高路远，大家都在挤时间写信，有的战友甚至躲在被窝里打着手电筒写家信。可以说，写信是战友们和家人朋友交流对话，诉说军营里的喜怒哀乐，排解心里的思乡念家之苦。不光战士们写，连队的干部们也在写。

战士们写信当然希望多多收信，每天连部通信员下班排分发报纸和信件时，战友们都会一窝蜂围上去，想在第一时间知道自己是否有信，有的战友一次收到几封信，脸上立即会绽放出花一样的笑容，没有收到信的战友则一声不吭，把军报和《人民前线》高高竖起，来掩饰那份落寞、失望的情绪！

后来，随着公用电话岗亭、IC 卡的普及，写信和电话都会占据一定比例，长途电话渐渐替代了书信。关于固定程控电话还闹出不少笑话。南昌陆院管理极严，有时候连去西门打电话也得像做贼一样偷偷摸摸。二班福建籍的谢祥宁肯定记忆深刻。有一次下课他和几个同学偷偷跑到电教楼小店里打电话，不知谁喊了一声"队长来了"，大家像老鼠见到猫一样拔腿就跑。谢祥宁提起书包，像箭离弦一般，飞速朝门外跑，结果与那扇透明玻璃门迎面相撞，玻璃散落一地，他的额头当场开花，尽显狼狈。

那些年，整个中队只有一部军线电话，设置在一楼岗哨角落里，外线只能通过学院的总机转接到中队。全队一百多个学员，仅凭借一部电话与外界联络。

当年，机关里有一部没有显示功能的固定电话，战友间互搞恶作剧，有时闹得哭笑不得，有的身在省军区机关的战友也经常被捉弄。电话铃声响了，刚到组织处工作的小王接起电话很有礼貌："你好，请问哪位首长？"电话另一头传来颇具威严的首长般的语调："小王，到我办公室来一下。"小王还没应答"是"，电话就挂了。小王放下电话连跑带颠往门外跑去，忽地回过神来，是处长还是部首长找？他一头雾水，只得一个办公室接一个办公室地问，那种窘态可以想象。最后他忐忑不安地回到办公室，刚坐下电话又响了。小王又小心翼翼地拿起电话，电话那头传来诡异的笑声："小王，叫你来办公室，怎么还没到？"小王这才听出是同学在捉弄自己，气得眉毛竖成一条线，但也只得苦笑一声。

坑 道

作为沿海一线的海防部队，地处争锋交织的夹缝中，一茬茬海防前沿的部队官兵，对于蹲坑道搞战备也是最熟悉不过的。

那些年，一年内频繁进行数次战备演习，可谓家常便饭。但对于我们这些新兵来说，那些场面，足够让我们胆战心惊、心有余悸。对于老兵和干部而言，又是家常便饭。防空警报拉响，战备等级的转换，他们都能做到有条不紊、忙而不乱，而新兵们在多次类似演习后也逐渐得到历练。

对于 95 年度兵来说，当兵三年，蹲在山洞里战备的时间就占了三分之一还多。

1995 年初，在新兵下连后不久，营里副教导员肖成良到连队找我谈话，大致意思就是要调我到营部，当时还特意争取了一个新闻骨干培训的名额，让我参加在海防一连为期一周的新闻报道员骨干集训。原定培训结束后就抽调我到营里，负责通信保障工作。没想到后来阴错阳差，在一连培训期间，被当时集训队的丁广阳干事（现任东部战区某预备役师政治委员）看中——或许是因为那篇以集训为题的消息稿颇具新闻消息的雏形，我和钟世烈、李小可三人被抽调到团新闻报道组，师从新闻干事徐林，转行从事部队新闻报道工作。

到团部报到的第二天，我又被通知去警备区宣传科报到，填补科里报道员的空缺位置。当时宣传科报道员蒋守昌正在西山文化集训队备战军队院校考试。蒋守昌后来考上了南京政治学院新闻系，毕业后不久调入《人民前线》报社，对我帮衬最多，我们长期保持着良好的沟通联络，我也把守昌当成好兄长。当年，对于文字工作，我心里真没底气，那真是"赶鸭子上架"。在宣传科的半年时间里，我感到自己是在白白浪费青春，最后硬着头皮向许龙祥科长反映，说自己到部队的初衷就是想在基层连队好好锻炼，考上军校。

科里拗不过我，认为"强扭的瓜不甜"，最后把我送回团里。团政治处主任张可年也是报道员出身，深知个中缘由，首先就泼了我一盆冷水，明确说："报道搞不好，什么都别想。"若干年后，我才明白老领导的良苦用心，一个人不紧逼、不压担，就挖掘不出潜能。记得当年，张主任还经常把几个报道员叫到办公室，耐心传授如何抢抓新闻线索，并且时常给我们交任务、压担子。当时我还真不能理解，甚至还认为这是领导给的"小鞋"，现在觉得那时是多么幼稚。

在领导的悉心教导下，在新闻干事徐林和欧阳升辉手把手传帮带之下，经过一年的努力，我的一些小豆腐块文章陆续见诸报端。义务兵第三年回江西老家探亲，我把这几篇小文章带回家里，亲人们顿时炸开了锅，争相传看，都说部队这个大熔炉特别能锻炼人。

在团新闻报道组的近三年里，经历部队的事情也很多。报道员在政治处没有正式编制，编制还在原来的连队，每到战备演习，都得回到各自连队参加。

那些年，最艰苦的要数夏天战备蹲守山洞，特别是酷热的三伏天里，每当警报拉响，整个前沿一线部队都得搬进防空坑道进行战备演练。最难耐的就是酷暑，洞外艳阳高照，洞内却阴暗潮湿，衣服被褥格外潮湿，有的官兵因为晒不到充足的阳光而患了湿疹。

报道员回到连队，有时就成了无人管理的"真空人"。连队官兵认为我们是政治处的人，有的战友还戏称我们为机关领导。连队干部也没把我们安排在战斗班排，有时就安置在炊事班打打杂。在炊事班，广东籍上士、班长吕春喜没安排我干重活，只是让我当帮手。有时我还跟他到安兜农贸市场采购连队所需物资，战备演练拉动时则跟在部队后面背锅。

记得有一回下到连队，我还保留着机关兵的形象，头发长，还颇有点小造型，部队集合又是懒懒散散，引得指导员大动肝火："你看你，全营官兵数你头发最长，部队集合还穿布鞋，真是只要组织照顾，不要组织纪律！"这些批评让我汗流浃背。

部队驻地的山峰几乎全被挖成了防空洞。牢固坚韧的军事掩体，平时用于演练，战备时则用于预防炮弹火力袭击。当战士时，住园山坑道，后来在机关当干事，又在对高山、虎仔山的坑道里充当演习的一员，制作过一份份演练文书，经历过一个个不眠之夜。那些过往的峥嵘岁月如风一样吹进了时光深处，印象最深的不是那些没完没了的战斗命令和演习文书，也不是风餐露宿、演习拉练的艰苦，而是坑道里那些此起彼伏的呼噜声。打呼噜最具特色的要数通信股长曹新建，他个子不高、身材矮小，戴上军帽有点类似卡通形象。每每晚上熄灯后，整个坑道分部门、分兵种分布，除个别的值班外，都得按时就寝。曹股长的特点是入睡快，呼噜打得响。有人说起曹股长打呼噜的样子真是形象逼真，他打呼噜时嘴巴半张开，出气发出的声音就好像在吹口哨，在空寂的夜晚显得异常突兀。也有人试着去叫醒他，他的呼噜会短暂停下，应声"嗯"，可不一会儿又鼾声依旧。大家都笑了，只好作罢。

探 亲

回乡探亲，对于基层战士来说绝对是一件大事，牵动着每个人的心弦。义务兵三年有一次探亲的权利，另外还有一次事假。相对来说，事假不容易被批准，有着条条框框的附加条件，再则事假并不是什么好兆头，得是家里出现重大变故才有资格申请。

十天假是固定的，路途时间根据实际情况而定，一般由连队主官把控。其实当年路途时间真不好确定，尤其是遇上春运高峰期。买票不像现在可在网络上订购，遇上特殊情况，有的战士可能还没到家，就得折返部队。

那时，不知内情的我最羡慕四川等路途遥远的战友，来回的时间多则十二天，少则也有八天，却不知他们在路上转车换道、折腾周折的难处。每个战友回来都有一箩筐的故事。最开心的莫过于战友们带回土特产，全班全排战友都围上来讨，甚至晚间偷偷跑到驻地小店整来几瓶啤酒，小范围聚在一起，一直到深夜。

连队干部也期待战士归队。身边战友最关注的还是战友的女朋友是否还在。有人探亲回来情绪低落，那肯定就是家里的女朋友告吹了；有人归队意气风发，喜形于色，并说明年退伍就可以结婚了；有的归队后，却因为水土不服生病了。

在基层连队，家属来队可是连队官兵的大事，如果可以写进连队日志，那就是笔墨最多的。如果是连长家属来队，指导员就会主动表示："连长，这个月我值班，早晨你就不用出操了。"连长倒很默契，也会说声"那就辛苦你了"。其实几个连队干部的年龄比战士们大不了几岁，平时也是一个篮球打到底，把多余的精力都耗在一个球、一块水泥地板上。

一张"光荣之家"牌匾

"一块迟到的铁皮，来得是那么不易，多少人四处争理，多少人前赴后继。那块沉甸的铁皮，既不能当作寒衣，也不能填肚充饥，只不过是心灵的一点慰藉。这块冷冷的铁皮，埋藏了多少青春的回忆，这里有对党的忠诚，这里有生与死的追忆。这块闪光的铁皮，镌刻着你一生的荣誉，一次精忠报国，从此就不离不弃。"这"光荣之家"的牌匾，牵起无数退役军人内心尘封的军营旧事。数十年前的从军戍边卫国经历，数十载的绿色军营情结，化作一种特殊元素，融入了军人的血脉，植入了当兵人的情怀！

回归平淡的生活，而这块"光荣之家"牌匾，勾起了无数当过兵的人的无限的遐思。它也让我对军人荣誉进行了重新审视。对于这块光荣牌匾，可谓众说纷纭。有人说光荣牌匾纯属作秀，解决不了任何实际问题。也有人认为这是浪费钱，还不如用这笔钱资助那些需要帮助的残疾困难退役军人。后来又在领取牌匾的看法上各持说法，有人说自己去领，有的说居委会送上门才合理。在自己安装还是由居委会统一安装等细节问题上，每个地方的做法也不统一。更多的人还是认为这是国家对军人的一种褒奖，让军人有获得感，更是激励现役军人保家卫国的一种方式。

这些天，我又走访了五十二团防区内点多面广的连队及驻地，这些部队驻地曾经都是偏僻落后的海边渔村，当年也是这些部队的官兵抛头颅、洒热血，打下了海岛，解放了驻地，更守卫了和平。如今，驻地的发展可谓高歌猛进、日新月异，高楼林立，商贾如流，繁华喧嚣，真是今非昔比，令人刮目相看。

军人的职业理应得到社会的尊重与认可，"让军人成为有尊严的职业"，"光荣之家"牌匾的发放就是褒奖军人这个职业的一种体现。既然做就要做好，就应当认真地从荣誉方面切实做扎实，让退役军人从中真切感受到那份与金钱无关的精神馈赠。有的地方由居委会敲锣打鼓送上门并统一安装到位，的确让人感觉到政府的关怀、军人的荣耀。这种做法更是无形的广告宣传片，会吸引更多的地方青年投身军营，报效祖国。

作为半职业化军官中的一员，我应当感恩部队的培养，更应当感恩党和国家的馈赠。生活的阅历让我深知，心中有太阳，走在哪里都有温暖，心中留有怨恨，物质就是再丰盈，也无法在脸上绽放灿烂如花的笑容。

那年七一建党日里的怀想

我是千万党员中的一员，出生于 20 世纪 70 年代中期，伴随着改革开放的春风成长，党龄虽然也二十年有余，但没有经历过先辈们的苦难和挫折。应该说，我们是属于"前人栽树后人乘凉"的一代人，是生活在白鸽飞舞、阳光灿烂环境里的幸运儿。

流逝的岁月，沉淀的历史，累积的阅历，让我们懂得建党、建军、建国的那一段段风雨如晦、筚路蓝缕的岁月，但只能通过历史的记录来触摸和感知。

一代人有一代人的芳华，一代人有一代人的故事。过去的艰苦卓绝，我没有机会参与，只能以一个普通党员的身份去感受那些不平凡的往事。

二十多年的党龄，十几年的军龄，还有近十年转业地方的人生轨迹，日子清清浅浅，一天天周而复始。偶尔在家里的书房，看到存放着一大摞各类获奖证书，其中有一本证书，勾起了对建党八十周年那个特别七一的怀想。那本证书，记录和见证着和战友们代表厦门警备区参加福建省军区"坚定理想信念"知识竞赛的往事。

2001 年，我刚从军校毕业，分配到厦门军营履职，正值省军区"坚定理想信念"专题教育在团队试点先行。记得那年，宣传处在团里开展了一系列的相关配套活动，还专门从西安政治学院邀请了四位研究生下沉团队，驻点指导各部队开展教育活动，并编写了一套相关教育丛书。

那年，我在云顶岩前沿突出部的对高山弹药库哨所里任职。哨所是一个远离连队的单独据点。偏僻路远的哨所，周边只有山坡满满的坚固岩石和相思树，哨所只有几栋冬冷夏热的简易石头房，还有那条一遇"敌情"就汪汪大叫的大黄狗，二十几个战友同住在一间大排房里，一排四个窗户连着半山坡的岩石和肆意滋长的榕树，那些枯黄凋零的树叶经常不请自到，散落到战士们那洁白的床铺上。夏天，时常有一条条竹叶青蛇出没，一头头形如野猫的山鼠经常光顾排房，与战友们进行无声的对话。哨所里连一台电视机都没有，训练之余战士们除了聊天就是埋头写家书。哨所条件之艰苦、生活之单调不言而喻。我当年也处在心怀梦想的年龄段，眼前的困难并没有成为追逐梦想的羁绊，豪情在胸，蓝图在绘，涌动着跳跃奔腾的思绪。

那年三月份，专题教育在团队全面铺展开来。全团在海防三连老营房里组织了一次专题教育理论骨干培训。作为新排长，我被连队推荐参与其中。在集训队，省军区宣传处处长柳亚南带领工作组进行现场指导，就如何在部队开展专题教育充当理论小教员小骨干的问题进行了三天的系统培训。最后，我还代表学员登台发言，题目是"今天是课堂的学员，明天就是基层的教员"。

回连队不久，我就被点名，投入营里组织的党建党史知识竞赛的备战，每个连队派出干部、士官、战士组成代表队，殊不知这只是活动的初步预热，主要目的是挑选人员组队参加全团的知识竞赛。作为党员干部，对于组织分派的任务只有服从和坚决服从。当年，战友们拼劲十足，有困难就克服困难，没条件就创造条件，总之就是不折不扣地完成任务。我和其他两名战士接受任务后，利用训练间隙将题库强化记忆，硬是把数十页的题库逐字逐句啃下来了。我和战友代表二营参加了由摩步营组织的知识竞赛，获得第二名。之后，我认为这项活动画上了一个句号。

可回归连队不久，我又被抽调脱岗集中，统一到团招待所进行强化训练。此时才知道，厦门警备区要以先行试点的海防五十二团为主干力量，组队备战省军区在福州的七一专题教育知识竞赛的决赛。这是专题教育的压轴大戏，届时省军区在榕所有常委都会前来观战。

师宣传科通过团队知识竞赛物色人选，力求精中求精，从团海防二连抽调了排长梁昌荣，步兵八连的陈荣华、步兵十一连的李鹏，特务连战士李郑，还从炮兵团抽调了一名士官组成了一个小团队，在团招待所进行封闭集训。师、团分别由干事朱小强和欧阳升辉脱产负责集训期间的服务保障工作。

朱干事和欧阳干事均是师、团宣传部门的理论教育干事，行事作风认真细致。他们对集训队进行了合理分工，并提出目标任务和阶段要求。要求成员务必在规定时间内，对二百多页的题库做到倒背如流，对于选择题要做到主持人念出题目的前五个字就能锁定答案选项，对于简答题和问答题要求做到一字不漏、一词不误，烂熟于心，能够脱口而出，对即兴演讲也要进行范围收拢，确定主题，撰写范文，预先预演。师、团相关政工领导也非常重视此次专题教育活动，最后以在福州登场亮相的"豹尾"收官。师政治部主任林勇鹏在集训期间曾四次下到集训队，从背题技巧和答题方式，再到如何做好即兴演讲，甚至连如何按抢答器的按键都研究得细而又细。团政治处的柯主任也经常给大家加油打气，并承诺取得第一名一定给队员们记功授奖。

记得当年，整个省军区知识竞赛分南北两个片区进行预赛，南片区在海防第十三师罗山师部礼堂进行，主要的看点也是厦门警备区和海防第十三师之间的较量。北片区组队参赛的主要是海防第十二师与其他军分区或预备役部队。南北片区的预赛最终确定于七一前夕在福州省军区大礼堂举行。

在泉州进行的南片区预赛，由区政治部副主任张可年带队前往，师宣传科的朱干事负责具体协调工作。厦门警备区在南片区预赛中获得第二名，队员们似乎有些沮丧，回来后带队的政工领导又分析总结得失，给足压力，进一步强调专题教育在五十二团进行试点，如果拿不到名次将无法交差。

领导针对以往比赛的经验和各个队员的特点，及时调整思路，让手疾眼快的小陈担任按键手，专门负责抢答，把握主动答题机会，又让记忆力超群、心理素质过硬的梁昌荣重点准备简答题和问答题，我们着重针对即兴演讲进行准备，在声情并茂的基础上增加姿态语言的互动。就这样，又经过半个月紧锣密鼓的苦练硬记，大家心中都憋着一股气，朝着"争第一、扛红旗"的目标努力着。

当年的 6 月 30 日，警备区代表队一行由区政治部领导带队前往福州。那是我第一次到福州，即便是在路上，大家也无心去欣赏车窗外省城里的名胜风景，都惦记着当晚的决赛。我们入住省军区招待所——五凤山庄，大家在房间里"临阵磨刀"，进行着最后准备，朱干事也是忙前忙后，协调各种服务保障。各个代表队进场时，省军区机关直属队官兵早已整齐划一地入座等候，紧接着省军区在榕的领导也依次进场，第一排可谓将星闪烁，整个比赛立显严肃紧张的氛围。这场决赛虽然有六支代表队，但厦门警备区、海防第十二师、海防第十三师、漳州军分区四支代表队竞争力较强，也是较劲最厉害的代表队。

如今，将近二十年过去了，对于现场知识竞赛的情况没有什么太深刻的印象了，只记得警备区和海防第十三师两支代表的分数总是交替上升，你追我赶，咬得很紧，在必答和抢答环节，两支代表队的得分也是旗鼓相当。场下的官兵被现场竞争的氛围所感染，不时发出阵阵掌声，让场上的气氛既紧张又热烈。最扣人心弦的要算抢答风险题环节，答对加分，答错扣分，一来二去，各队分数差距拉大了，结果最有竞争力的海防第十三师代表队在风险题上出错，这让我们的总分稳居第一，我在即兴演讲环节的压力减轻了。

即兴演讲环节，现场临时抽题，每个选手只有五分钟左右的准备时间。即便警备区总分领先，但我还是紧张，当时，心都提到了嗓子眼，生怕即兴演讲的题目太过生硬偏门。朱干事代表团队在幕后抽题，所幸，抽到的演讲题目属于有所准备的范围。我一上场，礼堂里一片肃静、鸦雀无声，看到场下数百名官兵的目光聚焦在自己身上，我顿时一阵紧张。经过短暂调整，我深呼一口气，把头脑里事先准备的文段声情并茂地展示了一遍，也不管效果如何，又机械地回到座位上，头脑里还是嗡嗡作响。结果，评委们都给出了比较高的分数，让厦门警备区代表队稳稳地坐上了第一名的位置。我们几个队员也都深深地吐了一口气，庆幸地笑了。在现场，时任福建省委常委、省军区政委吴青田亲自颁发了奖牌和证书，并奖励了一套纪念册。

第二天，正值建党八十周年，大家并没有在福州逗留，而是马不停蹄地赶回了部队。当年年底，我和梁昌荣分别被记三等功一次，其他两名战士也获得团嘉奖一次。这是我军旅生涯第一次荣立个人三等功，事后我还特意戴着那枚军功章到驻地照相馆留影纪念。

时光荏苒，岁月如流，又到一年七一，回想二十年前特别的往事，也是别有一番慷慨的激情充满内心。

（2004年4月，作者在"鼓浪屿好八连"工作时在轮渡码头留影）

32842，总有一种情分萦绕于心

军人与军营之间，即便退役多年，总会有一份藕断丝连、缠绵于怀的牵连，随着时间的流逝反而更加历久弥新。原先，总以为与军营的牵连会随着那套公寓房的腾退渐行渐远，没想到曾经遇到过的、经历过的都会留下或深或浅的痕迹，无论你乐意与否，总会在不经意间喷涌而出，在脑海里盘旋回荡。

栖居在距离老部队不远的嘉盛公寓，我经常前往磨心山爬山锻炼健身，每次经过 32842 部队机关大门时，脚步就会放缓一些，总会不自觉地朝营门内瞅上一眼，那些熟悉的场景了然于胸，有时还想涉足其间，但立刻下意识告诫自己不要无端去骚扰这非常熟悉又已逐渐陌生的地方。这究竟是什么一种情绪？也许这就是一份早已融入血脉的军营情结。

如今但凡能记下的都是军营青春岁月那些碎片化的痕迹。今天是 12 月 7 日，每每这天总会想起 27 年前的此时此刻。那时我正式接到县武装部的入伍通知书，奔赴福建东南沿海的海防营地，成为中国人民解放军的一员，开始异乡漂泊与追逐理想、风雨侵袭与美好年华交织的岁月。

任何情感都不是天然而来的，需要一点一滴地累积，一点一滴地回忆。1994 年 12 月 11 日，载着 60 名莲花同乡战友的绿皮火车到达厦门站，大家像象棋中的兵卒一般，被卡车拉往厦门各个角落，后来才知道，有上高山的，有下海岛的，有在市区的，有上舰艇的。我和谢清华、艾华林、刘永光、刘少锋、李军波等战友被接到四营部，又被分配到十连、十一连和炮兵连。从此，我和 32842 部队有了两三年的不解之缘。

步兵算是最艰苦的兵种之一，拼的是体力和耐力。那些锻炼出来的班长经常以鼓励和鞭策的口气对班里的战士说："有本事就出来遛遛……"四营属于海防部队步兵营，训练当数最要强的分队，新兵连三个月就领教了其中的滋味。

　　那年新兵下连后进入步兵专业训练，正是步枪跪姿二练习阶段，有的战友被那跪姿定形训练整得叫苦连天，甚至鬼哭狼嚎。不久，我被挑选参加团新闻报道骨干集训，而后又被选入团报道组，进入洪山柄团部机关驻地。从集训队直接进机关的还有另外两名战友。自己在这里工作生活十几年，始终对洪山柄团机关驻地有一种根植于心、外化于行的共振认同。

　　对于这里，其实我也只是铁打的营盘里一个普通的流水兵，对于团队的诞生成长、光荣岁月、历史沿革也是只知其一不知其二，十几年的军营岁月于个人而言是占据了一生最宝贵的年华，对于浩瀚的团队来说又是渺小的微不足道的小浪花。但这段青春岁月的确又是一个人成长过程最重要的一段，也留下了许多值得回味的军营往事。

　　我半机关半基层两年多的"边缘兵"身份就是从这里开始的。为什么说我们属于半机关半基层的边缘兵？我们几个报道员，编制在连队，工作在机关，一遇到战备演练，又得回到连队参演战备。即便这样，我仍成了基层战友羡慕的对象，主要是机关兵自由又舒服，经常可以外出，不用经历基层那样严格烦琐的请假程序。

　　五十二团机关两年多的机关兵生涯，其中有一半时间均是在四营十一连园山的战备坑道里度过的。在基层连队时，因长期习惯于机关的闲散，我老是被连队干部批评，全营战士头发最长的就是我，只要组织照顾，不要组织纪律。我也不太在乎干部的点拨，反正战备时间一过，我又得回团部。

　　在机关，平时就在宣传股打打杂，再就是跟着新闻干事欧阳升辉、徐林学习基层报道业务。其间，公务员陈伯禄去司训队学兵培训，我还要承担他的工作。

　　那时在报道组，我和钟世烈、李小可三人中，来自四川的李小可有些油腔滑调，作风拖拉，进机关没多久就被下放到二营部了。我和钟世烈都来自江西，怀有共同的目标，平时关系最铁，几乎是天天形影不离，一起下基层，一起吃泡面，一起喝啤酒，一起侃人生，最后还一起参加了教导队预提骨干培训，在最艰苦的时候相互鼓励。记得那年在教导队，我打起了退堂鼓，如果没有他的鼓励，也许就没有我后来顺畅的军营之路了。

那时的团部大院内没有一栋像样的现代建筑，全部都是就地取材建造的营房。营区内的建筑大部分都是 20 世纪 70 年代依靠肩挑手提修建起来的，风格就是隐蔽、牢固和实用，不论是机关大楼和军人礼堂，还是那些附属建筑，均是以条状岩石为基础的框架结构，很有军营特色。这些建筑很有年代感，特别是机关食堂后面那栋两层的营房，屋顶上面中央立起的红色五角星标志，透亮醒目，下边以白色为底雕刻着"为人民服务"五个大字。据说这是团部早期的机关楼，当时已经成为公勤队的办公点位。2008年，机关大楼进行了拆旧重建，在原先位置上矗立起一栋端庄典雅的办公大楼，团、司、政、后装四大部门均在此办公，这栋大楼也成为全团指挥系统的中枢，在外人眼里变得异常神秘。

此后，团部又先后修建了中西合璧、美观大气的礼堂、机关饭堂、训练中心等新式营房。但公勤队那栋房子依旧保留着，还有山后面的那些独立平房，也成了团队一个时代特殊的记忆，留下了一茬茬官兵的青春年华和奋斗足迹，以及一段段流逝的芳华岁月。

每一个人的成长路上总有一些贵人相助，才会让人生更为顺畅通达，我深以为然。的确如此，人生路上如果没有人指引，就犹如在茫茫大海里的船舶，没有了方向，丧失了目标，只能随风漂浮。

当战士两年多的时间里，我也有幸遇到了许多贵人。第一个贵人是四营的副教导员肖成良。那年新兵连结束新闻报道员集训前，他在连部找我谈心，了解情况，有意把我调往营部当通信员，占营部的名额参加团新闻报道培训班。虽然后来我没有回到营部，但肖副教给了我一个跃升的平台，让我在集训中顺理成章地走进了团政治处。第二个贵人是当年负责新闻报道集训队的排长丁广阳。集训期间，也许就是那篇集训的简讯吸引了丁广阳的注意，在集训结束后，他推荐我、钟世烈、李小可进入团新闻报道组。第二天，他又让我到警备区政治部宣传科报到，接替已在西山备考军校的蒋守昌，成为警备区政治部宣传科的报道员。不久，丁广阳调往省军区、南京军区宣传部，靠新闻报道工作出彩，一步一步走得很扎实，如今在军区驻上海某预备役师任政治委员。当年，我感觉自己并没有做新闻报道的天赋，半年后我极力要求回团里下基层连队，为自己考军校做准备。后来，我回到团里也一直留在五十二团政治处，直至教导队预提骨干集训后回到连队，顺利考入南昌陆院。

那些年，整个政治处都是我成长路上的贵人，我学到不少为人处世的道理和方法。报道员出身的政治处主任张可年，对几个报道员真是严格，经常将我们叫到办公室进行言传身教，但我们不上道，让他有种恨铁不成钢的遗憾，欧阳升辉、徐林两位是几个报道员的入门师父，特别是老班长徐林，那时还是一名没有转干的志愿兵，居住在团部机关大楼右侧一栋岩石堆砌的平房里，生活条件非常艰苦，但这些并不影响他从事新闻报道的热情与取得的成绩。

那时，电脑还没有普及，新闻稿件全凭借 16 开三百字的稿纸抄正，我和钟世烈经常也会帮助老班长抄正稿件，当年就是在这样的条件下，一年可以在各类报纸杂志发表数百篇文字、图片稿件。"宝剑锋从磨砺出，梅花香自苦寒来"，后来他顺利转干，直接晋升为营级干部。老班长待人真诚，平时从老家带来一块腊肉都会叫我们几个报道员一起到宿舍分享。相处这些年，我从他身上学习到了刻苦的品质、钻研的韧劲、为人的坦荡，他也成了我一辈子的好兄长。

十个指头在电脑键盘上交替不断地敲击，留下的文字长又琐，就此打住这思绪绵长的流水账吧。

有一个群体，叫营以下的

在军营，有一个干部群体，叫营以下的，占据比例最大的基层军官队伍，职务上有从排到营级的横跨，军衔上有从少尉到中校的跨度，分布于大江南北的高山哨所、边陲海岛、大漠关卡，他们就像机器上的一个个螺丝钉，扎根于平凡的岗位，默默地耕耘，是最不起眼又不可或缺的国防钢钉，又像金字塔的基座，牵一发而动全身，有着蚁穴堤溃的效应。

可以说，营以下的干部，曾经是部队基层全面建设的根基，也是部队中高级将领必经的初级阶段。转业地方，营以下无论是排级，还是营级，均是从一级科员起步，他们遍布各个行业的平凡岗位，从事平凡也最基础的工作，甚至一些不可或缺的工作。营以下的，的确是一个特殊又特殊的群体，身份的转换，岗位的变化，浓厚的情怀，那就让我们把视野聚焦再聚焦，靠近他们的喜怒哀乐和家国情长。

人与人，行业与行业，不对比也许还能自得其乐，但放在一起，受伤的群体就会凸显出来。因此，进入团干序列，也成为广大基层干部"千军万马挤独木桥"的原始驱动力和竞争力。然而，部队每年的军转干部中，百分之八十以上都是营以下的，也就是说大部分基层干部没能挤过独木桥，大都掉入了水流湍急、沟壑蜿蜒的桥下，顺着滚滚的江水漂向了前程未卜的远方。

营以下的，一样有满腔热血、壮怀激烈的卫国戍边的人生志向，一样有位卑未敢忘忧国，小岗位却始终向着大国防格局定向，一样有随时准备抛头颅洒热血的豪情与胸怀。

几经努力，几经奋斗，脱离营以下进入团干序列的，就像刚刚恢复高考制度考上大学的大学生一样，被称为"天之骄子"。

团干、师干乃至将军，也都是从基层的熔炉中逐渐成长起来的。在国防长城体系中，更多的是数以万计的营以下的老基层，他们接受了祖国的挑选，脱下军装"向后转"。

尤论在军营里，还是转业在地方工作岗位上，营以下的都有着非常明显的特质：风华正茂，年富力强，正是成就事业的最佳时期。

这个群体，朝气蓬勃，肩膀负重，有太多的纠结和困惑需要他们进行选择和权衡。

以 2000 年为一个临界点，此前，部队干部最主要的来源渠道，一是从基层部队优秀战士中选拔而来，通过军队院校招生进行学历教育和系统培训后分配到部队；二是通过高考录取，依托高考吸收地方青年进入部队院校学历教育成长为军官；三是在基层部队选拔一些优秀的带兵骨干直接提干或者以志愿兵转干的形式，对部队干部体系进行补充。之后，部队干部的来源渠道发生了根本性的变化，大规模地对基层战士招生进行收缩，转向主要通过以地方高招为主，同时还有国防生、4＋1 等培养机制的干部输送渠道，另外还有少量由优秀士兵提干构成。不管哪种干部培养输送体制，均有其特殊阶段的特定意义，延续了部队全面建设的科学发展。

和平时期的部队，有别于风雨如晦的战争年代，长时间没有战争的威胁，似乎感受不到军队的存在，最容易被人遗忘，也常常为社会所忽略。军人，被视为甘愿寂寞、吃苦奉献的特殊一族，但理应受到社会的尊重。部队的确是一个特别需要牺牲奉献的地方，选择了职业军人，每个人还是有获得感的。选择职业军人，还得追问自己当年的初心究竟是什么。

我原本出生在赣西山城里一个普通的城镇家庭，当初退伍回乡，按政策也会被正式安置到编内事业单位。当年，我毅然决然选择了职业军人的道路。其原因首先是渴望到外面的世界里闯荡，即使遍体鳞伤也无怨无悔；其次是考取军校，可以留在厦门经济特区。这就是当年我报考军校的最原始动力。

岗位的转换，更是一种内心情怀的转换。从部队到地方，一个全新的环境，从军营的基层到地方的普通岗位，不再有军人的光环、军官身份的闪亮，回归朝九晚五的平凡与平淡，回归平静，但总有人心比天高，曾经心怀满腔的壮志豪情，不甘心成为普通的社会角色，曾经理想中充满着冲天的豪气，但现实总是把心存的梦想击碎，落地时还会带着"哐啷哐啷"的配乐。

有一段时间，特别是去意已明的前后，那些营以下的，心头有一种情绪总萦绕，挥之不去。似乎总有一种不甘心，曾经从军报国的志向，总认为那个心怀志向的自己不至于被现实蹂躏得遍体鳞伤。

一句队列行进中的"向后转"口号，凝结着多少营以下的眼中的泪花。转业地方，曾经十几年的军营履历就得收起尘封，一切要从头开始，但又不是从零点起步。营以下干部转业地方后，好像将部队摸爬滚打的履历清零，仍然从一级科员起步，就像一名地方大学生刚入职一样。差别是营以下干部身上多了十几年的军龄，其间付出的汗水、泪水甚至血水，最多只能沉淀在生命的最深处。

从基层部队战士中选拔出来的干部，或是通过高考统招进来的干部，不要说千里挑一，也是百里挑一，甚至很多人当年高考进入军队院校，录取都达到了"985"和"211"重点分数线，选择了进入军校，选择了国防绿，最后转业选择在沿海大中城市里，却发觉瞬间被"掏空"一般，在部队转了一圈回到地方，那十几年的军旅奋斗历程，都得归零。

林某某，高考达到重点分数线被厦门大学经济系录取，他因为钟爱军营而选择了国防生，毕业后进入了部队。十几年的军营磨砺让他成熟了几分，转业后，他感觉自己似乎被时代抛弃了，职级从一级科员起步，房子也还没有半点着落。他经营的小家庭，再加上抚养二孩的生活重担，让他转业后没有丝毫的轻松感。曾经的同窗，凭借厦门大学经济系的实力与名气，大都成了国内外知名企业的中层管理骨干，不论社会地位还是经济效益方面，都已远远超越了自己。这究竟是为什么？相同的起点，不同的道路会存在如此差距，是当初选择的错误吗？难道这就是命运？连他自己也不知如何作答。

厦门，作为东南沿海经济发达、环境优美的国际海滨城市，成为东南沿海一线部队军人转岗地方的首选之地。每年的营以下军转干部都是扎堆涌入，作为全国连续夺冠的"双拥模范城"，相关部门也是绞尽脑汁来安置好军转干部。其实，地方行政工作与军营工作是相通的，只要沉下心沉下身沉下力来凝心聚力，营以下的也会很快得心应手、游刃有余地打开工作局面。

只要给机会，只要有平台，营以下的在地方岗位上一样能如鱼得水，施展拳脚，也能再立新功。李某某，典型的山西人，副营转业，当年军转考试恰好落得行政编制的最后一名，被分配到厦门某区一个偏远的基层。可以想象，一个外地人，在基层一线，光听闽南语就晦涩难懂。刚开始，他就像生活在国外一般，然而他硬是从突破语言障碍开始，像钉子一样扎根在一线岗位上，无论是征地拆迁，还是难啃的计划生育工作，他都当仁不让，硬是让自己成为基层工作的"万金油"。在党政办，他一边写材料，一边搞协调，没日没夜，十年磨一剑。"梅花香自苦寒来"，他可谓苦尽甘来，通过近十年的摸爬滚打、埋头深耕，终于跻身处级领导干部之列，也算是营以下中的功成名就的"凤凰"了。

是的，机会永远属于有准备的人，还有许多心怀大志的营以下的不甘平庸，面对看不到希望的岗位依然激情四射，保持着高昂的工作状态，生活也似乎特别眷顾这些特别能吃苦、特别能牺牲的人。曾某某，正连转业在一所小学干保卫工作，后转岗到厦门某区安监局执法大队，一直保持着部队踏实肯干的工作作风。

转业后，我未再穿上军装，再看到军装，一种别样的心情涌上来。是啊！这套绿军装，凝聚了我们十几年的青春年华和人生梦想，上面有如我一样的营以下的过往那段艰辛苦涩而又快乐幸福的军营痕迹。

营以下的组建的家庭，大都分居两地。其中的艰辛，个中的滋味，太多的无奈，只有穿过军装的人才能真切体味。对于长年扎根在基层的干部，要能安心于部队，就得有一个非常稳固的后方做坚强的后盾。在此，特别要向那些军嫂致敬，嫁给军人表面上有一种光环，殊不知更有一种责任。

正如歌词里所写，"军功章啊有我的一半也有你的一半"。王某某，原海防部队一名基层连主官，妻子因为替夫孝敬公婆的先进事迹，被部队评为"十佳好军嫂"。2008 年，我曾随工作组深入浙江仙居一个高山村落里，走访这位干部的老家。真没想到，在经济发达的浙江省竟有这样的山村村落，没想到基层干部的家庭还有如此贫困的情形，没想到这位基层干部还这么拼命扎根于基层平凡的岗位。

无论何时何地，我都由衷感恩绿色军营给予我的生命中无法衡量的丰盈馈赠。同时也问心无愧，因为自己十几年军营生涯，自始至终保持着内心的一份恬静和淡然。

（2002 年 12 月，在野外军事训练时，作者和同事编写训练简报留影）

军校门口丹桂正飘香

海明威说："如果你足够幸运，年轻时候在巴黎居住过，那么此后无论你到哪里，巴黎都将一直跟着你。"南昌陆军学院就是我们的巴黎，是我们一生中最重要的一站。毕业二十年了，我时常还会想起南昌陆军学院中队门前那株飘香的丹桂。

偶尔翻开相册，看到南昌陆院那张毕业照，一种怀旧的情愫便会油然而生。思绪如潮，曾经望城岗的岁月，仿佛就在昨天，依然是那样清晰而又让人心驰神往。我似乎又回到了学校的课堂，西门外的训练场，井冈山的拉练，野鸡岗的炮声……

二十年前那个骄阳似火的七月，经历陆院三年的淬火磨砺，我们怀揣着冲天的豪气与梦想，在南昌望城港被一辆辆军绿卡车拉向火车站，流着眼泪高唱着南昌陆军学院院歌："踏着先辈的足迹，接过红军的钢枪，我们汇聚在英雄城，八一军旗在胸中飘扬……"奔赴南京军区各部队的高山哨卡、海岛营地，开启了基层部队带兵人的铿锵人生。

时间就像只筛子，会把人生长河中那些纷纷扰扰的经历进行过滤，将那些无关紧要或是细枝末节的事情去粗存精，就像筛子漏掉的沙子。然而，总有些事物如大浪冲不走的沙粒，时时被想起，有种历久弥新的感觉，它们不会因为时光的远逝变得模糊和残缺，反而更加清晰。三年的军校生活，又像七队门前那株丹桂，是我们生命中最值得留存的那部分，也是生命中永不忘却的芳香。

有人说，能成为别人文章里的人物，不论是正面的人物，还是客串的形象，或是丑陋的角色，但凡被记录，都会有一种被人记住的幸福。我也知晓，那些能在头脑储藏库里占有一定空间的事物，必定是经过沉淀有分量的，需要铭记，也能激起最美的怀想。

回味军校生活，就从南昌陆军学院毕业证开始吧。那张毕业证，虽不能当饭吃，可我宝贝一般把它珍藏着。一个人，一生中会拿到很多的证书，有的证书是一段经历的证明，有的是对一段工作的认可，有的是对身份的认定，有的是对奋斗过程的记录。南昌陆军学院这纸证书，分量最重，沉淀最深，不仅是三年军校经历的见证，更是我人生起点的重要筹码。

这张毕业证既是一段青春奋斗的刻录，也是我走向基层部队工作岗位安身立命的基础。如今，那鲜红的毕业证书经过二十年的时光，也变得有些泛黄，校长、政委盖章的油印也已褪色模糊。

2017年8月1日，在新一轮军队整编精简中改头换面，陆军步兵学院正式亮相。然而，在我们这一代陆院人的心中，只有南昌陆院，心里铭记的还是七队，回味的还是那三年朝夕相处、同窗论道的同学，中队干部和那些教员，多少次梦回那熟悉的望城港、阅兵场、野鸡岗。三年的军校生活，如火红的三角梅一般绚丽多彩，娇艳芬芳！

二十年过去了，那段艰苦的青春印迹，犹如中队门前那一株金秋花开的丹桂，总会在心头荡漾飘香，总会让我回望那段激情燃烧的青春岁月。

对于三班的解贵生同学来说，毕业证隐藏着一段难言之痛。当年，解贵生是中队唯一一个没有拿到毕业证的。这并不是他不够努力，或是违反了什么规章制度，相反，解贵生不仅忠厚诚实，而且各方面都表现优异突出，这件事真是事出有因。

1999年，学院为了迎接埃塞俄比亚国防部长视察，特意设置了中国陆军特色军事科目汇报表演。我们七队承担了携小炮跨越五百米国际障碍的任务，解贵生军事体能好被选中。就在汇报前的一次训练中，跨越高墙时跟腱突然断裂，后面的事情可想而知，毕业考试一系列军事体能科目缺考，不能毕业。次年，解贵生在队干部的帮助下得以补考通过。因此，这张看似单薄的毕业证书，对于解贵生来说，却凝聚着这段经历的痛楚。

解贵生同学留给大家的还有太多美好的往事。印象最深刻的，还是他那高超的理发技术，能够根据每个人的头型设计打造出最理想的平头造型。我平时总爱留长发，不太情愿留平头。当理过一次后，我发现平头的发型既阳刚又干净利落。全班同学三年的理发任务，都落到了解贵生身上，全班同学省下了三年的理发费用。区队很多同学也争相前来"献头"，他从来都是来者不拒，总是微笑服务，乐于帮助大家。解贵生干农活也是一把好手，他会建筑水泥工，中队的工具房就是他带着大家砌起来的，还真像那么回事。有一段时间，他还负责大队的饲养任务。这样一位优秀的同学，由于那次意外受伤，不太适合在野战基层部队带兵，不久被调入后勤车管系统，后转业回了云南曲靖老家。

2017年，军校毕业二十周年之际，同学们携家带口相约英雄城，把酒言欢诉说衷肠，当时有感而发，书写了两篇小文章记录下同学三年的心路历程、三年的砥砺前行、三年的风雨成长。

然而在南昌陆院三年共一千多个昼夜更替，这一点点文字岂能涵盖所有，短短数千言怎能展现全部的风采？其实每个同学都有自己精彩而又独特的军校故事，都值得抒怀。不管好的、坏的，甚至有些意气行为，都是人生的花絮，沉淀于厚实的人生长河之中。

我始终认为，南昌陆军学院的苦是一块磨砺石，是一座淬火的熔炉，也是我们心甘情愿的。学员是军校最具希望的群体，他们经过军校三四年的摔打磨砺，走出校门都是基层部队的带兵人。军校这道坎，无论是身累，还是心苦，都是我们每个人必须跨越的。是的，如今回头一看，的确如此。只要是南昌陆军学院出来的，都能体会到之后工作中面临的苦不算什么，几乎都小于等于军校的苦。

在军校期间，绕不开"公差"。"公差"就是中队学习、后勤任务之外的杂活，或者一些临时突击任务，需要各个班分派人员突击完成。

军校第一次出公差经历，让我后来一听到出公差就发怵。那是1997年入校学员注册考试后不久的双休日，头天晚上中队值班员要求各班上报出公差人员，班里分派了我。中队要求大家次日着迷彩服到市区出公差，究竟是什么任务没有透露，连带队的区队长晏祖良都不知情。入校后第一次出校门，又是进南昌市区，我盘算着好好逛逛，见见世面，写信回家也有谈资。由于入学时间不长，那时出公差的九个同学彼此都不熟，二、三区队出公差的同学，至今一点印象都没有。公差队由一区队长晏祖良带队，快到十二点，任务总算完成了。回学院的车上，大家默不作声，心里却不是滋味。反正这趟公差，让我记住了到市区的公差也不一定都是好事。

有的公差也会让人印象深刻。比如，每年寒假放假前都要清鱼塘抓鱼，那冰冷的池水，深入心头的刺骨感足以让人记住这趟公差。还有炊事班倒谷壳，中队的食堂没有烧煤炭，也没有使用液化燃气，而是使用经济实惠的谷壳做燃料。一车用麻袋装满的谷壳，可以把炊事班的燃料间堆满，虽然不是很辛苦，但倾倒谷壳产生的灰尘让人窒息。这趟公差下来，大家都灰头灰脸，好像年老了几岁。

让人羡慕的公差还得有点技术含量。比如，帮助学院幼儿园出板报，经常是中队板报组赵建勇、吴曦的专利，别人去最多打打下手。像我，最多只能在区队的板报墙发挥一下，就是这点功底，下到部队还能派上用场，在新兵连负责宣传板报，亲自上阵露一手，让战士们对新排长刮目相看。

南昌陆军学院是一所指挥类院校，一所阳刚有余的军校，清一色的男儿，不像文气十足的南京政治学院，也不是"嘀嘀嗒嗒"的通信学院，更不是拿手术刀的军医大学。望城港的南昌陆院里，每天都散发着男人的阳刚气息，从冲天的番号叫喊到虎虎生威的训练场面，从皮鞋整齐落地、队列行进到西门澡堂里满是雾气缭绕，从迷彩服上道道白色盐渍到奔袭训练掉皮掉肉不掉泪的狠劲，就连学院里那一排排直插云霄的树木都充满着阳刚之气。

在只有男生的南昌陆院，他们心底其实也隐藏着粗中有细的丝丝柔情。毛丽丹和为数不多的女教员，自然便成了学员们心中的"明星"，尤其是演出队的毛丽丹。那时，毛丽丹的一举一动都会成为学院学员讨论的主要内容。那年，电影《泰坦尼克号》在学院热演，主题曲《我心永恒》便成了毛丽丹每次出场的主打曲目。每每学校文艺会演，都少不了毛丽丹。

在军校，每一段经历都会留下印迹，在八队带班是我不会忘记的人生足迹。八队三班，1998 年赴九江抗洪抢险成绩优秀，也是学院唯一一个荣立集体三等功的班级，学院和中队也有意塑造这个典型。1999 年开始，八队开始招收四年制本科学历教育班学员。三班的学员经过特别筛选，个个五官端正，身高平均达到 1.75 米。新生入校伊始，在七队挑选学员分派到各班当班长。我有幸到八队三班当班长，时间为三个月。我原本是机关兵，缺乏班排带兵管理经验，我觉得这是一个难得的锻炼机会，因此也非常珍惜这个平台。

三个月的时间，如何把他们从高中生打造成合格的军校学员，对他们既要有兄长一样的关爱，又要有带兵人的严格要求。从学员个人内务的整理到班级公共卫生，从打饭帮厨的小事到菜地种植的细节，从单兵队列训练到军事体能五项的要求……我感悟不少，感到带军校学员与带部队新兵有着本质的区别。这些军校学员悟性高，进入状态快，可塑性极强。郑进阳是班里唯一一个部队学员，刚开始不太理解几近严苛的管理，我私下里告诉他"现在所做的一切，都是给你在打基础"，后来还真应验了，回七队不久他就成了班长，之后还长期担任一区队的区队长。

班里其他人都是高考入校的学生，他们不愧是百里挑一的优秀青年，接受新鲜事物能力极强。平时，不论是管理工作，还是体能强化训练，他们对我的要求都能心领神会，并且各项工作做得恰到好处。那时，我还特意给江文艺和林金生两个同学压担子，让他们负责区队的板报。林文来自福州，身体稍胖，协调性稍差些，因此在体能训练中付出了比别人更多的努力，的确吃了不少苦头。为了让他能够顺利通过注册考试，我当时也给他开小灶，并加压加码。

下到部队后，安徽的甘树伟还会时常来信，我得知林文在文化课方面非常优异，年年都拿奖学金，个人还获得三等功，2003 年毕业后留校任教。甘树伟、祁杰、鲍龙飞、郭某某，还有江西的杨小云，二十年过去了，这些学弟有的连姓名都记不全了。但只要翻开当年的合影，一切又似乎清晰如昨。是啊，时光吹淡了记忆，却也丰厚了岁月。如今，八队有郑进阳、江文艺、林迟迟等几个学弟也转业在厦门工作,但凡八队的学弟到厦门游玩,他们总会拉我喝上两杯,曾经的情谊又在醇厚的酒香中散发开来。

模拟连是陆军指挥类军事院校培养提升学员管理能力的一大特色。七队的模拟连,可真是学员队管理的一块样板,能够达到自我管理的高水准。中队连续几任的"文武教头",不仅是基层部队的管理行家,还具备丰富深厚的专业知识,不仅注重言传身教,还强化现场教学。

有同学裹着被子站岗,有五公里抄近道的,偷偷喝酒的,不请假外出的,各种问题层出不穷。如果没有一些雷霆手段和措施,势必一团混乱。

中队干部最成功的就是抓好"一支队伍,一个平台":以模拟连临时管理平台,常任区队长、班长为骨干队伍的管理层级。久而久之,学员们在这种自主管理的"模拟连"氛围中,思维层次也都达到一种新的境界。不论谁,在台上都勇于当好管理者——敢管,在台下都自觉当好普通一兵——认管。当时,学院很多干部都很诧异,说七队没有中队干部照样运转自如,这是一种很高的评价,要做到实属不易。

另外,七队在树立荣誉感方面尤其突出。学员心里有"队兴我荣,队衰我耻"的集体荣誉感,而且这种荣誉感已经渗透到每个学员的血脉中。记得军校年年都要参加学院七月份的阅兵训练,中队十六门炮一个方阵,只需 96 名同学参加,必须筛选出一些同学承担中队的公差勤务。七月的南昌如同火炉,参加阅兵训练非常辛苦,常常是汗流浃背。其他没有参加阅兵的同学并没有因为轻松感到侥幸,反而感觉很是失落,觉得这是一种耻辱。这就是七队塑造的内在荣誉感的表现。

同学们的天赋秉性也成就了丰富多彩的军校故事。有的同学天生适合当管理者,却当不好普通的兵。三班胡小龙,平时性格有点急躁,生气时老是瞪圆了眼睛,同学们就给他起了个外号"吹胡子瞪眼睛"。我们住同一寝室,可说是知根知底。他在军校三年里担任过常任班长、模拟连连长等多个职位,在各个职位上均可谓有板有眼,也成了我心中的偶像。然而,他在普通兵的位置上不能说漏洞百出,也是频频"冒泡"。我笑着和宋平说："龙哥适合扫天下，不宜扫一屋。"他肯定也不是故意这样，他其实也很想做到"扫天下和扫一屋"完美结合。至今，大家都无法找出答案，大概胡小龙本人也找不到问题所在吧。

在一个集体中，那些有特长、有特点的同学总是容易被人记住。在中队，能让同学记住的，当数李继荣同学。李继荣来自云南大理，能歌善舞，懂乐理，会教歌。虽然个子不高，但有一副好嗓子，唱歌时喜欢闭上眼睛，进入自我陶醉状态。大家根据他的形象，私下里还给他取了一个"光头"李进的雅号。平时，都是由他充当中队教歌小教员，在我们这个"宁可跑步，不愿学习"的部队生学员队，算得上是人人仰视敬佩的文化人。

1999年12月，中队进入毕业生队阶段，千里奔赴井冈山拉练，进行革命传统教育，检验军事科目综合演习。队伍一到三湾枫树坪，就进行歌咏比赛。中队在李继荣的精心排练下，取得了不错的成绩，鼓舞了士气。

在全队军事科目演习期间，又恰逢澳门回归。记得当时，模拟连把全队集合在一个平缓的山坡上，特意制作了一条"喜迎澳门回归"字样的横幅，就地用竹竿把横幅拉直，把"智勇七队"的队旗立在队伍的前头。全队席地而坐，由模拟连进行了简短的动员，激起了年轻学员爱国爱军的昂扬斗志。中队由李继荣教唱澳门回归主题曲《七子之歌》。大家以这种唱歌的方式庆祝澳门回归，祝福着祖国的强大。

一位领导总结得透彻：要让部属追随你，就得让他有所得。具体可归纳为三方面：一是要让下属得到升职，二是让下属的能力素质得到提升，三是能够为下属解决一些实际问题。在军校里，都是清一色的学员，不存在职务提升，大家都是为"内强素质"的目标而来，而中队干部也都在有意雕刻着每个学员。正是这种春风化雨、润物无声的做法，让学员从战士向合格带兵人转变，促使学员的能力和素质得到质的飞跃。前后两任教导员周小雄、王芳都令我印象深刻。周教导员平时话不多，但讲话都能够讲到点子上，给人一种干练利落的印象。入学不久，他几次在五公里体能训练时段，把我叫到房间，拿出一沓白纸，自出考题叫我回答。

当时，庆幸的不是教导员在锻炼我的文笔和思维，而是我可以逃掉一次五公里越野的折磨。那时，中队每次五公里训练都在抓后进，后三十名还得加压加码——绕学院大操场罚跑五圈。军校三年不仅是心智的磨砺，也是体能上的打磨。机关兵出身的我，军事体能属于弱项，每次跑五公里都得拼尽全力才能勉强合格。教导员王芳在第二年有意培养我们政工方面的基本技能。每每中队召开大会，王教导员还交代几位同学进行速记练习，最大限度记录下即兴讲话的内容，形成规范的文字材料；每到年终时，王教导员又叫我们几个撰写区队或中队的工作总结。

经过中队的精心磨砺，一班的姚锋同学的文笔突飞猛进，被打造成了中队"小秀才"，堪称中队"一支笔"，中队的大小材料都由他代笔。

军队是"战斗队、宣传队、生产队"。如今，基层部队还保留着养猪种菜的基本建设。军校也是如此，种好菜也是一项重要的工作。听说毕业后没几年，南昌陆院的食堂就实施社会化保障体系，养猪种菜也退出了历史舞台。现在的师弟们再也不用凌晨三点起来帮厨，也无须再去出公差倒谷壳了，原先的菜地都被改造成环境优美的绿地了。

有一天清晨，我和蒋宾轮班到菜地浇水施肥。个子不高的蒋宾挑着一担肥料，不小心踩空掉进粪坑，全身上下一股臭味，一脸狼狈，成为全班当天的笑料。我和蒋宾在寝室里也会因为一些鸡毛蒜皮的事发生争执。但毕业后，不管他来厦门，还是我去重庆，我俩都得喝上几杯，甚至一醉方休。

班副刘军是河南人，为人忠厚老实，性格不急不躁，干起活来简直就是一头老黄牛。他负责后勤生产，全班菜地在他的捣鼓之下，总是稳中求进。记得有一年，中队种植的芥菜大丰收，却也成了中队干部的一大难事，还有意无意中被开玩笑："你们也不吃，猪也不吃，这可怎么办呢？"

军校里许多事随着时间流逝渐渐模糊了，但第一次寒假回家过年的情形总是历历在目。1997 年的寒假，我的肩膀上已经挂上了红牌肩章，可以说是荣归故里，自然也是豪情满怀。那时学院还安排了车辆送站。来自莲花的四位校友（我和同队的甘冬生、一大队刘秋明、四大队彭小军）事前商量，最终一致决定乘坐学院第一趟送站车。南昌，属称中国的四大火炉之一，冬冷夏热，尤其是遇到冷空气时，真叫煎熬。我们的第一班车是凌晨四点三十分左右出发，我清楚地记得那天天空飘着小雨，异常寒冷，我们坐在绿皮解放大卡车上，遮雨布被吹得啪啪作响，阵阵寒风让人直打哆嗦，但这些都阻隔不了我们回家的迫切心情。

20世纪90年代的交通没有现在这么便捷，坐在大巴里就像坐在左右晃动的摇篮中。即便这样，南昌到莲花也得花费七八个小时。那时觉得只要是回家，兴奋的心会化解其他任何困难。

在七队，我和甘冬生作为莲花同乡，成为了比兄弟还亲密的战友。1994年12月，坐同一列火车从莲花一同入伍。冬生在偏僻的大嶝岛当兵，我则在厦门岛内园山脚下步兵四营十一连服役，当兵三年期间交集不多。但有缘分的人总是阻隔不了的，我俩1996年同在教导队参加预提班长集训，1997年一起参加全军高招集训，直到一同考进了南昌陆军学院七队，又同为小炮专业，似乎成了息息相关的"共同体"。其实，甘冬生是实打实的小炮专业，当兵三年一直在大嶝岛的炮兵连担任炮兵班班长，是一位实干型的老基层。

记得中队有个军事科目在学院炮兵教研室的指导下，充分利用炮位侦察雷达反侦系统，加上GPS等技术用于小炮兵种，将其命名为小炮快反。1999年，中队凭此课题代表学院参加了在徐州举行的全军科技大练兵，甘冬生也参与其中。相较之下，对于炮兵，我就是半路出家，虽也是步兵专业，然而战士三年都是在师、团机关，就是机关兵一个。即便在陆院，虽是炮兵专业，但充其量就是"半桶水"。

那年军校毕业，我俩又一起回到了厦门警备区部队，他依然回到大嶝岛，我则分配在厦门岛内。我们经常互通有无，一晃便是二十几年。可惜的是，冬生的酒量太差，即便在莲花坊楼他老家做客，我也只能端杯独酌。如今，我们又转业同在厦门，这便更注定了彼此是一辈子的好兄弟。另外，七队在厦门的同学足足有 14 个，似乎也成了一个小团体，连接凝聚这个群体的就是那份曾经在军校三年的同学情谊。

时间真像一列刹不住车的高铁，二十年转眼间就被甩在了后面。时间有时如流沙，你越想紧紧握住，流逝得就越快。但不管岁月怎样流逝与更迭，世事如何艰辛与快意，人生是何其沧桑与顺畅，我时常还会仰望一下浩瀚的星空。蓦然回首，曾经的军校生活还在灯火阑珊处。三年的军校生活，在当时是一种生活，过后是一段经历，现在却成了一种感悟，将来就是他人眼里的一段带有时代符号的历史花絮。

曾经的军校往事，也都是一些微不足道的琐碎之事。我们每一个人，虽只是一个时代里的一粒微尘，但从中总能找寻到那个时代里一些温润于心的碎片化的点滴往事。能记录的，就尽量写了下来，因为，记下个人的经历，也是在记录一个时代刻画的印迹。

明知"山中"苦，偏向"苦山"行

世上有种苦，叫自讨苦吃；在军营里，也有一种累，叫作甘愿受累。作为战士，这种苦累并不是一种境界，而是一种对目标理想的追求。部队里，这种特殊的苦累源自教导大队。我所在的厦门警备区教导队，作为培养驻厦海防部队基层连队带兵骨干的摇篮，是一座磨砺身体、心志、管理能力的熔炉，也是我走向职业军人之路的必经之站。

"天将降大任于是人也，必先苦其心志，劳其筋骨……"警备区教导队虽不能降大任，但也是基层部队战士走上管理岗位的必经之处。对于战士来说，进教导队是劳身，更是一份荣耀，这段经历虽苦犹荣。当时就知道教导队生活清苦，但明知"山中"苦，偏向"苦山"行，进教导队也是我当年设定的阶段小目标，也正是这段磨砺，才让自己趋于成熟。

那年当兵在厦门，没想到会随遇而安，并栖居于此。1997 年，打起背包进教导队参加军校统招文化集训，也没料到十年后购买公寓竟会选择与教导队一墙之隔的寓所。

入住盘龙寓十多年，几乎每天都能听到教导队里那些高亢冲天的番号声响、雄壮威武的军歌，这一切只因熟悉而不觉得异样。后来转业到地方工作，也鲜少进入哨兵把守的教导队，但每次路过教导队，眼睛还是会朝里面看上几眼，这都是当兵人那份特殊的情感在牵引着视角的转向。

时间真经不起折腾，一晃二十几年过去了。前两年，教导大队随着军队新一轮整编裁撤。

厦门警备区教导队坐落于厦门岛中东部，处在莲前西路和金尚路交叉区域。如今，两条道路俨然是岛内东西南北的交通主干道，人流如织，车水马龙，呈现的是一种喧嚣而又繁华的景象。然而，教导队院内则是另外一番情景。我进入教导队，院内幽深静谧，寂寥深锁。参天的榕树，冰冷的操场，高耸的楼房，斑驳的器械，满院的杂草，枯黄的落叶，真有些满目苍凉的味道。此时的教导大队，时光似乎全部按下暂停键，院内的事物保持一种静默的状态。唯独那栋家属公寓楼，还有一点烟火灵动的气息。

当年听班长孙国清说起，警备区教导队在 1995 年之前位于旁边的平坡上，也就是一墙之隔的数排列队似的低矮石头平房，班长就在那里度过了预提骨干集训的时光。随着教导队新营区的兴建，老教导队的旧营房也逐渐被废弃了，在 2000 年前后，又被驻地一些房地产商购买，进行拆除。如今已建设数栋高层住宅，为卧龙小城商品房所在位置。

因为情怀才会想起，因为情怀才会牵挂，也因为情怀才会再次踏足。进入教导队营区，真有种"此情可待成追忆"的感觉。毕竟警备区教导大队留有自己青春年少的印迹，也曾留下一段段磨砺身心意志并逐渐成长的青葱往事。当兵三载，曾经两次参加教导队集训，也是两段印象深刻、铭记于心的经历。一次是 1996 年为期四个半月的预提骨干培训，另一次是 1997 年的军校统招文化集训。正是这两段酸甜苦辣的时光，丰盈着自己职业军人精神世界的厚实底蕴。

在雨浸日蚀下，从大操场东侧水泥路旁灯箱上那些字迹模糊淡化的宣传板块中，依稀可辨教导队的历史沿革及发展轨迹，也可把教导大队的发展脉络追溯得更远些。厦门警备区教导队曾经的历史花絮，在那一代如我一样经历过的军人心头飘飞荡漾。

那年在五十二团政治处当报道员。说起报道员，其实也就是新兵下连后，在海防一连经过为期一周的新闻报道集训，由新闻干事丁广阳、三营部志愿兵张才旺两人轮流授课，身教口传。我一度被抽调到区宣传科半年，后极力要求返回基层，时任宣传科长许龙祥才把我送回团里。时任政治处主任张可年没有放过我，硬是把我留在机关。如今，偶尔的舞文弄墨，也许就是那时打下的基础。

我师从新闻干事欧阳升辉、徐林两位新闻战线的老前辈，他们也是我们几个报道员的引路人。我对徐林的印象尤为深刻，刚开始我们报道员都尊称徐林为老班长，后来大家改称他为徐干事。徐林从当兵第一年就从事报道工作，对于新闻报道几近痴迷。那时电脑打字还不普及，一些新闻稿件还需要手抄寄往报社，我和钟世烈经常被徐林叫到团食堂前方右侧山脚下低洼处的一处老旧石头平房内，也就是徐林在团部的宿舍，用正规的稿件信纸把他手写的稿件抄正。当时我根本没有心思写什么报道，也没有把心思放在学习业务上，一直想如何回到连队，加强军事素质锻炼，进教导队集训，拿到报考军校的"敲门砖"。

1996年8月，两个选项摆在面前，一是进入厦门日报社，强化新闻报道业务，二是参加教导队预提骨干集训。我毫不犹豫地把真实想法告诉了欧阳升辉和徐林。当时，自己的想法很简单，当兵就是奔着考军校的，拼一把，如果失利就选择退伍复员，再则还有一条退路——回到县土管局。战友钟世烈是我老乡，平时与我交心最深。他也决定选择参加教导队步兵专业集训，然后参加全军军校统招，拼尽全力，放手一搏。就这样，我和钟世烈进了教导队。

1996年教导队预提骨干培训最为特别，时间由三个月延长至四个半月，前三个月属于共同科目，后一个半月属于分兵种专业训练。教导队训练很苦，所以印象也最深。最苦的时候也是考验一个人最好的时机，共同科目结束，我打起了退堂鼓，不再考虑继续完成步兵专业集训。究其原因，是教导队的确太苦了，体能训练对于我这个底子单薄的机关兵来说，的确是一道难以逾越的鸿沟。

陆军的共同科目，围绕"米数、秒数、环数"打转，看得见、摸得着、比得上，用这种量化的数据综合考量一个集体和单兵的训练等级。众所周知，进入教导队的学员大多是从同年兵中军事素质过硬的优秀士兵中挑选出来的，可算是精兵中的精兵，都有进取心和永不服输的拼搏劲。区队长施耀宏也是一位刚分配下来的排长，要求区队每名学员"有第一就争，有红旗就扛"，每天的体能训练有时亲自上阵监督。有的班长也趁机加压，一句口头禅总在激励着大家："是骡子是马，拉出来遛一遛。"只要施排长一来，大家就知道没好日子过了，我当时最怕双手抱头的"青蛙移步"，金尚路教导队大门前有一条长达50米的上坡路，几个回合的强化训练，简直就是一种煎熬。有时部队还会到云顶岩山脚下，进行冲坡训练，从山脚到山顶一个来回，体力几近透支。

连队组成一个班，由同年兵肖锡万担任班长。这么多年过去了，他们的名字依然还很清晰：有四川的张国平和张敏，云南的杨定才，江苏的蒋建平，福建的孙广建，浙江的姚永江，江西的谢清华等。记得连队95年度兵人数多，分派到个人的机会也就少，想要进教导队也是好中选优，全面考核筛选。我在机关工作，算是机关分配的名额。但当时因为缺乏基层班排两三年的打磨，我在教导队得比别人吃更多的苦。

记得有一段时间，我的左脚因为训练强度高而韧带拉伤，连续两三个星期疼痛不已，一瘸一拐的。那时我打听到厦大一条街上一家诊所有治疗筋骨的偏方，便慕名前去扎针打封闭。当年，如果没有钟世烈的鼓励，也许我会扛不住。他说："学了步兵专业，对考军校会更有利一些。"在最关键的时刻，世烈以最实在的办法进行鼓励，我也就咬牙坚持把步兵专业啃了下来。

那年，我们莲花乡有14位战友进入教导队，临近共同科目阶段结束时，还特意合照留念。如今，这张照片也成了战友们追忆峥嵘岁月的最好实证。部队的确是锻炼人的大熔炉，当年这张照片里有五个战友考上军校并有成长为团干的，退伍的战友中也有地方干部。

1997年，军旅生活进入第三年，对于我来说这是充满机遇和挑战的一年。从三月开始，团干部股就军校苗子进行预考预选，虽然我们进行了周密充分的准备，但谁都没有拍胸脯的底气。团里先是进行文化预考，又进行了一轮军事摸底。艾华林、许长华两位战友也参加了预考。之后一段时间，大家都在一次次期盼等待和焦急情绪中度过。我的心态倒是豁然，报考军校是当初立下的目标，一定得试试，不成功也会释然，用时下流行的话说：努力过不后悔。另外，我总觉得自己还有退路，复员回家还有一份稳定的工作。四月初，连队的艾华林、许长华和我带着一份期许，进入教导队进行文化集训。谁知道，各个单位选送了 180 多名学员进入教导队，但最终只有 110 人参加全军统考，淘汰率接近 50%。

在这样的氛围中，我们这些学员是如何度过这三个月的呢？真是提心吊胆，如履薄冰。干部部门为了彰显公平公正，只能通过体检、审查档案、军事考核、文化摸底等手段来淘汰，学员们每一次都得过关斩将。记得临近身体复检，我不巧感冒了，连酒精、酱油、醋三样东西都没法辨别，一度被淘汰回连队，情绪也跌入低谷。同连队的战友许长华更是三出三进，在教导队的文化集训也是一波三折，经历了心志的煎熬。同乡战友艾华林相对顺利一些，中途没有被刷回连队过。七月份，我们三个人都参加了全军统考，顺利进入军校。

1994 年 12 月，部队在莲花接兵共计 110 名，其中 60 名分到厦门，这也是莲花县近三十年分兵到厦门最多的一次。或许是我们那批兵员综合素质高，或许是厦门这个美丽的城市吸引人，记得那年有十五六位战友参加了教导队文化集训，最后 11 个留下来参加了全军统考，其中十位战友被军队院校录取，可惜三四年后军校毕业分配回厦门的只有 6 人。

教导队文化集训中途被淘汰回连队的同乡战友中，印象最深的当数刘光宇和杨长福。论文化，论素质，他们无疑是同年兵中的佼佼者。比如说刘光宇，在莲花中学文科班各科成绩都名列前茅，那年他高考却失利了。原本选择复读，准备来年再战，但他当年选择了军营，渴望能有所改变。

有时候，现实总是爱跟人开玩笑，正所谓命运弄人吧。刘光宇被分配在"鼓浪屿好八连"服役。他算是军中小"秀才"，不但写得一手好字，还是连队的萨克斯手，被推荐在鼓浪屿人武部工作，表现非常优秀。就是这样的优秀士兵，就因为身体复检不合格被无情淘汰；还有炮兵团二营部的杨长福，不知什么原因也被刷掉了。

俗话说：是金子总会发光的，优秀的人总是埋没不掉的。刘光宇回家后在一家事业单位成为业内骨干；杨长福退伍回家就孤身一人前往新疆打拼，通过数年拼搏，现在新疆库尔勒拥有几家公司，事业风生水起。

　　教导队培训中心前方台阶两侧石墙上分别镌刻着鲜红的标语，"严格训练，严格要求"，这两句话已经融入每个官兵的血脉之中。无论是在军事题目教案的要求里，在阅兵场上，还是在那旋律激扬的军歌声中，"两严"方针均贯彻到部队基层工作的方方面面。

　　走进教导队，昔日军营里的往事就像电影镜头切换一样，使我如跌入梦境。走出教导队，一种豁然旷达的心境油然而生。对于厦门警备区教导队，我留有一种怀想。是的，走过的路，经历过的事，遇到的人，总会时而闪现，总会珍藏于心。

（1996 年 10 月，教导队集训时作者与战友留影）

我的军校我的队

有一段时间，军校同学们在微信群"智勇七队"里热议入学二十周年聚会事宜，早已散落在全国各地的同学，犹如满天星辰闪烁，点燃望城那段青春涌动的岁月，回望南昌陆军学院那三年的军校生活。

二十年前，军号把我们召唤在一起，军旗把我们集聚在一处，军校的一纸录取书把我们的缘分在军旗升起的南昌城续写。三年的朝夕相处，三年的同甘共苦，三年的风雨同舟，让我们结下了牢不可破的同窗情谊。二十年的时光犹如白驹过隙，曾经激情四射、斗志昂扬的青春已成人生履历，同学们都已步入中年，成为各条战线的中流砥柱。然而，三年军校凝结的同学情、战友谊，胜似冲锋的军号，又一次召唤着同学们聚首英雄城，诉说衷肠。

7月12日，队长陈义生、教导员王芳在微信群里的随感随想犹如可燎原的星火在同学之间传开。"世间有这么一种情感，虽然不能时时相聚，但却一见如故，这就是同窗之情。过去，我们是同学、寒窗苦读的学友；现在，我们仍然是同学、情真意切的朋友；将来，我们依然是同学、彼此心照的挚友。"是呀，在那段艰苦岁月里凝聚的同学情谊是我们一生的财富，军校同学连接的是一辈子的战友情谊。

二十年前，还记得那个骄阳似火的八月，闷热如炉的南昌城吗？军区各个部队聚集了年轻而又朝气蓬勃的108名战士，历经了层层考核筛选，过关斩将，终于被南昌陆军学院录取。一个个都背负着青春的梦想，带着青春的豪气，迈着青春的步伐跨进南昌望城港那一抹绿色的营地——南昌陆军学院。

想不到在军校接受的第一堂课，不是资深教授的讲坛，而是一把普普通通的长剪刀，只有从南昌陆军学院走出来的学子才能真正体味到其中的真义。这还得从军校美丽的校园环境说起，学院占地面积1.79平方公里，东部与江南名楼滕王阁隔江相望，西与梅岭风景区交相呼应，校园绿树成荫，山环水抱，风光秀丽。偌大的学院没有设置一名专业的环境护理工，而是由军校各个学员队代替。暑假两个月，是各种杂草生长最旺盛的季节，毕业队包干的卫生区域会产生空档期，这些只能留给新学员队来接续。

初到军校，印象最深的就是这边刚刚放下的背包被换成了一把长长的剪刀。由区队长带领，从射击训练场到风雨操场，再到偌大的阅兵训练场草地上——此时已是杂草丛生。区队长给我们定任务、明要求、限时间，烈日炎炎下修剪草皮的满身汗水冲淡了大家初为军校生的喜悦。经过近一个星期的努力，整个校园焕然一新，走在明净整洁舒适的校园，看到绿色平整的草皮、列队似的树木、花园一般的菜地，不得不感叹学员们个个都是好把式，穿起皮鞋进课堂能坐而论道，挽起裤管下田地能种出一园好菜。这一切告诉我一个道理：军校培养的不光是懂战术会管理的指挥官，还要造就一个个随时"能扫一屋"的战斗员。

新学员的注册复试复检，令我记忆犹新。当时，大家都是揣着一份军校录取通知书来报到的，但到了学院才知道这只是进入军校的敲门砖。入校后三个月注册期间，要进行一系列文化课程和军事课目的复试、身体达标的复检，只要一项不合格，或者在遵守规章制度方面有一点点差池，都有被退学遣返原部队的可能。

那段时间，大家先是自我"封闭"起来，考上军校却不敢给家里打电话报喜，也不敢给朋友写信分享军校里的新鲜事，更不敢向老部队领导大大方方地汇报，生怕哪一天被军校淘汰回去。

那三个月里，我好像生活在世外桃源一般，后来才得知，最急切的是家里的父母，他们像热锅上的蚂蚁，打电话到老部队被告知我考上军校了，但又没有一点音信，想写信又不知往哪里寄。他们哪里知道，我当时心里憋着一股劲，不敢有丝毫的懈怠，生怕被淘汰出局。

学员注册考核如期而至，喜悦与悲伤的情绪同时满溢在中队的上空，有的战友因为没能通过考核，神情黯然地离开军校，有的战友因为优秀从中专队升到大专队，甚至是本科队，也有的战友从本科队降到学历较低的中队。我如愿以偿顺利通过了注册，成为南昌陆军学院的正式学员，终于可以暂时缓一口气。南昌陆院实行全程淘汰制，学员随时都有可能被淘汰回家。那一刻才知道军校大学生的光环虽然璀璨夺目，但为之付出的艰苦与汗水必然是双倍的，学员注册只是军校生活一个阶段的结束，预示着三年军校真正的开端。在开学典礼上，院长许志农将军铿锵有力的勉励，让同学们激情澎湃、热血沸腾，他要求大家时刻保持高度的危机意识。

回想三年军校生活的点点滴滴，最难的莫过于文化课程的学习。对来自部队的学员来说，高等数学、英语等文化课程是难以打败的"拦路虎"。记得第一次收听校园英语广播，整个区队整整一个晚上没有几个人对上"暗号"，等到广播结束，个个还是一脸茫然。记得刚开始学习微积分时，来不及认真思考我就拿着同桌的作业依葫芦画瓢，高数老师倒也很幽默，只在作业后面回批"张宏勇是你好兄弟"（错的细节都一样，被老师看出了破绽），这让区队的同学们开怀大笑，我却愧疚不已。

记得刚开始进入文化课堂，大部分同学都还没有适应从火热练兵场到答疑释惑课堂的转变，一进教室就犯困，中队还出台了很多根治学员上课睡觉的"清规戒律"。年轻战士的可塑性很强，一段时间后便也都逐渐适应了军校文化课程的要求。像林振海同学，一个连高二都没有上完的人，最后竟然能拿下英语四级证书。

三年的军校在我们一生中不算太长，但这三年的时光却会影响我们一辈子。军校三年的生活给我们留下了太多的回忆，使我们悟透一个又一个立身处世的道理。艰苦、坚持与奉献这几个关键词，已经进入我们的思想，融入我们的血脉。

要说起军校的艰苦，每个人都有自己的解读。小壮哥曾说，与种庄稼的苦相比，南昌陆军学院的苦更苦。众所周知，以步兵为主的南昌陆军学院可算是全军最苦的院校之一。

怎能忘记1999年冬天，学院奔赴井冈山革命根据地进行传统教育时，全院师生徒步负重前行，沿着当年毛主席带领红军上井冈山的路线，穿山湾，过宁冈，下茨坪，登黄洋界，一路跋山涉水，军事科目不断转换升级，体能挑战步步提升。最艰苦的要数全副武装拉练六十多公里那一天，那是向体能极限发起的挑战，每人负重近三十斤，另外携带七斤重的冲锋枪，每个班还需负责一门迫击炮。老区的公路那时大部分还是沙子路，中间高两边低，我们分两路在马路两旁行军，负重行军明显感到两脚需一高一低，时间一长，两条腿似瘫了一般。迫击炮炮身和脚架是需要全班每个人轮流背负的，每个人的体力都达到极限，谁都不愿承担额外的负重，但是当时一个班十个人就是一个战斗单元，越是困难的时候，就越是能考验一个人的意志和品德。这个也许就是考核一个班共同挑战极限、团结互助而特意设置的科目。

那时，班里就我和蒋宾、宏勇个子矮小且体能素质稍差，越是艰苦越能体现一个人的思想境界。班里的小龙、孙刚、宋平、贵生、玉国等同学都主动出来承担，刘军、华荣、李俊也不甘示弱，脚架和炮身在他们的肩上留的时间会更长一些，每次下一个去接替时还说："我还行，等会儿再换。"这是什么？这就是同学情谊，这就是战友担当，这就是有苦同吃、有难同当的患难兄弟。南昌陆军学院，让同学结下了胜似亲兄弟一样的情分。

那一次，同学们的脚都起了水泡，晚上在驻地脱下鞋子用开水泡脚时，个个脚上水泡破裂，血水破皮与袜子粘在一起，但没有一人叫苦叫累，第二天还得继续行军。这就是军校培养的战斗作风，这就是军校塑造的军人品质。

"特别能吃苦，特别能战斗，特别能胜利。"这句话用在我们七队身上可以说一点都不夸张。2015 年，我带着家属和孩子回了一趟学院，为的是让小孩子也能感受吃苦、坚持、奉献的氛围。走在学院偌大的操场上，好像看到了那年阅兵场军旗猎猎、番号阵阵的壮观场面，想起了中队阅兵训练的一幕幕细节。

　　那时从徒手踢正步开始，中队前面有限的水泥地板上，刻画的都是道道75厘米距离的线，每天饭前十分钟都不放过，每个班都在听音乐，踏节奏，练步数，限高度训练。之后进入四人合成训练，这是一种训练合作，四人只要一人分心，那炮架就会失去平衡，更别说列队达到整齐划一了。就这样，在一个个朝阳里，一个个烈日当空下，一个个夕阳西下时，我们反复练习，反复合练，从一排五门炮的横队队形到全队二十五门炮的方阵训练，汗水不知多少回流过战友的脸庞，不知浸湿过多少回迷彩衣，也不知有多少回重来。阅兵场上赢得了院首长的拍手称绝，中队获得学院阅兵第一名，打破了以往只有步兵方队获得第一名的先例，后来才知道这在炮兵队历史上也是第一回。

　　说起苦，每个人都有一箩筐的故事。记得那年从井冈山下山的那一天是山区入冬最寒冷的夜晚。月黑风高，寒气逼人，大家在山路、田埂上穿行。由于能见度非常低，又是大队人马行进，一会儿这个学员摔倒，一会儿那个学员掉入水沟，但总体没有影响大部队的行军速度。经过两个小时急行军到达指定地域后又投入另一个军事课题。

　　那个晚上课题的内容没有给我深刻的印象，就是讲评时的寒冷难耐让我无法忘记，期盼教员讲评早点结束。大汗淋漓后还得端坐在野外阴冷的草皮上，山区零下七八度的温度，个个从口中、鼻孔冒出来的气犹如青烟在寒冷的上空飘浮着。一段时间过去了，两脚开始冷得发抖，那种寒冷的感觉有点钻心，教员口中的讲评早已听不进去了，甚至有点情绪。那一个多小时的讲评是最难挨的，印象也是特别的，最应该感谢的是驻地老乡那一锅热腾腾的地瓜稀饭，让我们的精气神迅速又恢复过来了。

　　学院生活是钢铁般的集体生活，但不时也会展现军中男子汉柔情似水的一面。进入军校，实现了最初的梦想。二十年过去了，心头还时时回味起当初那种别样的情感。学员注册后军校配发红肩章、学员服、制式皮鞋。当领到第一双皮鞋时，同学们个个眉开眼笑、跃跃欲试的场景，至今记忆犹新。进军校、穿皮鞋，标志着我从一名普通士兵到军校学员的转变，意味着我即将成为人民军队的一位军官。

记得刚穿皮鞋的那段时间，同学们走路都小心翼翼的，生怕把皮鞋磨破了。我们还特意从老学员那里学来经验，上街买回铁掌，钉在皮鞋底上，防止磨薄。这样一来，走起路来就有响亮的咔咔声，每天上下课列队行进时那整齐的节奏，是军校里美妙的音符。

为了保护皮鞋，我们也是想方设法减少其使用频率，做到能不穿皮鞋的场合就坚决不穿，搞卫生、下菜地都换上布鞋或解放鞋。更有意思的是，中队每周还对同学们皮鞋的擦拭保养情况，专门进行检查评比，比比谁的皮鞋擦拭得好。有时同学们相互打趣："你的皮鞋擦拭得锃亮，都可以当镜子照了。"尽管后来穿过很多各种样式的皮鞋，但当年在军校第一次穿上的皮鞋才叫我铭记于心。

南昌陆军学院的三年，有太多的事情值得回味，有太多的故事值得记录，有太多的情谊值得珍藏。

谁会忘记野鸡岗训练基地那一幕悲情之事？1998年冬季，在手榴弹实弹投掷中，六队共同教研室张教员（上届七队的学长），为了保护刚入校的大学生，义无反顾把他压在自己身下，自己却被弹片击中胸部，在抢救的路上闭上了眼睛，永远离开了，也成为存留在学员心中永远的伤痛。

谁会忘记那年正值寒假放假的前一天？学院游泳池翻建施工需赶进度，工地尚有十几卡车建筑泥土，需要学员队支援，那天下着小雨，天气异常阴冷。然而全队战友却斗志昂扬、豪气冲天，一部分人打着赤脚在湿泥土里奔跑运土，一部分人在空中传递土袋，这个画面永远无法在我脑海里磨灭。

谁会忘记幸福水库全队的武装泅渡科目训练？六七月的南昌正值梅雨季节，不是骄阳如火，就是淫雨霏霏，全队经过一个多月艰苦训练，每个人都好像是贴了黑面膜。最后考核的是全队整体泅渡速度。队形排列编排，个体都按战斗着装要求编成，每个人负重七斤的水泥枪；泡水的衣服影响游泳的动作和速度，还得推着架起一门火炮的炮架与其他炮平行推进，所有毕业队都在比速度、赛作风，比队形、赛士气，真是一次壮观的水上阅兵……

用脚丈量的路程，心是能感知的，用心写出来的故事是能使人身临其境的，由艰苦冲刷出的友谊是能长久的。

这就是我的军校我的队，三年的军校时光留给我的是一辈子的深刻；这就是我的七队我的同学，三年的军校生活留给我的是一辈子的影响；这就是我的同学我的情，三年的军校情谊留给我的是一辈子的回味。

（2000年7月，南昌陆军学院毕业时七队同学合影）

园山下，在十一连当兵的日子

每个年代的军人，都有其特别的军旅人生花絮。

很久以前，西山上那个十一连，还有属于我们那一茬兵的园山下的十一连，如今又移防漳浦旧镇的十一连。每一代十一连的官兵都有特别的职责与使命，也都在不同的时空不同的地域续写着"天津登城英雄连"的悠长历史和无上荣光。

在十一连当兵的那段青春，绝对与园山下的绿色营地有关联，而且还特别深刻。是的，不论时光流逝多久远，也不管战友分散在天涯还是海角，在十一连服役的那段青春，已化作一种精气神，融入我们的血脉。

尽管岁月催老了身体，沧桑布满了眼角，但"天津登城英雄连"这面凝聚着一茬茬官兵血水与汗水，甚至是生命的战斗旗帜，永远是十一连战友心中的一座丰碑。这支光荣的连队承载着一茬茬官兵的青春印迹，记录着一段段苦乐交织的成长岁月，更传承着辉煌和光荣。

那段留在记忆深处的军旅岁月，那一段浑厚雄壮的特殊情感，是最容易拨动情感的。只要树梢一动便会清风徐来，自然而然回忆起那段艰苦与梦想交织的青春时光。

2017 年 11 月，连队退役老战友在厦门举行了一次战友联谊活动。一百多位战友，如同编制建制满员的战斗连队听到集结的军号声，从四面八方齐聚鹭岛，拥抱问候，把酒言欢。相聚的战友兵龄相差很大，有的甚至还是头次见面，有七八十年代入伍的战友，也有零零后的战友，兵龄前后跨度达二十多年，然而兵龄的差距丝毫不会影响战友热烈如火的激情。十一连是那些年一批批战友摸爬滚打、操枪弄炮、挥洒青春梦想的主阵地，封存了战友们太多太多的情感和故事。1990 年之前入伍的战友，记住的是植物园西山上的队列步伐与崇山峻岭的故事；1990 年之后入伍的战友，记住的是园山下的那片营地。

联谊会期间，十一连的老战友们也回到园山下，寻找青春的影子，感慨驻地的巨变、连队的新颜。如今的连队，已悄然调防漳州，旧营区被改造得焕然一新，成为304旅教导大队。

伫立于偌大的操场上，唯一能够唤起战友们那段记忆的还是营房后侧的那棵老榕树，就像连队的一个老兵，昂首挺立着，枝繁叶茂。还有园山山峰，当年体能训练就是在山上山下石头铺就的石道上，每次几个回合地来回冲坡，战友们不知流下了多少汗水。

令人惊喜的是，接待老兵回连队的军官王琢为该部教导大队副大队长，曾在老连队担任连长。一打听，这位年轻帅气的军官竟然是老连长王迎军的侄儿，这让大家倍感亲切。要知道，他的爷爷王保田可是一位解放厦门的老革命。王琢一家三代人都曾守卫厦门，是真正的将门之后。王琢给大家讲述了连队移防与建设状况，也让战友们重温了连队的历史。

天有不测风云，人有旦夕祸福。就在聚会结束一个月左右，三明籍的1995年的兵张金财因病突然离世。不久，又从江西传来不幸消息，连队二排长刘国宝英年早逝。浙江籍战友楼和平，在风华正茂的年纪，身患重病。早些年，江苏籍战友蒋建平夫妇也因车祸离开人世。一段时间，战友群充满了惋惜沉重的气息。连队战友都在自觉传递着一份份关爱，也是战友之间精神上的一种宽慰。

是啊！曾经的战友，逝去的岁月，让人顿感世事的无常、生命的脆弱。我们都要明白这个简单的道理，正当年的战友们，也都处在家庭事业的爬坡期，每个个体都是小家庭的顶梁柱，一定要兼顾创业与健康的关系，健康才是一切的基础。

人的情感世界真的很奇妙，有时因为见到一张旧照片，遇到一个老战友，就会睹物思人，遥想过往，调侃起当兵的日子。我的军旅之路也是从园山下开始的。1994年，我和谢清华、艾华林、李军波、刘永光、刘少锋等几位同乡，被拉至厦门岛内中东部的小东山军营里。这里的营房都是三四层的楼房，各种训练设施齐全，还有一个宽广的操场。军营给我的第一感觉最美好，后来才知道四营是全团乃至警备区基层连队硬件设施最好的营队。就此，几个青年在这里开启了三年军旅生涯，这是一辈子也无法忘却的苦乐年华。

新兵连里的战友都是头一回远离故土与亲人，面临的是全新的环境，战友们眼中都透着一丝新奇，我们由班长班副带领着，机械式地完成到连队的各项工作。看着年纪相仿的班长，百般耐心地讲解，嘘长问短地关心，对待新兵像爱护宝贝疙瘩一样，大家也就慢慢放松了。我被孙班长领进一楼的三班，班里已经来了浙江诸暨籍的战友姚永江，一班的林峰也属于到连队报到最早的一批战友。班副孙清泉先是端茶送水，接着就是手把手教我们整理被褥等。

记得当天晚上，一排长苏建生召集三个班长，由二班长孙军权负责，在二班排房里对新战友进行体能测试。孙军权是93年度兵，老兵们都叫他"小胖"。他是排里的老班长，军事素质很是了得。当时新战友们相互还不熟悉，没有更多的交流。二班的谢清华和四班的艾华林与我是同乡，彼此之间自然会多一分亲近，一种天然的默契让我们日后结下亲兄弟般的战友情谊。

记得第二天上午，连队组织的新兵军事科目训练就是军姿定形，我和姚永江在孙班长的规范调教下，按照立正定形要求，头正颈平，两肩后张，两臂自然下垂，眼睛平视前方紧盯不眨眼。不到十几分钟，不知是体力不行，还是环境适应调整期的缘故，我们两腿麻木，眼睛里也都充满了眼泪。班长问是不是太苦吃不消，或是想家了。要强上进的我俩都说不苦，班长脸上露出了笑容，连声说："不错，军姿定形是成为合格军人的第一关，要训练到小腿发麻，眼睛自然掉泪才能突破极限。"

真没想到，新兵连的适应期还真是一道难关。每天下午有一个半小时体能训练，一般就是长跑和单、双杠的臂力训练，以及一些基础的军体科目。最痛苦的就是这段训练过渡期，一时间战友们好像都成了拐子和瘸子。我也没能幸免，每天上下楼梯，小腿肌肉痛，有时只能横着走。当兵是自己选择的道路，再多的苦也得自己承受与担当。后来十几天里，江苏、福建、广西、云南、四川等地兵员陆续到来，整个新兵连也是齐装满员，充满朝气。

苏排长调走后，一排的新兵训练由二排长刘国宝兼顾。不久，连队士兵提干的潘新兵从省军区教导大队培训回来，负责一排的新兵训练工作。潘新兵那时还没有挂星，肩上的军衔还是上士，但已是名副其实的排长了。此时的潘排也算是新官上任，浑身上下透着高昂激扬的工作干劲。就连班长们都说潘排经过一年的提干培训，简直有一种脱胎换骨的华丽转身。

在连队没多久，潘排又调往"英雄三岛"的小嶝岛任职。潘排从士兵提干，是一位很接地气又虎虎有生气的带兵人，是典型的基层干部形象。随着军事训练科目强度的加大，许多新兵出现了脚肿伤痛的问题，晚上熄灯后潘排为他们进行治疗。在球场上，潘排更是金句频出："打球和打架就差一个字，就是要猛冲猛撞。"后来，连队前后经历陈辉、王树康、田本江等排长，大家度过了一段段同甘共苦的日子。新兵下连不久，我虽已借调在团机关，但在几次战备演习期间和军校预考阶段，我仍然回归连队建制，和战友们进驻园山上的战备坑道。那些年，住防空洞，坑道演练，战备等级转换等，堪称我们那批兵几年军旅生活的一大特色。

心中有目标，行动生动力，尤其是新兵之初，连队干部身上那套笔挺金黄色的马裤呢冬装，成了自己努力的动力。在新兵连三班，班长孙国清和班副孙清泉都是94年度兵，只早我们一年入伍，看得出来他们经过部队的锻炼散发出的那份自信、沉稳和干练，但同时也感觉到他们身上还留有几分稚嫩。后来才得知，两位班长也是刚从区教导队预提班长培训回来，没有更多的带兵经验。在连队，他们俩是我们的启蒙老师。班长负责全班军事训练和行政管理的全面工作，班副则侧重于内务和后勤生产工作，辅助班长搞好军事训练。

新兵连还没有具体的养猪种菜等后勤生产活动，注重内务方面的养成，从衣柜衣服的折叠到水壶挎包的摆放，从被褥床单的位置到床底鞋子的画线规范，从口杯牙膏的要求到公共卫生的标准，连打扫饭堂也有要求。

我所在的三班有八个新兵，来自六个省份——四川的张国平，江苏的戴陆军、章胜林，浙江的姚永江，云南的张文富、杨定国，福建的孙广建。我和姚永江先到连队，进入状态也快一些，每天清早最先整理好个人内务，最早拿起扫把和拖把打扫卫生，在体能训练上也属于最刻苦的一类。新兵连结束，班里唯一的嘉奖名额给了姚永江。姚永江也的确优秀，他虽然只有初中文凭，但在军事训练方面异常刻苦，曾获得"团十佳训练尖子"称号，荣立三等功，在部队当了班长、入了党。只可惜文化程度低，不然也是军官的好苗子。四川的张国平，军政素质全面过硬，在连队曾担任上士和炊事班、战斗班的班长，有成熟稳重的性格，并在连队入了党。他退伍回到四川老家，在村里竞争上岗中脱颖而出，担任村党支部书记，工作干得有声有色。

江苏的戴陆军，身体的协调性差，在新兵连里，在体能训练方面没少吃苦头，每次一见面就摇头："哎呀，太苦了，受不了！"他在新兵下连不久被调往其他部队了，至今，全班战友都没能联系上他。

云南的张文富，那时满口的云南地方腔调，训练中很爱偷懒，每到体能训练时，他就捂着肚子，表现出一副很痛苦的模样。班长班副上前询问，他就支支吾吾说胃痛。后来，大家都知道了这个状况，有时也去戏弄他："文富，你的老毛病好了没？"

云南的杨定国憨厚，反应有时慢半拍。记得有一天半夜时分，班长突然吹起紧急集合哨，战友们都从睡梦中惊醒，按照要求快速打起了背包，可怎么少了一个人？原来杨定国一个人还在呼呼睡大觉，全班如此大的动静竟然没有把他吵醒。这可让班长毛了，来了一句："还是训练太少。"

要知道，在海防一线的步兵连队，战友们都是年轻人，身上有使不完的劲，胸中有股不服输的倔强，来到部队都想成就一番事业，都是铆足了劲在比拼。要在连队出人头地，就得拿出"干货"拼实力。

俗话说"步兵的腿，炮兵的嘴"，步兵专业就得靠"米数、秒数、环数"来衡量标准。比如五公里和四百米障碍就是以秒数为单位，手榴弹投掷就是以米数米计量，冲锋枪和轻机枪就是以环数定输赢。战友有一句经常挂在嘴边的话："是骡子是马，拉出来遛遛就知道了。"我知道自己既不是马，也不是骡子，努力了可能会成为马，如果放弃就一定是骡子。

一个步兵连队齐装满员也就一百人左右，平时一般都是有编缺员。我们连队也是如此，除掉干部和志愿兵之外，兵员结构从 1994 年兵至 1997 年兵的跨度，1995 年的兵在人数上是最多的，在连队算是主流队伍，占全连的一半还多。当时，除去在师、团机关帮工的时间，我在连队的日子实打实也就一年半左右，但对在十一连的日子却是特别感念，对过去的战友也是特别感恩。尤其是给予我莫大帮助的领导和战友，正是他们的鼎力相携，我才能有今天的收获。

印象最深刻的要数 1997 年参加军考期间，因为感冒被淘汰刷回连队，情绪跌落低谷。连队指导员陈玉忠得知后，一边给我做思想工作，一边为我向师团机关争取工作，连长刘平华也出谋划策，后来又把我送进了区文化集训队，直至考进军队院校。

军校录取通知刚到团里，已调入团干部股的田排也在第一时间向我透露了喜讯。当时，我得到消息兴奋不已，营里的同乡得知后都为我送行，刘少锋、刘永光、谢清华还特意购买了影集相册赠送给我，谢清华还把刚领到的一个月的津贴全部给了我。到团里集中那天，连队干部还交代炊事班加了几道菜，把我叫到连部桌吃饭，大家说了一大堆鼓励的话。

军营是所大学校，也是一座大熔炉，大部分战士进去是铁，出来成钢，有的成为各条战线的业务技术尖兵。支撑战士成为钢的，就是为荣誉奋斗的信念。在连队三年，除掉少部分战士提干转志愿兵外，大部分战士均要面临退伍，那又是什么力量能够凝心聚气，推动连队全面建设向前发展呢？在基层连队，一群血气方刚的人，都有强烈追求集体荣誉感的进取心，"军事训练达标一级连""三等功""入党""优秀士兵""团十佳训练尖子"等，这些特殊的符号代表着荣誉，代表着进步。是的，这些符号在军营里，也是战士们心中的一道光，激励着大家奋勇争先。有红旗就扛，有第一就争，内强素质，外树形象。

步兵四营是警备区唯一的机动部队，担负着厦门地区的抢险救灾任务，也是全营集中驻防的部队。全营三个连队——两个步兵连和一个炮兵连，平时不论在军事训练方面，还是后勤生产、内务卫生，甚至就连出操叫个番号、集会拉歌都要比试一番。每年省军区的"军事训练达标一级连"称号，两个连队都是交替获得，到后来竟然拿两个连队后面的两棵大榕树说事，哪一年哪个连队的榕树长势旺盛，那么"军事训练达标一级连"就非该连莫属了。当然，这是官兵们茶余饭后的一种调侃，其实还是要靠基层连队年轻官兵那种积极进取的拼搏劲头。

在新兵连的过渡期，有些战友就因为艰苦打起了退堂鼓。二班一位战友来自浙江诸暨，家庭条件不错，入伍前跟着父母开工厂，生产珍珠手链。在新兵连里，他吃不了新兵军事体能各个科目连轴转的苦，流露出一种厌训的情绪，总想着家里。有一天，他擅自离队，这可把全连正常节奏打乱了。当时，全连官兵分组行动，由班长带队，在连队周边方圆几公里范围进行地毯式寻找，连一个影子都没找着。上级机关发动力量对厦门周边的桥梁隧道进行了监控，没想到他竟然跑到了漳州地界。原来，他想沿着鹰厦铁路线走回浙江。部队最后只得做退兵处理。其实，每一个人一生中都会遇到各种各样的困难，军营其实也是一块很好的试金石。风雨过后见彩虹，有些苦，咬咬牙也就挺过去了。

收写家书和照相，是新兵连最温馨的事情。那时，社会上刚刚流行 BP 机，军营里还没有装备 IC 卡电话亭，手持大哥大的绝对是有钱有地位的。驻地小东山的商店，也没有几部长途电话，况且高昂的长途电话费也会让战士们望而却步。因此，新兵连里战友们与亲朋好友的联络基本上靠写家书，战友们艰苦的训练之余就是不停地写信，有中午写的，有站哨时写的，甚至还有躲在被窝里打着手电筒写的。大家热衷于写信，一是义务兵可以免费邮寄书信，一个三角戳就能走遍天南海北。二是写信的过程与收信的喜悦，也是战友自我减压、寻求情感慰藉的最好方式。

说起照相，每个战友都有自己一箩筐的美好回忆。每到空闲时，战友们都会借来相机，三五一群，摆出各种姿势，把军营里最美好的形象展现出来，定格在相片里，寄给家人。当年，驻地有一位五十来岁的摄影师，他看准商机，总会在恰当的时机出现在军营的各个角落里，提供照相、冲洗、塑封等相关服务。他还兜售一些厦门风景区的精美照片，满足了战士们的不同需求，他也成了全团各个连队战友最欢迎的人。我在军营里第一张持枪的照片就是这位不知姓名的摄影师拍摄的，也购买过许多厦门名胜风景照片，作为礼物邮寄给亲朋好友。

在连队，还有很多零零碎碎的精彩片段。比如，印象深刻的有舞龙舞狮，各类应急抢险救灾，到火车站进行春运站岗执勤，野营拉练的科目，荷枪实弹的惊恐与喜悦……每个人眼中的军营形象，每个人心中对那段军旅的感受也必定是"横看成岭侧成峰，远近高低各不同"。

曾经的连队，那段站岗放哨的芳华岁月，如今我以简单平淡的手法，记录那些点滴往事，也在刻录着在军营那个时期闪现的年代感元素，然后又轻轻地放进记忆深处，如同放进档案柜里封存。

（1995 年 3 月，"天津登城英雄连"新兵三班战友留影）

相聚在军旗升起的南昌城

一段共同的艰苦岁月，会让履历相似的群体感同身受，只需要一个小小的缺口，那种用汗水、泪水、血水共同浇灌的情感，就会争先恐后喷涌而出。

一段时间里，军校同学在 "智勇七队" 微信群里热聊，商议回母校参加入学二十周年座谈会事宜。在线的每个同学都是神情激昂，踊跃报名。

相聚的日子渐渐近了，心里还是有点忐忑不安，虽然早早就通过携程网订了车票，但还是担心有意外会来搅局。我刚被抽调到翔安区机场建设指挥部，这是省市重点项目，生怕因任务重不能脱身。

2017 年 7 月 28 日，我与陈飞、吴曦等同学在厦门火车站会合，而且凑巧又在同节车厢里，这也许就是上天安排的缘分。我带着吴然一同前去，希望孩子能够感受军校那种特别整洁有序、特别吃苦耐劳的氛围。陈飞、吴曦两位同学也拖家带口，特别是吴曦同学，二宝出生才几个月，全家四人算是倾巢出动。诚如吴曦所说，"人生有几个二十年，同学聚会要珍惜，早在一个月前就订车票，规划行程了"。

是啊，前去母校参加同学聚会不需要任何理由！军校三年的同学情分就是一道无声胜有声的指令！其实同学们的心情都是一样的，厦门的振海、建勇、冬生等同学因为特殊原因没能前往，倍感遗憾。的确，谁能轻易割舍军校那段激情燃烧的岁月，谁能轻易割舍同学三年朝夕相处、同甘共苦的情分，谁能轻易割舍在智勇七队一千多个酸甜苦辣的日子。

动车朝南昌城方向风驰电掣般前进，看着窗外的蓝天白云、田野青山、河流桥梁、隧道电杆齐刷刷向后飞奔倒退，放飞的思绪一下又回到了二十年前的那个八月。

1997 年，正值建军七十周年之际，我参加厦门警备区八一阅兵活动，不久便接到团干部股老排长田本江的私信，告知被南昌陆院录取。如我一样圆梦的，还有同乡彭小军、秋明、冬生等四人，大家怀揣着南昌陆院录取通知书，怀着难以平静的兴奋，打起背包，提着简单的行囊，同坐那一辆开往南昌的绿皮火车。兴奋、自豪溢于言表，从厦门到南昌十九个小时的旅程颠簸一点都不觉得漫长和困顿，一路上欢声笑语，豪情满怀。二十年的时间如梭飞过，当年的小伙子成了稳重成熟的中年汉子，大家各自都成了家立了业。火车上，一直在想象着军校以及驻地英雄城南昌会有怎样的变化，又会给自己一个怎样的惊喜。

哲学家赫拉克利特的经典话语"人不能两次踏进同一条河流"，现实也是如此，南昌已不再是当年那个南昌，陆院已不再是当年那个陆院，只有"南昌陆军学院"这块牌子在我们这些曾经的陆院人心目中没有发生任何变化，望城岗的军校情结会随着时间的流逝反而更加芳香浓烈。

南昌！我们回来了！在南昌的国良、人生、云开、忠平四位同学周到细致、无微不至地筹备布置，让同学们都有一种宾至如归的感觉。近五十名同学相聚一堂，相互打量着一张张熟悉而又陌生，陌生而又熟悉的面孔，毕竟近二十年没有见面了。开始彼此只知道使劲握手，不断寒暄问候，慢慢地一切都看顺眼了，听顺耳了。队长、教导员、同学们都还是曾经的面孔，声音都还是那种熟悉的音调。二十年的时间，说长也长，说短也短，大家满面洋溢的是相逢的喜悦，分享的是彼此的快乐。

晚宴上，同学们个个激动不已，相互拥抱敬酒，相互介绍爱人、孩子。同学们说每个人都没有什么变化，是啊，曾经三年的同窗生活彼此已经把对方印刻进了心里。其实，二十年的时间，同学们都会随着岁月的流逝自然而然地留下痕迹，开怀大笑时眼角的鱼尾纹明显深了。

整个晚宴，同学们都在诉说衷肠，都在交流分享，都在细数各自二十年来的变化。是啊，岁月是把公平的尺子，不管你乐意不乐意，总会在每个人身上留下岁月的印迹。然而二十年后再相聚，同学带回来的还是那种青春依旧的豪情，是二十年分别后各自收获的喜悦，是满满的正能量。

同学相聚在红谷滩新区的一家商务酒店，记得当年军校毕业离开南昌奔赴军区各个部队时，这里还是赣江边一片没有开发的滩涂地。如今这里却是南昌乃至江西省最具现代气息的地方，高楼大厦矗立于江边，与千年名楼滕王阁遥相呼应。地铁一号线穿梭其间，省政府与南昌市行政中心先后在这里安家落户。江西省的发展再次插上了腾飞的翅膀。

29 日一大早，商务车把同学们带向军校的方向，一路上，同学们不约而同把头转向车窗外，指指点点，想找出一点点二十年前熟悉的影子，但真的很难了。是啊，二十年弹指一挥间，新建县也撤县划区，旧貌换新颜，用今非昔比这个词来形容最恰当不过了。

看到这一切，作为曾经的军人，肯定有别于一般人的思维：国家的繁荣富强，人民的幸福安康不正是军人最高的期望吗？是啊，只有经历过的人才能深刻感受到这不是一句空洞的口号。

每次来陆军学院都有不同的感受，就因为这个方圆不到两平方公里的地方凝结了我们的青春梦想，留下了最青葱的岁月痕迹。当车到学院门口时，同学们不约而同地欢呼起来："南昌陆军学院，我们回来了！"大门口上方萧克将军题写的"南昌陆军学院"镏金大字依然是那样醒目。阅兵场、射击训练场、风雨器械场、小平楼、院史馆、大礼堂、电教室、图书馆、练习营、北门、西门外、学员队、饭堂、野鸡岗训练基地，还有隐藏在阅兵台下的小卖部……

一切依然如故，现在看来感到特别亲切。有的地方的确变了，已经找不到曾经的教室，找不到原来的菜地，找不到气味难闻的猪圈，也找不到那把剪刀、铁锹、扫把和那担粪桶。如今的军校实行的是社会化保障系统，不再需要养猪种菜了，不再需要半夜起来帮厨做馒头，不再需要跑北门买IC 卡打长途电话……

临近正午，在三大队饭堂回味曾经习以为常的军校生活，在饭堂前列队，由原三区队长陈振东指挥合唱《战友之歌》。熟悉的歌词，久违的歌声，一下子又让大家穿越到那个年代、那个青涩的年纪。饭堂里摆放的还是那种标准的饭桌，当年伙食标准是"四菜一汤"，今天却满满一桌子的菜、水果及饮料，很多家属、小孩都说军校伙食原来这么好，他们哪里知道，今天军校是把我们当成贵客来接待的。

什么叫磨砺？什么叫成长？什么叫财富？经历过的苦难，受过的挫折都可以说是磨砺、成长和财富。在座谈会上，四班长史桂国的成长经历令人印象深刻。军校毕业后十几年，他最大的感受就是："在部队里，想做的事都没有让我做，不想做的事情都让我做，而且都让我做好了。"人生没有蓝图可循，每个人的成长都如同在迷雾重重的大海上航行，正确的路似乎只有一条，弄不好就会失去航向，沉没在浩瀚的大海里。一个人的潜力是无限的，一个人的意志是不可战胜的。

史桂国分享了自己的履职经历：下部队当排长几年后，没想到擅长军事的他却要从事政治工作，几年后在政工岗位上如鱼得水的时候，一纸命令又让他从事后勤工作，他没有怨言，始终把组织交给的任务当战斗，一场场战斗都毫不含糊地拿下了。

毕业近二十年了，有些事情逐渐被遗忘，但有的事情却犹如一座精神丰碑，让人铭记于心，难以忘却。现在在漳州城市管理执法局工作的王登峰同学，讲起自己的一则小故事，令在场的同学深受感动。

那是毕业前夕，王登峰患有较重的腰椎间盘突出，他最担心毕业前的军事技能考核，因为在铁一般的军校规定和纪律面前，答案是标准的，原则是刚性的。王登峰同学也心知肚明，如若有一门课程不合格就不能顺利毕业。陈义生队长知道情况后，为他鼓劲，但他的情绪还是一直很低落，生怕影响到正常毕业。

在野鸡岗训练基地，军校组织的武装五公里越野考核如期到来，登峰同学说："这是我今生不可能忘记的事。当时陈义生队长一直陪在我身旁，陪我跑完了一个全程五公里。在终点线上队长笑了，我的眼里却一片模糊，当时如果没有队长在，我肯定不能咬牙坚持到最后。"这就是我们的队长，可亲可爱的兄长；这就是智勇七队的灵魂，不抛弃、不放弃任何一个兄弟；这就是南昌陆军学院的品性，百折不挠，百炼成钢。

　　座谈中，留下深刻印象的是三班的解贵生同学。贵生是来自野战军王牌师的军官苗子，身上透着云南人特有的纯朴和干练。军校三年，他身上的特长发挥得淋漓尽致。他的理发技术堪称一绝，他理的小平头，有朝气，简洁有气质。毕业后与贵生电话联系时还开玩笑说，等待再次相逢时还让他理一回小平头。

　　贵生还是一个事事通晓的多面手，像泥水匠师傅一样会砌墙，区队工具房就是他带着几个同学硬建起来的，砌墙水平与师傅真的没啥区别。另外，中队的脏活累活基本上有他的份儿，他总是任劳任怨，埋头苦干，像头使不完劲的老黄牛。

　　在军校的三年里，文化课程学习任务很重，军事科目加上体能训练频繁，另外经常有公差勤务需要摊派，同学们基本上没人愿意承担养猪的活儿。他主动请缨，利用在军校的业余时间为中队养了几十头猪，改善了大家的伙食。

　　他在毕业一年后又回到军校复试，但伤情不容再次折腾，中队干部带着他向学院陈述缘由。学院也为曾经给军校争过光、流过汗的学员开了一回绿灯。

　　2017 年 7 月 29 日，对于南昌陆军学院来说是一个特别重要的日子，对于我们这些曾经的陆院人来说是一个特殊的日子。我们参观军校的当天晚上，云开同学发来战士连夜在东门清理校名的照片，"南昌陆军学院"正式被摘牌了——升级为"陆军步兵学院"。当时我们得知情况后都为之一颤，没想到会这么快，而且这么巧，难免有点伤感，但更多的是光荣与自豪——在这个特别时间节点见证母校承前启后的关键点，见证母校拉开整装待发、砥砺前行的序幕。

　　8 月 1 日，"陆军步兵学院"挂牌仪式在南昌隆重举行，院长、政委带领新任班子成员集体亮相。《南昌日报》头版头条对"陆军步兵学院"进行了详细报道。"南昌陆军学院"这个名字从此走进了军史。回首这所从战争中创立起来的军校，1986 年定名"南昌陆军学院"以来，走过了 31 年的光辉历程，培养了数以万计的初级指挥官，如今又步入一个全新的历史时期。我们这些曾经的陆院人都衷心祝愿"陆军步兵学院"的明天更加灿烂辉煌。

（1999 年 8 月，南昌陆军学院八队模拟连与地方高考入校学员留影）

云顶岩下的机关兵

当过兵的人，都有一种情愫，离开部队越久，埋藏在心中的军营情结越绵长，时不时就像春天含苞待放的花蕾，在一夜春风春雨的润泽下，悄悄地露出新的生机。云顶岩下五十二团机关驻地，十几年的青春岁月与之交织相融，曾经那段短暂的机关兵时光，留下了许多酸甜的军旅往事。

说到云顶岩下五十二团机关，就从机关兵开始吧。机关兵来自基层，又别于基层战士，在特殊的岗位，发挥着重要的作用。大家印象中的机关兵是作风稀拉，说话圆滑，头脑灵活，办事灵光的特殊兵种。殊不知，机关兵其实是保障首脑机关正常运转不可或缺的一部分，有的甚至处于非常重要的岗位，发挥着特殊的作用。

1995年4月，我和钟世烈、李小可两名战友在香山一连"新闻报道骨干集训"结束后，被挑选进入五十二团政治处报道组，之后在团机关历经两年时间，可大体分为两个阶段：抽调到警备区宣传科半年，在团报道组一年多，其间穿插着七八个月在教导队预提骨干集训和文化补习两个阶段。其实报道员在机关没有正式编制，充其量只算半个机关兵。20世纪90年代中期，沿海部队三天两头搞战备演练，团报道组几个报道员每逢战备就得回老连队，进驻坑道，战备时间经常是短则一两个月，长则好几个月。回到连队，连队官兵把我们当机关兵，自己也有点飘，总流露机关兵的散漫，也没少挨连队干部的批评。

五十二团机关坐落于厦门岛云顶岩北边山脚之下，连绵的山峰交错叠加，满山的相思树如同哨兵一般遍布山体，又是拱卫团部机关的一道天然屏障。在没有精确制导系统配备火炮的年代，这里属于炮兵火力打击的死角。团级作战训练指挥中枢机关不可不说是占据了有利的地形地貌。团机关办公场所，大都是以就地取材的条形石头作为建筑基础，机关各个部门及直属分队错落有致地分布在峰岩树木之间，集隐秘与防护功能于一体。

不过，有军人出入的地方必定庄严有序，整洁大方，建筑简朴，突出方块加直线、棱角分明的军营味道。

2006年前后，团机关营房更新换代，办公大楼推倒重建，不到一年的工夫，一栋中西合璧、颇具现代气息的大楼拔地而起，而后又兴建了机关食堂、大礼堂、训练中心、游泳池等现代设施，特务连也进行了改造升级。五十二团机关建设成为驻地部队远近闻名的别墅式军营。

若干年前，这里属于特区偏安一隅之地，周边基本上不是菜地就是农田，距离团部一公里的地方就是洪山柄村，可算是团机关驻地的小街市，街道两旁均是一些售卖日常生活用品的商铺和农贸市场。出团部靠金鸡亭一侧是厦门农科所，那些年基层许多连队与农科所共建，帮助基层官兵解决菜地育苗问题。30路公交车当年也只到东芳山庄别墅前，再往前埔方向就得换乘蓝色小巴士。我们这些机关兵，平时喜欢往洪山柄街市跑。当年在政治处当兵，时间支配自由，在空闲时总会去找老乡，和分散在警备区各个部队的莲花同年度兵沟通最紧密的就数我了。大家经常利用双休日跑连队、逛景区，当兵的时光很单纯，日子过得很惬意。

机关兵岗位特殊，作用独特，相较基层战士有着不同的生活环境。团机关正常运作中不可或缺的驾驶员、保密员、公务员、打字员、放映员，号称机关兵的"五大员"。他们的岗位平凡，但位置特殊，在机关各个部门都发挥着不同的作用。

小车班的驾驶员一般负责团首长日常外出下基层对应的出行车辆保障，那是专车专人专用，而汽车队一般承担机关和部队训练、后勤运输任务的保障，出车一般都是10值班室制订计划、统一分派任务，驾驶员也由车队协调分配。小车班驾驶员一般都是定人定车。

大部分小车班驾驶员长期跟在领导身边，潜移默化地学会了许多为人处世的道理，为人低调谨慎。我印象较深的是来自福建的小王，前后服务过几任团政委，为人和善，办事灵活，深受机关、基层干部的好评。

放映员属于政治处宣传部门所辖俱乐部电影组的机关兵编制。机关电影组为基层连队官兵服务，是丰富官兵业余文化生活的重要载体。在信息不够发达的20世纪，机关下基层放电影，那绝对是一件过节一样的喜事。那时，电影组有一种不成文的制度，每周下部队放电影两次，全团基层连队轮流来，我们几个报道员也经常去当帮手。

后来随着影碟机的流行和普及，基层连队均配发了相应设备，机关电影组又出台了新的服务项目，就是逐级配发各类影视录像带到团机关，由基层连队领取，定期归还。

那时，电影组放映员可是一个很吃香的技术工种，放映电影是最基本的必备技术，还得学会刻横幅、制作宣传标语、保障会场音响设备，优秀的放映员还有掌握维修影碟机、放映机、收音机等技术的。

俱乐部主任林伟逊，印象中他写得一手好字，还是刻横幅的高手，据说出黑板报也是风格独特，还带出了一批好徒弟，雷卫国就是其中之一。

来自江西的雷卫国，我们报道组成员当年也都尊称其为雷班长，他不仅放映技术好，还会维修一般的家用电器。

和我们同期到机关电影组的李兴东报到后，班长就递过来一把刻刀、一沓纸，每天让他反复练习横幅刻字，还别说，经过半年的反复训练，他刻的横幅也有点模样了。那时，团共建单位出资在机关建设了当时最为流行的卡拉OK厅作为文化活动中心，李兴东作为电影组新兵，自然任务被派得也多，除了正常的放映和会议保障之外，还得负责音响调试工作。他也成为其他机关兵羡慕的对象，大家最想利用业余时间找兴东，到卡拉OK厅高歌一曲。

在电脑还不普及的年代，电脑打字绝对是一项高大上的技术工作。对于战士来说，能担任机关各部门的打字员是一件无上荣光的事情。那时电脑还是386、486，整个政治处只有一台电脑，大家像宝一样对待这台电脑，还专门配置了空调房间，使用也很严格，一般干部很难有机会学习，政治处战士只有公务员陈伯禄可以在办公时使用。

我和伯禄是来自一个连队的同年兵，有时要伯禄给开个绿灯，到电脑室摸一摸电脑键盘，希望能学习到电脑知识。没几天，我也试着使用拼音加五笔打字的方法，硬着头皮在键盘上给父母写信，遇到许多字不会打，就叫伯禄在旁边帮忙，费了一个晚上的工夫，好不容易完成了一张 A4 纸的书信。拿着这张散发着油墨香气的打印稿，兴奋地装进信封，邮寄回江西老家。不久，我又特意用电脑打印代替手写书信寄给高中同学，他们在回信中都羡慕万分，都说军营是锻炼成才的好地方。

报道员在机关兵当中似乎就是机关兵小秀才的代名词，尤其是拿着上稿件的报纸向领导报告时的神采飞扬，好像打了一场胜仗一样。我当年被调进机关从事新闻报道工作，心里最没底。每天对着《人民前线》《解放军报》反复模仿练笔，报纸上一篇小消息看似短小简单，但要让自己的名字变成报纸上的铅字还真不容易。能上报纸的文章一是要有新闻性，二是问题得抓得准，三还要有学习借鉴的功效。因此，报道员得有一身硬功夫，许多进入了报道员队伍的战士中途打起了退堂鼓。

那年，我和钟世烈、李小可进机关报道组。当时报道员队伍处于一段青黄不接的时期，宣传股只有老班长徐林在支撑着全团的新闻报道工作，新闻干事欧阳升辉那时也改行成了教育干事。大家都知道报道员不好干，"爬格子"是一个技术活，一般都得在年底算账，若想成绩突出，就得在报纸杂志上有足够的稿件，这是实打实的话语权。

在报道员培训班当教员的排长丁广阳，据说是从事新闻报道的行家里手，也由于工作出色，年年荣立三等功，当兵第三年就被破格提干，成为一名军官。他成了大家的榜样，但实际上报道员这条路充满着普通战士所不知道的艰辛和付出，因此许多报道员中途改行。

1994 年参军的报道员小唐是湖南人，帅气聪明，他当初也是作为报道员入选机关的，可一段时间后，他的角色转换，从报道员成了打字员，在第三年报考了军校。

当年，我和其他几个报道员一样，绞尽脑汁，苦思冥想，最后竟然也在《厦门日报》发表了几篇"小豆腐块"，成为回家探亲最隆重的礼物。

家里人争相传看，都说部队是一座好熔炉，特别锻炼人。

　　机关清晨出操是惯例，四大部门的机关兵也要跟着机关干部出操。当时感觉能和机关干部一同出操是一种高规格的待遇，可在部门领导眼中这是一种管理机关兵、防止其睡懒觉的有效手段。

　　机关兵还有很多令人回味的故事，我也只能简单记下所见所闻所想，还有很多战友有更深刻，甚至刻骨铭心的故事。好的坏的皆成往事，能够流传的都成为故事，特殊的年代，特殊的人群，也有特殊的足迹留痕。

（1999 年 12 月，在井冈山拉练时作者向百姓宣讲法律知识）

"英雄三岛"上的部队

一段时间，我有意"身"入三岛腹地，试图探寻"英雄三岛"驻军部队那些特殊的历史花絮。结果，越是深入越发现自己对那段历史的无知和浅薄。我原先武断地认定中华人民共和国成立后，驻大嶝、小嶝、角屿的驻军只有海防第五十四团。殊不知，"三岛"曾经有那么多驻军部队换防调防，也像一茬茬哨兵站岗放哨一样，完成使命后又悄悄移防他处，有的甚至没有留下丁点可寻的踪迹，只给后人留下一份扑朔迷离的猜想。

如今，曾经那个铁打的军营，素有"英雄三岛"美誉的五十四团，也在前几年移防了。"英雄三岛"只留下一个营建制驻守"三岛"，也像在"三岛"保留了一颗革命火种一样，续写着海防军人的忠诚与担当。

最近，从朋友圈里了解大嶝岛驻军原海防第五十四团一位名叫钟雄生的战友，身患白血病在福州协和医院治疗，骨髓移植需要超百万元的巨额费用。战友有难的信息迅速发散，牵动着众多"三岛"战友的心，"英雄三岛"各个战友微信群，都纷纷发起了捐款活动。短短几天时间里，转业厦门的战友们捐款就超过 26 万元。这不仅仅是一份物质的帮助，更是凝结着"英雄三岛"战友之间那份患难共担的深厚情感。

那些转业退伍、散落在天南海北的战友，如同满天的繁星，各在一方，芬芳一片。然而，当得知曾经的战友身处困境之中需要救助时，他们仿佛又听到集结的号角声，重新回到"英雄三岛"那面永不褪色的军旗下，助战友渡过难关。此次捐款活动，也让我对这支已裁减撤编的"英雄三岛"部队产生了一种深深的敬仰。

部队的番号虽已消失，但对这支部队的情怀却可以永恒；曾经的烽烟虽已远去，但对这段历史的尊重却还在延续；曾经的战友虽已分散，但战友之间的革命情谊却永不消散。

在中华人民共和国成立七十周年的国庆大阅兵场上，有一面"英雄三岛"的鲜艳旗帜格外醒目。这是对那段特殊历史铸就"三岛"精神的弘扬，是对"三岛"驻军曾经的历史贡献的首肯，也是对一茬茬驻"三岛"官兵守卫国门的尊重。在素有"大嶝一寸土，大陆一座山"之称的前沿岛屿上，和"三岛"的老百姓一起寸步不离、守卫家园，铸就了"英雄三岛"精神。

数年前，我曾在厦门岛内的一处营地服役多年，与"英雄三岛"驻军同属厦门警备区。如果要准确历数所在部队的历史沿革，还真不是一件轻而易举的事，更别说"英雄三岛"驻军部队的历史脉络了。转业在翔安工作数年，但对于"三岛驻军"的情况，还真像"盲人摸象"，只知其一，不知其二，处在一种雾里看花、水中望月的境地。也曾询问大嶝岛曾经同事的战友，他们也只能简单说出海防五十四团和十四团等，对外统称 73323部队和 32846 部队，还知道其部队是从江西省军区独立师 1969 年调防厦门，其他似乎也一概不清楚。

这也难怪，大家只关心眼前的阶段，更在乎与自己相关的将来，却很少有人关注过往。

在《翔安区志》军事篇章里，对解放"三岛"的历史记录清晰。1949年 10 月 9 日，二十八军八十四师第二五一团二营和二十九军八十七师第二五九团共四千名官兵，发起了解放大嶝的战斗，至翌日晚，全歼守敌，解放大嶝岛；11 日夜，二五一团一个连 105 名指战员乘胜解放小嶝岛。15 日，二十八军八十五师第二五四团解放角屿岛。"三岛"宣告解放，全部回归到人民的怀抱中。

《翔安区志》对于解放后"三岛"驻军军事活动的记载简明扼要，就连熟悉部队编制番号的人看完，也是不尽明了。特别是 1949 年至 1963 年间，"三岛"先后有多个部队轮换驻防，且大部分时间较短，调防频繁，似乎没能留下太深的踪迹。区志对这段时间驻军的记载也像是一笔"糊涂账"。尽管如此，也算留下了关于"三岛"驻军的踪迹。

我顺藤摸瓜，梳理出一点脉络。1950 年 9 月，解放军步兵某部驻"三岛"及新店莲河；1952 年 7 月，解放军某部驻"三岛"，九月调离；1953

年3月，公安某部驻"三岛"，解放军某部进驻"三岛"；1954年调离后，遂由解放军某部分兵驻守。1954年8月，解放军某炮兵某部先后入闽，驻"三岛"及新店地区，1957年3月离境北上归建；1958年8月，炮兵某部入闽驻新店及"三岛"……当年也许是出于保密要求，驻军部队均以"某部"代替，让人琢磨不透，充满神秘感。

"三岛"部队历史记录不翔实，事出有因：一是"三岛"行政隶属变换更迭，解放前隶属金门，解放后至1971年隶属南安，回归厦门也就不到五十年，翔安区建区时间又短，区志资料收集不全不细不实；二是部队调动频频，"三岛"驻军部队也是经常换防移防调防；三是驻军部队编制番号属于军事机密，地方相关部门难以获悉。

没有团史的部队，似乎一个没有灵魂的人，总让人有一种飘浮的感觉。"三岛"驻军历史脉络的混沌，也会让我感觉到"三岛"这片土地人文传承的断层与缺失。我很想来"补课"，填上那段空白，但好像也是心有余而力不足。

去年在探访大嶝码头的历史变迁时，认识大嶝郑水忠老师、"三岛"军人后代高小英女士，也丰富了"英雄三岛"驻军历史的相关资料。即便如此，很多事情，由于时间流逝的久远，只能留下残缺不全的碎片记忆。

人有时候就是这样，越是神秘的东西越想打破沙锅探到底，后来又查阅《厦门市志》《翔安区志》等资料，想如实还原驻"三岛"部队的历史底色。在"三岛"驻军中，有两支部队驻扎时间较长，分别是守备第十四团和守备第十五团。这个团原本不是同一个部队建制。守备第十五团（32848部队）前身为福州军区守备第九十八团（6630部队），1963年在大嶝岛组建，隶属陆军三十一军九十三师，此前部队据说驻扎莆田。守备第九八团建制有一、二、三、四、五、六、七连，一个炮连，一个警通连，一个水兵队，一个卫生队，莲河联络站和广播站。分别驻守在大嶝、小嶝、角屿岛。

1969年，九十八团成建制划归厦门守备区，改番号为守备第十五团。

1981 年，守备第十五团调防厦门岛，与九十二师炮兵团在厦门岛合并成立了守备区炮兵团。至此，守备第十五团建制被撤销，番号尘封于军史馆。

守备第十四团（32846 部队）班底是江西省公安总队，1966 年改编为江西省军区独立师，时任师长陈昌奉，师参谋长吕正光。1969 年 10 月，移防厦门，为中国人民解放军福州军区守备第四师，接替陆军第九十三师防务。守备第十四团前身为福州军区守备第三团，同年 12 月，又改称为福州军区守备第十四团。1970 年 2 月 1 日，福州军区守备第四师与厦门军分区合编为中国人民解放军福州军区厦门守备区，建制属福州军区，归陆军第三十一军。

1980 年 12 月，厦门守备区改为福州军区守备第四师。1985 年 10 月，厦门市人民武装部与福州军区守备第四师合编为厦门警备区。福州军区守备第十四团整编为南京军区海防第五十四团，隶属福建省军区厦门警备区，对外统称为 32846 部队。在 2001 年，32846 部队又改称为 73323 部队。2017 年，海防第五十四团在新一轮军队编制体制改革中缩编成某部一个营的建制。至此，曾经的守备第十四团，海防第五十四团先后进入了军史的档案，留给大家的都是回忆。

守备第十四团 1969 年移防厦门至 1981 年调防"三岛"期间又是驻守何方？据说驻地为厦门岛内江头一带。另外，守备第十四团 1966 年在江西再往前的团队历史，我也不得而知。

查阅的、收集的、走访的关于"三岛"驻军的历史脉络虽有一个基本的年代分界，但许多信息是零散的、断层的，甚至不准确的。在此，旨在做一个抛砖引玉，希望更多的历史见证人能够提供详尽的历史信息，还原"三岛"驻军完整的历史面目。

刘高山下的连队

对高山下的二炮连，作为我在基层连队带兵管理的开端，那里的一草一木、一人一事，给我的印象尤为深刻。在那里两年的短暂时光，我经历了许多，有的会随着岁月悠长逐渐变得模糊，有的透过经历的叠增、阅历的浸润、时光的消磨却依旧清晰如初，历久弥新，注定留存在生命长河里，占据相当的位置和分量。

那个连队，隶属海防第五十二团二营营属炮兵连，坐落于云顶岩山峰靠东南侧的洼地，三面环山，一面向海，南京军区海峡之声对高山广播站也在其附近。驻地柯厝是一座名不见经传的小村庄，村民以种龙眼和蔬菜为主。

2000年7月，从军校分配下来，这里还是无人问津的偏远之地，前埔一带正处在大开发大建设阶段，一批以拆迁、福利安置和经济适用房为主的福利房初具规模，厦门国际会展中心也正在如火如荼的建设中。记得当年市政府要赶在厦门国际贸易洽谈会前投入使用，各项建设均快马加鞭，我们驻地部队也参与其中。我曾带着排里的战士在建设工地支援两天，做了一些力所能及的事。驻地有一条简易的公路从连队旁穿梭而过，连通市区与郊区，连接着海边村落。公交小巴还没开通，公交车只到前埔不夜城，连队的战友们出行极为不便。

老连队组建过军乐队，曾一度享誉驻地，成为团里军营文化的一大特色。那时，基层部队军营文化业余生活还算丰富多彩，每个营都有自己的"拳头产品"，比如，一营是竹竿舞，三营是威风锣鼓队，四营是舞狮队。二营的军乐队应当属于最高雅的，每年新兵下连，从全团挑选苗子进入军乐队，这曾是基层战士的梦想。被选进军乐队的不但长相得帅气，还得具备一定的音乐素养，能够代表驻厦部队的军队形象。还别说，挑选出来的这些人，可塑性还真强，经过廖传伟、邱金龙等教员的悉心教授，像模像样。军乐队成为厦门驻军的一张名片，经常参加一些重大活动的开闭幕式，展现特区军队的良好精神风貌。

邱金龙就是在连队一路成长起来的军官，军事素质过硬，具备良好的音乐素养。当兵第四年，他在二炮连由战士提干，兼任军乐队队长，可算军乐队的灵魂人物。邱副指作为连干经常上对高山蹲点指导，我们之间结下了兄弟般的情谊，从他身上我也学会了许多基层带兵管理经验和为人处世之道。邱副指在吹拉弹唱方面是一把好手，吹得一手好萨克斯。那时，正值部队军营文化活跃阶段，他在连队教唱《军人道德组歌》，排练文艺节目专业专注，使得连队官兵业余文化生活有声有色，经常在上级文艺会演中摘金夺银。这段经历成为许多战士退伍后走向社会的敲门砖，他们也成了许多企业抢手的香饽饽。

基层连队是带兵训练、管理班排的一线。连队不像机关，什么事都有基层隔空的缓冲期，连队管理基本上是一级带着一级干，一级看一级。这就要求基层干部要起到很强的模范带头作用，作为排长这一级的干部，讲究的是军事训练上的示范作用。俗话说："喊破嗓子不如做出个样子。"如果排长身上没有两把刷子，就会失去带兵的权威，这是基层带兵管理的大忌。

连队龚指导员是从战士成长起来的"老基层"，十几年如一日在基层与战士打交道，深知基层带兵管理的方法。2006 年，这位指导员的职务停留在营副教导员，完成了在部队的光荣使命，被要求转业。但看得出，他和其他千千万万即将转业的干部一样，很舍不得离开，但部队干部体制推陈出新，一批又一批干部不得不转身向后，开启人生的下半场。最后，他选择了自主择业，这些年也很少与战友们联系。

对于任何岗位，都要怀着一颗平常心，自然地来到，悄悄地离开，不惊动任何人，做好自己认为应该做的事情，尽到应尽的职责。其实这样挺好，不必把自己看得太重，让时光来权衡，美好的就留下，其他的就顺其自然地淡去。

　　龚指导员近二十年没离开过二营防区，他或许是驻守二营时间最长的干部。除去军校三年，指导员一直在六连和二炮连两个连队之间打转转。指导员当兵时年龄就大，肩膀上挂着上士军衔，第五年才考上军校，不论当兵还是军校学员，均是年长的大哥。我分配到二炮连时，指导员还是刚上任不久的新任主官，可此时的他已经拥有十三年兵龄了。

　　据说指导员年轻时长得很精干帅气，军事技能没的说，还是暴脾气。有一次他居然和营长干上了，结果在整个部队里都出了名，战士们也知道他有性格，不好惹。那时，大家都觉得他未来更适合做一位军事主官，摸爬滚打在训练场上更能体现他快言快语的直率。可命运偏偏作弄人，让有如此特质的人走上了政工岗位。然而，在我到连队任职的第二天，就因为连队购买冰箱的事，和连长在大庭广众之下交起火来。原本就是一件鸡毛蒜皮的事，但在一个连队里，也许他认为自己失去了掌控全连的权力和威信。结果可想而知，连长住院一个月，连队司务长下岗，调往对高山弹药库，直到转业。

　　从此，连队各项事务均由指导员点头才行。现在想来，军队基层连队设置军事、政工双主官岗位，真是一步绝妙的棋，既防止一言堂，又促使双主官相互配合，更成为磨砺领导干部作风心性的好平台。基层连队双主官的故事永远讲不完，也永远讲不透。但大家都懂得连队建设的基本规律：连长、指导员相互补台，好戏连台；反之，就是连队建设和全体官兵的不幸。只有连队发展得好，才有全连官兵的好。

　　与指导员搭档的连长不久就交流回老家的部队，事业发展也挺顺。转业后，连长又迷上摄影，时常还能从朋友圈看到他分享一些美图。

　　指导员性格直率，身上始终透着那种说干就干、想干就干的干练。刚分配到二炮连，连队也是刚刚经历营房拆旧换新的一个过程，除掉一些基本的营房需要统一由上级部门来建设，其他一些附属的训练、体育娱乐场地均靠连队自身建设。那时的二炮连，除掉对高山哨所保持一种原汁原味的特色外，山下的营房已经全面翻新，连队和营部同属一栋楼，生活条件得到质的提升。但平时官兵体能训练、体育娱乐的场地非常欠缺，尤其是篮球场和四百米障碍场地。指导员向团里、营里打报告，却迟迟不见动静。指导员那股倔强的劲头又上来了，带着班排长在连队周边空地转悠，最后把篮球场地选在了炊事班饭堂后面的一块空地上。

指导员分配任务，下达指标到班排，利用课余时间平整场地，夯实地基。为把场地平整夯实，指导员带领官兵自行配制了一种沙和土，就是将黄泥土和白石灰均匀搅拌在一起，关键是不能太潮湿，把这些沙和土平铺于地面，然后用木板拍打平整。就这样，经过官兵们近一个月的努力，一个像模像样的篮球场大功告成，同时连队积极争取团俱乐部的支持，把两个篮球架拉回了连队，安装到位，一个篮球场就这样呈现在全连官兵面前。从这件事上，指导员或许懂得了"自己动手丰衣足食"的道理。对于连队的一些基础建设不等不靠，创造性地补充了连队建设训练设置。

不久，指导员又带领官兵发扬吃苦耐劳的精神，在连队营房后方建设了标准的四百米障碍场，不但节约了经费，还有效助推了全连军事训练成绩的提高。可以断言，现在的基层干部，没有几个具备这种动手建设连队的能力。

对于指导员心存感恩的还有一件事。他转业那年自觉腾退公寓房，打电话征询我是否要解决住房问题。就这样，我顺利把指导员的公寓房接手过来，解决了住房问题。

在连队，有着短暂交集的连队主官还有蔡再拥、许连玉两位连长，他们同样都是从基层一线摸爬滚打上来的，有着丰富的带兵管理经验，他们后来都走上了团级领导岗位。

记忆里还有那年年终的军事演习。按常理，每年部队均要到漳州或泉州地区进行一次综合演习，当时也称驻训，时间一般为一个月。当年许多官兵喜欢外出驻训，一是环境新鲜，可以接受新事物；二是野外驻训没有营区内那么多的条条框框，伙食又好。营属炮兵一般配合步兵行动，没有太多的徒步机动要求。但那年，省军区来了一位曾在野战军掌舵的司令，从根本上颠覆了海防部队只防不攻的传统，硬是把海防部队的任务调整到攻防兼备的方向。那年年底的演习，虽然没有出防区，但大家都被折腾得够呛，就连营属炮兵也是频频变换阵地，一个通宵都在接受指令。

在二炮连里的工作生活短暂而又丰富多彩，欢送了两届退伍老兵、带了一届新兵，参加了两次海训和两次漳浦驻训，前后也就一年多时间。

2002 年 4 月，我被抽调进机关，与连队也渐行渐远，但心中那份情感却越发浓烈。

（1995 年，作者在新兵连军事训练时留影）

军歌嘹亮的岁月

脱下军装，阔别军营已十年有余。只要有一个媒介，心头便会不由得回望起军营里的往事，这究竟是一种怎样的情绪在缭绕？我也难辨其中。一起列阵方队的当兵人，很多时候会产生一种同频共振，就是对扛枪站岗的营地怀有一份特殊的情结。

偶然中，听到一首久违的《我的老班长》，心就会荡漾在旋律悠长飘飞的柔情里，淡淡的怀旧情绪从心头泛起，犹如波光涟漪，勾起对摸爬滚打的军营里那些高亢激昂军歌的一份怀想。军人与军歌之间，彼此间相伴相随，缘分颇深！可以说，军歌是军人在单调艰苦的军营里最好的调味剂，让血气方刚、青春洋溢的军营变得刚中带柔、柔中长情，让人悠扬遐思。

20世纪90年代中期的部队，管理也处于一种半封闭的状态，物质匮乏，生活单一，基层战士业余文化生活也是枯燥乏味的。基层连队在训练之余，除了一场场篮球赛让战士满场跑出大汗，挥霍掉多余的体力之外，也没有更多的活动。唱唱军歌便成了战友业余时间的一大爱好。战士们来自五湖四海，文化程度普遍较低，文艺素养也是参差不齐，基本上都是五音不全。唱歌基本靠喊，就像队列番号一样，全凭喉咙发声唱歌。那时，负责教唱歌曲的一般都是连队的政工干部。

记得新兵连副指导员江增水，确是一位音乐素养较高的政工干部，每次教唱新的歌曲之前，还特意教战友们以"咪咪嘛""嘛嘛咪"来吊嗓子打基础，企图训练战士们学会用腹腔发声，结果每次都被战士们气得脸红脖子粗。即便这样，军营的队列歌曲还是进入到了战士们的生活中，大家也逐渐养成唱军歌的习惯，哼几首军歌，也成了基层战士业余文化生活的重要组成。如今转业地方许多年了，依然保持着唱军歌的习惯。有时偶遇昔日的老战友们相聚一起，总会相邀唱上一首革命歌曲，抒发对军营岁月的感怀。

军营里，唱歌一般很有规律性，好像有一条不成文的规章制度：一日三餐，每次饭前必有一首歌；队列进行和各类集会必有唱歌，如遇上连以上的会操、政治教育、训练观摩、军事比武等，不但要唱歌，还必须拉歌，单位与单位之间比士气、拼作风，那场面完全脱离了唱歌的旋律。说简单一点就是比拼士气和排场，那声嘶力竭的唱歌形式，完全就是为了在气势上压倒对方，其激烈程度不亚于训练场上的军事五项技能的竞赛。

在有些场合，甚至连鼓掌的响亮程度，都纳入一种不是比赛的比赛。"有第一就争，有红旗就扛。"一群来自五湖四海的年轻人聚集一起，篮球场上到处洋溢着争强好胜"不服输、不认输"的军营文化，从中也可窥见军歌在直线方块绿色营地的那种独特！

当兵之初，在基层连队，常挂在战士嘴边的三首歌，至今记忆犹深，就像六七十年代《为人民服务》《愚公移山》《纪念白求恩》等老三篇一样经典。细细咀嚼，能感到每一首歌曲背后都有其迥然不同的意味深长。《我是一个兵》，这是到部队学会的第一首歌曲，这首属于简单明了的队列歌曲，节奏如同行军的步伐。要求每个革命战士守初心、不忘本，永远要牢记自己来自哪里，扛枪站岗为了谁，要经得起诱惑考验，永做革命的螺丝钉；《团结就是力量》适合队列集会，歌词要义就是要让每名战士懂得一个革命集体只有团结才能有战斗力，更要懂得革命战士就是军营的一块砖，只有团结协作、万众一心，才能众志成城、无往不胜，也告诉每个战士"手指头并拢握紧才可以形成更有力的拳头"，战士们在军营务必听从指挥、服从号令，方能积水成渊，聚沙成塔；《三大纪律八项注意》强调的是，这个刚性集体不仅需要钢铁的意志，还得用严苛的法度来约束，战斗的群体、革命的集体需要依令而行的纪律性，战士必须牢记初心使命，畏惧法度。这三首歌曲均诞生于风雨如晦的革命时期，有着深厚的历史文化底蕴，在部队中可谓是经久不衰，经典传承。

当年，我们这些没有经历战火洗礼的新时代军人，对《三大纪律八项注意》理解不深，难以掌握。班长只得用最土的办法——歌曲唱不下来，不准吃饭！别说，有时用土办法还真管用，我们经常被班长们开玩笑：对待土人还得上土办法。

当兵入伍的那个阶段，正是中国改革开放进入良性循环的时期，随之而来的港澳台流行之风在神州大地刮起，那些通俗流行歌曲更是在角角落落开花。军营是社会大环境下的一角，自然也西风渐进，呈风雨满楼之态。军歌有其阳刚之美，但再美的东西时间一长也会产生"审美疲劳"，势必要求铁打的军营也需要柔情似水的一面。特色军营文化也应运而生，军营民谣就是在这样的大环境下滋长而生，以小曾、老兵、黄志坚为代表的三人组合，成为军营民谣草根阶层的首创群体，《我的老班长》《老兵》《军中绿花》等一大批军营民谣歌曲，也影响了不同时代的一代代军人。我带着这些痴迷的军歌探亲，当年家家户户都流行安装卡拉 OK 影碟机，这种全民自娱自乐的方式，便把那些朗朗上口的军营民谣歌曲传递给了兄弟姐妹们，甚至连侄子侄女们也争相传唱。

后来，部队也日渐重视基层连队官兵的业余文化生活，许多人才脱颖而出，创作出众多脍炙人口的通俗歌曲。在 2000 年左右，先后推出了《听党指挥歌》《爱军习武歌》等"军人道德组歌"。《咱当兵的人》《为了谁》《什么也不说》等一些喜闻乐见的通俗歌曲也在军地热闹一时，占据基层业余文化的半壁江山。记得警备区政治部每年还专门组织一次军营文化广场晚会，那可是各个基层部队文化生活的大事。部队组织任何活动历来都得排名次、比高低，歌咏比赛活动更是如此，有集合必唱歌，有唱歌必比拼，有比赛必排座次，这也是各个部队政治工作崭露头角的好平台。政治部门的领导都是政治敏锐性非常强的，都想把握住这些"出彩头"的好时机，不然的话，年终工作总结可不好写了。当然，各个单位内部也会组织预选，依葫芦画瓢，先组织营、连级别的歌咏比赛。

那些年，我在二炮连对高山弹药库驻守，哨点处在半山洼部，经常断水停电，一台电视机也是形同虚设，基本上搜索不到几个频道，即便有，也是雪花点哗哗响；一到台风天，只能眼睁睁看着满山的相思树"拉二胡"。

连队业余时间基本上都是在学唱歌曲、排练节目，连队副指导员邱金龙，可说是音乐细胞丰富的政工干部，他吹拉弹唱样样都行，曾经是团军乐队的中坚力量。他负责全连的歌咏排练，邱副指善于调动战士们的情绪，大家乐在其中，每次比赛必定是扛着奖牌回来的。

还别说，连队的军乐队曾经是警备区规模最齐整的军乐队，组建于九十年代初期，曾是团队基层业余文化生活的一大品牌，风光一时。当年，团队四个营每个单位都有拳头项目，一营的威风锣鼓队、二营的军乐队、三营的板凳舞队、四营的舞龙舞狮队，培养了不少文艺小骨干。就说连队的军乐队，在 2000 年后，乐队全面建设虽然在走下坡路，但还是基本保留了整支队伍的完整性，延续了各类乐器技能骨干的传承。

二炮连战友厦福忠，和我同年度兵，来自彩云之南的禄丰县的普通家庭，当年在团军乐队属于萨克斯手，退伍后就在驻地厦门国安局工作。还别说，就凭借他的才艺和好学，他又自学了葫芦丝、小号。他的业余生活安排得满满当当，不是进军营充当连队战士的军营文化辅导员，就是被地方诸多乐团乐队拉去参加义演活动，这个老兵的身影总是不遗余力地活跃在厦门文艺圈的各个场合。

有时候大脑的思绪就像脚踩西瓜皮，滑到哪里算哪里，笔头也就随性记录到哪里！毫无目的，也毫无中心点，只为留点文字，以此怀想那段特殊的军营岁月。

"到""是"两字尽显军人风采

当过兵的人，对于"到""是"二字最为熟悉不过了，这也是军营教会每个新兵必须身体力行恪尽职守的两个字，"到"表示干净利落地接受与服从，"是"表达说一不二的执行与干脆。这两个字看似简单明了通俗易懂，实则蕴含着深刻的人生道理。当过兵的人，对这两个字既知其表，又知其里。我的同事曾文雄，转业十几年，始终如一传承着"到""是"二字优良传统，也成就了他别样的人生梦想。

转业之初，曾文雄被分配到驻地翔安区一所地偏位远的中学，负责学校的安保工作。他当时有点失落，曾悲观过、彷徨过，甚至一度自暴自弃，总认为堂堂一名野战部队的军官，竟然从事一名普通战士就能做好的工作。"革命同志是块砖，哪里需要哪里搬"，他经过短暂的调整，自己在部队能够吃苦耐劳，在地方一定也能发扬传承这样的传统，靠的就是自己工作时从不讲价钱，奉献时从不求回报，吃苦时从不提条件。他告诫自己，转业地方依然要保持部队那股"特别能吃苦，特别能战斗，特别能胜利"的精神，扎根于眼前不太起眼的岗位上。

从此，曾文雄就像变了个人似的，似乎找回了部队那个虎虎生威的自己。在学校，不论谁叫到他，他都是一个响亮的"到"字愉快接受，也不论谁交代事情，都以一个干脆利落的"是"字服从回应。在学校，校长交代他做的第一件事，就是把全校师生数百辆自行车管理起来，他二话没说，把部队搞菜地拉直线成直角的标准派上用场，硬是把数百辆自行车齐刷刷地摆成了一眼能望到头的一条直线，成了学校的一道风景。全校师生赞不绝口，同学们后来也自觉养成了一种整齐摆放的习惯。

后来，曾文雄因为工作需要，又被调入区防汛抗旱指挥部，所在的岗位既需要脚踏实地的实干精神，又得具备上下左右沟通协调的能力。他依然保持着军人答"到"应"是"的干练作风，从办公室卫生秩序的琐碎杂事做起；从办公室的第一份材料写起，为了赶时间赶任务经常通宵达旦，加班加点；身边同事交代的每一件小事，他总是尽心诚意，做好做实。在岗位上不误事、不漏事、不拖事，也正是曾文雄身上那股老黄牛般任劳任怨的精神品质的体现，对待任何工作都是勤勤恳恳，努力到自己无能为力。他也赢得了单位领导赞许、身边同事的认可和基层百姓的掌声。

曾文雄转业十几年，先后辗转在五六个工作岗位上。无论在基层一线"兵"的位置上，还是走向"将"的管理岗位，他的身影总是出现在征地拆迁急难险重的攻坚克难中，在解决百姓关心愁盼的问题上，在涉及国计民生的政策落实上。他始终做到转业不褪色，永葆一名军人答"到"雷厉风行说干就干的干练作风，应"是"无比忠诚令行禁止，果敢执行。这些年，他被评为省"两违治理"先进个人、两次被评为厦门市优秀共产党员，还曾荣获厦门"五一"劳动奖章。

面对荣誉，面对成绩，曾文雄始终怀有一颗淡然之心，又埋头于千头万绪的工作中，这是他对"转业不褪色"的最佳诠释。

（2006年11月，作者在南京政治学院参加军事宣传培训时留影）

第二辑

乡愁悠悠寄远方

莲江如画入梦来

屈指算来，少小离家已有二十八载。有时候，总觉得家乡在形式上已经渐行渐远，安放心头的只是记忆内存里的积累与沉淀，诸如"大人盼莳田，小孩盼过年""七月七，毛鸡毛鸭杀一些"，还有中秋烧塔、闲时妇女端茶碗、喝春酒划拳等风俗，现已鲜少体验，留在脑海里的仍是儿时那些模糊的影子。

莲江，犹如一张蛛网，由数条支流汇合而成，系赣江的支流源头，也是家乡的一条母亲河。据说，旧时莲江还被称为禾水河，发源于县域内高洲乡东北部的塘坳里高天岩的深山丛林。流域内河段因地名而名称不一。漫坊村至源头为东莲江，两侧有固源水、邑田水、玉带溪、西源水、琴水五条主要支流汇入，在莲花县城下游约一公里处的漫坊村汇合白马河（西莲江）后统称莲江。

莲江流经永新县境内，流入吉安县后又穿行于天河、敖城、指阳等山川峡谷，在吉州区曲濑乡江与泸水汇合，汇入赣江，最后流向浩瀚的大海。因此说，莲江也是通向外界、迎纳新生事物的大动脉。

旧时莲江，并没有如此文雅的名字，以其绵长悠悠环绕县城蜿蜒而过，当地人称其为东门河，也称东门江。

在那个年代里，莲江是我和小伙伴们暑期嬉戏玩水的乐园，从光着屁股无所顾忌的孩童，到喉结突起、声音变粗的羞涩少年，这里留下了我不知多少的难忘印迹。

记得我们兄弟几个常去的地方，一个是东门桥上游下方的石砌台子旁，那边水深如潭，适合高台跳水，当年很多伙伴都在三米高的桥上跳水，比谁勇敢，但也有人为此付出了惨重的代价。还有就是莲花酒厂围墙后边那片宽阔的滩涂，那河道上有大片平整的石块，周边还有许多不知名的树木林立，也是大家游泳的好场所。除此之外，还有人会到金字寨游泳，据说那里水流湍急，暗流涌动，是事故多发地段。有自行车的家庭还会舍近求远，专门跑到莲江上游的汤渡桥，那边属于城乡结合部，通常人流较少，水质清澈。当然，那时我们兄弟几个到东门江游泳，还会附带一项任务——在江中打捞水草回家，作为喂猪的原料。

时光如梭，岁月悠悠，一晃二十多年过去了，然而那些留在内心深处的旧事一旦上涌，就像泄洪的水闸一样，都会顺势喷涌而出，让行走在莲江之上的我多了一份怀旧的情绪。

"村居原自爽，地又是莲花；疏落人烟里，天然映彩霞。"其实，在莲江流域方圆数百里内，汇聚了浓郁淳厚的人文历史，可谓源远流长。

如今的莲江，犹如一条镶嵌在莲花大地上的彩带，成为市民休闲健身的好去处。这些年，莲花县委、县政府秉承以人民为中心的发展理念，以"莲江为轴，绿带为媒"，顺应自然，充分融合植物、水体、湿地、小景观等元素，借景生景，依势造景，高起点规划建设了"山水城融合体"国家级湿地公园，打造出一个自然环境和健康生活相协调的天然氧吧。

改造后的莲江，犹如凤凰涅槃，浴火重生，成了一条绿色环保生态长廊。行走于莲江之畔，虽已进入秋分时节，没有盛春的绿意盎然，清新可人，但此时的莲江也是柔和唯美的，有两岸金色如海的稻花映衬，呈现出春华秋实的自然风光。

带状的莲江国家湿地公园，宛如上天赐予山城莲花的一条多彩多姿的玉带，系在窈窕淑女柔美的身段上也是那样般配。

古朴的水榭亭台上，不时传来瑟瑟琴声、琅琅书声、还有国学经典吟诗诵读，和着潺潺江中流水，配上远方黛色青山起伏的轮廓，组成了一幅和谐自然的水墨丹青画。

徜徉在百年沧桑的香樟树下，看着缠绕着枯枝败叶的青藤，摸着青苔附身的绿萝，依依垂柳错落有致地分布在江边，浓密的芦苇，江底的水草自由地漂浮，映衬出萧瑟寂寥之美。

呈现在眼前的是一幅新农村新形象的自然生态画卷：卵石河岸、绿荫农家、百年古桥、乡愁老屋、百合基地、红色课堂，等等，融合了当地诸如榨油、锡器等传统特色的工艺技术，成为当地一张亮丽的乡村旅游名片。

　　时间如白驹过隙，我于1994年参军去福建海防一线，就此作别莲城，转眼已二十多年。故乡的山还是那山，水还是那水，乡音还是那种腔调，可总感觉再也不是原来的故乡。

　　是啊！离开过家乡，才知道乡愁的缠绵。远离了亲人，才发现亲情的珍贵。时光匆匆，岁月不居，几十年弹指一挥间，真有物是人非的味道涌上心头。因为，我是一个远离家乡数年，现又重回家乡的游子。

（1990年4月，城厢中学团委会部分成员在玉壶山植树时留影）

向北回望满乡愁

常常在想，乡愁究竟有怎样的魔力在左右一个人的情感，或许是故乡生活中一段难忘的经历，或许曾经遇到的一个人，一件事，一物品，润物无声又根深蒂固般进入头脑，融入血脉。

乡愁，其实是存在于每个游子心间的一种情怀，也许每个时代的乡愁不尽相同，但乡愁的旋律却是相通的，都会勾起那魂牵梦萦的故园情愫。我的乡愁在何处？是家乡庙背田中央那座代表家族庙堂文化的仰山文塔，是那条清澈绵绵的莲江，是年少时那几个臭味相投的同龄伙伴，是那道垂涎三尺念念不忘的莲花血鸭，是大年三十那顿团圆饭或那张全家福，还是那陪伴母亲在火炕上唠嗑拉家常的温馨？远离故土的人才有乡愁。是啊！如果一个人一辈子待在一个地方，也就无所谓乡愁，离家越远越长久，这种乡愁就如同一壶陈年老酒，更加芳香四溢。

自从我穿上军装离开故乡，屈指一算已有 26 个年头，俨然已成为远游他乡的异客。在老家的日子，大体可分为零散的几个时段，八岁以前，全家居住在庙背田南的老房子里，后来跟着父亲进县城读书，家也搬迁到县城。从那时开始，随着父亲工作的频繁调动，家也在不断迁址，一会儿跟着父亲挤在琴水公社的单位宿舍，一会儿寄居在堂哥城西小碧岭的粮食局仓库，过了一段时间又搬进城南公租房。后来父亲调入县政府，就在大院里寻得两间宿舍，我和三哥又搬进县政府大院靠机关食堂的筒子楼里。再后来，父亲到乡镇企业局任职，家又搬到伯父在鹿角塘的宅院。那些年，一家人就像不断迁徙的鸟，辗转于县城各个角落。

1987 年，父亲着手筹划自建商品房，在县城六模村四栋屋购置了一块地皮，带领兄弟几个发扬艰苦奋斗、自力更生的精神，破土奠基建房。1988年年底，全家欢欢喜喜搬进了新家，那年家里可谓双喜临门，大哥也在新居里迎娶了美丽善良的嫂子，全家终于结束辗转漂泊、四处搬家的日子。

在兴莲路的宅院里，我度过了中学六年的青葱岁月。在故乡时，家便是指庙背田南的家，在县城的家都是临时的。如今又在厦门生活二十多年，在这里组建了家庭，但在内心深处认为，家还是在赣西山城，乡愁情结始终留在了远方的那个小城里。每到年关腊月，心里总是盘算着回家的行程，总认为过春节回老家才算真正过年，否则，过年只是在放假而已。

厦门，我的他乡，却成了儿子的故乡。这些年来，我一直蜗居在盘龙路龙山公寓里。之所以如此，是想给儿子一个完整的童年记忆，不会单纯为了攫取财富一味换房。我在思忖，如果一个家过于频繁地搬迁，孩子就会犹如失了根的树，又像断了线的风筝，四处飘零，没有沉淀的乡愁记忆。

离家二十余年，最无法割舍的是那份无法言说的亲情。父母膝下没有女儿，几位嫂子待我如亲弟。当兵在外，嫂子得知南昌冬天寒冷，就亲手织毛衣寄来，还经常写信，鼓励我在部队努力工作。对于几位嫂子，母亲也深有感触。那年母亲重病卧床，嫂子们照顾母亲真是细微之至，从穿衣盖被到端饭送水，从洗头换衣到送医喂药，母亲也由衷感叹，说亲女儿也不过如此。我家虽不是大富大贵之家，但勤俭持家、与人为善、和睦互助的家风一脉传承，这也让我在外能安心地工作，大家庭始终是我坚强的后盾。因此，每到年关总是归心似箭往家的方向赶，为的是大年三十的团聚。合照一张全家福，这是春节最隆重的仪式。

每年春节，回也匆匆返也匆匆，今年临近初五，母亲似乎形成了习惯，又在为我忙着整理返厦的物品，汽车后备箱都被塞得满满当当，有母亲亲手种的花生，腌制的萝卜干、腊肉，甚至连大白菜和蒜头也有。大嫂早早上市场买了我爱吃的酥豆，二嫂年前就腌制了一大罐醋姜，三哥也提来一大瓶家烧酒，并嘱咐如何存放……我知道后备箱装进去的不是东西，而是亲情。

偶然路过城东的县政府大门口，恋旧的情结让我的脚步不由地朝大院里面走去，边走边看，颇有感慨。

当年，父亲从琴水公社调入县委农工部，便在机关食堂旁边的筒子楼寻得两间宿舍，把小家也搬进大院里。当时脱产干部都很勤劳节俭，大院内的荒地全部被开垦，种上各类蔬菜。记得父亲也在机关食堂后面求得一块空地，三哥从老家带来菜籽，种上一些时令蔬菜，利用空闲时间浇水施肥。还别说，三哥作为年长几岁的初中生，干活有板有眼，把菜地整治得苗壮果肥，补贴了家用。

印象最深的还是县委大院里的娱乐休闲活动。当年县委大院条件非常简陋，干部的信息来源便是广播，先是广播中央、省的新闻，最后就是县电台广播本地的新闻。当年县委和县政府分属前后两栋楼，在进门大厅的角落分别放置了一台14英寸的黑白电视，用三角木柜上锁把控，前方分列数排长条木凳，那可是大院里干部和家属们最喜欢的娱乐。每到电视播放时，总是座无虚席。最无奈的还是寒冬三九天，深夜的寒气冻得人直哆嗦，但也无法抵挡精彩电视节目的诱惑。

那时，我们被大院里的叔叔阿姨们称为小鬼。生活单调，空闲时间就与同龄玩伴在大院里的几栋办公楼里打弹弓、制作火药枪及养蚕等。三哥当年爱上了篮球和集邮，对集邮几近痴迷，甚至有时把父亲留下的买菜钱也拿去买邮票，弄得父亲哭笑不得。和三哥共同求学的那些年，感觉三哥的确是做家务的能手，从做饭炒菜到厨房卫生，被他包揽。他还是制作蜂窝煤的好手，那时我连在旁边打个下手都没资格，只知道吵着三哥教自己骑自行车。个子不高的我，读小学三四年级时，只能腿跨车横梁，来回踩踏半圈，硬是学会了。

弹指一挥间，三四十年的时间如同翻书，人生中很多事情都随风飘过，不留半点踪影，但记忆和往事却很奇妙，在特定的时候，特定的环境里，那些旧事又如竹筒倒豆，一下子涌现眼前。

乡愁有时候就像一颗颗闪烁的珍珠，记忆就像一根线，把它们串联起来。小时候就盼着春节，过年就盼着去姑姑家拜年。姑父会给我们分发红包，姑姑家的美食诱人，让我至今回味无穷的就是那碗青菜煮麻子。

前年春节，特意去探望年迈多病的姑姑，又回到那条古街道上，走进那栋老旧的宅院。破败与萧条，不尽愁思绵绵，曾经的往事都随着这栋几近倒塌的房子没于无形，消失十九声。

乡愁的牵引，有时候会令人产生一种对故乡的关注和热爱，有时候只允许自己对故乡评头论足，却决不允许别人对故乡说三道四。身在他乡，在信息不够发达的过去，总是通过书信了解家乡家人的状况，每当老乡或战友探亲归来，总是有聊不完的话题，对家乡的变化总想打破砂锅问到底。后来互联网发展，微信朋友圈、公众号兴起，我对家乡的动态关注更为密切了，与故乡的距离更近了，情愫更加浓烈了！故乡莲花就是我的乡愁底色，无论何时何地，这种乡愁会一辈子跟着我，无论我走到哪里，都会时常想到这个地方。

（1988 年春节，作者在安福县洋溪姑姑家留影）

庙背，留住我乡愁的地方

每个人，都会对故乡有一种血浓于水的缠绵，不论你是否愿意，故乡或浓或淡都会在情感深处占据相当重要的位置，尤其是如我一样长年漂泊在外的他乡异客，离家越久，乡愁越浓。

我的家乡位于萍乡市莲花县东北部，地处莲花、安福、永新三县交界的群山交界地带，背靠的那座山叫石门山。山脚下的庙背村便是一个有着八百多年历史积淀的村落，这里曾经留下我童年的欢乐和忧愁，真是一处"看得见山，望得见水，留得住乡愁"的地方。近些年，村庄经历了一次次脱胎换骨的嬗变，曾名不见经传的古村落现已华丽转身，成为远近闻名的"美丽乡村"的典型，诸如"全国村民自治示范村""省级生态村""全省森林村庄""省级卫生村"等一系列实至名归的荣誉，就像一道绚丽的光环环绕于身。近日，朋友圈里一些家乡好友争相分享家乡的新姿新貌，顿时让我这个客居异乡的游子心生涟漪，思绪绵绵。

乡愁情绪从石门山拉开了闸门。石门山最高处有两块相向顶端直插云霄的巨石，似门。它位于罗霄山脉中段，虽是禾山余脉六座山中最高的，在延绵五百里的罗霄山脉中并不算耀眼，但在县域内属于最高山峰，似乎在守护着全县的山川河流、阡陌、田埂及二十几万故乡人。石门山曾留下了许多如徐霞客等文人墨客的诗词画卷，代代相传。记得小时候，哥哥们把石门山描述得几近神奇，从此，我也把登临石门山作为那时的梦想之一。遗憾的是，在我八岁的时候，全家离开了庙背村搬入县城居住，虽然也常常回庙背的叔叔家，但更多的时候是帮着叔叔家干农活，忙"双抢"，即便春节回来也是走亲串门，无缘登临石门山。再后来，我高中毕业参军了，离故乡渐行渐远，但登石门山的情结始终萦绕心头。如今定居厦门又数年，不知何时方能登临。

八岁之前，全家生活在庙背村靠山边洼部一个叫田南的地方，田南的名称究竟从何而来，我臆想这是因其地处山北田南，就简称田南的吧。我出生在这里，又在这里度过了童年，也从这里走向外面的世界。

小时候，镇里街市只有一条黄泥巴的乡村便道通往村里，还延伸到湖塘、阳家天、汤家坊等村落。当时看来这是一条公路，其实就是一条简陋的黄泥巴便道，下雨天路不成路，坑坑洼洼，满路的泥泞，让过往的人们犹如防地雷般，需要找到落脚的地方才能通行。

这条黄泥巴简易村道，让村里与路口墟场集市有了紧密的联系，也让更多的庙背人从此走向了外面的世界，闯荡天地。从路口街上顺着这些便道一路走到古松树下，就算正式进了庙背村。再经过村子里一条用鹅卵石铺就的石头路——左右两旁都是古色古香的徽派建筑，错落有致地分布着，穿过村子到了村尾，便可看到田南老家。

村里到田南还有一条黄沙便道，当年只能通行人力板车，现在通过改造升级，小轿车可以直通到家。在田南，散居着二三十户人家。田南地理位置相对较高，有的人家建房在半山腰，站在大门前便可把整个村庄尽收眼底。

家里老屋大约是 1968 年兴建的，由祖母带领父辈通过数年的艰辛劳作才完工的。当年，老屋在村子里也算是一栋现代时尚、颇具规模的民居，有一种徽派建筑风格，我和三哥都是在这栋老屋里出生的。记得那时兄弟几个都住二楼木板阁楼，大哥二哥就是在这里挑灯夜读，发愤图强进入了高等学府，从此改变了自己的人生。我和三哥都比较贪玩，常常被学校的老师亮红灯，经常被严厉的二哥强制关在二楼上，在他监督之下完成各种课堂作业，有时只能眼巴巴透过那扇木窗户，看着院子里的邻居小伙伴尽情地玩耍，自己恨不得长出翅膀飞下去。就这样，老屋为全家大大小小十几口人遮风蔽雨数十年，后来慢慢地进入了风化漏雨的阶段。2013 年，父辈三兄弟与全家商量着重拆翻建濒临倒塌的老屋。如今老屋的样式完全变了，虽说比原来更气派了，但我的记忆里装着的还是原来那栋老屋，挥之不去。如今，随着时间的推移，老屋随同远逝的童年往事，就这样封存在我的脑海里。

老屋四周有一大片空阔的闲置地，伯父、父亲和叔叔从外面带回许多树种，有梨树、枣树、桃树、柚子树等。没过几年，各类果树均已长大，一片鸟语花香，俨然成为一座小型果园。在那个物资匮乏的年代，这院子里的天然果子，着实是对我们兄弟几个最好的馈赠。

当稍稍懂事时，父亲带着两个哥哥进县城读书，母亲带着我和三哥仍在田南，家里所有的家务活和农活都由母亲一个人包揽了。听母亲说，在她九岁那年，被家乡萍乡上里县长平的一位族人带到村里。当时祖父卖了家里的一头牛，换了十块银圆交给那个族人，为的是把母亲留在家里。"簸箕晒谷，教崽读书"，是母亲心里一直坚守的道理，母亲全部的心血都放在我们兄弟四个身上。

当大哥稍大一些，邻居们都劝母亲，让大哥留在家里帮忙干农活，母亲却始终没有松过口，说自己没文化也就算了，不能让孩子们再像她一样。母亲总是在油灯下一边织毛衣，一边陪伴着我们兄弟几个做作业。

1984 年，大哥和二哥同时考上院校，母亲喜极而泣，觉得自己的付出没有白费。那年夏天，母亲极力让父亲把我和三哥接到城里读书。

回想起小时候在庙背过年，那感觉真是无比美妙。从放寒假开始，就盼望着过年。那时候，最开心的就是大年三十那天，我们早早换上肥肥大大的新衣服，等着父亲和叔叔分发压岁钱。父亲也算是文化人，分发压岁钱还伴随一大堆祝福语，分明是发一块二，还说什么"月月红"，逗得大家都乐了。

大年初一，父亲早早把几本《人民画报》排列在桌子上，还别说，在那个没有电视和手机的年代，这可是最好的精神食粮。早饭后，我们跟着大人在村里拜年。我们村子范围大，拜年得家家户户都走到，还真不容易。那年月，拜年还得讲究顺序排列，先是同姓宗族长辈，然后是同辈家族分支，再到异姓乡邻乡亲。整个村子走下来，就得大半天，小孩子脚伤腿痛叫苦连天，但心情还是美美的，因为口袋都是鼓鼓囊囊的，有糖果、鞭炮等。初二基本上是到外婆、舅舅家串门，初三开始便是走亲访友，宴请宾客，也没有什么太多的规矩。村里有的人家利用这个空当嫁女娶亲做"三调"，还有就是乔迁过火、开基动土，等等，图的就是一个吉利和热闹。村里年年在正月里会进行撑龙活动，这可是小孩子的乐事，村里的传统，一直在延续着。到了正月十五，春节就算是过完了，大家又忙着浸种插秧、上山下田。

村里有一所庙背村办小学，其实就是就地取材，利用村里刘氏宗族大祠堂和一座20世纪70年代修建的大礼堂开办的，当时还开设了幼儿教育。我幼儿园和小学一、二年级都是在这里度过的。记得语文老师是一位漂亮的城里姑娘，办公和吃住都在祠堂一侧的木地板房，不记得当时因为迟到还是学习原因，我经常被老师叫到房间面壁思过。三十多年过去了，再也没见过老师，连老师的姓氏都不记得了，但永远记得老师严格管教的事情。

那些年，我和三哥每天早上都得穿越田南到村里的一条简易土路，路过花萼祠、四房祠等祠堂，再踏上青青的石板路。每次经过祠堂里的小卖部时都会停留一会儿，看到里面琳琅满目的糖果，又摸摸空空的口袋，我只得咽下快流出来的口水，继续往学校走去。

小时候，经常听父亲讲村里诸如长征老红军刘达仁等的故事，但印象最深的要数"一山一塔一古松"和"清代武师刘清扬长指甲"的故事。山便是石门山，古松是村口那棵苍劲挺拔、历经数百年风雨的古松树，它见证和庇护着村里的安宁与和谐。塔是仰山文塔——一个富有诗意的名字，早已成了庙背村乃至路口镇的标志性建筑，记载着刘氏宗亲迁徙的历史渊源，也是萍乡市历史悠久的一座古塔。

据村里的老人说，庙背及周边村落的村民以刘姓居多，传说源于永新县仰山，系南宋宰相刘沆、明代宰相刘定之的后裔。塔高22.4米，底层周长16.8米，底部厚1.14米，为七层八面，砖木结构，油灰砌制的官檐亭式。底层有门朝西南向，上嵌石牌，镌刻着"仰山文塔"四字。二层同向嵌有文塔赞词之碑刻。顶覆一合金圆锥形盖，保存完好。塔内设置木梯直达顶层，凭窗纵目，景色尽收，但木梯年久失修已毁坏。

仰山文塔重建后，邻县安福的清代知县梁学源作有《路溪文塔记》，文章结尾写道："惟山与水，既秀且清。有塔耸然，高插苍冥。风团脉聚，人杰地灵。隐居行义，道本吾撑。拭目贤达，高出凌云。"

如今，仰山文塔几经岁月沧桑，成为当地一个小有名气的旅游景点，引来一波又一波慕名而来的游客，焕发出新的生机，也逐渐成为身在异乡的游子们的精神家园。

在庙背村，你如果问刘清扬是何许人也，也许没几个人知道，但要说起村里那世界上最长的指甲的故事，大家肯定会为你娓娓道来。据村里的刘贵达老人说，他的第六代祖辈名叫刘清扬。

刘清扬自幼爱好习武，曾拜当地武师刘老四为师，在30岁时就成为威震一方的武师，在当地远近闻名，各地慕名前来向他拜师习武的弟子络绎不绝，最多时曾达到一百多人。到刘清扬的孙辈，刘家已有七位在省外为朝廷效力的武状元。在刘清扬36岁时的一天早晨，其妻因琐事分心，忘记了在丈夫修炼气功时不能近前的嘱咐，结果，其妻当场毙命。刘清扬痛定思痛，为纪念亡故的爱妻，毅然关闭了自家开办得十分红火的武馆，遣散了所有弟子，从此弃武并终身不娶。刘清扬决心留起左手无名指、中指和食指的三枚指甲。就这样，从1839年开始至1879年去世，刘清扬弃武蓄甲达四十年之久。其左手最长的中指指甲长0.85米，另外两枚长度均为0.80米。刘清扬去世后，其子孙遵照他的遗嘱，将他留了四十年的这三枚长指甲剪下留作纪念。

此后，刘家历代子孙将这一先祖遗物代代相传，当作珍宝一样予以保藏。可惜的是，在20世纪40年代初期，三枚长甲中的食指指甲，被吉安来的一个戏班子"搞"走，给后人留下了极大的遗憾。1979年，刘清扬第五代嫡孙刘孟达将两枚指甲捐献给吉安地区的文物部门。当年，在地区博物馆展出。

1980年2月，中国新闻社刊登了这两枚指甲的消息，引起了国内外有关部门和人士的极大关注，上海科技出版社将其作为当时世界上最长的指甲收入《世界之最》一书中。1982年，有关单位将指甲拿到新加坡、泰国、加拿大等地巡回展览，引起轰动。

这就是村里代代流传的世界最长指甲的传奇故事，也给庙背村这个古村落增添了几分神秘色彩。

家乡庙背留在脑海的年少往事，有时真像一种奇妙的东西，平时尘封在脑海里，一旦点开，就犹如朝阳映照的河面，那些闪光的珍藏，美好的画面都会随之而来，就像是昨天的事情，勾起心中那份绵长的乡愁。

（2018年，作者父母来厦门游玩时在环岛路留影）

装进包裹里的母爱

2021 年元旦，回赣西山城参加侄子文俊的婚礼，原定请假一周，但山区天气出奇寒冷，我向来怕冷，不得已决定早点离开故乡。母亲知道我要回厦门，便整理出大包小袋，装进各类食品和特产。从母亲打包的行装来看，简直就把我当成一个远走他乡的逃荒难民，什么东西都想多拿些装进包裹。在母亲的眼里，我永远是她的孩子，照顾我似乎也是一种习惯。

母亲 82 岁了，精神依然矍铄，但不再像过去坚强有力了。岁月不饶人，每个人都会在岁月的流逝中渐渐衰老。侄子婚礼之后，我决定带父母前往南岳衡山，陪父母来一次休闲旅游，可无论怎样相劝，母亲也不肯。要知道，年轻时候的母亲曾干过许多粗活，诸如牵牛犁田、进山扛树、打禾挑谷，等等。那时，母亲在生产队挣的工分甚至远远超过壮年男子。此次母亲不情愿，只好作罢。我带着父亲驱车前往二百公里之外的衡山风景区游览，我们父子俩不当香客，只徒步登山，锻炼体力，观览风景，心情自然愉悦惬意。

那天晚上从衡山回到家，母亲在家里已杀好一只公鸡放置在冰箱，要我带回厦门，并交代分次清炖给孙子滋补，说昊然正是长身体需要营养的阶段。母亲又说自己不中用了，白天抓鸡时，原本打算抓那只个头最大最强壮的，可双手不听使唤，最终只抓了一只个头小的。

我端详着身边这个给予我生命的女人，她如今已是身躯佝偻，显得特别萎蔫矮小，额头条条皱纹如同泾渭分明的河流，银白色的头发凌乱飘飞。时光把这个我心目中敬仰的伟大母亲摧残得如同寒冬的枯树，显出一派叶落飘零的萧瑟与迟暮。曾经她也是枝繁叶绿，花开芳香，也曾经是那样木秀于林，风姿绰约。

进入耄耋之年的母亲，只剩下一副瘦弱的躯体，然而就是这个年迈的母亲，养育了我们兄弟四个，使我们成为顶天立地的男子汉。母亲一生没有轰轰烈烈的壮举，她的世界很狭小，一生围绕着小家庭和四个孩子的衣食冷暖，但她用自己的青春年华换来了孩子们的成才自强。

离别家乡的前一天，母亲又将瓶瓶罐罐分门别类一一整理，基本上是母亲平时下地亲手种植的红薯，还有包扎好的地瓜粉条，切好的细碎红辣椒干、红萝卜干……临走当天清晨，母亲急忙跑到地里拔了一批还留有露珠的白菜和大蒜之类的时令蔬菜。平时，我在电话里总是叮嘱母亲不要再种植蔬菜了，可母亲总是闲不住。即使 2019 年 10 月她经历了一生中最大的手术，可手术后没几个月，又一如既往地忙碌着。母亲自有她的道理，还说平时能做一些事情，说明自己身体还行，如果整天在家里待着，那才叫大麻烦。我们晚辈拗不过母亲，只得叮嘱她尽量不要逞强。

外公离世早，1949 年外婆带着七个兄妹难以维持生计，经常是有一顿没一顿的。那年母亲不到九岁，由一个族人从萍乡一个穷乡僻壤的小山村带出来，母亲说她和外婆都哭肿了眼睛。为了隔断与家里的关联，族人带着母亲特意翻山越岭来到数百公里之外石门山山脚下的村落里。年幼的母亲，当时连自家的方向都没摸清楚。后来，母亲在村里一些同乡人中打听到自己老家的位置和境况，成家后就千方百计徒步找到外婆家。

外婆家虽然路途遥远，但母亲与外婆每隔几年都会相互走动，遇到外婆家一些特殊的日子，母亲更像过年一样张罗着。在 20 世纪七八十年代，莲花到萍乡外婆家必经高坡岭的盘山公路，那是当年横亘在萍莲两地区蜿蜒崎岖的一条"蜀道"，坐落在罗霄山脉余峰山脊延绵线上，一到冬天就积雪成冰无法通车，公路弯弯曲曲，母亲又晕车，每次回一趟家，就像得了一场病，母亲去一趟外婆家可算是费尽周折，但这些困难难不倒母亲，每次她依然风雪无阻。

小时候，母亲经常用一些先辈流传的话来教导我们，如"灯越拨越明，理越讲越清""三岁看小，七岁见大"，等等。其实，母亲平素没有给我们讲什么高深的道理，除了劳作还是劳作，以自己勤俭、艰辛、和善的本性传递给孩子一些为人处世的朴实道理。

　　母亲虽然没有什么文化，但她有着高尚人格，正是母亲这种品质，一直影响着我们兄弟四个的人生路。记得我军校毕业那年，经人介绍，在老家结识了一位女朋友。一段时间后，母亲在火炉旁边与我促膝谈心："谈恋爱，论婚嫁，是双方你情我愿的事，一旦认同就得有一个明确态度，行与不行得当机立断，不行就不要耽误女方，做人要设身处地为别人着想……"当时这件事对我的心灵触动很大，母亲嘴里讲不出什么高深精妙的理论，心胸却是那样宽广。正因如此，母亲在我们大家庭中威望很高，受到全家上下的尊敬。这些年，一个大家庭不可能没有一点磕磕碰碰，母亲就是润滑剂。

　　有一次母亲加入利用旧衣物织纳布鞋的队伍，邻居们各自把一些旧衣物拿来做布鞋底，谁也没料想这些旧衣物里还有"宝藏"，细心的母亲每次在裁剪旧衣物前又重新把每个口袋翻看一遍，结果在一件旧衣物口袋里发现近千元的钱财。假如母亲是一个贪财之人，可默不作声占为己有，但母亲没有这样做。虽是小事，但感动了周围的邻居，都称母亲是一个品行过硬的人。正因如此，母亲在左邻右舍中有着很好的名声，大家也乐于和母亲交往。那年母亲生病卧床，邻居们经常来嘘寒问暖，有的带上几斤排骨，有的提着鸡蛋。

　　2008 年，母亲来厦门照看昊然期间，每天坚持在家里做早餐给全家人吃，并且叮嘱我们以后不要在外购买早点，要尽量在家里吃，尤其是昊然上学后，天天做好热饭热菜给孩子吃，让孩子感受到了家的温暖。

　　前些年，兄长为了方便联系，专门为母亲配了一部手机。刚开始，母亲怎么也不同意，称自己一不识字，二不会使用，关键还很费钱。兄长考虑到父亲经常参加一些社会公益活动，母亲又有高血压和心脏病，应配一部手机以备不时之需。母亲不识字，心细的兄长特意给母亲购置了一部老人机，还设置了亲情播键码，一步一步给母亲讲解手机操作步骤，按手机显示屏上的 1 就可以直拨父亲的手机，然后又给我们四个兄弟设置了专门的代码，2、3、4、5 可分别直拨我们兄弟四人的手机号码。从此，母亲便用上手机了。时间久了，母亲也会时常给千里之外的我打个电话，传递给孙子昊然一份特别的关爱。我在厦门，也定期和母亲通电话或者视频聊天，每次听到母亲爽朗清脆的笑声，千里之外的我，心也就安定了。

（2023 年春节，作者全家新春大合影）

回乡探亲

五一前夕，父母就轮番打电话询问我是否回家。我心里明镜一般，耄耋之年的父母是想念孙子昊然了。虽然平时通过微信可以视频，但昊然已有两年没回赣西老家了，我心里盘算着二十多年来没有在五一期间回过老家，便有意弥补这一缺憾。

此次五一，堂哥后生、侄子雄波也邀请我们回家喝乔迁喜酒，雄波还懂得幽默——老叔，你回老家喝上老酒，写起文章更是思绪飞扬，文采横溢。

就这样，辛丑年的五一假期，我们决定回一趟赣西老家。平时回家的理由有很多，其中占据大头的就是亲情的牵引。我们家族从父辈一代四兄妹往下，也算是一个人丁兴旺、架构庞大的家族，大约有五十几号人，散居在县城的各个角落，平时互动比较多，特别是逢年过节，大家都会找理由团聚。其实，一家人在一起吃的不光是一顿饭，而是牵起家族和睦融洽的亲情。

此次，堂哥后生乔迁新居置办酒席，如果按往年形式，除了邀请厨师和礼生之外，其余事情要家庭成员一起上阵，就连杀猪这样的粗活也得自家兄弟一起动手。此次酒席有所改变，也算是紧跟时代，通过购买，从切菜、炒菜、分菜到摆放碗筷、桌凳、酒壶等"一条龙"服务应有尽有，省事很多。家人只负责杀猪、搭棚及分菜等杂事。五月一日凌晨三点从厦门驾车，经过八个小时的长途跋涉，不到十二点就到家了。大哥早早地准备了丰盛的家乡菜。按常规中午还要和大哥一起喝上一碗自家的糟烧酒。

之后，我不顾长途劳顿，吃完饭就跑到城东堂哥新居那里，一阵寒暄之后，后生就召集大家摆开阵势玩"炸弹"。这是我们兄弟自家小范围的牌局，纯属娱乐。

次日凌晨五点多，我和小毛、海耕坐一辆车，小震、小炎和雄波坐一辆车，前生和壮仔哥则从路口庙背出发，我们几乎同时到了庙背海耕岳父的亲戚家里。在当地一家小型养猪场，我们购买了一头大肥猪，一过秤就超过了 280 斤。

临近九点，家族的亲戚朋友都陆续来了。看着长辈们日渐苍老的容颜，心头也有种说不出的滋味。离家已经二十多年，每年只有在有限的几天假期回来看看，相互的接触交心也是少之又少。长久生活在一起还不觉得彼此的变化，只有像我这样一两年回家一次的人，才会留心到每个人都是韶华易流逝，岁月会刻痕。大家在一起又是天南地北地谈论着县城里每天发生的事情，谁谁离婚了，谁谁发财了，谁谁家的小孩考上清华了……

在三日清晨，我骑着自行车沿着县城的二环路向盆望转梅州，沿莲江支流向金家村。四日又沿二环路的凫村方向骑行，结果天气变幻莫测，有着山雨欲来、乌云压城之象，便只得转向白马，调头向教育园进发，此时自行车车胎还泄了气，真是屋漏偏逢连夜雨。两个清晨在县城周边短暂的兜风，看到了老家在乡村振兴下焕发的新面貌。尤其是梅州、田心村，以及莲江湿地公园，再现眼前的是老区乡村那种依山傍水的宁静与雅致。

最美故乡三月天，那也是油菜花、梨花、桃花争相怒放的季节，是一年里最诗意最烂漫的飘香季节，可惜此时已过花季，呈现的是金黄油菜籽收获的景象。原本想抓住花季的尾巴，没想到却遇见了另一番风景，是的，世上有的风景一旦错过，就得等上一年。

在梅州莲江支流老渡口处，偶遇曾在微信朋友圈中认识的李水兰老师，真是人生无处不相逢，缘到深处自然来。我们都因寻找乡愁美景而来，又都为家乡日新月异的变化感到由衷的自豪。

此次回家，见到一位昔日在厦门一起打拼事业的同乡，在他的盛情邀约之下，与同乡齐聚在田心村的"甜心阁"叙旧。

总觉得快乐的时光流逝得飞快，在家短暂的两三天时间，总感觉意犹未尽，又不得不启程回厦门了。年迈的母亲又在为我打点行囊，还特意准备了一只大公鸡，她说我乔迁搬新家理应在新屋杀一只鸡，表达一种生机和吉祥。对于母亲交代的事项，我总是似懂非懂地照搬照做，母亲八十多年的人生经历，总是沉淀了许多只有经历过才能得出的人生经验。

五一前夕，对于回老家总是怀着满心的期待，回老家只不过是平平淡淡、波澜不惊的探亲之旅，回到厦门也有一种安宁淡然的心情。然而，临近下一个节日或者假期的时候，心头定会又起涟漪，生出一种回老家的冲动。

（2018 年，作者父母来厦门看望孙子时在厦门大学留影）

我的父亲

父亲退休后在大家庭里就像一个"编外人"，一则儿孙们均已长大成人，没有人情世故的拖累，可颐养天年，二是父亲退休这些年热衷于公益，并乐此不疲。诚如母亲所说：他似乎比原先上班时更忙碌了。

父亲退休之初，母亲还担心父亲退休后的生活，因为父亲除练毛笔字和打门球之外，没有其他的爱好。可没想到父亲退休后将大部分时间投入诸多公益事业，忙得不亦乐乎。晚辈们看到父亲老有所乐，也就顺其性情，甚至鼓励父亲干自己热衷的事。如此一来，退休后的父亲没有退休老人那份孤寂，反倒显得精力充沛、精神矍铄，焕发出一种返老还童的活力。

2019 年，就在父亲退休近二十年之际，母亲突如其来的病打破了父亲原有的生活规律。那年十月，年近八十岁的母亲突发脑蛛网膜出血，在市人民医院做手术，这是母亲有生以来面临的最大的手术，父亲一时手足无措。不久，父亲便到县老年协会、社区居委会，毅然决然辞去社区支部书记和关工委等一些相关公益组织的职务。就此，父亲把心思全部放在照顾母亲身上，家人第一次看到父亲如此坚决明朗的转变，也很清楚这对父亲来说，是一种生活习惯的转变，更是一个考验，父亲毕竟也近八十岁了，突然一改往常的节奏，替母亲拾起那些柴米油盐的家务，也是一件极其困难而又无奈的事。

父亲这一生，其实是挺顺畅的，退休前作为一名国家干部，家里的事务料理得甚少。父亲对工作一直认真负责，一心扑在工作上。都说事业型男人的背后一定有一个贤内助，母亲的确是一位贤妻良母，几十年如一日，含辛茹苦地把四个孩子拉扯大，把家里大小纷杂难缠的事情打理得井井有条。父母真如俗话所说，"男主外，女主内"。

时光如白驹过隙，父母从相识到结合再到如今，屈指算来已经过了七十多年的漫长岁月。早年父母之间甜蜜爱情的花絮究竟怎样，我们也不得而知。但父母七十多年风雨携手同行，时间见证了他们这段浪漫婚姻与油盐交织的流金岁月，足以让晚辈赞叹感佩不已。

父母一辈子互敬和睦，风雨与共。从我记事起，因为家庭琐事，父母偶尔会争吵，却从来没有因感情上的纠结闹过别扭。父母经常下跳棋，时常因悔棋争得面红耳赤，但转眼又相安无事，在他们继续专注而相互打趣的下棋神态中可以窥见，父母之间被一种强大的磁力作用着，这种神奇的力量也许就是父母相伴同行一生的情感基础。

父亲有时做事有些毛糙，在家干家务和农活粗枝大叶、虎头蛇尾，母亲嫌弃地说他简直是来添乱的，所以父亲总是受到母亲的批评。比如在家里就连拖个地板，都被母亲数落马虎了事，说父亲拖地板就像画大字一般，最后还得母亲再返工一次。母亲经常笑中带气地说："你们的父亲如果在农村的话，全家得跟着遭罪。"

父亲在晚辈们的印象中，一直都是那种顶天立地伟岸的大男人，行事风格有一种鲜明的直率，做事雷厉风行，好像从来没有什么困难能够阻挡他。父亲平时在大家庭里与家人的交流也是直白生硬，所以我们兄弟几个有时怵于父亲的威严，对父亲敬而远之。在当兵之前，我与父亲始终保持着距离。其实，天下哪个父亲不爱孩子呢?

父亲平时虽然严肃，言语较少，但总是关爱着我们。记得小时候，老家的冬天异常寒冷，我的手脚生冻疮，经常肿得像馒头一样，又痒又疼。那种情况还不能直接烤火，否则会更加痛痒难耐，父亲就用热水烫毛巾给我热敷，买上冻疮膏以备晚上睡觉前涂抹。一次，他出差南昌还给我带回了一副厚厚的军用手套。

小炎哥在林业系统工作，曾是父亲在林业局任职时的下属。他说二伯在单位做下属的思想工作真是有板有眼，可与家里和家人的交流却好像不多。父亲平时话虽不多，但还是能够感受到他外表威严、内心温润的一面。我高中毕业，参军在福建海防前沿二十几年，最能体会到父亲那份关爱之情。那些年父亲写来的近百封信件中，鼓励与教导如同涓涓细流，流进我的心田，带我走进父亲刚中带柔的细腻情感中。当兵的前八年，父亲每隔一段时间就会写信，字里行间的怜爱之情和望子成龙之心全都在笔墨信札间满溢而出。

父亲生活节俭朴素，生活中样样都有一套计划，尤其在经费使用方面，父亲专门有记账本，每个月的开支情况翔实清晰，从不乱花一分钱。月有小结，年有盘点，从不会出现入不敷出的现象。有时候，尽管晚辈每次都督促父母多多改善生活，把手里的钱花掉，可父亲还是那样节俭，宁可存在银行里。记得小时候，父亲的一双皮鞋、一件呢子衣服都要修修补补穿上十几年。

风雨人生路，哪有不遇挫折的。去年父亲由于牙齿发炎引发炎症，这也是我印象中父亲第一次住院治疗，着实让父亲吃苦不少。当年年底母亲又突发脑蛛网膜出血进行手术，父亲为此操劳不已，把原先母亲的家务承担起来，也打破了父亲原本的生活规律。春节回家，我明显感觉到父亲已不再是那个不需要任何人照顾的硬汉了，甚至感觉他真的苍老了许多，尤其是精气神方面。

原先总感觉父亲不会显老，怎么看也不像快八十岁的人，别人都说父亲的长相也就六十出头。最近，二哥带着父母驾车到井冈山旅游，看着哥哥分享在小家庭里的照片，父亲的神态显得苍老憔悴，一种无法言喻的隐痛堵在心头。我那时也告诫自己，有时间多回家几趟，平时也要往家里多打几个电话。

原先，拨打电话回家总是喜欢跟母亲唠嗑，却经常忽略父亲的存在，也许只有母亲最懂得父亲，每次接电话之后来一句："要你父亲接电话吗？"我也懂得母亲的弦外之音，但更多时候，与父亲的电话交谈时间明显比母亲短得多。

每天收看《新闻联播》对于父亲来说，好像就是一个法定的程序，雷打不动，父亲关心国家发生的大事总是胜过家中鸡毛蒜皮的琐事。父亲退休后，一直在居委会担任社区党支部书记，总是惦记着社区里的事和一些公益方面的事情。

的确如此，父亲一直都是无私的。听说父亲在林业局担任局长期间，有一年省里奖励给父亲个人奖金，父亲领回来却全部分发给了下面的干部职工。要知道，那时两个哥哥正在修建房子，家里的经济也不宽裕。

父亲就是这样，退休这些年一直把精力放在公益事业上。记得刚退休不久，居民反映兴莲路拥堵不堪的现实问题，大家都渴望有人牵头主持协调，拓宽路面。面对这个情况，父亲二话没说参与其中，和大家一起出方案。经过努力，兴莲路完成改造，大大方便了周围居民出行。

兴莲路改造后不久，父亲又参与了路口刘氏宗祠的修缮工作。那是一件耗时费精力的事情，尤其是筹集修缮资金方面，需要做通方方面面的工作。两三年的时间，父亲和族人一起跑北京、去上海、到南昌，疲劳奔波，费尽口舌，筹集到了充足的修建资金。在建设阶段审设计、跟进度、盯质量、把细节，终于把刘氏宗祠修缮工作做到圆满收官。

退休没两年，父亲被县城金城社区和御景湾社区聘用担任两个社区的党支部书记，后又在琴亭镇关工委担任主任，每天的工作安排得满满当当。在此期间，父亲参与挖掘了全国道德模范龚全珍先进事迹，并且还是县"龚全珍先进事迹报告团"成员之一，在全县巡回报告宣讲，如果不是他的莲花普通话"太土气"，还可能参加龚全珍先进事迹在全国各地市的巡回报告宣讲团。说起父亲，平时除了练习书法之外，没有什么其他爱好，可做起公益来却是劲头十足，做过的事情数不胜数，真有一箩筐。父亲退休后的这些年，个人多次受到省级单位表彰，被市、县两级评为先进，还获得第四届荷博节"莲花君子"等荣誉称号。2016年，父亲还在中央一套《新闻联播》栏目中登场亮相。

那一年，父亲回到庙背老家，了解到村里通往田南山脚下的一条狭窄黄泥路制约着村民的出行，就动员村民积极参与，共同筹资，发扬自力更生的精神，硬是修筑了一条水泥便道，方便了大家出行。

如今，从相册里看着父亲年轻时那些烂漫芳华却已褪色的老照片，感觉到"光阴似箭"一词的意味深长。今年的父亲节又将悄然而至，其实父亲那一代人压根也不会在意父亲节，更没有所谓的仪式感。我也没有刻意打扰远在千里之外平静的父亲，只是拨通了母亲的电话，和母亲一阵长时间通话之后，我要母亲让父亲接电话，又耐心聆听了父亲在电话那头那些"大话套话"。

父亲的经历是平凡的，也都是由一些零零碎碎的杂事叠加堆积而成的。是呀，普通人的人生，就是每个阶段的串联组合，成就一段由时光和世事交织融汇的风雨。父亲八十一年的世事沉淀在过往的岁月，如同一本跌宕起伏、多姿多彩的人生丛书，对于晚辈来说，可读，可品，还总有飘洒的芬芳萦绕。

（1971 年，作者父亲在南岭公社任党委书记时留影）

过年回家的路

每到年关，在厦门的同乡相聚在一起，席间总绕不开回家过年这个平常而又动人心弦的话题。

是的，对于长年久居他乡的游子来说，回家过年，是一种情结。但对于我来说，更像是一心追随的信仰，总认为回家过年，不需要任何理由，不回家，反倒要追问自己，又有什么充分的理由呢？

每当春节临近，神州大地上便涌现出一幅人口迁徙的动态图，南来北往，东西互通，都是为了一个共同的目标——回家过年。我也概莫能外，每年临近年关，都会创造机会让自己回家过年。

对于我这样一个久居他乡的异客而言，回家过年的路，曾经显得那样漫长。但回头一想，回家过年的路又何尝不是一种充满期待的希望。

1994年12月，我穿上军装，来到祖国东南沿海一个海岛的军营里。回家探亲，是当年战友们最期待的事情，大家闲暇时最关心的莫过于此。三年义务兵只有一次探亲机会，战友们都想选择过年时探亲，以军人的形象展现在亲戚朋友面前。

那时，看着战友们踏上回乡的步伐也是满心地羡慕，更是有一份满满的期待。因为心中也在筹划着，回家探亲总需带点拿得出手的"硬货"，让家人看到自己在军营的成长。

于是在三年服役期里，把那份回家探亲的期待暗暗压在心底，把有限的时间投入到内强素质上。新兵下连调入政治机关，跟着前辈们从新闻报道的ABC开始。功夫不负有心人，自己的文字终于在驻地报纸上占据了形如豆腐块的空间。1996年，为了取得军考的资格，又不断给自己加压，主动要求进入师教导队参加预提骨干集训。就在那年年底，留着平头的我踏上了回家探亲的路，可以说这次回家探亲之路足足准备了三年之久。

记得到达界化垅已是深夜，二哥早已等候许久。回到家，全家都围过来看国宝似的。我把为数不多的几篇新闻报道呈献给家人，他们炸开锅一样兴奋，争相传看。母亲摸着我又黑又瘦的脸庞满是心疼。也就在那时，我突然觉得一向说一不二的父亲，已把我当成大人看待了。

第二次回家过年。1997 年南昌陆军学院的寒假，是战友们进入军校的第一个假期，每个同学都想回家过年。考上军校，成为一名准军官，都期待能穿上学员装回家乡，那是一种荣耀。

记得那年春节，家里还特意为我考上军校补办了几桌酒席，请亲朋好友到家里喝酒。当年我能考上军校，最开心的莫过于父亲了，从那时起，父亲给我写信的频率也更高了。军校三年，年年回家过年，虽然平淡平凡，但也温馨暖人。

告别军校，也预示着部队基层艰苦生活的开始。绿皮火车把我和战友们载往熟悉的老部队，我开始了长达数十年的军营生活。虽然早已习惯孑然一身的军营生活，但"每逢佳节倍思亲"的情愫始终没有改变。既然穿上了军装，选择了军人这份职业，只能收起缠绵的儿女情长，服从才是应有的姿态。临近年关，父亲也是一位做思想工作的高手，竟然也写信安慰我要服从大局，安心于部队的工作。

2001 年，被借调进入团政治处，休假的时间可以自主支配一些，通过与同事的工作时间协调，我更多地选择了春节回家。

当年，回家的路并没有得到多大的改观，必须先乘坐绿皮火车到南昌，再转车回家。如果是乘坐飞机，就得先到长沙，那可不是一件容易的事，莲花至长沙的路程虽然不远，但莲花到萍乡的国道正在改建中。记得那年，我在厦门的女朋友小司决定从长沙转道来我家，我和二哥带着侄女熹熹，一大清早就出发去长沙接机，去的时候天明可见，回来的时候就是月黑风高了。就这么折腾了一天，大家族的亲人都在家里等候着，在金莲姐姐家门口一下车，父亲和哥哥们就点燃鞭炮，噼噼啪啪响个不停。升腾的烟雾，鼎沸的声音，迎接着对象小司的到来。

再后来，我们在厦门购买了房子，组建了小家，从当初一人到现在的三口之家，从当初的一无所有到如今安定祥和的生活，一切都是水到渠成。岁月如梭，时光如水，转眼二十几个年头过去了，祖国到处都发生了翻天覆地的变化，回家的路也越来越通畅，回家的形式也越来越多样。在厦门的同乡们大多事业有成，先后购买了各种轿车，我经常搭乘同乡的顺风车回家过年。2012 年，我转业到地方，第一件事不是准备择岗考试，而是准备驾照考试，并在同年购买了一辆经济实惠的轿车，为的是回家过年的路更加顺畅坦荡。

又是一年年关到，"有钱没钱，回家过年"，这句台词又在头脑里闪现着。

（2002 年春节，作者在路口庙背田南老家留影）

深秋叶落愁满池

天有不测风云，人有旦夕祸福。2019 年深秋，竟然有这么多揪心惆怅的事发生，真有些猝不及防。

10 月 28 日凌晨，妻子接到山西长治老家小芳妹的电话，我随即也被吵醒。妻子一边接电话，一边哽咽哭泣。从电话那头小芳的哭泣中得知，岳母已在凌晨撒手人寰。噩耗传来，我一阵阵心塞难受。

2018 年 8 月，岳母在长治市肿瘤医院确诊，虽然早有预感，但没想这一天会来得这么突然。前几天，妻子还在计划 11 月初回山西一趟，探望病重的岳母。世上最痛苦的事情，莫过于亲人离世。

妻子没有更多地犹豫，一边购买回家的机票，一边拨通在厦门的堂哥小军的电话，商定回家事宜。窗外秋风萧瑟，此时，我只得嘱咐妻子路上的一些注意事项。

黑夜茫茫，寂静无声，头脑却异常清醒。和妻子躺在床上，默默地承受这个不愿接受的事实。妻子时不时来回翻身，不断哽咽。

三口之家，栖居厦门多年，虽非大富大贵，但生活也相安静好。这样的突发事件，简直是当头一棒。妻子不愧有独立自主的性格，此时表现得很冷静。她提议——她一人先回家，我留守厦门照顾好儿子昊然的日常起居，等我把厦门的事情安顿好之后再作决定。

天幕在妻子啜泣中渐渐放亮了，妻子起床收拾回家的行李。昊然起床，我督促他完成上学前的准备事项。昊然对姥姥的感情非常深厚，瞬间呜呜咽咽，泪水潸然。

早上七点，我驾车把昊然送到学校，并问他如果一人在厦门能不能处理好自己的事情。昊然好像瞬间长大了许多，以坚定的神情告诉我："爸，你们放心回去吧，我能做好自己的事情。"我随即折返家中，送妻子去机场。其实此时时间尚早，但妻子显然归心似箭，流露出一丝烦躁与不安，早餐也没有心情吃。不到八点钟，妻子又一次催促我该出发了。早一些出发，妻子似乎会更心安一些。

现实生活本身就是一所大学校。一个人的学习与成长也是多方面的，在学校课堂上解惑是一种学习，在家庭中父母的言传身教也是一种学习，走向社会感受世事也是一种学习。带着昊然回山西参加岳母的葬礼，让他懂得孝道和礼仪，让他感知孝道礼节比书本知识更重要。于是，在尽量少影响昊然学习的前提下，我定于 10 月 30 日带着他一起去山西长治。

28 日下午，正当我把单位的事情处理妥善，准备请假奔赴山西之时，江西老家的二哥来电，来不及等我说话，他简明扼要地告诉我，母亲突发脑蛛网膜出血，已经在萍乡市人民医院重症病房里了，随时准备进行手术，霎时间，我感到一种无助的崩溃。

母亲突发重病，无疑是往我的伤口上撒盐。这些年，我目睹了身边朋友的例子，深知其严重性。电话里头我一再交代兄弟们，听医生的建议，不要考虑费用多少的问题，只要有一线希望，就不能放弃。

山西与江西，最亲的两位亲人，竟在同一天突发重大变故，让我们陷入深深的悲恸之中。现实让我不得不接受接连而来的沉重打击。10 月 30 日，我带着昊然飞抵郑州，车子离岳母家的路越来越近了，北方农村广阔的玉米地里空荡荡的，一种萧瑟凋零的秋意笼罩而来，我和孩子沉默不语，心情越来越沉重了。

昊然一路上一声不吭，下了车，他竟然一人走在前头，径直往岳母家的老宅走去。岳母家门口已经挤满了邻居与亲戚。

我和昊然来到灵堂，点燃三炷香，看着岳母的遗像，作揖行礼，哀乐低沉悲伤。原本好端端的一个人，如今却是阴阳相隔。

岳母的一生，极其平凡，没有可歌可泣的惊世创举。她非常普通，也有不幸的人生际遇。早年丧夫，带着两个女儿从史庄改嫁到崔邵。有时候，人的不幸也是接踵而至的。在 2008 年，岳母再次失去丈夫。所幸，足下两个女儿均已长大成人，小芳嫁在崔邵本地，离得近，生活上也有所照应。

人就是这样，上帝给你关上一道门，又给你开启了新的窗。生活的苦难，也造就了岳母女强人的性格，什么事都争强好胜，将小家庭打理得井井有条，没让自己孩子受更多的苦。

妻子八岁左右跟着岳母来到潞安环能石圪节煤矿的姨夫家，就读于煤矿子弟学校。大约在 1991 年，妻子跟随在厦门大学工作的祖父来到厦门。

我与岳母的交集也是从 2006 年开始的。那年国庆，我和妻子在厦门结婚后，决定回山西老家，那是第一次到山西。

真正与岳母相处，还是从 2010 年上半年开始的。那年，昊然已经三岁了，面临着接送、照顾的实际问题。江西老家的父母已经七十多岁，到了"心有余而力不足"的阶段。老家的兄长们劝说，将昊然放在江西老家县城里就读，并说江西的教育质量不比厦门差。但我认为，自己的孩子还是带在身边更好些，这也是作为父母应尽的责任和义务。将孩子放在江西的确省事，但自己作为父亲的责任就缺失了。我与妻子商量，让岳母到厦门来帮忙。

岳母在厦门时，可谓尽心尽力地照料着昊然，白天打扫卫生，买菜做饭，晚上我们下班回家就有热饭菜，也让我们轻松不少。岳母非常节俭，中午一个人在家里就简单对付着吃，有时我偶尔回家都看到，告诉她不用如此，可岳母总是笑笑。然而有时，我还会因为一些教育孩子的理念，与岳母发生冲突，甚至形成互不相让的僵持状态。现在想来，都是我的自私心理与偏见在作祟，没有更多考虑老人的感受与想法。好在岳母是一个性情开朗的人，什么事情发生了就发生了，也不会太在意，第二天还是一如既往地干自己的事情。岳母为人大方热情，加上普通话讲得很好，来到厦门不久，在小区就结交了不少朋友，平时一起拉家常，一起跳广场舞、健身操，有时岳母还会制作北方的面食糕点与朋友分享。刚开始，我还劝解岳母不要与陌生人走得太近，但随着时间的推移，我们发现岳母与人相处融洽，让大家生活的环境有了浓浓的暖意。逢年过节，岳母与朋友们更是一起分享各自的劳动果实，比如清明节亲自动手制作艾叶米果，在端午节和小区的阿姨一起上街购买包粽子的食材，制作地道的厦门肉粽，等等。几年下来，岳母与小区的阿姨亲如姐妹，比如龙岩的阿姨在家里蒸制粉蒸肉，还会时常端一碗到家里来。这种如此浓厚的情谊，只有在老家的邻居之间才有，而在厦门一个小区里，岳母就这样做到了，这是令我最佩服的地方……可现在岳母去了另一个世界，真有一种揪心的痛涌上心头，同时也在自责曾经对岳母的误解。然而世上没有后悔药可吃，只有做好当下，更好地前行。

男儿有泪不轻弹，只因未到伤心处。10月31日中午，出殡的队伍，悲伤的音乐，荒凉的郊野玉米地，亲人们泪眼婆娑，失声痛哭。大家分列下跪、作揖，与岳母进行最后的告别。我心里明白，在这个世上，从此再无岳母，一家人曾经的往事，好的坏的，高兴的悲伤的，都只在记忆中留存。

我与妻子2002年国庆节相识，转眼间近十八年了，却只有四次回山西的经历。

第一次回山西对于我们俩来说是一趟幸福之旅，还特意去河南的洛阳、开封等地旅游。但是其他三次可说都是心情负重之行，也可说是伤心之旅。2008年年初，妻子正怀有身孕，其年岁不高的继父突然离世，我随即向部队告假，独自一人回到山西长治，也算是守规矩尽孝道，做好一个晚辈应该做的事。2018年8月，我们三口之家回山西，也是我第三次回山西。当时，岳母身患糖尿病、高血压和心脏病等多种疾病，进行保守治疗。那一个星期里，在长治市肿瘤医院，从住院到确诊，通过福建的战友找到医院肿瘤方面的专家、主治医生连主任，对岳母的病情进行咨询。

回想四次山西之行，真是痛楚多多，也无意对山西的名胜古迹进行探访，每次都是匆匆而来，匆匆而归，心头印满了无数疤痕。对于妻子来说，母亲已经不在了，对山西老家的感情，也许会随着时间的流逝越来越淡化。

家　书

小时候，父亲在我的印象里，活泼不足严肃有余。直至那年我参军，与父亲频繁书信往来，才逐渐读懂了父亲，感受到了父亲那种润物细无声的父爱。至今，在家里的书房里，还珍藏着十几年间与父亲来往的近百封书信。信笺虽已泛黄，但父爱如同一盏心灯，照耀温润着我的军旅生活。

那年，初来乍到军营，远离了故乡亲人，工作训练之余那种思乡的情结油然而生。记得在部队收到的第一封信，是父亲寄来的一张没有署名的明信片，上面只有钢笔书写得刚劲有力的"团结同志，吃苦锻炼；尊重领导，大胆开拓"十六个字。当时竟然不知道是父亲的字，然而第一次收到父亲来信的那份感动，持续了很长时间。见信如面，从中仿佛看到了父亲对我满心的期待。

从那以后，在军营的十几年时间里，与父亲的交流多半是通过这一封封书信来进行的。父亲的信似乎很有规律，我每月基本上都能收到。每次收到父亲来信的那份喜悦之情溢于言表，读着一张张散发出油墨清香的信笺，亲情的温暖让我周身沸腾。字字句句，家长里短，希望我能够用汗水描绘出风景如画的人生。每次收到来信，我感觉父亲好像近在咫尺，收信仿佛就是与父亲促膝交心，秉烛而谈。这些书信让我走进了父亲的内心深处，也读懂了父亲内心对我的期盼和关爱。

此时，我发现父亲还挺有文采的，字字金句。每当我在工作中取得进步时，父亲就及时泼一泼冷水——"百尺竿头，更进一步，要好上加好"。那年，我军校毕业面临分配，周围的人都在找关系、托门路，父亲并没有利用关系网来为我编织未来，而是来信开导："一是听从组织的分配；二是命运和机遇，不可强求，不可不争取，但最后分配到任何地方，都要看作军队工作的一部分，都要乐意接受，去那里奋斗，拼搏，干出一番事业来，祖国大地无芳草，到处可以出凤凰。"当我当上了干部，走上了职业军人的道路，父亲又时时写信来提醒："现在环境变了，地位变了，但希望你永远记住自己是农民的儿子，永远是沧海一粟，要始终做到对领导尊重、对士兵爱护、对同志关心。对自己要不断地充电，加强学习，做永不生锈的螺丝钉，去攀登理想的顶峰……"

2012 年，从部队转业到地方工作，父亲还时常来信，以自己几十年工作经验现身说法，叮嘱我做好工作。从 1994 年入伍开始，也不知父亲给我写过多少封信，现在翻开父亲那厚厚一大摞家书，字里行间，甚至一些古板的道理故事都犹如斜风细雨，润物无声，伴随着我走好了人生的每一步。这些年，随着通信技术的发展，与父亲的书信也少了，取而代之的是便捷的电话和微信视频联络。前些年，父亲也学会了使用微信，时常也会用语音或者视频与我探讨家长里短。直到有一天，当我在整理这些旧书信时，儿子凑过来拿着这些书信心生好奇，便打破砂锅问到底。最后，竟然说他也要给祖父写信。就这样，一来一往，父亲通过书信，把刘家的家规祖训和优良传统又源源不断传递给了他的孙子昊然。

（2006 年 10 月，作者母亲来厦门参加作者婚礼时留影）

母子连心心咫尺

世上的凡夫俗子在家庭或亲人发生重大变故时，都需从容应对。我也概莫能外，风既然来了，就应该迎风而上，如果雨来了，就撑伞前行。

2019 年 10 月 28 日，对别人来说是一个很普通的日子，但于我却异常沉重。凌晨时分，得知岳母大人驾鹤仙逝。当天下午，我又接到江西老家二哥的电话，得知八十岁的老母亲突发脑蛛网膜出血，已进入萍乡市人民医院重症监护室，随时准备上手术台。没想到竟然在同一天，两位亲人相继突发变故，让我猝不及防地接连承受无比沉重的打击。

人在遇到磨难时，才知道自己是否真正强大。此时，情绪也跌落到了低谷，不知道自己能否成为一个真正有力量的人。

虽然事情已经过去许久，但我心里对那几个日子记得却很清晰。11 月 9 日，这是母亲手术后的第十二天，兄长们遵照医生的嘱咐为母亲办理出院手续。这预示着母亲手术成功，康复也在进行。当天上午，两位哥哥给母亲办完出院手续，驾车护送母亲回家，二哥在萍乡回莲花的路上给我电话，报了平安。

如今，母亲在康复中，我却担心起父亲。此后，照顾母亲的任务就落在父亲身上了，这也是我们最不放心的。父亲比母亲小一岁，十六岁上学离开家，可说是大半辈子时间都在单位工作，平时在家很少干家务活，也不太会做家务，平时就是连扫个地、拖个地板，母亲都看不下去，说父亲就是一个马虎人。最近一段时间，我经常打电话回家，母亲说父亲包揽了全部的家务，想来也是难为父亲了，快八十岁的人了，还得重新担起一些家庭琐事。

那次母亲突发重病，牵动了全家人的心弦。10 月 28 日清晨八点，母亲打电话给三哥，三哥在电话中感到母亲言语不清、支支吾吾的，顿时感觉母亲的身体出状况了。三哥及时把母亲送往医院。

在赶往医院的路上，母亲把头靠在了三哥的背上，三哥只得放慢速度。隐忍的母亲在医院还说没啥大碍，叫医生开点头痛药就回家。三哥感到母亲这次状态不一样，坚持要医生拍个 CT，结果出来以后才知道事情严重，当即打电话给二哥，告知母亲的症状。

在卫生系统工作多年的二哥，听到医生的陈述后，明白如若耽误时间治疗会有怎样的后果，便立即赶到医院，联系市人民医院，协调救护车到莲花医院来接母亲。

临近中午，二哥和父亲陪同母亲坐救护车，三哥回家收拾母亲的换洗衣服自行开车跟在后头，先后赶到市人民医院。侄子凯彬知道祖母的情况后，也从南昌赶回萍乡医院，通宵在医院里守候着祖母。

在市人民医院急诊室，医护人员接诊、会诊后，将母亲直接从急诊室接往五楼 ICU。29 日下午，三哥在家庭微信群里发布母亲手术成功的消息，还上传了一段视频。看到母亲躺在病床上，身上都是管子，远在千里厦门的我顿时泪眼婆娑，一颗悬挂的心终于放下来。10 月 30 日清晨，我马不停蹄地带着儿子昊然飞往山西长治，赶在岳母下葬日送岳母最后一程。

11 月 1 日，岳母下葬的次日清晨，按照当地习俗由家人组织上坟，整理坟墓。由于山西和江西两边的家庭都突发变故，我真是分身无术，不得不依次解决。晚上，我与妻子及山西的亲戚们商量，在短暂的事假里我还得回江西探望在重症室的母亲。亲戚们都很理解，也嘱咐我路上注意。最后决定妻子带着昊然隔天直接回厦门，我则乘动车转道回萍乡老家。

我提着行李包，来到母亲的病床前，看到瘦弱的母亲鼻孔和手上都插上了输液管子，嘴里只能发出微弱的声音，眼睛顿时湿润了。母亲看到我，还想和我说话，我坐在凳子上紧握着母亲那双干枯粗糙的手，带着劝慰和制止的口气要母亲不要说话。此刻，母亲最需要的是好好休息。

听三哥讲了些关于母亲生病以及救治的情况，真是不幸之中的大幸：救治及时，手术又很顺利，家里兄弟多就是好，关键时候有人帮衬。

为节约开支，三哥把平时外出垂钓的帐篷带到医院。连续数日陪护也让三哥十分疲惫。八点多，疲倦的三哥先进帐篷休息，我回到母亲的病房，心想母亲身边还得有人，以应对突发情况。于是，又跑到楼下医院的便利店买了一张简易行军床，放在母亲的床边。

来到医院，才感到健康的可贵，生命的脆弱，一个人能够健健康康地生活就是最大的幸福。

我事先已把整个事假行程进行了周密安排，预订了三日下午从萍乡回厦门的动车票。来到医院里，看到三哥连续数日在医院守护，就叫三哥回家几天，处理一下家事，医院有我一人在就行。近几天，二哥陪同县委书记在深圳出差，也将回家，到时由二哥来接班照顾母亲。

这两三天的时间，也是自己近年来陪伴在母亲身边距离最近、时间最长的一次，盯着吊瓶流量情况，频繁清倒满溢的尿袋，下楼到医院食堂为母亲打饭、喂饭，晚上为母亲洗脸、擦澡。闲下来，仔细凝视着病床上的母亲，感觉八十岁的母亲真的老了，尤其是这次手术之后，更是雪上加霜。母亲真的到了需要晚辈悉心照顾的时候了。

小时候，总觉得母亲很高大，那是因为当年我们还没长大。现在看到母亲却很瘦小，是因为我们都已经长大。世上的万事万物都是如此，其实就是播种发芽到秋收结果，再到叶落归根简单循环的过程。

病床上的母亲，满头凌乱的银发，额头那一道道深深的皱纹，沉陷的眼圈，突起的面额骨，皮肤如同干枯的老树皮，尽显暗色的斑纹，没有了一点点光泽。尤其是那双手，曾经是一双支撑全家生计的灵巧之手，如今被针管插得淤青淤青的，医生都很难找到血管了。端详着熟睡中的母亲，发现母亲真的老了，然而母亲却从来不服老。

就在国庆节我回家期间，母亲还外出种菜收花生，偷偷地在我车里塞了满满当当的各类自制土菜。也就在前一个星期，侄子凯彬还在转发父母收割番薯的视频，听三哥说母亲上星期还把收割回家的红薯放在冰冷的水里清洗，准备自己制作薯条和薯粉。

我们经常劝母亲不必这么忙碌了，母亲每次答应得很爽快，但总有推脱的理由："如果不干活，动不了就说明自己真的不行了，那才是一个大麻烦。"就这样，我们每次说归说，母亲还是我行我素。在家时，看到母亲忙忙碌碌的样子，我们只是表面上生气，心里却有一种踏实，因为忙碌的母亲是健康的。

每次回家，在母亲身边都是幸福的，但此次看到病床上的母亲，却有一种异常揪心的痛。这两三天在母亲病床前的陪伴，也是唯一一次靠近家门而没进家的回乡之旅。母亲的病情，内心的牵挂，感味的世事，让我在现实的经历中又感悟到，亲情的互助、健康的安好、兄弟的和睦都是弥足珍贵的。

人虽回到厦门，我的心却时时记挂着老家的母亲。我唯一能做的就是祈祷，再有就是通过电话和母亲说说话。刚开始几天，没敢多打电话，心里清楚这个阶段最重要就是让母亲清静。

此后不久，母亲竟然特地打来电话，反复叮嘱不要操心。听到母亲微弱的声音，我的心里五味杂陈。我知道，此次手术系母亲八十岁以来面临的第一次大手术。医生说，如果救治不及时，后果将不堪设想。

远在厦门的我多么希望母亲能够尽快好起来。最近两天，我打电话给母亲，听到母亲依然爽朗的声音，心情顿时明朗起来。母亲虽然还不能有更多自由活动，只能在家里做小范围的恢复训练，但一切都朝好的方向改观。母亲在电话里诉说忧虑，不知自己何时才能恢复正常行走。这个其实谁也没有把握，我只能用鼓劲的话语增强母亲战胜困难的信心。母亲是一个内心坚强的女性，记得第一次发病是 2015 年，几乎寻遍周边医生，但因为是腰椎病，有一年多时间无法下床。最后得知南昌有医治类似症状的先例，又辗转到南昌救治，母亲奇迹般站起来了。吉人自有天相，衷心希望母亲此次也能很快康复如初，在大年三十全家团聚时还要接受第四代后辈对老祖母的祝福呢。

母亲作为中国传统母亲的典型代表，一生中总是表现出坚强的性格，隐忍的一面，平时的小毛病不爱说，总认为能扛一阵是一阵。尤其是不愿告诉千里之外的孩子，总是怕我们担心。是啊，在母亲的眼里，四十几岁的孩子依然是孩子，似乎永远需要母亲的庇护。

　　每年春节回到老家，母亲都会在厨房隔壁柴房的角落里生起一堆柴火，一是为了烘焙腊肉、牛肉和香肠之类的年货，二是生起了柴火，大家自然会围着火炉团坐，一起聊天说笑。我喜欢一家人围坐在一起。母亲会用盘子盛上西瓜子端来，有时还会泡上一壶茶水给大家，全家老的少的谈天说地，其乐融融。

　　记得每年大年三十的晚上，父亲早早地坐在电视机旁等待春晚的开始。我则和母亲围坐在柴火旁拉家常，母亲也没有什么高深的大道理，讲得更多的是家庭琐事，叮嘱我一定要搞好家庭团结，夫妻之间遇事要多商量，还有就是说如何把昊然教育好之类的话题。当然，母亲也会把家里的一些俗人俗事讲出来，时间总是在不知不觉中流逝。与母亲在柴火边聊天，成了我这些年回家的一种习惯。有一年，春节期间天气特别热，母亲也就没有再生柴火，我心里头似乎倒有了一种莫名的遗憾。

　　世上最无法割舍的就是家庭成员之间的那份亲情。虽然有时彼此相隔千里，天各一方，但只要获取到亲人的些许信息，或许是喜讯，或许是磨难，或许是求助，那种牵挂也是难于言表。这就是血浓于水的母子相连、父子相惜的亲情，这是人性最可贵可爱的地方，再华美的辞藻也不能表达。这种人性的光辉绘就了一个个感天动地、可歌可泣的人间故事。

身在鹭岛话血鸭

一座城一道菜，本无什么必然联系，然而有一座城因一道菜声名鹊起，让人牢牢记住。只要说到这座城，人们自然会聊起这道菜。

这座城孕育了我，虽然而今身在他乡，但也常在梦里回去。这道菜虽然在异地也能吃到，但舌尖深处依然是儿时的味道。

这座城有个好听的名字——莲花县，这道菜也依地依料得名——莲花血鸭。

远离家乡久了，心头总会生出一种剪不断的情结。这是一份浓郁的乡愁，除了千丝万缕的亲情联结之外，最令我念念不忘的正是这道莲花血鸭。这道极具家乡风味的美味佳肴，对于久居他乡的我来说，有一种特殊的情怀，融入了我那浓郁的乡愁故土情结，如春风化雨，渗入我的生活，更融入我的血脉。

对莲花血鸭的历史渊源趣事，我与赣西小城的人一样，深谙熟知，信手拈来。有言文天祥为莲花血鸭命名的，也有言是末代帝师朱益藩推荐入宫廷的，等等。不过，穿越时空，流传七百余年，这道菜肴已然成为家乡的旅游美食名片，声名远扬，吸引了众多的国内外游客。

对于出生在 20 世纪 70 年代的我们而言，孩提时代物质生活相对匮乏，家里如果能够做上一道血鸭，兄弟几个就如同过年一样兴奋。那时候，遇上家里做血鸭，我们就会围着厨房灶台，望着、闻着锅里的血鸭热气腾腾、芳香四溢，垂涎三尺。当那盘血鸭一上桌，我们几个可说是狼吞虎咽，最后连残留在碗里的汤汁都不放过。米饭喷香，浇上血鸭汤汁，味蕾顿时大开，直至饭饱打嗝，我们才摸着肚皮玩耍去了。后来，我参军到东南沿海的海岛，那血鸭的味道只有在抱枪酣睡的美梦中才会出现。数年后，我又转业到厦门，蜗居于忠仑公园旁的盘龙寓所，对莲花血鸭的思念与日俱增。同在鹭岛的莲花老乡感同身受——何以解忧，唯有莲花血鸭。自然，以炒盘莲花血鸭为最佳理由，我们常相邀小聚。

记得第一次下厨做这道菜，是因为那些同乡长时间未品尝到莲花血鸭，不忍看到大家谈起血鸭那眉飞色舞、意犹未尽的神情。我决意要在厦门炒出这道家乡名菜，让同乡们远在千里之外也能品尝到家乡美食，以解乡愁。

任何事情都是知易行难的。我选择了一个清闲的礼拜天，辗转于厦门各个农贸市场选购所需材料。最难的还是寻找一只近似老家的那种鸭崽。我从轮渡开禾路口的第八市场到江头的农贸批发集散地，几乎跑遍了厦门岛内的菜市场，却依然没能找到像老家那样的鸭崽。

厦门属闽南地区，这边的鸭子不是个头较大的水鸭，就是饲养年份较久的老番鸭和菜鸭。最后，只能选择与家乡鸭崽相近的海鸭。带上从家乡捎来的少许米酒，在市场守候着菜农，等把鸭血全部放入装有米酒的瓶子后，学着母亲的样子，不停地摇晃，以防止鸭血凝固，再买上红辣椒、生姜等配料，匆匆打道回府。可以说是万事俱备，我信心满满地准备下厨。

那时鲜少下厨房的我，还真有点手忙脚乱，一边迅速准备好各种配料，一边还打电话向远在家乡的母亲询问炒血鸭的程序。母亲在电话那头耐心地指导，最后直说，想吃莲花血鸭就回家吧。理论归理论，实践操作与之还有较大差距。就这样，在厦门第一次炒血鸭，因为火候掌握还不够，没能做出家乡血鸭的原汁原味，但同乡还是很给力，吃了个精光，就连一大锅米饭也吃了个底朝天。

时光如白驹过隙，屈指算来离开家乡已有二十八个年头了。厦门也集聚了一批来打拼的莲花同乡，从开始为数不多的几个人，到形成近百人的小群体。其中，有的是大学毕业分配过来的，有的是部队转业留下的，有的是莲花人娶了厦门媳妇，也有的是莲花闺女嫁给了厦门本地郎，还有的夫妻俩都是地道的莲花人。同乡之间，交流的形式也从当初的 QQ 群到现在的微信群，交流日渐频繁。平时相聚每每都是以品尝莲花血鸭为媒。每到烩制血鸭时，当然都得由正宗莲花人来掌勺。慢慢地，在厦门的莲花人形成了一个不成文的规矩，每年中秋前后，都要组织一次同乡联谊团聚会。

看似一个乡情故地交流的平台，却增进了团结，浓厚了乡情。记得有一年，老家筹建大型综合体育场馆征集社会资金，在厦门的同乡都积极建言献策，贡献了自己的一份力量。家乡的领导都在称赞厦门的莲花同乡最团结、最给力。

在我心里，还是痴迷于童年时莲花血鸭的味道，也许这就是所谓的一方水土养育一方人吧。

如今，莲花血鸭这道家乡名菜荣登"江西十大名菜"，成为助推家乡经济、文化和社会发展的一张烫金名片。以莲花血鸭为桥梁，众多的海内外客商云集家乡，让昔日的山区焕发出崭新的活力。近年来，家乡也是捷报频传，莲江国家湿地公园开园纳客，让美丽的山城再次展翅腾飞；"莲花血鸭"成为知名品牌，已形成全国配送网络，这道家乡美食走出家乡，走进千家万户；以全国道德模范龚全珍为原型拍摄的电影《老阿姨》全国上映；三十二集电视连续剧《初心》在央视一套热播，这些都是家乡几十年来的大喜事。厦长渝高铁途经故乡并设立站点，让家乡与外面的世界更近了，令人满心期待……厦门的同乡人为此奔走相告，欢呼雀跃，也会炒上一道莲花血鸭，配上几道家乡小菜，酌几杯家乡烧酒，真是其乐融融，惬意无边。

（1991年，城厢中学初三团委会成员毕业前留影）

再回庙背思无涯

树到深秋叶又黄,人在他乡愁更长。这次国庆回乡,有着更为深切的感受。2020 年,两次回庙背老家似乎都显得特别,让我有一种铭心刻骨的怀念。

春节回莲花县,大年初二从县城赶回路口庙背老家,给叔叔婶婶拜年,匆匆而去,又匆匆返回。没想到那次匆匆相见却是与叔叔的最后一面,不禁潸然泪下。

2020 年的国庆与中秋连在一起,八天长假期让国人喜气洋洋,都期待在这个国庆假期里可以旅游。

而我,却因为叔叔的病故改道转向,带着失去亲人的悲伤,独自踏上了向北的高铁归途。

故乡庙背,一生无法割舍的地方,虽然在那里只度过了短短七八年懵懂青涩的童年时光,但这段岁月成为后来几十年乃至一辈子情感飞扬的根基,也是身处他乡乡愁情怀的源泉。

再回依山傍水的故乡,头脑里总是会浮现儿时那些模糊却又清晰的印迹,诸如四房坪里看电影,龙发口水库里畅游,农忙时节"双抢",毛仔岭摘茶子,汤家坊偷红花。通向路口街上的黄泥路,庙背小学那清脆的铃铛声,还有古松、仰山文塔、石门山等符号,也会伴随着行走村间小道闲散漫步的节奏,从自己头脑里一一闪现出来。

可眼前的景物,历经近三十年的风吹雨淋,早已面目全非,庙背也不再是原来年少时的庙背。

再回庙背,总有一种久违的亲近感笼罩周身,儿时的往事又在头脑中若隐若现,勾起了我对过往的无限遐思。

小时候,总觉得庙背村很大,也许是因为自己脚步还没有离开过村庄。而现在,又觉得村子越来越小,也许是因为距离村庄越来越远。其实,村子还是那个村子，只是随着脚步离故乡渐行渐远，村庄在自己的眼里也越来越小。

此次回到庙背，心底才感觉到物是人非的真意，体味到时光如流水、岁月不可回头的滋味。尽管，努力想寻找过去遗留在脑海中的影子，但终归不可实现。回不去的故乡，找不回的乡愁。我们在追忆往事，或许是因为我们已经到了一个阅历深厚、思绪涣散的年龄，往事和旧物会让自己的心更加安宁一些。

记忆里，庙背村还是那个古朴淡雅的传统村落，整个村庄处于罗霄山脉的层峦叠嶂中。据说先祖依庙围田，开荒拓土，群居结社，逐渐形成了以刘、李、柳等姓氏为主的村落。原先在村庄集中群居，修建了各种青色的明清徽派建筑，依地势高低错落有致地分布。有的建筑四周围墙高耸，庭院内树木繁茂，瓜果飘香。村里这些古色古香的建筑一般由支祠、房祠、家祠等组成，庙背村刘氏宗祠在路口村，村里的祠堂均由此分枝散叶而建。这些房屋建筑样式是典型的"四点金""八间头"，也就是小型三合院、四合院，屋顶一般有歇山顶、悬山顶、硬山顶、攒尖顶、卷棚顶等，还有那马头墙、石窗花。栋栋房屋之间，数条溪流穿梭汇聚，清澈见底的溪水，溪流里鱼虾来回游动。沿着溪流，是一条条青石板块修筑的小路，而通往路口的街上有两条鹅卵石铺就的便道，也是村庄通往外面世界的路。

原先路过后背山，大约从松树下开始，一直到路口街道，就是一条黄泥巴路，每逢下雨天，行人犹如行走在"地雷"阵，尤其是那些骑自行车的最头痛，黄泥巴挂满钢圈，让人进退两难，有力气的人索性扛起自行车通过，真不知道是人骑车，还是车骑人。

一年里最热闹的日子就算春节了，小孩子有新衣服穿，有好吃的零食，还能走亲访友去拜年，其次就是元宵节舞龙舞狮、中秋节烧塔，这些都是小孩子们很喜欢的事情。村庄平时没有过多的娱乐活动，偶尔放一场电影，那可是全村最大的喜事。

近几年，整个村庄呈现出乡村振兴大旗下的新貌。一些濒临倒塌的宗族祠堂得到维护与修缮，其他大部分老建筑被一些现代民居所取代，这些老祠堂夹杂在现代民居中，显得还是那样的庄重大气。从庙背分支出去的湖塘村，其遗留下来的明清民居建筑，成为县域内古民居的一大特色乡村旅游项目，吸引了众多游客前来。其实，庙背的古民居，无论从数量和规模，还是历史和人文方面，都远比湖塘村宏大壮观和悠长。庙背的宗族祠堂，也许由于修建时间过长，或是后辈没落，没有得到很好的保护，只能随着岁月飘散，凋零淹没在尘世间。

叔叔在大家族中辈分较高，此次家族的老老少少都来了。见到近三十年没有见过的儿时伙伴，我真切体味到岁月如梭、韶华易逝、人生苦短。曾经童年的伙伴，也不再是原来那个伙伴，二十多年的时间让大家都改变了许多，各自都已是为人母、为人父的中年人，全然没有年少男女的青涩，回味的都是儿时有交集的经历，彼此有所回望。

家族亲戚相聚，同欢而聚，相亲而近。在老家，除春节之外，还有诸如乔迁、升学、嫁娶、满月、大寿等喜事，家族、亲戚、朋友、故交会一起团圆同欢相庆。叔叔离世，曾经多年没有见过的宗族同辈与晚辈，都不约而同从广东、福建、浙江而来。大家为什么都自觉回来，究竟是一种什么样的力量驱使？是自觉，是传承，还是……我心中也没有唯一确定的答案。我也说不清道不明，但可以确定有一种宗族亲情的牵绊。

伯父、叔叔相继离世，让我想明白了许多。看着大家悲伤离别的场面，每个人一生一死，有两种哭声，一是随自己的哭声而来，这哭声，自己毫无记忆；二是在别人的哭声中离去，自己同样无法感知。

再回庙背，正值深秋，稻田里的谷物已经金黄待收，路边的桂花已是香飘四溢，山边的树木已是叶黄凋落，可最让我情动的，还是庙背世事的变迁，家乡人事的更迭。这一切，犹如后浪推前浪的浩荡之水，以蓄势待发之势融入奔腾向前的时代大潮……

怀念伯父

作别莲城时日多，近来人事多消磨。莲江东流潺潺声，一江烟波锁乡愁。

又是 8 月 16 日，于平常人，这就是一个普通平淡的日子，于我却是记忆深刻的——这是伯父的祭日。

2018 年 8 月 16 日上午，侄女熹熹与嘉辉在群里晒出刚刚领到的结婚证，全家人都在表达一份祝福。我顿时想起 2006 年 8 月 16 日，正是自己在厦门领结婚证的日子，想想结婚组建小家庭都十多年了，儿子昊然也已长成翩翩少年，心头感慨自然多一些。我也晒出当年的结婚证，与侄女同一天领取结婚证，这是两代人的缘分。

然而没想到，2018 年 8 月 16 日下午三时左右，小毛哥在群里发了一句"大家快来伯父家，伯父不行了"。

我预感事情不妙，便急忙打通家里电话，得知身体健朗的伯父已悄然离世，身在厦门的我顿时潸然泪下，真没想事情来得如此突然。是啊！世界上很多事物没法让人事先去准备，就在自然而然地循环中更替着。怀着悲伤，强忍住眼泪，一边打电话告知正在上班的妻子，一边安顿好家事，向单位领导请假，又马不停蹄地收拾衣物准备回老家。驾车赶往老家的路上，我感觉回家的路是那样遥远而又漫长，心情异常沉重。

我十几岁离开家乡去福建当兵，远离亲人，每年只有极其有限的假期，回家机会少，与伯父的交集也比较少，更多的是儿时与他相处的记忆。小时候，伯父在我们的印象里就是一位性格温和、慈祥可亲的长者，又像一位温文尔雅的师长。

记事起，伯父常年在外工作，1977 年才回到莲花。在家乡，伯父住在县城，时常会带领全家老小回老家过春节，那可算是全家的喜事，我们这些晚辈不但可以多得压岁钱，而且能够听伯父讲《三国演义》《水浒传》

等名著里的精彩故事。另外，伯父常常还会出题目考我们，答题正确有奖励，每次伯父都准备好崭新的钞票。到了晚上，我们几个小辈总是缠着伯父，围着火炕，一边烤火守岁，一边要伯父给我们讲故事，直到有人在父母的怀里呼呼睡着了。

伯父是大家族最年长的长辈，更是受尊敬的长辈。年轻时的伯父，一边辛辛苦苦为党做革命工作，一边引领大家族勤于耕读，忠厚传家，走正道，行善事，立正气。回望我们这个家族经历风风雨雨的四五代人，虽没有大富大贵，但都能自力更生，勤俭持家。大家族小家庭，一代比一代更有朝气，日子一天比一天红火。记得有人说过，这个时代最高级的炫富就是家庭和睦。在家族里，伯父是最好的榜样，在方方面面带了好头，做出了榜样。

祖父足下有四个子女，三男一女，祖父去世以后，由祖母带领着四个孩子，操持着家务。伯父小时候上过几年私塾，懂事也早。长兄如父，伯父承担起了家庭的重任。1949 年，年仅十六岁的伯父就参加了路口庙背的农民协会，从此走上了革命道路。

俗话说"穷人家的孩子早当家"，伯父既要做好基层工作，又要承担起家庭的重任，同时还把两个弟弟引上了革命的道路。我父亲 1958 年考上江西省共产主义劳动大学，毕业后被分配到县委组织部工作，后又下沉到基层一线，辗转多个岗位，1971 年被县里提拔为中层领导干部。叔叔在村里也不甘落后，曾在庙背村担任村长。据说叔叔也非常优秀，在村里工作得有声有色，原本也有机会被招干，但祖母说家里已经有两个儿子在外头工作，他必须留在家里干农活，叔叔因此就留在了村里。

1968 年，伯父带领全家发扬艰苦奋斗的精神，起早贪黑到山里背木材。伯父和父亲平时省吃俭用，把工资全都积攒起来用于准备建房材料。经过大家庭成员齐心协力、共同努力，最终选择在田南修建了一栋大气实用的宅院，彻底解决了全家十几口人的住房问题。后来，伯父又和父亲、叔叔们在房前屋后种植了种类繁多的果树，让我们儿时在田南老家度过了一个瓜果飘香的美好童年。

"男儿有泪不轻弹，只是未到伤心处。"当我回到老家，已是傍晚时分，看到全家族的亲戚朋友都来了，大家有条不紊地忙碌着。伯父走了，从此世上再无伯父！伯父走了，再也见不到伯父那慈祥的面容！伯父走了，再也听不到那暖心的话语！伯父走了，再也讨不到伯父一方篆刻和书画！伯父悄悄地走了，走得那么突然！我们晚辈的心在抽泣，泪眼迷离，无语凝噎。

按理说，伯父那硬朗的身板、宽广的心胸、仁慈的情怀，活个九十几、一百岁都不成问题，然而伯父的生命长度却永远定格在86岁。我们始终不相信这是事实，可事实又无情给了我们当头一棒！2018年8月16日，伯父午休起床后吃了串葡萄，就安详地走了，不曾留下任何的言语。我最后一次和伯父相见是在2018年的正月初二在灿平姐夫家吃家饭，我当时还特意向伯父敬了一杯酒，邀请伯父到厦门游玩，为什么还没来得及成行却成了一场空呢？

青山依旧在，亲人已远行。20世纪90年代初，伯父和伯母两个都退休了，本该过上闲云野鹤般的日子，伯母却突发半身不遂，几近瘫痪，伯父二十几年如一日，对伯母无微不至地照顾和陪伴，没有丝毫怨言。祖母在世时，伯父兄弟三个对祖母的孝心，我们后辈看在眼里，记在心上。后辈们从他们身上学到耐心与细致，懂得了家庭的责任和担当的分量。

伯父是大家族当之无愧的好长辈！祖父去世得早，伯父作为家庭的长子，真正充当了父亲的角色，祖母在世时便是如此，再后来更是如此。如果说在庙背田南建第一栋房子和县城鹿角塘建房有自己安居的成分在里头，那么前几年，年过八十的伯父，带领全家齐心协力重修共建庙背老屋，则是为了传承家族祖业，发扬和睦共处、团结聚力的家风家训。正是这种家风的传承，使得我们的大家庭在当地有口皆碑。

伯父是一位品性笃定、公而忘私的老党员。伯父的人生简历回头看来就像一张事务安排表格，展示出他几十年风雨人生的足迹。

伯父于 1951 年 1 月参加革命工作，1953 年 3 月加入中国共产党；1951 年 1 月至 1955 年 10 月在莲花县庙背乡政府任乡长；1955 年 11 月至 1958 年 10 月在莲花县路口乡政府任办公室主任；1959 年 1 月至 1959 年 12 月在莲花县东风钢铁厂任生产科长；1960 年 1 月至 1960 年 6 月在莲花县三板桥公社任党委副书记；1960 年 7 月至 1963 年 1 月在莲花县坊楼公社任党委书记；1963 年 2 月至 1963 年 8 月在莲花县高洲公社任党委副书记；1963 年 9 月至 1968 年 6 月在地区农业处任副站长；1968 年 7 月至 1977 年 8 月在地区良种场任革委会主任；1977 年 9 月至 1979 年 7 月在莲花县琴水公社任党委书记；1979 年 8 月至 1984 年在莲花县人民法院任副院长；1984 年 4 月至 1989 年 1 月在莲花县机关工委任机关工委书记；1989 年 2 月至 1993 年 12 月改任到莲花县机关工委；1994 年 1 月光荣退休。

伯父几十年如一日，工作勤勤恳恳，任劳任怨，无论在基层一线，还是身居机关，都珍惜工作岗位，努力创造佳绩。先后多次被市、县评为先进党务工作者、优秀党员。

尤其值得称道的是，伯父从 1960 年直至 1993 年退休，职务一直没有得到提升，然而他始终保持了一名共产党员的本真。

从伯父的自传文章中略知，1977 年，伯父从吉安调回莲花工作，在琴水公社担任党委书记。有一年，面临组织工资调档调级，本应该属于伯父的权益，但他却让给了另外一名干部。如今，同在体制内的晚辈，也为伯父的所作所为感佩不已。

伯父是一位热爱生活、懂得生活情趣之人。退休后，重拾书画、篆刻的爱好，并不遗余力发挥余热。2012 年，伯父当选为莲花县老年书画协会主席，2014 年成为中国书画家协会会员。其间举办过多次集体和个人书画展，并多次受到表彰，他的篆书、篆刻、隶书、毛体书法曾荣获金奖三十一次，精英奖两次，银奖四次，铜奖一次，一等奖六次，二等奖二次，三等奖六次。近几年，伯父还把作品整理成集，先后出版了《刘念怀书画作品选集》《念怀书画作品集》《刘念怀篆刻》《水浒好汉画像集》《忆我历程》五部个人作品集。一个只上过几年私塾、文化程度不高的人，竟然写出三十多万字的回忆录。我们从伯父的亲历实践体会到"做一件事，钻一件事，精一件事"的精神品质，懂得了只要辛勤耕耘，就一定会有收获的朴素的道理。

伯父总是把最好的留给家人，没有留下丝毫麻烦。伯父一辈子潇潇洒洒，身体从未出现什么问题，按老家的话来说就是，就连端一碗水都没麻烦过别人。这是家人最大的福分，更是伯父八十六个春秋在人世间最好的修行。

又到8月16日，晚辈远在千里之外，面向北方，默然作揖，唯愿天堂的伯父与伯母团圆，伯父依然潇洒如风，风采如初。

（作者伯父在莲花县机关工委任书记时留影）

叔叔留下半页纸的简历

2020 年，小叔已经七十有五了，但没想到这一年，小叔与尘世的缘分就此结束，留给晚辈无尽的追思。此前，听小毛哥在电话里说起小叔，心头便涌现出小叔的形象来。参军后，在外已二三十年，与小叔的交集少之又少，只知道小叔在十几年前就患病了，一直顽强地与病魔做斗争。

前段时间，从小炎哥那里得知，小叔又一次因为身体状况进入医院，打电话过去也只能表达安慰，叮嘱他照顾好小叔。电话那头，小炎哥倒很坦然，也许是这些年处理小叔上医院的次数多了，一切都成为了一个程序，能做的就是尽心尽力照料好老人。

印象里，小叔话不多，性格内向，身材属于消瘦精干型。人往往就是这样，身边最熟悉的人有时会变成最不了解的人。1994 年，我当兵离开家乡时，小叔也快五十岁了，一晃二十多年过去，小叔却成为不能正常饮食起居的老人了。回家过年，我都会带着爱人、小孩前去探望。小叔和婶婶有时在县城跟着小振弟过年，有时在路口田南老家过年，小叔因为身体的原因，一般不出房门，独自躺卧在沙发上烤火看电视，要么戴上老花镜看书，要么就是孤孤单单一个人静静地发呆。晚辈们前去拜年，只是在进门时向小叔问候一声，离开时从口袋里拿点钱交给婶婶，尽一份晚辈的孝道，小叔更多时间处于一种孤寂的状态。

和小叔的交集大多停留在童年阶段。八岁之后，我家随父亲工作的调动搬进县城。田南只剩下小叔一家—— 小叔、婶婶和小振弟三个人。每年农忙"双抢"时节，父亲都会带着我们四兄弟到小叔家，帮助打禾、插秧、莳田，小叔对我们的到来，感到非常开心。

祖父去世早，祖母一个人把四个孩子拉扯大的确不容易，祖母性格真还有点倔强，就一个女人支撑着整个家庭。随着孩子们逐渐长大成人，姑姑远嫁到安福县洋溪镇，大伯和父亲早年就参加工作，辗转于各个地方。

家里只有小叔一个男丁留在祖母身边。

小叔在村里表现得也很上进，1966 年入党，担任共青团书记、民兵连长、村贫下中农副主席，村副主任，村支部书记等职务。1978 年小叔任社办企业经理、农机站站长、米石厂厂长。据说，那年如果不是祖母强烈反对，小叔肯定也有一个美好的前程。

父亲说他们三弟兄中，小叔书念得最多。祖父送伯父在村里读过几年私塾，至高小毕业；父亲与伯父相差八岁，家庭条件好一些以后，祖父让父亲读完了初中。祖母最宠小叔，当时即便经济很拮据，祖母还是咬牙让小叔读完了高中。因此，即便小叔留在村里，也有很多机会让小叔选择。

据父亲说，在 20 世纪 70 年代，小叔在村里担任村长、书记，由于工作成绩突出，县、乡两级领导想让小叔成为一名脱产干部，准备将小叔调往其他公社，作为县里的后备干部。谁知，祖母第一个站出来反对，她说三个儿子已经有两个儿子在为公家做事，必须得留一个在家。就这样，小叔留在了村里，一边照顾祖母，一边在村里做一些力所能及的工作。

1976 年，小叔在村里担任村干部期间，带领全村发扬自力更生、艰苦奋斗的精神，发动各方力量，依靠集体智慧，在龙背上建起一个端庄大气的大礼堂，那可是村里的标志性建筑。那时候，这礼堂可是发挥了大作用，不光是大队的议事聚集之地、全大队召开社员大队的场所，还是应征入伍青年的欢送地点。听二哥说，小叔在家里好像闷葫芦，可在大队召开的几百人的社员大会上却滔滔不绝，有时一讲就是两三个小时。

小叔也是一位颇有胆识之人。在担任庙背大队长期间，旁边同坑村组织社员偷伐村里的集体林木。小叔那时年轻气盛，敢作敢为，带领社员上同坑，誓死力争，硬是把那些被砍伐的树木运回了村里，有效地保护了村里的集体财产。

祖父是村里的一个泥水匠，小叔早年从祖父那里学到一些建筑技能，成年后也专门跟着村里的刘秉良泥水匠学艺，掌握了泥水匠的基本技能。1968 年，修建田南老屋时，全靠祖母带着母亲、小叔两个主要劳力，到陈山背木材，到白沙洲挑沙子，小叔是唯一的男劳力，泥水匠的技术也派上了用场。那时，伯父和父亲只是偶尔请假回家帮帮忙。2008 年左右，小叔看到老屋已经老化，常年漏雨受潮，濒临倒塌。泥水匠出身的小叔，又找到伯父、父亲商量，决定重建老屋，稳固家族基业。最后，田南老屋的翻建以大家族的名义，一起筹钱兴建，也代表着子孙的团结和睦、兴旺发达的家族优良传统的延绵。

2020 年 9 月 28 日，当教师的小毛哥打来电话，问及国庆中秋长假是否回家，再则就是把小叔交代给他的事情又转述了一遍。小叔生病已十多年了，一直以顽强的毅力与病魔做斗争。小毛哥说小叔下意识中感觉自己支撑不了多久了，在考虑身后事，这次竟然自己用铅笔颤颤巍巍写了半页纸的简历。

小叔那颤抖的铅笔字迹，虽然只有两三百字，但我知道，这是小叔一辈子的总结和回顾。我不敢懈怠，对着微信转来的那些文字，脑海里闪现出小叔那几十年的风雨历程。但从哪里落笔，我真的无头无绪，只能记下小叔留在我心头的琐碎旧事。

小时候，就盼望着春节早点到来，因为能够收到小叔的压岁钱。在农村，小叔虽然没有正式工作，也没有固定收入来源，但临近春节，小叔总会到银行、商店换一些崭新的钞票。每到大年三十那天，吃完年饭，洗好澡换上新衣服后，小叔定会准时给我们兄弟几个分发压岁钱，钱不多，通常都是两块左右。这些小事会牵连起我们对长辈的期待，对春节的向往。每到年终岁尾，小叔还会和我们兄弟几个围着火炕，讲《三国演义》中那些妙趣横生的故事。

印象最深的还是每年的春节，父亲和小叔对春节那套习俗必定会遵循，并传承给我们这一代。正月初一，农历新年的头一天，在老家提倡一个"早"字，一般都要在鸡鸣头遍前起床，不管是做生意的、读书的，还是从政为官的，都要争个头香，家家户户都遵循这样的规矩。洗漱完毕后，先在神前烧上钱纸，点香灯，点一挂长鞭炮，作三个揖，然后开门，这叫"开财门"。端着香盘朝大门，拜天拜地拜祖宗。那时，父亲和小叔会把我们男孩子一一叫醒。他们教育男孩不但要延续家族的香火，还要懂得一些传统的礼仪。

记得那时，父亲和小叔放鞭炮时，我们兄弟几个都会紧盯着那"噼噼啪啪"作响的长鞭炮，有时鞭炮被炸断，结束后还有鞭炮没有炸响，那可是我们抢先争夺的目标，也不管父亲和小叔还在一个个"嘭嘭"地放大鞭炮，大家都会迫不及待跑去抢那段没炸响的鞭炮。村里的人家，也跟比赛一样，比谁家鞭炮响得早，比谁家的大门开得早，寓意着"开门纳财"。

小叔有时候也像孩子一样。每到中秋时节，兄弟几个都会到处捡瓦片，搬砖头，拾木材，砌筑高塔。小叔也会参与其中，还说谁的塔高，火燃烧得旺，谁家来年一定稻谷丰收，猪牛肥壮。

20 世纪 80 年代中后期，小叔从村里辞掉社办企业工作后，自己在家里干起了农副业生产，一度把田地交换整合在田南塘仔岸下的家门口，搞起大棚蔬菜种植，还开了一口池塘，弄起了渔业养殖；将蔬菜运到路口市场上，甚至还运到县城销售，取得了较好的收益。

小时候，老屋前后的空地上，小叔带领家人把伯父、父亲从林场育苗场购买的各类果树种植起来，有梨树、李子树、红枣树、水蜜桃树、柚子树等，那可是我们兄弟的乐园，伴随着我度过了瓜果飘香的童年。我家搬到县城后，每年水果丰收时节，我们兄弟都不忘回到老家摘梨取桃，在小叔家吃完饭，满载着各类水果而归。

关于小叔，零零碎碎，点点滴滴，拾起过往的旧事，记下的却是晚辈对小叔感恩于心的过往经历。

每个人一生都是短短几十年或百余年，犹如流星一般，其过程不管好与坏，辉煌与没落，贫困与富足，其实都是人世间的一道亮丽风景。有的人，以家庭为重，为儿女终身奋斗不止。小叔也是如此，为成全兄弟牺牲了自己的前途，为了家庭累垮了瘦弱的身体，为了儿女奉献了自己的青春。

高步岭的嬗变

2021 年 9 月 25 日，莲萍高速正式通车，标志着家乡正式进入了高速时代。与此同时，厦长渝高铁全面建设也在稳步推进中。家乡将和全国高铁"八纵八横"大动脉紧密相连，助推经济点面开花，快速跃升。这些信息犹如一杯陈年芳香浓郁的美酒，让我这个客居他乡的游子如痴如醉。家乡父老乡亲都说，莲萍高速就是振兴莲花经济的翅膀，也是一条带动百姓富裕奔小康的"天路"。

喜悦之余，记忆被拽回莲花原先通往萍乡的高步岭国道，也是曾被老百姓称为山高路险人难行的"天路"。对于进入耄耋之年的母亲来说，这真是一个不小的喜讯，母亲常年要往返于萍莲之间，与高步岭有着千丝万缕的联系。随着高速的连通，母亲回家的路变得更加通畅，其兴奋程度就像学生得到老师褒奖一样，喜悦之情溢于言表。风雨岁月几十载，母亲也见证和感受了通往萍乡的通道的三次大变革、大提升，这也是家乡改革开放以来交通运输发生的巨变。

高步岭 319 国道的历史，2000 年出生后的年轻的一代——没有乘车穿越高步岭经历的生活底色，也就很难产生与之千丝万缕的情感纽带。然而，高步岭对于八十多岁的老母亲而言，还有我这个 20 世纪 70 年代中期出生的人来说，有一种剪不断、理还乱的缠绵。高步岭，当年是莲花进入萍乡的一条必经"蜀道"，常年云雾缭绕，谷崖密布，山天相接。国道自然也是曲曲拐拐，峰回路转，每天为数不多的班车穿梭其中，让坐在班车里的乘客步步惊心，一趟高步岭下来，会产生劫后重生的错觉。那条盘山公路时常发生各类交通事故，令人揪心感叹。

1992 年，莲花划归萍乡管辖。这条通往市区的唯一通道如此崎岖难行，更是引得万人瞩目，又让两地的旅客无奈心酸。1994 年，十八岁的我离开家乡，至今已过去 27 年，故乡莲花成了一个渐行渐远的乡愁符号，高步岭更是随着我与故乡距离的拉大而被淡忘。然而，今年82岁的老母亲，脸上有一种岁月风霜刻录的印痕，更有对高步岭国道的深刻认识。

母亲出生在萍乡上栗长平一个穷苦家庭，外公因病早年逝世，外婆带着七八个儿女艰难度日。母亲九岁那年，也就是1949年，她被一个族人悄悄地带出家，穿山过河，走街串村，跨越高步岭，来到我的家乡莲花路口庙背村。那年，祖父卖掉家中的一头牛换来十块银圆，交给母亲的那个族人，就把母亲留在了家里，成为那个年代的童养媳。1964年，母亲与父亲在村里组建了小家庭。母亲后来经常开玩笑：她是祖父用一头黄牛换来的。

年幼的母亲，从同乡口中不断打探到娘家的方位，就暗暗地记在心里，终于在16岁那年，母亲将书信传递到娘家，同路的乡人带着母亲徒步翻过高步岭，到了母亲的娘家。

祖母在一段时间后，看到母亲没有如期回来，也生怕母亲不想再回来，就决意到萍乡把母亲接回家。祖母和母亲经过七年的朝夕相处，从心底喜欢上了母亲，为了接母亲回来，祖母不吝惜钱财，特意出高价钱找了一位村里的萍乡人做向导，沿着高步岭的山路走了三天两夜，终于找到了母亲。那一刻，母亲从心里感觉到祖母的良苦用心，这些年祖母收养了自己，平时就像对待亲生女儿一样对待自己。已经懂事的母亲被祖母亲自登门的举动感动了，决意跟着祖母回家。两人像母女探亲般归来，沿着原路，跋山涉水，翻越高步岭回到了庙背小山村。母亲从此就跟着祖母，当媳妇更做女儿，风雨相守几十年。

在1960年前后——那个肩挑手提的年代，吉安地区和萍乡市两地共同打通了高步岭，依照地势修建了一条弯弯曲曲的盘山公路，一直沿用到20世纪90年代，成为一代人的记忆。高步岭修路通车，莲花与萍乡两地从此"天堑变通途"，县城汽车站和萍乡市区每日均有少量班车通行，母亲回家的路似乎变得通畅起来了。

母亲如今八十多岁了，说当年回家一趟真不容易。那些年，母亲一般都是几年回娘家一趟，也是选择娘家的兄弟姐妹办大事的时候。即使回家，一般也是走路，母亲徒步回娘家的方式，一直延续到 20 世纪 70 年代末期。另外，母亲有晕车的症状，特别是每次过高步岭盘旋迂回的公路时，简直就像生了一场病。在陆路交通不发达的年代，加之路途遥远，还有一座令母亲望而生畏的高步岭，我到外婆家的次数也是屈指可数。

小时候跟着母亲回外婆家，客车开上高步岭，我看到窗外的风景，新奇不已，母亲却是另一番景象。车在高步岭公路上行驶，母亲不是头晕，就是呕吐不止。我在旁边不知所措，也感觉不到母亲晕车的滋味，更不能理解母亲每次回娘家需要多大的勇气和决心，但母亲每次都显得那样毅然决然。

时光进入 20 世纪初，随着时代的发展，母亲虽然已经步入花甲之年，回家的次数却频繁了。两地亲戚只要有各种家庭大事，诸如嫁娶、乔迁之类的，一般都会礼尚往来。那些年，高步岭数十公里的盘山路，依然还是横亘在面前的最大障碍。每逢寒冬腊月天，高步岭要么是大雪纷飞，要么是结冰结冻，行车危险，一般车辆自然是禁止上山，各类客运汽车就更是在禁止之列，还有就是雨季汛期，高步岭公路沿线时常也会发生山体塌方、泥石流造成公路阻隔，交通封闭。高步岭这条公路山高路弯，车辆多，经常发生交通事故。即使这样，母亲娘家的亲戚也会绕道从安福县到莲花，也许只有亲情才能有如此的动力。

小时候，按照老家拜年走亲戚的规矩，每年大年初二，应该由父亲带着我们兄弟几个到萍乡的外婆、舅舅家拜年。由于路途遥远，家境贫穷，交通不便，每年春节也不得已省去拜年的礼数。

在 20 世纪 90 年代初，莲花县刚刚划归萍乡市，正式成为萍乡市所辖。1994 年我高考落榜，便决意去参军。那辆装载着几十个如我一样的应征青年的大客车，穿越了蜿蜒的高步岭。从此我们告别家乡，走上从军戍边之路。此后，听闻莲萍两地又重新修筑了一条便利的省道，高步岭这条公路就渐渐淡出人们的视野了。

那时在老家，说起落后，不得不提的就是高步岭公路交通的落后，县域内通向市区没有一条像样的交通运输通道。我们这些常年客居他乡的游子，在外面时念叨家乡的好，一回到家就感受到高步岭公路的不便，又想逃离这个心头最牵挂的地方，一种矛盾心理油然而生。

2000 年前后，县交通部门通过打通隧道，直接拉近了莲萍两地的距离。这是莲花通向萍乡的公路交通史上的第二次大修筑，改造后的国道，避开了高步岭，距离缩短了，路也变得平坦了，但整条路依然曲折迂回，经常出现各类交通事故。家乡人一直盼望着有朝一日，通往萍乡市区的通道能够再升级，再提升。

2021 年 9 月 25 日，莲萍高速公路正式通车的消息像长了翅膀，在大江南北、城郭山川间传遍。对于我这个他乡异客的莲花游子来说，有一种欢欣鼓舞，也有一份更高的期待。高步岭公路这条通向长株潭城市群的唯一通道，其所在的山脉作为吉安、萍乡两地分隔的山界，也是家乡筑巢引凤、贸易往来的主干道，曾经是那样车水马龙，如今的寂寥又显得那样卑微。高步岭的变迁，从某种意义上讲也是家乡莲花这座千年古城不断书写盛世华章的标志。

现居深圳的志锋同学于 20 世纪 90 年代曾就读萍乡师专，大学时光频繁往来穿梭在高步岭的公路上，在莲萍高速开通的当日，更是无限感慨："山花依旧烂漫，树木依旧葳蕤，路边的鸟鸣还是那样婉转可意，只是再次经过的人，已不是从前的那个少年。"

家乡交通运输结构大发展大跨越格局的形成，凝结了一茬茬莲花人的辛勤耕耘。改革开放四十年，弹指一挥间，家乡旧貌换新颜，进入高速路网的家乡，以崭新的姿态融入"长株潭"城市群发展引擎，擘画家乡更加璀璨的未来。

家有慈母心底安

母亲周氏于 1940 年出生在萍乡市上栗县长平乡一个偏僻落后的小山村，家境贫寒，外公在母亲出生后不久就因病离开了人世，整个家由外婆独自一人操持着，带着兄妹八个人。

从我记事起，母亲就在日复一日地忙忙碌碌，好像总有做不完的事情。她将一生的心血都放在了小家庭上，倾注在四个孩子身上。邻居们都说母亲是为了儿女而活着，唯独没有她自己。

我七岁以前，母亲带着孩子生活在物质匮乏的庙背村，父亲是国家干部，常年在外头工作，每逢农忙"双抢"时才回家帮着母亲干活，有时工作忙还回不来。那时，我们兄弟四个不谙世事，仅靠母亲瘦弱的肩膀支撑。尽管母亲每天日出而作、日落而息，忙碌在田间，但家里还是贫困拮据，其间的苦楚只有母亲最能体会。母亲从没有抱怨过，只知道起早贪黑干农活，村里的人都说母亲胜过一个男劳力。特别是每年的"双抢"季节里，本是男人犁田翻地的重体力活，母亲为了赶时节，自己下田犁地，有时被像发了疯一般的耕牛带着铁犁把满地里跑，弄得一身上下全是泥水。村里的男人都看不下去了，也主动来帮衬母亲。就这样，母亲带着我们兄弟四个一路坚持着。

"簸箕晒谷，教仔读书"一直是母亲坚持的原则。父亲刚调入县城工作，母亲就极力要求父亲带着两个哥哥转学到县城的重点中学。1984 年，大哥和二哥同时考上大学，对于农家子弟来说，这是"鲤鱼跳龙门"，母亲喜极而泣，觉得自己的付出没有白费。此后，母亲和父亲商量把我和三哥也接到城里念书，宁可自己一人承担起一家全部的农活。

年轻的母亲，身上好像有使不完的劲。为了补贴家用，干完农活之后还和村里其他男劳力参与了开垦荒山植树造林，挣些工钱补贴家用。母亲每天清晨需要步行二十几里到山林里清理荒山、挖坑种树，那段时间天天是披星而出，戴月而归，换来的却是微薄的收入。连续几年下来，换来的是布满老茧的双手，一到冬天就开裂，渗出血水。小时候，只要一看到母亲粗糙的手，我就会感到一阵钻心的疼痛。长年的劳作，母亲的腰会不定期疼痛，特别是一到阴雨天，就会隐隐作痛。每到腰疼痛难耐时，母亲就叫年幼的哥哥用茶油和瓷勺子在后背刮痧，直到背上刮出一道道红里透黑的印记，然后要哥哥帮她贴上几大片止痛膏药。另外，母亲在吃饭时会倒上一杯白酒，喝上一小杯，用白酒来减轻伤痛，就是舍不得上医院找医生，因为那需要花钱。

艰辛的劳作，长年的操劳，母亲四十刚出头就已满头华发。那时母亲为了不让孩子担忧，时常让父亲帮着把白发染黑。如今，母亲已进入耄耋之年，坚持不再染发。母亲额头那一道道深深的皱纹，一眼望去便可知岁月的沧桑。是啊！八十多年的风风雨雨、坎坎坷坷，也构成了母亲醇厚芳香的人生。

母亲犹如一条大海中的摆渡船，为了船上的儿女，在大海中与风浪搏斗，跟各种意想不到的危险周旋，儿女们如愿地顺利到达了大海的彼岸，自己的健康却因为太多的劳累而失去。然而，母亲时刻想到的还是这个家。

有一年，母亲生病在床，兄弟们争相拿钱去为她治病时，母亲却说不用了。母亲拿出了用油纸包裹的一层又一层、平时省吃俭用积攒下来的一万多块钱。母亲不需要任何理由为孩子分忧，想孩子所想，这真是母子连心，这就是最平凡也是最伟大的母亲。

母亲还有一副医者仁心的好心肠。母亲掌握着一门祖母留传下来的手艺——用草药治肝炎，这究竟是怎样的秘方，我至今也不清楚，懂事起就知道母亲的药方在县里还是小有名气的，就连县医院的很多医生都知道。母亲对到访的病人耐心问、细致看、交代全，后来随着病人增多，用药量不断增大，药方里有几种草药在老家几乎绝迹。只要病人有需求，不管是夏日炎炎的高温，还是天寒地冻的三九天，母亲都会独自一人上山，一去就是大半天，千寻万觅找药材。母亲对病人从不提什么要求，很多时候看到家庭困难的病人就不收一分钱。当时我们都说母亲特傻，这么做图什么，但又不好过多干涉。更多的时候，母亲只是淡淡地笑笑："救人救急处，帮人帮难处，是最要紧的。"

20世纪80年代中期，全家搬进了县城，父亲也曾想为母亲找个工作，但母亲生活的"轴心"始终是这个小家，她依然是围着我们四个兄弟及我们组成的小家庭打转，一切劳作都是那样艰辛而又简单。

1988年，家里在县城购置了地皮建商品房，家家户户建的房子都是独门独院，然而母亲一直保持着那份纯朴，和邻居相处总是怀着一份真诚、热情。时间久了，母亲与邻里之间相处得很融洽。

常年在外工作的我与母亲一起生活的时间少之又少，然而母亲对我的牵挂却是越来越强烈。1994年7月，高考失利的沮丧萦绕在我心头，外面世界这么大，决定去闯荡闯荡。就在那年冬季，我毅然决然要去当兵。母亲得知后顿时有些不知所措，她说四个儿子就数我最瘦弱，不是一块当兵的料。

当我如愿穿上了绿色军装，背起行李，踏上南下列车的那一刻，深深知道行囊里装满了母亲的牵挂。从那时起，父亲每次来信都说，母亲不看军事题材的电视节目，特别是那些战争场面，母亲一看到那样的画面，就会不由自主地掉眼泪，她是担心在部队的我吃苦受累。

时间悄悄从指缝间溜走，转眼间离家已有二十多年。每年只有一两次探亲的短暂时光，每次回家被各种繁杂的事务所扰，与母亲的独处机会少之又少。真正和母亲相处，还是母亲拖着年迈的身体到厦门的那几次。

2006年国庆期间，我在厦门举行婚礼，母亲决定要来参加，这是母亲头一次到厦门，也是头一次出省远行。已经66岁的母亲，身体不再硬朗，患有心脏病和高血压，还晕车。母亲全然不顾长途劳顿、一路头晕，见到她那开心的模样，我的心都化了。

2008年5月，母亲来照顾分娩在即的爱妻。在之后近一年的时间里，母亲不是去菜市场买菜，就是在家洗衣做饭，还要照看才年幼的小孙子，整天忙里忙外，毫无怨言。

最让我揪心的是那次母亲在买菜回来的路上，突然晕倒在小区外，被邻居及时发现，如果不是邻居说起，母亲怎么也不会告诉我实情。母亲就是这样一个人，有事总是自己扛。

最让我感动的是母亲第三次来厦门的情景。那时我还在部队工作，没有时间照顾孩子，就把孩子送回了江西老家，由母亲照看。时间一长，母亲懂得为人父母的心思，她竟然孤身一人抱着一岁多的孙子从老家辗转上千里来到厦门。对于一位目不识丁的七十岁的老人来说，我不知道她当时心里鼓了多大的勇气。

母亲虽没有什么文化，但在我心中却是位实践能力很强的智慧女性，平时最大的娱乐活动就是和父亲下棋，有时我也会掺和其中。我与父亲自认为是有文化的聪明人，但每次摆开棋盘厮杀几回，都是母亲取得大捷。

另外，最让我心生敬佩的是母亲充当了大家庭和谐共处的润滑剂。大家庭老老少少十几口人，平时免不了因为琐碎的事情产生矛盾，母亲每次都能够以她独特的方式化干戈为玉帛。

直到现在，母亲82岁了，每次回家，亲友们还是喜欢把一些绕不明白的事情交给母亲来处理。

大前年，母亲说要来厦门，其实她是想孙子了。可当时她老人家卧病在床，我爱莫能助，每次探望也是匆匆而去，匆匆而归，对她照顾得太少，亏欠太多。如今母亲身体好一些了，又是整天忙碌着，一刻也不愿停下来。

2016年底，让母亲开心的一件事，就是升级当上太祖母了，可谓四世同堂。2017年上半年，母亲还特意到南昌的大孙子家住了一段时间，母亲说看着一家子人和和美美过日子就感到无比满足。

有些事情难以用词汇来描述，有些情感难以用语言来倾诉。我深知随着年龄的增长，母亲的身体每况愈下，像一朵日渐凋零的花，总想把最后的芬芳留给我。母亲虽没有什么惊天地泣鬼神的壮举，但在儿子的心中，母亲是最可爱的，是最可敬的，也是最伟大的。

《天之天》的歌词写得好："天之大，唯有你的爱是完美无瑕，天之涯，记得你用心传话……"

是的，母亲一生全部的爱都放在了孩子身上，这就是我母亲—— 一位普普通通的慈母。

第三辑

古渡探幽水自流

繁华落去几多雨

莲河，厦门翔安区边界线上的一个小渔村。我喜欢渔村里莲河街那种原汁原味、纯朴本真的市井味道，尤其是莲河古渡口那些曾经若隐若现的风烟逸事。

一次偶然的机会，踏进厦门与泉州交界处这座沿海小渔村，穿梭在古风犹存的老街市——莲河街，从百姓那里探知莲河街旁有一座古渡口，曾经是大小金门、"英雄三岛"，乃至宝岛台湾物资转运的重要渡口。这座古渡口，浓缩了许多令人难以忘怀的历史瞬间。

我在 2004 年编制出版的《厦门市志》里查找相关资料，发现其中只是记载了莲河码头的简要概况：码头位于同安县新店乡，西南面对厦门岛，东南面对大嶝岛和金门岛，航路三面畅通，港口深阔无暗礁，既是对外通商口岸，又是避风良港，明代为闽南著名的渡口。乾隆四十年（1775 年）辟为军运码头，运送台、澎驻军的军需品。同治六年（1867 年）设莲河盐务正堂，南安县盐管处也设于此。中华人民共和国成立后，莲河港区陆续兴建大小码头十一座。1984 年 5 月重建的莲河码头，呈 U 字形条面岸壁，系客货类码头，面高呈八米，长一百四十米，三个泊位，靠泊能力六十吨级。码头内陆有一公里简易公路。另外，还查阅到莲河社区的发展沿革：1971 年 3 月，泉州南安县石井公社的莲河、霞浯两个大队划归同安县新店公社。2004 年后，这里又隶属厦门最年轻的行政区域——翔安区新店镇。很难再找到关于莲河古渡口的更多信息，也难怪，莲河并入厦门市的时间不长，莲河的历史更多地属于泉州市，或更遥远的泉州府。

对于莲河码头是否就是曾经的古渡口，我也不能确定。如果不是，两者究竟又有什么区别呢？心中还存在诸多的问号。带着诸多好奇，我决定深入莲河腹地，探个究竟，以解心中不解之谜。

从翔安南路沿水刘线向南安方向，一路大道通途，海风吹拂，穿东园，过沙美，美丽的厦门大学翔安校区从眼底飘过，穿过宵垄和霞浯，进入南安县地界，靠右有一条不太明显的水泥路，"中国盐政"四个大字在遗址大楼顶楼早已褪色，人去楼空的大楼依然不失大气和庄严。

从盐务局一侧往前不远，四周以大理石条垒筑的栏杆上面雕刻着各种图案，并配了一些文字，走近便可知关于莲河名称的由来：此地古为闽南著名渡口，海蛎集散地，俗称来蛎，方言谐音雅化为莲河。莲河的称谓就这样简单延续下来了。

圆盘中央由石条叠起加固环绕着一棵枝繁叶茂的古榕树，应是村子里最年长的古树了，矗立在村子口。向南一条直直的水泥路通向大海。村口有一水泥拱门，沿着水泥路向大海方向不到二百米，便是莲河街。如今的街道，店面排列有序，人流虽不是如织如潮，但还是那样熙熙攘攘。整条街道不长，也就六七百米左右，街道两旁保持着几十年前风貌的建筑，看起来破旧不堪，在这些年的风吹雨打里自然风化老去，斑驳沧桑，像一位上了年纪的老妪，脸上尽显岁月留刻的痕迹，让人产生一丝的怜悯。的确，如今的莲河老街是一个很不起眼的地方，也可以说是没落在光鲜亮丽的厦门特区的边缘角落。

走在方方正正的石板街道上，感受到最大的特色就是街道原本的古朴，街道上的陈设都是以居民生活需求为底色，没有任何刻意雕镂。街道两旁的骑楼门柱上方雕刻着吴姓灯号"延陵"及杨姓灯号"四知"，虽然对其意有点不知所云，我也基本明白，吴、杨两个家族是村子里的大家族。

在莲河街十三号一栋老洋房门头上方，有一块隐约可见的牌子引起了我注意——"同安县烟草公司大嶝代批站"。这时从旁边屋里走出一位六旬的老者，我正要向他打听古渡口。老者吴艺忠得知我的来意，非常热心，亲自当向导："代批站旁边的深巷就是通往古渡口的必经道路。"我顿时心生一丝激动，一切得来全不费功夫。从和吴老的攀谈中得知，烟草代批站此前是莲河的卫生所，后来一度成为大嶝供销社莲河货物的临时存放点，"三岛"部队官兵也是通过兵站从这里到渡口上岛的，如今这就是一个小小的杂货店。沿着巷子出来，吴老指出古渡口的位置，"古时海潮涨至村口，出入主要就靠小舢板或小帆船，且一天只能利用涨潮期摆渡一两趟"，久而久之，古渡口就形成了。如今古渡口周围已经民房林立，丝毫没有一点古渡口的痕迹。

吴老指着旁边的老房子介绍，这栋曾经是旅馆，那栋曾经是饭店。村里的老人还激动地说起，那年莲河很多家庭把打鱼为生的船只移送给驻军部队，很多船东主动请缨要求驾船引航。谁都知道，有战争就有牺牲，但谁也没有料到，大家跟随解放军指战员从古渡口启航，最终没有一个人再回到这个古渡口。

沿着近年修建的环村水泥路，可以直通海边，我见到了已废弃的莲河码头。在门口有一大理石碑，上面记载了 20 世纪 80 年代莲河码头修建的历史背景与使用功能。

至此，莲河古渡口和莲河码头的关联脉络图在我头脑里逐渐变得条理清晰。

碧海之上，蓝天白云如同被雨过滤一般透亮，站在莲河码头上，前方岛屿如同士兵列阵般依次排列在眼前，宽阔的海平面上散布着星星点点的渔船，潮湿的咸味夹杂着海港特有的鱼腥味的海风吹拂在脸上，顿感思绪连绵。转向码头后方，曾经偌大的滩涂，偌大的海，一座渡口，到后来围堤造田，成了闽南一片大规模的盐田，如今也已被夷为平地。

盐田不在，劳作的工人不在，但海风海味依旧在。码头右边只有一家新成立的国有采砂厂的机器隆隆作响，似乎在诉说着不情愿退出轰轰烈烈的历史舞台。

历史的天平是公正的，莲河古渡口曾经的责任担当与历史使命一样为后人所铭记。1775 年，莲河港口与台湾鹿耳门对渡，一度还成为湖台军运专港。道光三年（1823 年）建石砌码头，也就形成了莲河古渡口。1949 年后，莲河古渡口成为大嶝、小嶝、角屿等三岛居民的客货及部队人员物资的主要运输通道。1955 年前后，驻军在古渡口旁边又修筑了"第一码头"

和"第二码头"，专供"英雄三岛"驻军过渡口。后来，数次围堤盐田及造地工程使得古渡口不断前移。1984 年建成石砌驳船客货码头，主要服务于"三岛"的军民。1992 年大嶝海堤的建成，让大嶝岛"活"起来了。从此，岛屿成了半岛，开始了新一轮跨越式发展。2005 年，随着大嶝大桥的竣工通车，曾经引领风骚数年的大嶝海堤黯然退场，莲河码头便没有人再提及，莲河古渡口更像一个没落的贵族，无人问津。

古渡口曾经的无限风光也庇护着莲河街往日的繁华与喧嚣。村里的老人说，莲河曾经是"水石莲"（水头、石井、莲河）的中心集市，外来人口曾经超过原住民数倍之多。村子主要由吴、杨两大姓氏组成，还有十几个姓氏杂居于此，听说很多人当年就是因这里的繁华而留下繁衍生息。

而如今，莲河曾经的古渡已不在，曾经繁忙的莲河码头也被人们渐渐遗忘，曾经商贾如流的莲河街失去了往昔的喧闹，一切犹如梅花凋谢之状。"零落成泥碾作尘，只有香如故"，那么莲河的"香"是什么呢？是那曾经辉煌历史的回音，是那海水潮起潮落的循环，还是那九千多名将士孤魂散落海岛的痛楚？我无法作答。

（2014 年 3 月，作者徒步登四川峨眉山金顶时留影）

澳头再度起新航

在厦门绵延弯曲如蛇的海岸线上，星星点点分布着一些功能缺失的古渡口和避风坞，它们就像被遗弃的孤儿一样。谁曾想，在那个陆路交通落后的时代，它们犹如闪亮的珍珠镶嵌在海岸边，成为日常人员、货物流通运输最主要的渠道，承载着一代又一代人的记忆。

翔安连绵 75 公里的海岸线上，也分布着许多渡口码头。一条新修筑的滨海东大道，把这些分散的古渡口又串联起来了，似乎要把古渡口那些远逝的逸闻旧事聚齐回放，恍惚间思绪被拉回到古渡口波澜壮阔、百舸争流的往昔。澳头古渡口就是其中之一，渡口坐落于翔安区东南隅的澳头村，村前整片海域被称为鳌头，环流海段称为鳌江，村落正好在鳌江之东，故有鳌东之名。如今的澳头，碧海潮涌，风光旖旎，人杰地灵。有诗句为证："鳌翻细浪润华邑，江抱清流拱南疆。"

翔安海岸线上有渡口"三剑客"（莲河、澳头、刘五店），澳头古渡口位列其中，并不能算鹤立鸡群，更不能引领风骚，只能说是众多古渡口中的普通一员。在澳头渡口的左边，为莲河古渡口。

在澳头渡口右边的刘五店渡口更是历史悠久，像历经数百年仍风光依旧的贵族世家。宋朝，刘五店渡口就与厦门岛的五通渡开通对渡；1684 年，刘五店渡口成为厦门正口所辖的钱粮口岸之一，在之后的两三百年间，刘五店始终引领潮流，先后设驿站、刘五店澳、巡检司、厦门海关刘五店分关等；1981 年，被省政府批准为外贸港澳航线的起运码头，算是引领风骚，勇立于沿海渡口的浪尖潮头。

澳头古渡口，虽然没有闪亮如星，甚至连踪迹也再难找寻，但它也曾拥有自己的繁华与色彩。早在数百年前，澳头人便可打造四五百吨的大帆船。据说在兴盛时，全村拥有近五十艘这样的帆船，在海上从事各种贸易活动，足迹南至台湾、广东一带，北至天津、锦州沿海，有的人甚至在那边安居乐业，繁衍生息。

1821年，由澳头古渡口开出的一艘大帆船，历经万里波涛抵达新加坡，从此开启了澳头人出洋谋生图强的新时代。据村里的老人说，如今遍布新加坡、马来西亚、美国等十多个国家和地区的澳头人就有近三万，在辽宁锦州、天津塘沽的还有澳头蒋姓、苏姓两个分支，达两千多人，澳头村也成了闽南远近闻名的侨乡。

很早以前，澳头也被设为驿站，中华人民共和国成立后，这里又是福厦公路及马澳线的终点，来往商贾及游客均在此中转，通过古渡口到五通。在20世纪90年代初，古渡口旁又兴建了百吨级的板梁式客货码头，让古渡口再度升级。如今，古渡口旁建立了规模宏大的海翔集装箱码头，续写着古渡口的新篇章。

来到澳头村，我诧异于这个现代美丽渔村不仅有别致风景，还有一些人文遗迹。渔村里有蒋、苏两大姓氏，走进其家庙宗祠，有种古风之文气，也不失威严。祠堂前都有数根代表家族兴旺、人才辈出的石旗杆。令我不解的是，蒋、苏两大家族祖祠前后之间为何如此紧密呢？中间的巷道宽度仅有八十五厘米，远看就像一座闽式的"座三进"古厝。一份好奇悬在我心头，于是决定去打破砂锅问到底。村里的老人也听先辈说过那些若隐若现的民间传说：古时蒋姓之女嫁给苏姓为媳妇，两家关系日趋紧密，难分彼此，又传蒋氏以家庙后的一块空地作为女儿的嫁妆，后来苏姓就在此处建了宗祠。

俗话"家和万事兴"，村里蒋、苏两大家族平日里和睦相处，在事业上也是相互帮助，共同发展，涌现了一批流芳百世、光宗耀祖的人才。明万历年间，蒋氏中蒋孟育、蒋芳镛考取了进士，蒋孟育入祠林，任国子祭酒迁吏部左侍郎，蒋芳镛会魁后任湖南湖北巡按，均有所作为。在清代，苏氏不甘落后，也走出了进士苏廷玉，官至四川总督，加兵部侍郎衔。据说苏廷玉为官清廉公正，颇有政声，百姓称赞他"公明慈惠"，他还是著名的清廉忠君的大员。这些都奠定了澳头的人文底蕴，也成就了一代代澳头人的精彩纷呈。

在风和日丽、秋高气爽的日子，迎着海风驾车来到澳头，穿梭于澳头村落里的厝宅里巷中，追寻古时渔民在乐安桥上载歌载舞的往事，走进红砖厝宅，呼吸渔村的大海气息，感怀当年那些靠手推肩抬垒筑的海防前哨的防御工事，还有双狮巷中流传的那对双狮的神秘传说。最叫人不解的，还是那座废弃于荒郊田野中的"天旌节孝"贞节石牌坊，历经 130 多年的寒暑更替仍屹立如初，只是牌坊受风雨侵蚀严重，上面镌刻的字迹已是斑驳难辨，只能借助史料得知镌刻的内容。上面记录的是村里武德佐骑尉苏清浮之妻洪太宜人的事，镌刻了多副表彰洪氏守节寡居的对联。

透过一副副对联，不难窥出洪氏身世的凄凉和对现实生活的无奈。试想，苏清浮虽官至山东三台巡按，但英年早逝，享年 26 岁。洪氏从 24 岁开始，过了近 60 年孤苦伶仃的生活，其间的苦楚无人知晓。

进入新世纪新时代的澳头渡开始了新的航程。从美丽乡村到海港侨村，从"三海一侨"到"三支笔"特色文化品牌，从省级特色小镇到文艺气息浓厚的文创重镇，从国际帆船节到澳头文化艺术季，等等，昔日的小渔村华丽转身，焕发出熠熠夺目的光彩。站在怀远湖畔双清桥头，一幅天风海涛涤荡下，现代海港侨村的迷人画卷展现在眼前，一排排青青杨柳环湖依依，在海风中如发丝细线随风摇曳。怀远湖波光涟漪，湖面上倒映出马背头、燕尾角的古厝宅，在蔚蓝天空映衬下分外醒目。不远处的海边港口舟楫频频，汽笛声声，一派熙熙攘攘的景象。

的确，这一片热土正在发生巨变，在距离澳头渡口不远的地方，一座座高楼大厦拔地而起，翔安南部新城城市群悄然屹立。一条条宽阔通畅的主干道纵横交错，规划中的地铁轻轨从旁穿行，隔海相望不远的东南国际机场枢纽航空港正在崛起。澳头古渡口就这样迎来新的历史契机，新一代澳头人和着海潮的节奏，胸中豪情喷发，昔日的小渔村再度升级，吐露着新时代的芬芳。澳头的明天，必将更加可期。真可谓：沧桑古渡数百年，潮头浪尖闯南北。今朝盛世换新颜，澳津再度启新航。

踏海逐浪立潮头

刘五店这个海边渔村之前鲜少有人提及，但近来却高频率地出现于各家新闻媒体，特别是随着厦门第二东通道、"一场二馆"等重点工程的开工建设，刘五店似乎已经被动地打破了往日的静谧，一派热火朝天的景象正在慢慢地朝这个素面朝天的小村落涌来。正如一波接一波的海潮浪花，把这个渔村推向波峰浪尖。

刘五店，一个地处翔安西南部海岸的海边渔村，内辖刘五店、桂园、浦南三个自然村，自古以来就是一个天然良港。站在龙腾宫前那棵苍劲的古榕树下，海风徐徐吹来，明显感觉到丝丝海腥味和泛起的潮湿。对于刘五店的沧桑历程，我知之甚少，也许只有脚下的这片土地、身后的古榕树、前方的渡口才是最好的见证者，因为它们与渔村同频共生数百年了。

早在宋元祐二年（1087 年），刘五店就与厦门岛北部的五通对渡通航，至今已有近千年的历史，其中究竟有多少往事湮没于历史的尘埃中，不得而知，也无从追寻。记载传承下来的人和事，就如同夜空星辰般灿烂，照耀后来。

翻开 2011 年版《厦门市翔安区志》，刘五店曾经的历史地位犹如珍珠般闪烁其中，光芒四射。北宋年间，拓沈井至刘五店古道，足以窥见刘五店那时就凭借地理位置的特殊，成为交通要冲。清朝康熙二十三年（1684 年），朝廷开放海禁，厦门设闽海关，刘五店设钱粮口岸，稽查金门、大嶝、同安、澳头各渡船只货物。1761 年，设刘五店驿站，与厦门岛五通对渡，成为连接厦门岛的主要端点。由于地理位置的独特，刘五店一度成为军事要地。乾隆四十一年（1776 年）设立刘五店澳，由水师后营管理，有汛兵五十名，稽查商、渔渡船。乾隆五十年（1785 年）设为对台湾、澎湖军需专运码头。乾隆五十五年（1790 年）置巡检司。同治五年（1866 年）11 月移福建水师后营游击驻刘五店，驻兵二百四十名。咸丰四年（1854 年）

守备吴鸿源曾和小刀会的水师在此打了场遭遇战。中华人民共和国成立后，刘五店借助水深等天然优势，地方政府在古渡口周边不断开辟码头，进行升级扩建，前后修建了五千吨级的滚装码头，三千吨级过驳码头以及鑫海石油码头，等等。刘五店成为厦门港区重要的通商贸易港口，在 20 世纪 50 年代一度还成为驻军的"军港"……从这些详尽史料里，足以看出刘五店曾经有过不俗的经历，无论在民间贸易交通方面，还是作为兵家攻防的关口，甚至在厦门海洋港口发展历程中，都曾焕发出卓尔不群的耀眼光彩。

在陆路交通不够发达的过去，沿海沿江沿河等水上交通运输成为最主要、最便捷的方式。在翔安蜿蜒曲折的海岸线上，很多地方借助海边的地理优势，众多的码头渡口因此应运而生，密布于海岸线上，主要有刘五店、莲河、澳头、塘厝港、董水、大嶝等码头渡口。可以说这些码头渡口都是因时势而生，因贸易而兴，风生水起，盛极一时。比如澳头是厦门第一艘帆船抵达新加坡的渡口，又如莲河渡口曾与台湾鹿耳门对渡，是连接"英雄三岛"的桥梁。刘五店渡口更是不甘落后，曾与月港、泉州港均有通航。村里刘姓"五柱"的五兄弟，打造了两艘"五桅"大船，走南闯北，北至黑龙江，南至海南岛，南货北运，北货南运，生意十分红火。

刘五店最兴盛的时期，是从明、清两代至抗日战争爆发前期，当时刘五店的人口达一万多人，而且集聚了刘、高、蔡等三十多个姓氏，汇集了天南地北的商人来此置业，并逐渐形成一条商贸街道，几百米的街道上可谓三步一家店、五步一家铺，尽显通商渡口的繁盛。然而，由于时代的发展，这些渡口也逐渐被淘汰、被遗忘。现今仍然遗留的这条古街，就是一个最好的物证。独自一人徜徉于古街道中央，两旁的骑楼自然衔接叠搭，各具特色的建筑风格，还能显示出店铺与客栈的区别，这些似乎都在彰显着这里曾经贸易的繁华，人潮的涌动。

在古渡口，偶遇村里一位年逾七旬的长者高海英，当得知我的来意时，长者尽显地主之热情，让我对刘五店渡口有了更为细致地品读。刘五店古渡口在明清时期，就成为一个远近闻名的商贸小镇，是古同安与南洋各地人员货物商贸的连接口岸。然而，刘五店也曾经历过几次劫难。

如今的刘五店，除了狭长的古街上的老厝宅之外，很少见到成片的老宅院，很多村民被迫迁移他乡。村庄得以修复，那是中华人民共和国成立后的事。驻地解放军为了方便村民的出行和部队战时的需要，带领村民修建了一条通向渡口的石砌通道。长者指着海水退去后裸露的斑驳条石告诉我，这里曾有近十米深的海水，全靠部队官兵和村民们手抬肩扛建设了道路。紧靠古街一侧是三口池塘，长者说三口池塘原先是相通的，直达海边，或许也是作为渔船的避风地。

走出刘五店，沿着新修建的滨海东大道进入桂园自然村，顿时感到刘五店并不是原来想象中的小渔村，辖区非常宽广，桂园靠外海有一片草色青青的广阔空地，几头黄牛正在埋头自由自在地吃草，令我顿时好像进入了一片广阔的草原。驾车继续向前，海边一片马达声响，机器轰鸣，原来是热火朝天的工地，这里就是厦门第二东通道的施工现场。放眼远眺，穿过碧绿的海峡，可以清晰地看到厦门岛五缘湾区内高楼林立，岸边桅杆高耸。五通对台客运码头那边海域汽笛长鸣、舟楫往复，一片繁荣景象尽收眼底。此时此刻，刘五店这个海边渔村正踏海逐浪、扬帆前行。可以预见，在不久的将来，这里将以一种全新的繁华替代渔村小渡口曾经的芳华。

嵩屿渡，海潮没能淹没你的名字

有些地方是可以"望名生义"的，只要读其地名便知，比如看到那些带"岛"含"屿"的地名，自然就会联想此地与岛屿有着一定的关系。即使历经沧海桑田、时过境迁，但也总能追本溯源，一探究竟，牵出千丝万缕的渊源。海沧嵩屿古渡口就是这样一个地方。

嵩屿原名濠门，如今在海沧区很难再见其"屿"的踪迹，然而当地以"嵩屿"命名的事物还真不少，比如嵩屿码头、嵩屿街道、嵩屿电厂、嵩屿路，等等。为何一个早已没形没状的小岛屿被如此宠爱，也许与曾经美丽的史海逸闻不无关系。《厦门志》卷二中载："嵩屿在海澄界……宋幼主浮舟经过，适界圣诞，群臣构行殿呼嵩，故名。"故事发生在南宋末年，元军攻破南宋都城临安，陆秀夫、张世杰等臣子护幼帝赵昺南奔，一路被围追堵截，真可谓狼狈不堪。君臣一行由五通登陆厦门，再辗转东渡涉海至嵩屿。那天恰逢小皇帝的生日，群臣仍不忘礼数嵩呼万岁，祝愿皇帝寿比山高。小皇帝很是开心，便把"山高"两个字赐给这座小岛，从此便有了"嵩屿"名号。

如今的嵩屿，只留其名不见其屿，其地理位置大致在海沧半岛突出部分尖角处，隶属嵩屿街道贞庵行政村。究竟是何时嵩屿与陆地连在一起的呢？在寻访贞庵村的耆老后得知，20世纪初兴建的漳厦铁路延伸到嵩屿时，铁道经过岬角，延伸到海岸，当时把嵩屿与陆地之间的沟壑填平，成为漳厦铁路的终点。

当下，在海沧大道与建港路交汇处，这片不大的地块成为海沧区车水马龙、熙熙攘攘的闹市，不仅建有嵩屿客运码头、嵩鼓码头、嵩屿公交交通枢纽场站、蓝色海湾广场、嵩屿避风坞、博坦油库等，还有众多酒店餐馆，不远处的海沧大道连绵的港湾内高楼林立，景色旖旎，尽显现代海滨城市朝气蓬勃的气息。

嵩屿从南宋成为渡口开始，历经近千年的风雨洗涤，其间很多事物都在悄然发生着变化，甚至湮没于浩瀚的岁月深处，然而嵩屿渡口则像一个信仰坚定的钢铁战士，始终坚贞不渝地履职尽责，灼灼其华。陆路不够发达的年代，那些水系海域资源丰富的码头渡口必然成为宠儿。

几十前的厦门岛，还没有翔安隧道、集美大桥、海沧大桥、厦门大桥、集美海堤等，厦门岛与大陆的连通都得依托沿海一线的码头渡口。地处厦漳泉三地交汇地带的嵩屿渡口，有着丰富的海港资源，其区域优势显而易见，也理所当然成为客运货物运输的翘楚。就这样，嵩屿渡口成了厦门岛及鼓浪屿连接大陆最便捷的海路通道，也是连接厦漳两地的一个重要节点。正因如此，嵩屿渡口也有过不凡经历，这些通过网络便可一览无余。

明洪武年间，嵩屿渡口设濠门驿站、濠门巡检司。在明朝中后期，借助海澄月港的兴起，嵩屿渡口成为商贸重镇，仅仅一个贞庵村，就有一百多艘客船、货船，因此也成为海上丝绸之路的重要起点之一。

清朝年间，特别是第二次鸦片战争后，南京、宁波等地成为通商口岸，厦门也被迫开埠，嵩屿渡口随之兴起。

特别值得一提的是，福建省历史上第一条铁路——漳厦铁路，就是以嵩屿为起点建设的，于1910年开通运行，虽几经沧桑最后消失于日军入侵厦门之际，但漳厦铁路毕竟代表了一个时代的新生事物。

孙中山先生也曾在《建国方略》中，拟将嵩屿建成"二等港"（全国仅七个）。此后，民国政府也开始建设嵩屿华侨新商埠，英商亚细亚火油公司、美商美孚火油公司择址嵩屿，就是倚重这里港口码头之便利。

中华人民共和国成立后，特别是改革开放以来，这片土地驶入跨越发展的快车道，成为祖国一条耀眼的经济带。

嵩屿渡口前方那片海域，海潮起伏，涨落有序；海面往来穿梭的渡轮，伴随汽笛声声，穿梭循环；视野跨越前方的大屿岛，不远处的鼓浪屿和厦门岛在海潮雾气氤氲下，时而模糊，时而清晰，鹭江沿岸一线鳞次栉比的高楼大厦若隐若现，呈现出一派迷人景致。这也让我回忆起数年前与嵩屿古渡口的邂逅。

那年《台湾台峡》电视摄制组在厦门地区拍摄，在嵩屿渡口也有多场拍摄，驻厦部队出动众多官兵配合录制。我作为其中一员，带领战士们，听从制片人员的调遣，穿插在渡口各个场景中。电视开播后，战士们都竭力想从中找到自己的影子，但最后都以失望告终。成批的群众演员在电视里的镜头只是大场景下的陪衬，一晃而过，犹如大海中激起的一汪水花，瞬间不见其形，难见其踪。其实这片海域曾经上演过的历史何尝又不是如此，大家只能简明扼要列出那些重大的史实条文，更多的历史花絮则悄无声息沉入这片无边无际的海里。

我曾在厦门烈士陵园雕像群里、在海沧烈士陵园中、在龙海月港玉枕岛渡口旁的烈士纪念碑上、在鼓浪屿英雄山下，瞻仰了一个个为解放厦门英勇牺牲的英烈。翻开尘封的历史档案，得知解放鼓浪屿的战斗尤为惨烈。在那场悲壮的战斗中，不知有多少解放军指战员牺牲在黎明之前，他们的英灵永远留在嵩屿渡口前方的这片海域。

此刻，我要铭记那些可歌可泣的支前船工，比如龙海石码的张锦娘，主动请缨，把家里的船只无偿贡献给部队，一家五人全部上阵，在解放鼓浪屿战斗中作为第一梯队担任运送任务，结果全家都壮烈牺牲在鼓浪屿前方的海域。据说张锦娘还是支前船工中唯一的女性，如今在厦门烈士陵园那组英雄群雕中，支前船工的原型就是这位英雄母亲。

去年清明节前夕，我曾到玉枕岛渡口旁的革命烈士陵园，这里面安葬着 11 位烈士，全都是解放鼓浪屿战斗中牺牲的石码籍支前船工——全部在同一天牺牲，他们的生命之花永恒定格在那一天：1949 年 10 月 25 日。那天，我被一个叫欧吉宝烈士的亲属瞻仰细节感动了。在欧吉宝烈士墓碑前，除了一束束鲜花和一炷炷香火之外，还摆放了一包香烟和一根根燃烧了半截的烟头。七十年了，除了烈士的亲人，又有谁会知道烈士这些习惯呢？

奔流不息的时代浪潮时常会淹没那些不起眼的小浪花，但从来不会忽略闪烁光芒的时代宠儿，嵩屿古渡口就是如此，如耀眼的星辰，在众多日渐消亡的码头渡口中逆流而上，风华无限。如今，嵩屿的屿虽然早已消失于无形，淹没于无声，但嵩屿的渡口却历久弥新，焕发出灼人的光彩，嵩屿的名字，更是深深地刻在了历史长河的回音壁上。

（2019 年 8 月，作者在云南玉龙雪山留影）

董水渡，一位船工妻子的守望

在翔安区新店镇董水里，我偶然得知当年摆渡船工董伦庚的妻子彭滚的名字，探知到一段被尘封的往事。

战争爆发后，身处后方的女人虽没有直面战场，却承受了比战场更大的重任和苦楚。这个身形佝偻、满脸皱纹的老阿嬷，如果没有深入了解，谁能知道她身上那些不为人知的人生花絮。

在翔安区新店镇吕塘村董水里一栋建筑样式传统的古厝宅里，有一位衣着普通、皱纹深深的老阿嬷，已经九十岁了，平时总喜欢坐在门口，头总是习惯性朝九溪方向不停张望，深陷的眼眶里，有一双让人捉摸不透的深邃眼眸，眼中是一种期待还是一种失落，也许只有老人家知道。几十年过去了，门口前方的董水渡口早已废弃，淡出了人们的视线，可谓沧海桑田。

老阿嬷叫彭滚，家住吕塘村董水里 119 号。如果不说，又有谁知道这个外表平平的女子，一生之中却担起了无比沉重的家庭重担。一场战争可以改变一个人命运，也影响了一个个家庭。彭滚的丈夫叫董伦庚，原是董水渡口上一名普通的船工，靠着摆渡运输或打鱼过活。

哪有什么岁月静好，只是有人在为你负重前行。的确如此，彭滚和她的丈夫董伦庚看起来没有什么轰轰烈烈之壮举，但他们为国家的付出不可磨灭。

如今，人们说起码头渡口，都会列举诸如莲河、澳头、刘五店、下覃尾等古渡口，却鲜少有人知道九溪下游的董水渡口。说到吕塘，大家都不吝"三古一溪"的溢美之词，唯独没人提及董水渡口。然而就在这里，这位叫彭滚的老人，几十年如一日，一直在此守望，总幻想有一天，自己的丈夫董伦庚能够从那古渡口走来，跨过通济桥回家。

彭滚老人一直在董水渡口边等候，从 1949 年开始，这一等就是几十年。

彭滚老人的耳朵聋了，牙齿掉了，头发苍白了，精神也恍惚了，但老人心中的希望依然还在。从老人布满着一道道深深皱纹的脸上，我似乎看到了岁月留下的沧桑与遗憾。

彭滚的丈夫董伦庚，就是当年三百五十名船工之一，当年也是在祖国需要之时，被临时征召入伍，担任第一批次主攻部队的船工。目前，彭滚老人年事已高且已失聪，我无法与其交流，只能从其女儿董缎那里打探些许情况。

董缎告诉我，那年她出生才几个月，据她母亲说，大约在 1949 年八九月份，作为船工的父亲董伦庚被解放军部队征召入伍，之后又在大嶝军营里封闭进行集中训练。母亲背着年幼的她到大嶝找过父亲几次，当时父亲还在做母亲的思想工作，说要以祖国解放事业为主。这一年，母亲刚满二十岁。由于那场战役过于惨烈，母亲以为父亲再也回不来了。直到 1952 年，父亲从近在咫尺的金门捎信回来，母亲才知道父亲还活着。从此，母亲无时不在期盼父亲的归来。

董缎说起这些，眼里流露出落寞的神情。董伦庚这一走，彭滚面对年迈的公公婆婆，嗷嗷待哺的女儿，怎么办？只有靠自己柔弱的肩膀来支撑这个没有男劳力的家，其间的艰难是可想而知的。

岁月的流逝，对于一个健全的家庭来说，是自然而然的，可对彭滚来说，她一个女人要支撑这个家，成为这个家庭的顶梁柱，又是何等艰辛。彭滚没日没夜地劳作，她既要抚养女儿成人，又要赡养董伦庚的双亲。一年又一年，日子就在这样的守望中流走了。这位来自彭厝的普通女子一直没有放弃，一直在等待丈夫的归来。董缎说，中华人民共和国成立后家里也得到政府的照顾，那年乡、村两级特批，自己免费上了吕塘小学。董缎说自己是董水村里仅有的两个上学女孩中的一个。

在农村，一个家庭如若没有一个男性劳动力，是抬不起头的。加上丈夫在台湾还活着，什么样的流言都有。当董缎到了谈婚论嫁的年龄，村里的年轻人都嫌弃她家境不好。坚强的彭滚又回到自己的娘家彭厝村，物色了忠厚老实的小伙子彭金城，并结为夫妻。

彭滚终于等到丈夫的归来。董伦庚回到了吕塘董水里，见到了自己的亲人。彭滚也是泪流满面，喜极而泣。这一别四十年，双方都已进入花甲之年。

在2000年后，董伦庚又分别两次回厦门探亲。此后，彭滚明显感觉回到台湾的董伦庚来信渐渐少了，通信地址也在不断变换。董缎道出了实情：父亲在台湾的老婆不让董伦庚与彭滚有更多的联系。父亲在大陆时没有读书，不识字，虽然在台湾进行了文化补习，但每次写信还都是让其儿女代写，因此每次来信也是不同的笔迹。父亲每次写信都流露出思乡念家想亲人的浓浓情意，但也表现出无助。彭滚知道其中的原委，并没有过多指责，依然默默地扛着家庭的重担。

董缎说，现在居住的厝宅院落，就是母亲带领全家花费近十年时间建起来的。她说当年建这房子最贵的材料要数屋顶那些粗大的木材，光中间那根最大的梁木就要一百多元。当年在公社大队挣工分，一人一天只能挣到五毛钱。说起这些，董缎对自己的母亲由衷的钦佩，这个家如果没有母亲坚强支撑着，不知将是何种景象。

董缎说起父母的经历，也交织着非常复杂的情绪。我内心最敬佩的就是彭滚这位老阿嬷，她20岁就失去丈夫，一生经历挫折，承受苦难，肩扛责任。她一直在董水渡口守望，然而等待却并不是希望，似乎是一种更痛苦的纠结，其中的甘苦，心里的起落，也许只有她自己最清楚。

有时候我在想，一个人也好，一个家庭也罢，都是时代大背景下的小个体，虽然很渺小，但各自也有动人，甚至悲伤的传奇经历。彭滚便是如此，从1949年开始，七十年的坚守，七十年的等候，七十年的执着，领着一家人，养大女儿，赡养公公婆婆，几十年如一日，一路走来，普通又特殊，平凡又伟大。

若干年后，琼头避风坞是否能再见

　　琼头，翔安境内一个隐于世的普普通通海边渔村，名字也没有轰轰烈烈的来头。在闽南，头就有渡口、渡头的意思，翔安境内很多靠海的村子都带有"头"字，如琼头、澳头、山头、井头，大抵如此。琼头有故事吗？我想，一个地方就像一个人，再低调的人也如同一本书，都有喜怒哀乐的趣味故事，值得咀嚼回味。

　　琼头原先隶属马巷镇西南部一个行政村，在新一轮区划调整中改村为社区，隶属凤翔街道。在我的眼里，琼头就是一个素颜朝天、原汁原味的海边渔村。走进琼头，最直接的感受依然是那种扑面而来的徐徐海风，夹杂着浓郁的咸腥味道，还有那条通向海边、拥挤不堪、叫卖不断的街道巷弄，路旁屋檐下阿婆们在海蛎堆中忙碌分拣的身影，那些错落分布、杂乱无章的民居楼房，夹杂着濒临倒塌的老厝宅。最具海港特色的就要数滩涂上那些大小不一的渔船了。位于琼头宫山的各类海鲜餐馆，绝对是厦门岛内外食客的热门打卡地。

　　已有六百多年历史的琼头村，据说林氏祖先从岛内五通的店里迁徙而来，世代繁衍生息。村庄三面环海，属于翔安半岛上的突出部分，整个村庄以林氏为主，是翔安境内人口规模较大的村落之一。琼头社区耕地资源稀缺，加之近些年人口激增，楼房扩建，可供村民种植的耕地少之又少。据说琼头耕地仅一百余亩，山地一百五十亩，却拥有五万多亩海域和 2.5 万多亩滩涂。

　　在翔安流传着这样一句话："南澳头，北琼头，吃到龙王都发愁。"说的是这些海边村庄以海为生，靠海吃海的讨海生活。琼头是一个拥有近七千人的渔村，如何解决村民生计，始终是最大的问题。琼头村除少部分人远渡南洋或到厦门岛内寻求生计之外，大部分村民只能在这里"以海图生计"。自古至今，琼头村民均以海为生，也是"米缸埋在海中央"的真实写照。从村庄的渔船避风坞来看，琼头是厦门境内现存船只最多的渔村。

一个村庄若具有浓厚的人文历史，就像人的灵魂蕴含深刻有趣的思想。厚重的文脉历史丰盈着一个村庄的灵魂。琼头的历史的确很平淡，甚至是干瘪的，似乎没有出现令人膜拜的文官武将。其实大千世界的绝大部分地方都如同一个人，平凡与平淡永远是主色调。

我并不在意一个村庄有什么厚重的历史，但现在的人们总希望在生活的故土、远去的祖先那里探寻出一些名人的光环来外化其形。

据说，在陆路交通不够发达的早年，琼头还有一条海上通道，直接连通到厦门岛内的轮渡码头渡口，但究竟几时兴又几时衰，通过的线路又是在哪里，现在的琼头人也都不得而知。

近些年，最能令琼头村渔民心跳加速的当数同安湾大桥、滨海东大道及中澳游艇码头的逐步开发建设，这些项目均涉及琼头社区众多居民的切身利益，尤其是村民房屋的征地拆迁安置和避风坞的去留，还有渔民退养后的转产就业问题。无论如何，琼头已在厦门新一轮跨越发展中显现魅力。琼头由一个偏僻的小渔村逐渐蜕变成一只充满生机与活力的小凤凰，左有高端大气的中澳游艇码头，右有厦门绿肺之称的下潭尾湿地公园，一条正在建设中的滨海旅游浪漫线也环绕村庄而过，一些省、市重点项目也在这片土地上点面开花。琼头的明天可期，琼头的未来可期！

隐匿尘世的大嶝渡口

大嶝岛周围是延绵曲折的海岸线，其间分布着数座大小不一的码头渡口，大嶝码头作为大嶝港区吨位规模较大的一座渡口，曾是海岛连接大陆（莲河码头）的主要水上交通运输通道，还是中转小嶝和角屿的重要交通接驳点。然而这些年，大嶝码头越来越淡出大家的视线，就像完成使命已经下岗的哨兵，悄然隐匿于时代前进的浪潮中。

以脚丈量路程，用经历撰写的文章是有温度的，也更意味深长。在2004年5月，我第一次直面感受大嶝渡口。当时我在"鼓浪屿好八连"服役，有幸被警备区宣传科抽调赴"英雄三岛"的角屿岛上编写角屿小故事，曾在小岛上体验生活。

角屿岛作为"英雄三岛"面积最小的岛屿，也是祖国东南沿海距离金门最近的地方，面积仅有0.19平方公里，却犹如散落在海峡西岸的一颗明珠。那里记载着一段段炮火纷飞、激情澎湃的峥嵘岁月。

记得那年在大嶝码头渡口，我们是乘坐一艘名为"拥军号"的渡轮上岛的。那些年，我对大嶝码头渡口的认识是肤浅的，有种初次相遇的陌生，只知其形，未知其性。

有缘分的邂逅总是为后面的故事埋下浓墨重彩的伏笔。2012年，我转业选择了翔安，对于大嶝岛码头有了更多更全面的认知。因工作关系，又曾在大嶝码头乘渡轮前往小嶝岛检查工作。

潮平海阔，春暖花开。我独自驱车前往大嶝岛，再次探寻这座昔日汽笛声声的大嶝渡口。一路上，脑海里蹦出大嶝岛更替的历史轨迹。在唐、宋、元、明时期，大嶝与金门同属于同安县（府）。1914年，民国政府划大嶝、小嶝、金门设置金门县，大嶝属金门县第七区。

中华人民共和国成立初期，大嶝仍属金门县，1957年大嶝由南安县代管。1971年大嶝公社划归同安县，隶属晋江地区。1971年3月，大嶝公社随同安县划归厦门市。1984 年 06 月至 1984 年 10 月,大嶝公社更名为大嶝乡。1991 年 10 月 29 日起,撤乡建镇。2003 年 4 月 26 日起,大嶝镇划归厦门市翔安新区。2005 年,大嶝镇最终撤镇,设立大嶝街道,属翔安区政府的派驻机构。想起过往的变革,目睹今日大嶝岛之变迁,其实一个地方的发展与蜕变也像一个人的一生,总会经历起起落落、沧桑变迁的坎坷。

车驶上大嶝大桥,便可见大嶝岛屿的厝宅炊烟,高架矗立,传来各个工地机器轰鸣的声响,尽显一派热火朝天、高歌猛进的建设场面。在大嶝大桥右侧,有一条跨海机场大道的高架桥也已成型,连接着翔安国际机场与大陆。左侧不远处一条形如长蛇的机场快速通道也已飞跨南北,将并入漳泉高速公路的路网,让未来的翔安国际机场能够辐射到更广阔的地域。眼前的场景怎能不让人感慨万千?这个昔日偏远闭塞的海岛,曾是厦门经济特区最偏僻、最贫穷、最落后的地方,如今犹如凤凰涅槃,脱胎换骨,焕发出无穷魅力。

接近大嶝码头处有一座镇安宫庙,行至大嶝客运码头的拱门下,左侧建筑就是大嶝旅游的售票窗口,上方还张贴着渡口前往莲河和小嶝岛的票价,可惜窗口已经关闭。拱门右侧的大嶝边防派出所也是人去楼空,台胞办证中心的大门已紧闭,留下的是满地的灰尘,生锈的铁链门。渡口长长地向外延伸着一条牢固的水泥护堤,足足有六七百米长,结实的基柱深埋在海底,两旁均有间隔不等的护栏。左侧不远处是水兵码头,专供部队人员装备的运输,两座码头之间形成一个天然内湾避风坞。此刻是休渔期,数十艘大小不一的舢板船停泊于此,右侧海域还有许多海蛎石柱,以及防止渔民身陷淤泥的防护设施。

码头尽头是一座斜坡渡口,其右侧则是游客进出的中型浮船,外侧停泊了六七艘客运游艇,现在也闲置着。看着前方海域的潮起潮落,对面莲河渔村也仅是一湾海水相隔,两边鸡犬之声相闻。

7 月 8 日,在参观"英雄三岛"老照片展览时,巧遇原大嶝乡武装部部长蔡琼仕。他从当兵到转业再到退休,整整三十七年都是在大嶝岛度过的,可以说是"英雄三岛"沧桑变迁的见证者。蔡老说起大嶝渡口往事，犹如叙述家长里短般娓娓道来。

大嶝岛在中华人民共和国成立初期人口不过万，小嶝岛人口不过千，角屿岛只有驻军，海岛的姑娘总是往外嫁，大陆的姑娘不愿嫁到这里，导致海岛的小伙子也是"身在曹营心在汉"，都不愿留在海岛。

1992年大嶝海堤工程绝对是大嶝岛沧桑蜕变过程中的分水岭。在此之前，整个岛屿百姓的出行主要依靠大嶝码头渡口与大陆（莲河码头）的对渡，另外还有五六座渡口连通大陆。从蔡老讲述中不难发现，大嶝百姓出行方式的变化，从中折射出大嶝的发展，厦门经济特区的巨变。

站在大嶝码头，看着这座日益萧条的渡口，感受时代的潮流都是一波接一波在助力中前进。现在的渡口就是20世纪90年代中期拓展修筑的。此前的大嶝码头，1957年在东蔡海边，是以突堤条石结构建筑的石质渡口，是大嶝岛百姓最主要的客货渡口。岛上居民还在田墘、阳塘、嶝崎也修筑了货物码头渡口，主要功能是运输海盐，建材等。

1992年，随着大嶝海堤的贯通，分别位于海堤两端的嶝崎和蔡盾渡口随之消失。2005年，大嶝海堤的旁边又修建了大嶝大桥，大嶝岛屿的格局彻底发生了裂变，海岛连通大陆终成半岛。

海岛与大陆从此"天堑变通途"，大嶝渡口也渐渐变得寂寥。2017年，在通往小嶝岛的海面上架起了一座大桥，大嶝码头渡口更像一位完成光荣使命后下岗的哨兵，从此处于一种闲置状态。

在大嶝客运码头左侧有一间石砌的矮房，我看到有一位渔民模样的老人正在制作小型轮船模型。出于好奇，我上前打探大嶝码头的故事。没想到这位身着军营绿衬衣、名为陈龙川的老人很健谈很热心。他出生在大嶝岛的造船世家，从小与海与码头与船结缘，年轻时以造大帆船、修货船出名，广东、福建沿海地区都曾留下他修船、造船的足迹。陈龙川讲述了大嶝渡口20世纪90年代以前的具体位置，他还指着离码头不远的一栋三层的老房子，告诉我那是原同安县大嶝航运公司。

　　为了解更多码头渡口的相关历史资料，我特意走访了大嶝田墘郑水忠老师。郑老在大嶝开设了第一家照相馆，可谓大嶝历史变迁的影像记录者。郑老告诉笔者，在20世纪七八十年代，他充当驻军部队的编外摄影师，几乎走遍了"英雄三岛"所有的连队，保障部队重大活动，为官兵照相，留下很多珍贵的驻军部队的影像资料，为后人研究大嶝部队提供了重要的线索和依据。

　　离开大嶝渡口的路上，我一直在想，时代前进的潮流，就像滚滚东流的江水，不会因任何人的喜怒哀乐而停滞不前。时光的流逝，世事的更迭，"长江后浪推前浪，前浪总被无情击"。是啊！一些事物被时代抛弃时，也不会让你有流泪的间隙。

（2006年11月，作者在扬州瘦西湖留影）

塘厝港里那远去的船桅

在美丽蜿蜒如弓的同安湾内，有一片湾中之湾的海边虾池鱼塘，在地图上标示的是形如方格的田地，这就是塘厝港海湾，沿着涨潮蔓延的滩头就是塘厝渡。这个海边渔村夹杂在亭洋与赵厝之间，村里数十栋民居沿着岸滩错落有致地分布着。塘厝港曾经是一处远近闻名、商贸繁华的码头渡口，号称老同安县方圆数十里的"小香港"。

现今究竟是怎样的景象呢？我带着这份好奇走进了塘厝村，然而真实的现状对于我而言却是一种无名的失落，映入眼帘的全然没有丝毫繁忙海港渡口的痕迹。

塘厝隶属亭洋社区，系亭洋辖区七个自然村之一。初来乍看，这里似乎没有任何独特之处。但走进那一栋栋濒临倒塌的货栈商号，立即又闻到了浓浓的市井气息。虽说塘厝港没有刘五店码头、莲河渡口那样声名远扬，但它也有着自己独特的个性，在过去数百年里，是周边老百姓赖以生存的港湾。

塘厝港的进出航道究竟是祖先人工挖掘而成，还是浑然天成，也不得而知。传说塘厝港的渡船可以直达马巷中心小学西部坝仔下的渡口——20世纪50年代在附近挖掘出土木船板，发现了地基与瓦砾。我在村里询问历经岁月沧桑的老人，从中探知了些许港口变迁更替的脉络。

1958年以前的数百年里，塘厝港充满了繁华喧嚣，从塘厝渡口出发，过山亭、下潭尾，过琼头进入集美海域，就延伸到外面的世界，成为同安县一个不可小视的商贸港口。出入的船只以木帆船，尤以梭船为主。其特点是头尖削，尾较窄，船体长，灵便、速度快，可以负担客运过渡及少量货物运输，塘厝港的客货船与厦门及沿海各港均可互通。

那时，塘厝港设有专门的客运帆船站，成为同安连接厦门岛的一条重要客运线路，人们乘坐客运帆船可以直达厦门轮渡（电厂）。更多的时候，这里是货物转运、人来车往的集市，许多商场、货栈应运而生，诸如有"福成栈""茂发栈""茂成栈""振隆栈""金春栈""安记号"等。这些商号主要经营杉木、毛竹及竹器制品、大米、油、饲料、麦皮、豆饼、砖、瓦、海蛎壳灰等。有的货物原料来自漳州、龙海等地，还有一些当地的特产通过与月港的对渡，源源不断进入塘厝港，甚至还有来自福州的"福杉"也在此集散。这样一来，塘厝港也建立了各种货物的加工、销售和转运站点，据说在抗日战争前，塘厝渡口是厦门贸易最为兴盛的港口之一。

码头渡口，加工站点，货物转运，海域舟楫往来，可以想象出这里车水马龙、熙熙攘攘的场景。不远处的亭洋社区遗留的成片红砖厝宅民居群就彰显了曾经的繁华和富庶。

1958年，实行公社化后，塘厝港的客货运功能也不断前移至下潭尾码头渡口，只留下少量建筑材料在这里进出，后来又种上成片的红树林，直至沧海变桑田，塘厝港作为货运码头渡口的功能彻底退出了历史舞台。

大约在20世纪七八十年代，随着赵厝海堤的修建，这片港湾又筑堤为池，分割堆砌成了大小不一的虾池和鱼塘。现如今，为了保护海洋生态，这里也进入新一轮海域养殖退养大潮。塘厝港像一名执行任务的士兵，完成了肩负的使命，码头渡口难再有往日的喧嚣，留下的只是荒芜的原野、海水的咸腥，还有不远处机器轰鸣的声音。

当下的人，也许谁都不会在意塘厝港曾经的过往，那段辉煌与苦难的岁月镶嵌在历史的回音壁上，给人以黄连般的苦涩，却又如清泉一样的甘甜。

如今，在塘厝港通往赵厝村的狭长海堤上，有一段似路似堤的通道，中央搭盖着一间简易的房子，正对着前方一片偌大的海域，看似是这片海域的守望者，又像是多余的，如今这片海域已无需要守护的东西了。房子的主人叫陈珍传，一位年近七旬、地地道道的塘厝港人。他满头的银发，皱褶深深的额头，似乎正像眼前的塘厝港湾，穿过时空的隧道，进入了叠叠层层交织的历史尘埃中。

　　我从陈老铿锵有力的话语中读出了愁绪和寂寥。的确如此，出生在不同年代就有不同的人生际遇。

　　"万事尽随风雨去，休休。戏马台南金络头。"如今，陈老喜欢望着前方的港湾，述说塘厝码头渡口的风闻逸事，他也许只有此刻方是安心的，与眼前的海潮同频合拍，并伴随着太阳东升西落，让塘厝渡口那些往事慢慢地流向岁月的深处。

（2013 年 10 月，作者在福建泰宁留影）

曾厝垵，有座被人遗忘的古渡口

曾厝垵，厦门岛内为数不多的千年古村落，在过去的千年里，如同舞台上的话剧，在不同的阶段，演绎着不同的角色，尽情地展露自己的芳华。

迎着海风，和着海浪，带着几分好奇和疑惑，我来到这个被时光润泽千年的小渔村，来探寻海湾里那几近绝迹的古渡口。曾厝垵位于厦门本岛最南端，依山傍海，绰约挺立，西临厦门大学，东接黄厝风景旅游区，北与万石山、上李水库接壤，南面临海，一条环岛路横贯东西，文曾路向北连接岛内城市中心区域。如今的曾厝垵，经过千年风雨的沉淀，也如一本故事情节跌宕起伏的小说，让人读来有趣，品来有味。让我们从这方水土的曾氏先祖说起吧。

据地方志记载，村落原建于元代，系曾家始祖光绰公因兵乱率亲族由江苏常熟县到此避难而定居。曾光绰看到曾厝垵北面绵延的丘陵，足以抵挡凛冽的寒风，南面隔海与南太武相望，海阔天空，眼前是金黄色的沙滩和海湾，的确是农耕渔猎的好地方，便决定在此开荒拓土，创建家园。

曾光绰在这"幕天席地帽石"的曾厝垵，面对浩瀚的大海，以"钓鱼自乐"，为曾氏后人找到了一方安全富足、休养生息的乐土，又保存了汉族的传统习俗。此后，曾姓后人与当地民风民俗不断融合，形成了曾氏新的文化习俗，又成了部分海内外曾氏族人的祖地，每年都会有海内外曾氏后人来这里寻根祭祖。《曾氏族谱》记载，"其地原名高浦村，世虽变乱，曾氏至此亦得安，故名曾处安，别号禾浦"。由此可见，曾厝垵是由曾处安演化而来的，演变成富有闽南特色的地名。

曾厝垵是否曾有古渡口呢？在2010年版的《厦门市志》中找不到丝毫有关曾厝垵渡口码头的痕迹。我伫立于歌仔戏露天看台旁的海滩上，见到海湾内留下很多斑驳的石条台阶，临街餐厅不远处还有一条长长的堤岸，湾内还泊着几条简易的木船。这让我坚信，曾经的古渡口肯定就是在这一弧形海湾中。

据地方志记载，曾厝垵"沙地宽平，湾澳稍稳，可避北风"，有着天然良港的自然优势，自古就是出洋要地，与航海贸易有着很深的渊源。明朝初始，这里成了漳州海澄月港商船的停泊地。海澄开往海外的船舶需至厦门查验，并停靠于曾厝垵避风候讯。方言"沃"是指船舶的海湾，"湾"指船只出入的港口，曾厝垵当时又称"曾家沃""曾厝湾"，盖源于此。

在村里曾氏祠堂里，我特地询问了一位七十多岁的曾氏后人，他所说也符合之前的推测。曾老说中华人民共和国成立前，前方海域附近的确有渡口，与漳州的月港对渡互通，只不过后来把曾厝垵与月港的对渡迁移到水深宽阔的同益码头。老人说同益码头不仅实现了人员与货物的运输，连汽车和摩托车等重型装备也可运上船，与漳州龙海方向实行对渡。再后来，随着时间的推移，水陆交通工具日益发达，曾厝垵古渡口也像其它渡口码头一样，被逐渐废弃，尘封在浩瀚历史的长卷里。

我曾在驻地兵营里站岗放哨执勤数十年，知道曾厝垵前沿岸滩炮台密布，一度成为兵家争夺的战略要冲。清朝乾隆年间的鹭江名士薛起凤主撰的《鹭江志》中对曾厝垵有两处记载，在"港澳"部分："曾厝垵，在厦门尽南，西扼海门，南对太武，东制二担、浯屿之冲，沙地宽平，湾澳稍稳，可驻大军。"另有部分记载："曾厝垵汛，城南十里许，内固厦门，外控担屿浯屿之冲，提标前营兵防守。"这是厦门史上有关曾厝垵最早、最权威的记载，可见曾厝垵对于厦门的海防有何等的重要意义。

后来，朱元璋为了防范倭寇，在东南沿海设置巡检司和卫所，永宁卫的中、左二所设于厦门岛，厦门遂成为海防要塞，而曾厝垵则是要塞的咽喉，因此海防管理机构均设于此。明嘉靖三十年，在嘉禾屿的南路参将戍守汛地曾厝垵，设靖海馆，下辖安边馆，经常派出巡逻队，盘验商船，缉捕走私。嘉靖四十二年改靖海馆为海防馆，设海防同知一员，管理海上事务，兼收引税和饷税。万历二十一年，改海防馆为督饷馆，管理商船出入海外，发放船引，盘验征税，是厦门港最早设立的港口管理机构。1623 年，荷兰殖民者偷袭鼓浪屿、曾厝垵，厦门军民在当时的总兵王梦熊带领下击溃侵略者。由此可见，曾厝垵的军事地位早在明朝就已经确立了。

据《鹭江志》记载，清康熙二十二年，靖海将军施琅率军进兵郑氏，开始在厦门设立水师。水师衙门位于曾厝垵一带，其为第一任水师提督，统协福建全省水师，节制金门、海坛、南澳三镇，兼管台湾、澎湖。鸦片战争爆发后，英国联合舰队进犯厦门，对包括曾厝垵海域的白石炮台及其沿海炮台、鼓浪屿猛攻，厦门守军在敌强我弱、装备原始的情况下奋起抗击，总兵江继芸、副将凌志、都督王世俊及兵勇千名全部壮烈牺牲。

进入20世纪，曾厝垵也上演了一幕幕血雨腥风的兵家纷争。我在翻阅思明区文史资料中得知：1938年5月，日军入侵厦门，探知曾厝垵前沿有三座炮台，互为犄角，便有意避开胡里山炮台，选择从五通登陆后，后以海陆空三路对胡里山炮台进行夹击，但驻守炮台的国民党守军没有后退，坚守到5月12日中午炮台失陷，白石炮台、磐石炮台相继失陷，厦门岛于5月13日沦陷。由于日军进入曾厝垵之前遇到了中国守军的顽强抵抗，因此日军一进村就开始了疯狂报复，进行了令人发指的屠村。日本士兵坐在三轮摩托车上，从村口的大道一路用机枪扫射，曾厝垵的村民纷纷逃往后山藏匿于山洞中，但有十余村民未能幸免，惨遭日军杀戮。

一段时期，国民党还在曾厝垵建立海军机场及国民党政府海军航空处，最多时拥有三个中队、十七架飞机。在解放战争时期，国民党第八兵团总部驻扎在这里，汤恩伯把公馆设在曾厝垵的胡里山社。一时间里，曾厝垵成为国民党军队在福建负隅顽抗的指挥中心。在解放厦门的战斗中，国民党军队也正是在黄厝、曾厝垵一线被歼灭，少量残部从此溃退至台湾。

中华人民共和国成立后的曾厝垵，仍然属于福建前线的第一线。福建守备四师十三团在曾厝垵山脚下修营驻扎，后与十二团合并，成为厦门警备区海防五十二团的前身，留下了一代代军人海防前哨的戍边故事。

曾厝垵有着得天独厚的地理位置，以曾国聪为代表的曾氏先辈出海岛、下南洋，开启了创业图强的新时代。曾厝垵也因此成为一个典型的侨乡，曾国聪三兄弟在印尼从事海参、大米、布料等生意，成为行业的龙头，创造了商业帝国。如今在厦门，没有人知道曾国聪，但肯定听说过厦门百年老牌影院——思明电影院，它的前身思明戏院就是曾国聪回国投资兴建的，是厦门首家设备完善的影剧院，其后代曾华檀、曾琦在厦门经营思明戏院数十载，从播放无声电影到有声电影，与上海并列走在中国电影业的前沿，其家族也成为中国电影业的开创者之一。

　　曾国聪对厦门早期的城市建设影响深远。据说 20 世纪 20 年代，曾国聪拥有了中国南部最大的钱庄，是厦门"四大家族"之首，在厦门投资，开设工厂，修建码头、修筑公路、兴办商场，几乎拥有新华路一整条街的物业。他邀请著名留美工程师周醒南设计规划了厦门的市政建设，奠定了近代厦门的城市格局。曾国聪后来成为印尼华侨商会会长，成了东南亚华侨领袖之一，这是曾厝垵的荣耀，也是曾氏家族创新图强的榜样。要知道，像曾氏先辈那样敢于突出重围的人，必将成为时代的领航者。

　　如今的曾厝垵，面朝大海，春暖花开，喧嚣繁华，可谓是声名远扬，风光无限，似乎成了厦门旅游的又一张烫金名片。曾厝垵，近几年来这里的游客以几何倍数增长，用"爆棚"这个字来形容也不为过。据统计，去年国庆假期来曾厝垵的游客达到百万之多，整个村庄人山人海，车水马龙，引爆了厦门旅游市场的超高人气。

　　如今，曾厝垵的古渡口已经没有了，往日的那份宁静再也回不来了，一切似乎都伴随着前方那湾海水流向了远方。傍晚，走在华灯初上的巷弄间，看着摩肩接踵的人群，令人垂涎欲滴的烧烤味扑鼻而来，我啜饮着渔村曾经发生的那些风云变幻的往事，默然沉醉于今晚的曾厝垵。

沙坡尾，那远逝的渡口

沙坡尾，地处厦港片区大学路与民族路交会处濒临海边的港口渔村，隶属厦港街道，历经百年，嬗变成风景旖旎的城市社区，其外侧沿岸滩浑然天成的环形避风坞遗址，凝聚成一道人文深厚、历久弥新的风景线。沙坡尾片区浓缩了老厦门老街区风情的经典，这里是厦门港口海洋文化的发祥地，也串联起海外厦门人的故土乡愁情结。

眼下的沙坡尾，除了一处早已褪色的避风坞遗址外，还有接官亭牌坊及古戏台，其周边就是成片如蜘蛛网状依地形而建的民宅旧房，给人的印象是这里是海港渔村。穿梭其中，你能看到闽南风味的老厝宅、西式别墅、一条条纵横交错的巷弄、杂乱无章的摊位店铺，街头时时传来声声叫卖，让人真切感受到港口码头百姓生活的质朴与底色。

这里曾是厦门港口文化的底色，是海洋经济的窗口，一度是官方赴台政治经济交流出行的唯一渡口码头。时下，历经数百年海潮冲刷的沙坡尾，不仅有和风拂面的暖风，也有汹涌澎湃的浪潮；曾有兵戎相见的争斗，也有商贸舟楫的繁华，经历了兴盛，徜徉过繁华，负重过耻辱，领略了风霜。如今的沙坡尾，历经百年沧桑，真如同一部跌宕起伏的小说，让人读来有趣，嚼之有味。

据说早期的厦门港是一处弧形的海湾，这一带海湾为月牙形，金色的沙滩连成一片，故有"玉沙坡"的美称。查阅资料可知，沙坡尾避风港的历史可以追溯到明代以前。玉沙坡按其历史又可划分"沙坡头"与"沙坡尾"两个阶段，其分界线是一条由碧山岩汇聚而下的溪流，称为南溪仔乾，溪流的出海口即现今沙坡尾避风港坞口的位置。沙坡头靠近虎头山一侧，位于现今鱼行口街、金新街、关刀河一带，原先有打石字渡伸入海边，其状酷似关帝爷的大刀，这便是当时俗称"关刀河"的小避风坞，前后经历了近三百年历史。沙坡尾靠近蜂巢山一侧，位于大学路和沙坡尾一带，这里原先遍布着大中小埔头，大桥头、马鞍桥头、料船头等，至今周边巷口街名都保留着原貌。前几年，伴随着老城区的提升改造，对于沙坡尾避风坞的留与废，产生过激烈的争论，最终还是在避风坞遗址上推陈出新，让沙坡尾避风坞出落成水灵灵的姑娘，焕发新姿异彩。

我行走过许多码头渡口，发现一个共同特质：但凡有码头渡口的地方，附近必定有庙宇祠堂。哪怕是那些码头渡口随着岁月远逝而消失殆尽，可这些庙宇依然留存，并且能得到很好的保护。沙坡尾的朝宗宫亦是如此，在数百年的历史里，朝宗宫也曾几经风雨，几易其址，但无法阻挡那些渔民、疍民心中对海神的敬畏。

时至今日，沙坡尾还保持着送王船的习俗，并且建立了送王船习俗纪念馆，作为两岸非物质文化遗产得到了传承和发扬。

此刻，最能凸显沙坡尾人文底蕴的是朝宗宫前方雕刻精细的大理石牌坊，上面雕刻着对联"百年间两岸唯一渡口，千里外群黎共沐恩波"，牌坊上方"盛世梯航""天南都会"的字样十分醒目，字里行间足以彰显沙坡尾曾经的历史地位。

牌坊旁边的牌坊碑文记载了那段历史：1685年至1784年的百年间，厦门玉沙坡和台南鹿耳门是海峡两岸的唯一对渡口岸，清朝官员都是在此登船横渡海峡赴台湾岛就任的。曾任厦门海防同知、福建分巡、台湾知府的蒋元枢在任职期间，分别在厦门的玉沙坡和台湾的台南修建了接官亭，这也见证了清朝官员的厦台往来。

沙坡尾周边的厦门港口海域也曾是海防要塞。1840年前后，英国军舰数次进犯厦门港，均被守军击退。最悲壮的莫过于1841年7月，由36艘军舰、3500多名士兵及336门大炮组成的英国舰队大举进犯厦门，厦门守军英勇奋起反击，总兵江继芸、副将凌志、都督王世俊及兵勇近千名壮烈牺牲，这些反侵略的壮举书写了厦门反侵略斗争的光辉篇章。厦门随即被迫开放，成为通商口岸之一。之后，沙坡尾又进入了一个风雨如晦、民不聊生的百年，上演了一幕幕鸦片交易、宗教侵略、贸易垄断、欺诈压迫，等等，累积了沙坡尾苦难交加的岁月沉淀。

如今的沙坡尾，进行了提升整治，原先渔民捕捞回港上岸的石台阶，以及那些用来拴船的水泥圆柱都悄然失去了应有的功能，应旅游景点需求建设了一条木栈道，环绕避风坞四周的旧厂区也相应进行了包装，店面门铺打造成时尚流行元素的酒吧、书屋、餐馆，等等，面貌焕然一新，给人一种小资生活的情调。尤其是艺术西区，集聚了厦门大学一批年轻设计师、创意潮人、文艺青年及艺术家，他们通过创意市集平台，分享自己的想法和理念，将市集作为创业和尝试梦想的舞台。定期举办以年轻人为主导的文化沙龙，把沙坡尾的文艺气息推向了流行时尚的前沿，成为年轻人集聚活动的场所。于我，还是喜欢这里原汁原味的底色。总认为现在的沙坡尾就像女人脸上敷了一层面膜，脸面得到些许改善，但终究还得撕掉面膜，还原本真。

十几年前，寓居厦门大学上弦场旁的白城公寓，喜欢光顾于此，行走于市井人潮中，感受最深的还是这里保持着传统渔村渡口的气息。每天清晨，出海归来的渔民，挑着担子刚踏上摇晃的浮桥，岸边的市民等不及渔民把船拴牢，就把担子围个水泄不通，争先恐后挑选海味。在还价的喧闹声中，那些拖鞋满地跑的老厦门人，提着大包小袋，又在鞋底拍打脚底发出的啪啪声中，满意而归。

如今，沙坡尾避风坞少了往日市井生活的色彩，多了一些商业氛围，成了各地游客打卡的热门景点。我总觉得打造的景点总不如生活本来的味道那样和谐自然，看避风坞湖面中央几条排列有序的渔船，看似精致，实则是一种刻意点缀，就好像剧目里事先准备好的道具。

我在思忖，人世间万事万物，都是历史舞台大幕下的一个角色，要么是舞台上的角色，要么是台下的看客，要么风景在映衬人物，要么是人物映衬风景，相互的转换有时真没有明显的界定。沙坡尾也是如此。

飞舟跨海去石码

有人说：想要被人记住，就请紧紧抓住他的味蕾。我与石码的缘分，也是从厦门岛内第八市场里那令人垂涎三尺的"石码五香"开始的。每次路过这条人潮涌动的老街巷，都无法抵挡那油炸五香芳香扑鼻的诱惑，嘴里的唾液也会自然沁出，就像受到引诱的孩童，一定会来两条解解馋。从那时，"石码"就在心里扎根了。从此，我也盘算着哪天能够亲临石码古镇，品尝正宗的"五香"。

从厦门到石码，在厦门第一码头选择旅游客运专线是最为便捷的方式。关于石码古镇的身世，是先前从媒体和朋友那里道听途说的，有种朦胧的印象。伴随着客轮汽笛声鸣起，海风吹拂在脸上，鹭江岸滩上鳞次栉比的建筑群形成美丽的轮廓线条，不少游人像我一般频频举起手机，想要定格这天风海涛、风景旖旎的画面。游船呜呜嘟嘟地向着九龙江口的目的地前行，鼓浪屿、嵩屿、海门岛、厦漳跨海大桥、玉枕岛——在蓝天白云之下掠过，随即又被游船远远地抛在后方。

石码镇是一座历史悠久的文明古镇，原与石狮、涵江并称福建"三大名镇"。石码原名石溪，唐以前尚是内海海滨，明宣德年间改称锦江，明弘治以后，"都人以当地海潮上下湍急，屡有崩溃，乃沿江垒石筑十二坝以障之"，故名"石码"，称谓沿袭至今。

如今的龙海客运旅游码头并非在石码镇中心，而是坐落于海澄月港和石码飞翼码头之间的新码头，兼顾了两地人民出行的便利。原来停靠点是飞翼客运码头，当地人说停航已经一年多了。上了码头，向行人询问石码古街的方位，他们都会热心地给我遥指锦江路上的锦江大桥，告诉我桥对面的九二〇街便是石码古街。

顺着九龙江畔宽阔精致的南岸大道沿江而行，此时的九龙江水浅舟楫少，只有少量出入灵活的小木船及海划子穿梭在江面打捞捕鱼。此情此景，我顿时想起了宋朝范仲淹的诗句："江上往来人，但爱鲈鱼美。君看一叶舟，出没风波里。"虽没有那样艰险，但也深知九龙江畔渔民的艰辛与不易。

行走于石码古镇纵横交错的街道巷弄中，随处可见红砖骑楼，随时可领略到近似民国的建筑，每条弄巷街头斑驳砖瓦的门楼与窗台都烙印着岁月，铭刻了沧桑，不需要你再去细微地查访，也无须更多的语言，徜徉其中，仿佛时光在倒流，岁月在凝固，又如在啜饮一杯沉淀有年份的老酒。

来到这里，你绕不过去的是条条蜘蛛网般的街区巷弄。新华路，与沿岸锦江大道并行的古街区，行走其间，让人感受到现代建筑与民国旧风相依并存，有着浓郁的江边渡口市井生活的气息。民主街，一眼就可望穿街头的渔港特色风情，两边的店铺均经营捕鱼劳作的生产作业器具，店里的老板兼着员工的角色，一边招揽着生意，一边编织着渔网器具。

走着走着，石码古镇的街区变得清晰起来，打石街、解放路、西湖路、碗街、打索街、浸水埕、小六间巷、横巷、桶巷等几十条街巷，取名也很随意，有以作坊为名，有以建筑格局为名，各具特色，各有韵味。走在幽深里巷，感觉骑楼是石码古街的一大看点，这里有闽南地区保留最完整、规模最大的骑楼建筑群，老街内的骑楼四通八达，相互贯通。这里还保留有许多明清古大厝，特别是民国时期的古厝，样式很多结合了骑楼建筑模式或南洋建筑特色，让人触摸到江边古镇百年风雨的真实，犹如岁月沉淀后的包浆，耐人寻味。石码的自然与静谧，如同一位内涵丰富、品位高雅的绅士，一见面便被其优雅高贵的气场折服。

石码是一个典型的小地方映衬着大时代的经典，在古街走马观花，一路下来，看到在古街不大的区域内竟呈现了庙宇神龛交织、祭祀信仰多元并存的场景。宛南亭，坐落在打石街街心，庙宇屋顶是白浮莲造型。距宛南亭不远的解放北路上有一座气势雄伟的关帝庙，也称武庙，始建于明朝嘉靖年间，至今有四百多年的历史了，是石码古镇建筑规模最大的庙宇，也是香火最旺的古庙。

沿江的天主教堂和大港墘的基督教堂至今依然信徒众多，教义礼拜活动传承延绵。新华路上的天后宫，还有一些庙宇神位夹杂在深巷里弄间。

来到这里，有令人垂涎三尺的风味小吃。石码古街有品种繁多的特色小吃，价格也很公道。甜糯米粥、甜包子、花生浆、肉粽、海蛎煎、五香、米烧粿、土笋冻……走累了，在打石街甜食店喝上一碗热气腾腾的甜粥，配上几根油条和炸过的葱花，感觉特别香甜。

在石码古街的众多小吃中，印象最深的要数"石码五香"。早听网友说在新行街头有一家五香做得地道，便决定去探探。原来"五香"制作工序并不复杂，选的原料是用三层肉切成小块，加上适量洋葱、淀粉、精盐、味精、砂糖、五香粉等调成馅，用豆腐皮裹成长条状，然后放入油锅炸熟。吃的时候切成几小段，配上番茄汁或辣椒酱、糖醋萝卜片等，外酥内嫩、醇香可口、回味无穷，如果再配上一碗当地的卤面，便会让你有种赛神仙的感觉。另外，还有什么"圆肠"、油葱面等小吃，让你感受到石码镇上的大国小民那种悠闲安乐的幸福。

在这里，能让你品味到那些传承已久又濒临绝迹的匠心技艺。在民主街上，看见路旁店铺里那些制作精美的手工竹篾器具，我怀着几分新奇驻足，店里如扫帚、米筛、摇篮、箩筐、竹席等寻常百姓家使用的手工工具，让我顿时仿佛回到了童年，有种久违的乡愁思绪飘荡。记得小时候长辈会邀请篾匠师傅到家里来制作各种竹篾用具。对着蜿蜒曲折的碗街，便望文生义武断地认定这与漳州历史上曾经发达的陶瓷业有关。结果并非如此，碗街原来是竹篾工艺一条街，只是随着现代制造业的出现慢慢没落，而有些工艺随着时代的发展反而显得弥足珍贵。

石码古街也有闽南其他镇街的古楼、古街、古桥，虽然人文历史特色有味道，但也面临着现代发展的拆除与传统街区保护之间的矛盾。站在蔡巷街上，机器轰鸣的声响，尘土飞扬，斑驳古朴的墙壁上一个个大大的"拆"字是那么地醒目而又扎眼，一条条详尽记录石码古镇数百年发展历程的街区逐渐消失了。

　　我从来都不是一位抵触发展的守旧者，但希望一个城市的蓬勃发展不要忘记这个城市曾经的历史根脉和深刻内涵，尽量保留一些当地特色的人文历史遗址，让这个城市的历史轨迹能有一脉相承的延续。石码便有一群生于斯长于斯的爱乡人士，为了古镇的"存在"，尽自己的一份力量。古镇的居民告诉我，政府已经出台古镇街区人文景点的保护措施，兴奋和期待之情溢于言表，他们说下次会给你一个焕然一新的石码古镇。

　　悠闲漫步在古镇里，当地居民知道我是从厦门来的，由衷地多了一分亲近感。他们指着一条条巷子说，这里原来住着很多同安人，都是来这里跑码头做生意的。不知从何时起，众多石码等地的漳州人开始跑到厦门来经商求发展，可谓"三十年河东，三十年河西"，只要把握机遇，谁都有芳华。更何况厦门与石码历来就有难分难解的情分。当年，在解放厦门的战斗中，许多石码人挺身而出，给予了厦门兄弟般的支持。

　　在厦门烈士陵园里雕像群中一个女船工的形象，原型就是石码人张锦娘，其一家五口人，为解放军摆渡运送兵力武器时全都牺牲在鼓浪屿海域。我又在九龙江与月溪交汇的响馆码头旁，见证了一座青松翠柏环绕的革命烈士纪念碑，其中有 11 位烈士是石码人，1949 年 10 月 15 日，在攻打鼓浪屿的战斗中光荣牺牲。如今，厦门的快速跨越发展，使得石码等龙海地区也成为厦门的后花园，彼此取长补短，相得益彰，共同绘就新时代的宏伟篇章。

　　石码古镇半天时间的随性漫步，尽管想把石码古镇一览无余，但凭借脚力的游览是有限的。朋友听说我到了石码，力荐诸如中山亭等可圈可点的景点。我并不遗憾，因为自己与石码的缘分从此连起，把伏笔留下，后再续写。

五通古渡上的遐思

五通古渡口，是一个有传说的地方。传说这里曾经为五通屿，与厦门岛隔海相望，究竟何时与厦门本岛连成一片不得而知，也无从考究。

对于五通古渡口的陈年旧事，我知之甚少，甚至不知道五通曾经是厦门岛连接大陆的一个重要交通关联点。五通古渡口就是这样，像一坛藏在深巷人未识的老酒，偶尔让那些经历过世事风雨的老厦门人回味着、遐想着。如今又如一位女子，看淡了人世间的千般风雨绝尘而去，淹没于浩瀚无边的尘世。

我曾在五通驻军驻地基层连队里有过站岗执勤的岁月，正因如此，对五通古渡口真情实感也有几分特殊。那年，我了解到营区里有一处被称为"万人坑"的遗址，每当清明时节，驻地百姓、学生、解放军、各种社会团体自发前来拜祭。

那时，我知道了五通是日军攻陷厦门的登陆地，更是遭受日军蹂躏最为惨重的地方。另外，在营区训练场的边角地，有两座革命烈士墓，一茬茬海防官兵也许不知道墓穴主人的故事，但他们都在传承着一件事——定期为这两座墓地清除杂草，清明时节献花瞻仰。这些也让和平时期的军人们感到，不仅要珍惜军人的荣耀，更要懂得海防前哨的军人意味着什么。

聊起五通古渡口，还得从 1984 年设立的五通渡头遗址石碑上的概况说起。上面记载着五通渡头隔海与同安（翔安）刘五店对峙，自宋至清代为本岛津渡要口及海防汛地。相传宋末幼帝赵昺南奔时还由此登岸。

如今，古渡口的遗址，也并非真正遗址，2005 年驻军船艇部队在遗址之上建立了军用航渡码头，颇显大气庄重，就是很难再看出五通古渡口的本来模样。唯独可见证古渡口遗迹的是军用码头基石中一块巨大岩石上凿有四行阶梯的痕迹，各有十余级，在退潮时方可明显窥见本真面目。历史的潮流就是这样，被一拨又一拨新生力量推动着向前行进，五通古渡口也概莫能外。古渡口曾经的辉煌也成了新时代下历史前行的奠基石，退出人们的视线，沉淀于历史的长河。

厦门本是一座孤岛，在厦门海堤建成以前，厦门主要依靠水路与外界交流。尤其是宋元以来，五通渡口就是一个官渡。渡口通驿道，设有铺递，为五通铺。下接蛟塘铺、金鸡亭铺，最后到达和凤铺。公文、官物从刘五店铺送来后，又依次传递，最后在和凤铺由船户带往金门等地。

1685 年，厦门玉沙坡与台湾的鹿耳门成为对渡口岸，京城到台湾任职的官员得经五通渡口，辗转抵达和凤铺，再前往台湾。五通在社会稳定时期，是交通要津，在兵家攻城略地的时代，又成了汛防要地，各路封疆将侯在这里安营扎寨，分兵把守。

明朝初年，江夏侯周德兴修建了五通寨，屯兵防守。郑成功时期为巩固厦门防御，又拆高浦寨城垣以加固五通寨。清朝一段时间在此地设有绿营兵汛地——五通汛，并筑有墩台、瞭望台。民国时期又建起炮台，如今在遗址旁海滩的突出部分还留有坚固的岩石防备工事，曾经发挥过什么作用就不得而知了。

如今站在灯塔公园之上，蓝天白云之下，眺望着前方平静的海域繁忙穿梭的台海两岸商贸客运的船只，五缘湾内各式游艇云集，八方游客三五成群在游艇上享受着阳光、碧海、蓝天的温馨惬意。好一派迷人的现代海滨城市风景。

五通古渡口昔日的角色在不断淡化，正被一种更能引领潮流发展的力量牵引着、替代着，这就是奔腾不息的历史发展规律。

走进五通古渡口，并不是想去竭力拯救它的什么辉煌地位，也不是沉湎于古渡口那支离破碎的哀伤，而是想尽快走进岁月深处，了解它的辉煌与苦难，掌握它的历史轨迹和现实状况，积蓄点点力量是为了更好地前行。一个古渡口如此，一个人，亦是如此。

海门岛，偏安一隅吐芬芳

　　海门岛，所辖漳州市龙海市浮宫镇，雄镇九龙江出海口，北接厦门海沧，西邻漳州龙海，与厦门岛隔海相望。从空中俯视，小岛像一个编织精美的中国结，镶嵌在厦漳接壤的海面上，其中有条绵延的厦漳大桥穿插而过，就像中国结上的细线主轴，把海门岛自然串联起来。从江口海面来看，海门岛又像一尊威武雄壮的门神横亘，把持拱卫着九龙江出海口，有种"一夫当关，万夫莫开"的天然屏障作用，庇护着周边海域的安宁。海门海门，守海之门，海门之下就下门（厦门），或许这也是厦门地名的由来。

　　海门岛是进出九龙江沿岸、深入漳州龙岩腹地的交通要道，是与东南亚各国商贸交流的主要通道，见证了月港作为海上丝绸之路起始点的光辉岁月。从战略价值来看，海门岛与厦门、金门三岛互为犄角，形成相互牵制、相互呼应拱卫的三角稳固态势，三座海岛似台湾海峡和九龙江的三大守将，进可攻退可守，历来被倚重。在岛屿东部山顶上和海边虾池堤岸上存留着几处被风雨侵蚀的碉堡，里面曾经上演过怎样血雨腥风的纷争搏杀就不得而知了。

　　2013 年之前，海门岛可说是一座浑然天成的悬孤岛，只有董门、宫前仔等几座码头渡口与外界连通。除此之外，海岛在物理上与外面几近隔绝。海门岛在周边数十座岛屿中，并没有雄厚的资本，既没有厦门的富丽堂皇，也没鼓浪屿的精致典雅，就是跟邻近的月港、石码相比，也不知要逊色多少，海门岛似乎成了一只被人遗忘的丑小鸭，默默地守在九龙江口。

　　据说海门岛原来由三座紧挨着的岛屿构成，通过人工围垦连在一起，形成了如今丘陵和海积平原相间的地貌景观。整个岛屿面积约 3.8 平方公里，是鼓浪屿的两倍。岛上主要有海山和海平个行政村，人口约 6300 人。岛上村民以打鱼为主，养殖和种植为辅。2013 年，横跨海门岛的厦漳大桥正式通车，并在海门岛设立了服务站，海门岛便成了连接厦漳两地的桥梁纽带，也逐渐走进了人们的视野。从此，海门岛的发展似乎也搭上了厦漳快速发展的轨道。

时光荏苒，岁月如歌，在数百年的历史长河里，海门岛有过舟楫往来、车船辐辏、百货云集的景象，有过狼烟四起、战火纷飞、风雨如晦的蹉跎，也有过平淡如水、偏安一隅、静谧如水的时光。如今的海门岛，洗尽铅华，虽然披上了厦漳大桥这件华丽的外衣，但依然处于一种原生态的海岛渔村状态，犹如一位素面朝天的少女，保持着那份自然与质朴。或许正因如此，海门岛更像一处脱离尘俗的世外桃源，远离了城市车水马龙的喧嚣纷杂，保持着潮起潮落、云卷云舒的恬静。这里没有城市街头巷尾的叫卖，有的是蛙鸣鸟啼的清脆；没有鳞次栉比的高楼大厦，有的是古厝宅院红砖燕脊的唯美。没有霓虹闪烁、对酒当歌的奢靡，有的是青青原野、牛羊成群的田园，让那些久居纷扰喧嚣城市的人们有种恬静淡然的轻松感，感受那份跨越时空的变幻与惬意。

蓝天白云之下，我以步当车，从岛屿的东边到西边，沿着海边虾池堤岸，钻进巷弄里堂，触摸古厝斑驳的窗花门槛；走近成片连海的红树林，观看白鹭自由飞翔，环绕岛屿随处可见避风坞，可呼吸到海风中夹杂的鱼腥味；三五个老阿婆在礁石岸滩挖牡蛎，前方海域舟楫往来，汽笛声声，呈现出一幅自然迷人的渔村渡口生活画卷。

辗转于小岛，会有不少意外惊喜。在岛屿的西边，沿着清澈蜿蜒的小溪，有几片草地，让人视野霎时开阔，在青青的草地中央，几头黄牛悠闲地吃着草，周边又有成片的桉树林映衬着，让人误以为是来到了北方的大草原，有一种"天苍苍，野茫茫，风吹草低见牛羊"的感觉。

此刻是草长莺飞的四月天，在宫前仔码头旁桉树丛林环绕的草地上，几对来自城里的年轻人在专注地拍摄以原野为背景的婚纱照，脸上洋溢着幸福灿烂的笑容，我也感到年轻人时尚的倒挂、追求的变换。早些年，年轻人都以到高楼大厦间拍摄照片为豪，现在却崇尚返璞归真的原野，向往海岛的渔樵耕读、民风淳朴。我想，海门岛以后可作为厦门婚纱摄影的基地，一定会有很好的效益。

海门岛呈梭子形，整个岛屿南北夹山，山势平缓，山上种满杨梅、桂圆等各种植物，树影婆娑，风姿绰约，一年四季花果飘香，好一派田园风光。最引人注目的是那片环绕岛屿西部海域堤岸滩头的红树林——应该是周边地区最大的一片红树林。据村民说，红树林不但具有抵御海潮、防风搏浪、护岸护堤、调节气候等功能，而且为众多海洋生物提供了理想的发育、生长、栖息、避敌场所，吸引着大量海鸟、鱼、虾、蟹、贝等来此觅食栖息，繁衍后代，对周边地区的生态起着平衡作用，对保护环境有着重要意义。想不到红树林对人类居然有这么多益处，难怪厦门的筼筜湖、翔安的下谭尾湿地公园也种植了成规模的红树林。从高空俯瞰，沿湾岸滩郁郁葱葱的红树林又像少女身着的绿裙子一般，海风吹来，裙角飞扬，身姿曼妙。现在随着进岛旅游的人日渐增多，红树林也成为海门旅游的一大看点。

海门岛可算是一个典型的渔村，岛上的汽车不多，但家家户户都有一艘排量不小的渔船，有的家庭甚至人均一艘渔船。休渔期间，各类渔船泊靠在环岛的各个避风坞内，形成了一幅壮观绝美的静态水彩画。此外，岛上村民除了捕捞打鱼之外，水产养殖业也占据了很大份额，成了村民主要的生活来源之一。在岛屿西边一大片平坦的地面上，星罗棋布分布着网格般的虾池鱼塘，所占面积竟达到岛屿的三分之一。如今，随着厦漳大桥的开通，岛上的旅游业渐渐活跃起来了。

整个岛屿山是山，水是水，一切都是那样淳朴自然，原汁原味。来过的人对海岛赞不绝口、津津乐道。因为在这里，可以品尝到价格便宜的美味海鲜，可以漫无目的地闲逛，也可以寻找古厝宅院，触摸岁月的深处。岛屿的底色是朴实无华的，没有任何的雕镂粉饰，有的是清澈见底的真实感，让久居城里的人感受不一样的阳光沙滩漫步、碧海蓝天下的海风、草原池田中的嬉戏。在这里，人可以抛却肩上的压力，把脚步放缓，把心中的杂念丢弃。

应该说，厦漳大桥为海门岛打开了通向外面世界的大门，彻底改变了海岛的总体格局。如今，厦漳大桥开通五年了，的确也方便了岛上村民的出行，拉近了海门岛与外面世界的距离。

然而五年过去了，这里似乎没有太多的变化，不论是漳州招商开发区，还是隔海相望的海沧港区都是日新月异，发展飞速。让岛上村民最揪心的是，每当夜幕降临，岛上的孤寂漫漫黑夜与不远处的厦门岛形成鲜明的比照，不远处的厦门一片灯火璀璨，流光溢彩，令村民无比向往。然而海门岛还只有潮水的起伏，青蛙的鸣叫，星星的陪伴。岛上也有很多有志之士，一心想着海岛的发展，努力改变着自己的命运。

岛屿还没有一家成规模、可供游客住宿的酒店或家庭旅馆。在闲逛中发现，在岛屿东边山坡顶部，目前有一家建设中的"阳明山庄"，紧跟市场需求，正在紧锣密鼓打造集餐饮、住宿、休闲于一体的旅游服务项目。另外，海岛垂钓、杨梅采摘、野外露营等项目，都将助力小岛焕发出新的魅力。如今，每逢节假日，这个小岛就热闹起来，大部分是来自厦门的城里人。也许在这里，人们才会找到一种久违的草长莺飞的童趣，体验到与城里迥然不同的生活节奏。

九龙江口的悬孤岛

玉枕岛进入我的视野，纯属偶然，走进月港古镇，原是我的既定目标。伫立在月溪与九龙江交汇的江畔东侧，邂逅了响馆码头边的玉枕渡，也是一种惊喜。放眼而去，渡口犹如一个小集市，车水马龙，人声鼎沸，游客、车辆、货物不停地上船下船，卸货装载，来来往往，一片繁忙景象。渡船频繁往来穿梭于江面两岸渡口之间，江面上也随之划出波光涟漪的道道弧线，江边芦苇随风摇曳，岸边渡口舟楫笛鸣起锚，苍穹飘浮着片片乌云，江面海风徐徐而来，霎时间定格成了一幅动感美妙的画卷。就这样，我不由自主地跟随人流上了摆渡船，就像陶渊明笔下的那位主角，在熙熙攘攘的人声中过渡到玉枕岛。

码头对面是一座小岛，名为"玉枕"。玉枕岛上有玉枕村，又名玉枕洲，是九龙江经过长年累月冲积而成的一个岛屿，属于龙海市海澄镇北部的一个行政村，地处九龙江入海口，也是龙海市第一大渡运码头。全岛面积约 6 平方公里，岛上有 6300 多位居民，环岛堤岸总长约 13.97 公里。小岛距厦门仅 8 海里左右，地处厦门与漳州的中间地段，孤悬江口，犹如一艘巨轮横亘于入海江口，拱卫着厦漳两地的和谐与安宁。

玉枕村原先还被叫作"漏仔洲"或"楼仔洲"，相传有位黄姓海澄知县来到玉枕岛，晚上在梦中感觉到枕头会发出声响，翌日一看地图，"漏仔洲"的地形恰如梦中的枕头，于是把它改名为玉枕。玉枕岛是冲积岛，在明朝才形成，最初是圆球形，后来才变成鸡蛋形。

两个渡口间的距离其实不远，也就三百米左右。我跟随着人流上了小岛，漫步于小岛的巷间里弄、厝宅庙堂、沟渠岸滩，的确感受到了玉枕小岛的别具风采。摩托车是小岛上最流行也最为实用的交通工具，而自行车则是老人和孩子们首选的出行工具。最吸引我眼球的是岛上那几条纵横交叉的沟渠，此时条条沟里水干见底。但渠边草丛里停泊着小木船，一看便知是渔民劳作的工具。延绵交错的沟渠两岸都停着样式各异的木船，这沟渠外通江海，与潮起潮落共律动。涨潮时江水海水流进来，渔民便利用潮汐撑舟而行，出海作业，载着满船的收获顺着水道回家。玉枕岛处于惊涛骇浪的江口海上，岛上的渔民也练就了一身独特的看家本领，那就是造船和船舶维修技术远近出名。厦门舰艇部队的战友听说我到了玉枕岛，还喋喋不休地直夸玉枕岛的船舶修理技术一流，几乎包揽了舰艇部队全部的维修业务。

羡慕小岛那份静谧安好、原始悠然的真实，这里没有城市的喧嚣、车流拥挤的烦心、人潮攘攘的躁动，这里有的是渔民张网捕捞的快意，老人那份安详和小孩戏耍的欢乐，以及潮涨潮落拍岸打石的声响。这里是属于闽南原生态的村落。

玉枕岛是九龙江口孤独的一叶舟，渡口便是它的门，关起来就是一方自己的世界，拥有着置身世外的幽静。也许正因如此，玉枕岛并没有玉的高贵和华丽，就是与隔江相望的月港古镇相比，也不知还有多少路程要去追赶。如今，月港古镇在打造"千年古镇复繁华"的梦想，而玉枕呢，似乎从来就没有灿烂过，何谈追浪逐梦呢！也许就是这样，小岛四周海水江流成为一道天然屏障，庇护着小岛，让它躲过了匪徒的掠夺、外夷的纷扰。

作别小岛。伴随摆渡船的发动机马达声响起，船已掉头离岸。此时的我，与玉枕小岛虽只是初次邂逅，但已经产生了丝丝留恋，是那种一见钟情吗？我沉默无语。此刻，我在心里只有虔诚祝福玉枕岛："春到玉枕添百福，风吹到此纳千祥。"

海风拂面浯屿行

有的地方，初次邂逅就会留下难以磨灭的印迹，让人印象深刻，流连和回味。浯屿岛就是这样一座小岛，长相标致且有内涵，孤悬在祖国东南海域，像镶嵌在厦漳碧波海潮之上的盆景，与青屿及周边诸岛一衣带水，从空中俯视恰似荷花，绽放于海天相接处，又犹如一颗精致的珍珠落在广袤无边的海滨之上，闪耀如星，熠熠生辉。

浯屿岛，位于厦门岛之南，漳州龙海市南太武山之北，南为碧波浩瀚的台湾海峡，西南距陆地斗美村 2 海里，北距厦门 6 海里，东北方距金门 8.5 海里。浯屿岛上的浯屿村，隶属福建省漳州龙海市港尾镇，如一只展翅的蝴蝶，面积 0.96 平方公里，人口却达 6300 人之多，捕鱼高峰期间超过万人。

浯屿之行，最好选择在国家规定的休渔期——可以一睹浯屿岛最壮观的船队。无论在近海区域打鱼作业的船队，还是在南海远洋捕捞的船队，都像听令于将军的士兵，从四面八方齐聚于此。我惊叹于船队排列场面的壮观，一排排、一列列，纵横有序，密布在渡口前方的海域上，真像一支训练有素的队伍，统一列阵于点将台前，似乎在进行战前最后的动员，有种即将开拔疆场、殊死搏杀的阵势。据浯屿的渔民说，岛屿铁制钢构架的渔船有近五百艘，排水量大都在三百马力以上，小渔船就没有准确的数据了，几乎家家户户都有一艘渔船。捕捞期，浯屿人的足迹遍布广东南海、海南岛等周边海域，甚至更远的区域。如今正处于休渔期间，浯屿岛更像一处温柔的港湾，让漂泊四方的船老大、渔工们，卸下劳作的疲惫、远洋的孤寂，在这里快意尽享家的恬静与柔美。

随着岛屿旅游资源不断得到拓展开发，原先进出小岛的渡口，如今成了货物进出的专用装载码头，还保留了几趟来往斗美渡口的航线。渡口旁边不远处就是新建的旅游码头，是与厦门和平码头实行对渡的航线，用于旅游码头客服专线，更具现代商业气息。

　　浯屿岛是一个富饶美丽的小岛，说起富裕是有目共睹的。早在20世纪90年代，我初来乍到厦门岛，就听说浯屿岛是福建省内少有的"亿元村"之一，那时就很向往，希望能够身临其境感受一番。其次，岛上的生活成本昂贵，就拿家家户户的房屋来说，在岛屿码头后方的山地间，洼地上错落有致地分布着栋栋现代小洋楼，除了几座宫庙祠堂还留有浓厚的闽南厝宅的风格外，都是现代建筑的时尚流行元素。要知道，这些建筑完工可不是件容易的事，建筑成本之高令人难以置信，所有的建筑材料均从大陆由舰艇运送到渡口，还得靠肩挑手提运送到位。岛民们说在岛上盖房子的建筑成本是陆地的好几倍。

　　浯屿的富裕还可从一个重要端口窥见，岛上把子女送到外面上学的达四百人之多，富裕起来的浯屿人不惜重金送子外出求学，主要送往厦门、龙海市区的好学校，为的是后代能有所作为，生活有所改变。另外，生活上的必需品也得依靠航运，岛上的生活成本可想而知。现在，浯屿岛的确富裕了，但浯屿人始终没忘记苦难的过往。"世上最苦黄连树，人间最苦水上人"，是他们常常挂在嘴边的一句话。

　　浯屿岛虽远离大陆，但有一种现象让人心生疑问，在不到1平方公里的岛屿上竟然居住着蔡、林、陈、李、郭、江等48个姓氏宗族，而且全国29个省市均有人在此定居落户，真是小杂居映衬着大社会。究竟是什么样的力量吸引了全国各地的人前来浯屿呢？是躲避战乱纷争，是逃离饥荒，是为下海淘金，不得而知。我想，能选择来浯屿生活必然有其充足的理由。据说，浯屿岛在捕捞高峰期间，外来人口达到五千人左右，大都是被招募来的船长、船员、水手及船舶维修技术工，还有周边地区来收购海鲜的商贩，甚至有些驻岛部队的战士退役后又扎根小岛屿，寻求创业的新天地。另外，随着旅游开发，小岛屿周边海域便成了厦门市民旅游休闲、海上垂钓的好去处。

　　探寻浯屿岛，不能不追溯浯屿岛作为军事要地的历史。浯屿的历史可以远溯宋元，那时浯屿已成为中国南部一个重要的发舶港和收舶港。元末明初，海疆不靖，浯屿岛的军事地位便逐渐显得重要了，这里曾是福建沿海著名的五大水寨之一。如今，古老的浯屿水寨沉淀在历史长河中，在村中心交叉路口有一块清道光四年（1824年）立的石碑，虽然石碑已经斑驳断裂，字迹风化模糊难辨，但还是依稀可见《浯屿新筑营房墩台记》上所记载的内容。

碑文详细叙述了浯屿的地理位置及水寨内新筑营房炮台的史实。立碑者是当时的提督、福建全省水师军务、统辖台澎水陆官兵的许松年。这也是浯屿水寨军事功能最直接的历史见证。古今多少事，都付笑谈中。据清道光《厦门志》记载："浯屿据海疆扼要，北连二浙，南接百粤，东望澎湖台湾，外通九夷八闽，风潮之所出入，商舶之所往来，非重兵镇之不可。"

明洪武二十一年（1388年），朱元璋为防备倭寇，派江夏侯周德兴在福建沿海一带设置五大水寨，浯屿水寨为其中之一，以后历朝历代均派重兵把守，在岛上设有炮台、烟墩台、瞭望台等海防军事设施。明末清初，郑成功雄踞厦门期间，浯屿、厦门、金门三岛呈三足鼎立之势，同属郑氏重要军事基地。

有史料记载，明天启元年（1621年）荷兰侵略者占领浯屿，岛上的天妃宫被侵略者当作指挥所。1938年，日本侵占厦门后，也强占浯屿岛。

在天妃宫，八十多岁的蔡老追忆1949年的战役时还心有余悸，从那以后，浯屿岛、青屿岛与近在咫尺的金门诸岛成为一个敏感而又神秘的区域，成了福建最前沿的前哨阵地。岛屿如今仍然屹立，岛上的驻军部队也被誉为"海上钢钉""海岛钢四连"，成了部队建设的先进典范。

如今，两岸交流日益频繁，驻浯屿岛的部队也随之缩编精减。浯屿海防营一连，驻守在岛屿东侧山顶成片的相思林中。时隔十四年再次登上山顶哨所，早已是人去楼空知了鸣，一片寂寥亘眼前。就是在这个被裁撤的连队里，我有一位同乡从排长到指导员，从副教导员到转业，十几年没有离开浯屿岛。当他得知我到了小岛，在电话那头对往昔军营有说不完的话题，得知连队被整合，情绪也从激动到落寞，道不完对浯屿岛的不舍情结。

军校学员队王教导员入伍之初也是在浯屿海防营，每次到厦门不管有什么样的工作任务，即使遇上恶劣的台风天，也必须回一趟岛，没有当兵经历的人肯定不解这是一种怎样的情感在牵引着他。还有那些与我同年入伍的浯屿战友，一说起在浯屿海防营那段青葱的岁月，声音总是带着八分的高亢，似乎又回到了海防前哨扛枪放哨。

游走在浯屿岛的角角落落，得知岛上有闻名遐迩的"浯屿八景"，但我并没有刻意去一一找寻，只是随着自己的脚步行走，由着自己的眼睛浏览。是的，心中有景处处皆景，所谓的景点也不过是"横看成岭侧成峰，远看高低各不同"而已。

同样是在浯屿岛，同样的行程，但每一个人的感受都是不尽相同的。另外，在与浯屿岛上的渔民的交谈中，我也略知渔民心中的困惑与期许。这些年，随着浯屿岛上的旅游资源得到不断开发，必然会有一些矛盾与冲突，淳朴的渔民并不排斥外来力量对岛屿旅游资源的整合利用，只是希望能够兼顾村民的正当利益与合理诉求。

林銮古渡口

林銮渡，一座位于泉州湾石狮蚶江镇东北突出部的古渡口，历经 1300 多年星移斗转、寒暑更替的岁月冲刷仍屹立如初，像一位饱经沧桑、阅历丰富的历史老者，目光如炬，见证着海峡西岸千年的波涛汹涌和鼎盛时光，心中又满载着古渡口潮起潮落的风云往事和岁月变迁。

林銮渡，一座以人名命名的渡口，足以说明林銮曾经在这一方地域所创下的不凡业绩，给百姓带来美好，这也是后人对林銮的感恩回报。在寻访中，不难找到与古渡口千丝万缕的相关历史，史料记载着古渡口与当地林氏家族航海创业的奋斗历程。林銮，字安车，唐代泉州东石人，家族世代以航海为业。他的祖父熟悉海道，成为隋代开发夷州航线的主要成员，并曾首航渤泥（今马来西亚北婆罗洲），成为开辟晋江泉州与南洋群岛航线的开山之祖。到了林銮这一代，他并没有停留在一箪之食的满足，而是把眼光和视野放在更远的地方。站在先祖肩膀上阔步前行，开辟航线于渤泥、琉球、三佛齐、占城等地，带去闽南地区的陶瓷、丝绸、铁器、茶叶及手工艺品，换来当地的象牙、犀角、明珠、乳香、玳瑁及樟脑，等等。就这样，以林氏家族为代表的海上贸易之路形成了，大大促进了东南亚地区之间的商贸交流与人文融合。

据清乾隆时东石人蔡永蒹的《西山杂志》记载，林銮为了引导蕃舶安全入港，不被礁石触沉，曾在东南沿海建造七座石塔，即钟厝塔、钱店塔、石菌塔、刘氏塔、凤鸣塔、西资塔和象立塔。与此同时，林銮还于泉州湾内石湖港的西南侧建造了一个巨大的渡口，也就是如今的林銮渡。渡口的引堤长 30 丈，宽 9 尺，高 1.5 丈，又称"通济桥"。古渡头及引堰均嵌砌于海底礁石盘上，再用每条数吨重的巨石砌筑而成，十分牢固。礁盘边缘凿了许多石孔，作为泊船系缆之用，渡头装有木吊杆以便装卸货物。至今，该处尚遗存一方明崇祯十二年（1639 年）重立的"通济桥"残碑。林銮的后裔可谓人才辈出，大有长江后浪推前浪，一浪高过一浪之势，林銮九世孙林灵仙曾建造大海舶近百艘，据传舟长 18 丈，高 4.5 丈，宽 4.2 丈，双层船舱，载重 1000～2500 吨，比泉州后渚港出土的宋代古船更大，林家也成了当地的首富，也是泉州最早靠航海起家的带头人。因往来有利，渐渐地，东石人纷纷加入其中，泉州人加入其中，闽南人也加入，共同开启了一个海洋航海贸易的新时代。泉州港也逐渐成为亚洲对外贸易的重要商埠，成了海上丝绸之路的起点。

小渡口映衬着大社会，小地方也映衬出大时代。林銮渡口所处的蚶江，是泉州湾南的要隘，扼泉州湾的门户。早在宋代，这里已是居民稠密、帆船来往频繁的港口，元代时海上贸易空前繁荣。据历史记载，明朝郑和下西洋启航前就停靠在此，解放后在渡口附近还发现了郑和船队留下的铁锚，重达近 800 公斤，现由海交馆收藏。明末清初，全球开放交流互通的大潮如同滚滚的黄河之水，不可逆转。那时，闽南沿海可谓狼烟四起，倭寇海盗猖獗，政府实施了海禁，但也无法阻挡人们在海洋世界中的追求。

清朝中后期，蚶江作为"泉州总口"，1784 年设通判厅，管辖的范围就是泉州一府五县，要求与台湾鹿仔港对渡的所有船只都要从这里出入。1792 年，蚶江又开辟了至台湾淡水八里坌的航线。1824 年，再开通到台湾海丰的线路。据史料记载，有一段时间从厦门出海的民船，也要到蚶江报验，可以说蚶江码头在清代对台湾与大陆之间的交往有着特殊地位，使其逐渐成为当时对台通商贸易的中心港。历史的车轮总是被新生力量推动着，不断前行。

清政府在隶属泉州府同安县的厦门设立闽海关，同年，又设立台厦兵备道，管理厦、台两地政务。鸦片战争后，清政府被迫开放南京、厦门、宁波等通商口岸。至此，蚶江的地位、泉州港的地位逐渐被厦门港的迅速崛起而取代。

1895 年，蚶江与台湾的对渡通商基本停止。林銮渡也渐渐坠入历史的长河中，现在充其量只是作为石湖渔村渔民出海打鱼归来的暂时栖息地，而那些屈指可见的遗物踪迹，如今也只是作为研究那段灿烂历史的佐证。

紧靠着林銮渡口的起点，有一座饱经风霜的花岗岩石亭，名叫再借亭。关于再借亭，也有很多的传说，甚至说直通林銮渡的通济桥也是曾樱所造的，但可以肯定的是，这座亭子是老百姓为纪念曾樱而建的。千年的时间可以让许多生命远逝，也可以让众多物件风化磨灭得无影无踪，但不可能让传承的精神丰碑消亡。是的，正如我站立的林銮渡口，当初是由林銮创建的，其后人在此基础上也进行了无数次重修重建、维护扩建。林銮只是一代代泉州航海追梦人的代表，林銮渡则代表着古泉州人开辟远洋航海商贸的精神高地。

再借亭亦如此，历经数百年，其间必定经历了大自然风霜雨雪的侵蚀、人为破坏而变得面目全非，如今呈现于眼前的再借亭也是后人重修再建整饰过的。亭子的建筑形式可以不断变化，但当地老百姓对曾樱的感恩之情却从来没有变过。翻开历史长卷，切入曾樱在福建出官为仕的人生轨迹，才懂得了老百姓为何对这个江西籍的父母官有着如此深厚的情感。放在当今，曾樱也是一个值得公务员学习的榜样，他为政公平，为官清廉守法，心系地方政务和老百姓生活，做过很多好事、实事，深受百姓爱戴。

另外，矗立的再借亭，的确是一个有故事的亭子，曾樱就是这个故事的主角。曾樱任分巡兴泉道，在任期间除了上述政绩之外，最大的亮点就是力排众议，成功招安了郑成功的父亲郑芝龙，并且成功地借郑芝龙的武装力量歼灭了刘香等其他海寇，使海上得以安宁。曾樱也成了备受郑芝龙尊敬的知遇之人。正因为有这么一层关系，郑芝龙才为曾樱官职多年没有得到升迁而感到不平，他曾背着曾樱，密令部下到京城为曾樱谋求升官却失败。曾樱因此含冤被捕于京城，最后郑芝龙只得上疏认罚，承认其意恐曾樱外调，失去一位知遇之人，便自作主张想让曾樱留任福建。真相大白，郑芝龙被贬职，崇祯帝认为福建"海邦始安"，需要曾樱这样清廉干练之才镇守，下旨"再借"曾樱福建任职。泉州士绅邀请张瑞图题写再借亭碑文，在林銮渡头兴建再借亭，以褒奖曾樱之政绩，这也是再借亭的由来。

曾樱的确是一位有气节有风骨之人，后来追随武隆帝，试图拯救衰落的大明王朝。最后，在清军的围追下出福州，往中左所（厦门），五年后清军攻陷中左所，曾樱不愿受辱，自缢而死。

如今的林銮渡，虽没有了往日的汽笛声声，舟楫拥簇，但仍然像铿锵有力的战鼓，为前方这一片新的繁荣摇旗呐喊。不是吗？前方泉州湾大桥架起了大泉州的发展格局，绘就了全新的蓝图。在古渡口的不远处，一个现代化的国家一类口岸——石湖港，替代林銮古渡口，续写着千年古港的新篇章。漫步在林銮古渡口，古遗址的古朴之风与海边渔村的小清新相得益彰，吸引了一批批外地来的探访之客。

据了解，林銮渡与姑嫂塔、六胜塔等13个海上丝绸之路历史文化遗址，正准备向联合国教科文组织申报世界文化遗产项目。我也衷心希望林銮古渡口，与泉州其他的历史文化古迹一道走出闽南，向世界靠近些，再靠近些。

第四辑

一路风景人间客

那些流进岁月深处的红砖厝

早就听闻，新垵有一片历经岁月浸润的红砖厝，可圈可点。闻声而动，慕名而去，从厦门岛内出发，驾车依托导航，不难找到。越是接近，越发怀疑导航是否迷了方向。眼前除了一栋栋钢筋混凝土堆积而起的民居外，就是遍地小摊杂铺。街道巷口人流如织，四处叫卖声如潮，南腔北调，鼎沸喧嚣。这里是厦门岛内那些城中村的翻版。

新垵那些古厝宅在哪里？新垵之行，能否如愿，心里没有底。询问几家店铺，店主均不是新垵本地人，只是简单告知，在西片和北片夹杂着一片破败的老宅。我钻入来往穿梭的人流中，去找寻自己想要的风景。

新垵村，隶属新阳街道，下辖新垵、东社、许厝、惠佐四个自然村。其中新垵较大，以邱姓为主，许厝、东社、惠佐较小，常住人口达九千多人，外来人口是本地常住人口的十多倍，据说是厦门市第二大"城中村"。纵观村庄的布置格局，这些古厝院早已被横七竖八的现代民居冲得七零八落，巷弄街区也是纵横交错，让人犹如进入一个迷宫。

近些年，随着附近新阳工业区的蓬勃兴起，这里聚集着的十多万外来人口暂居此地，因此也催生了房屋租赁产业。这些年，村民们拆旧翻新，"批三建五""未批先建"时有发生，让这个原本古朴的海边渔村变得嘈嘈杂杂，不再宁静。

走进墙面斑驳、日渐衰败的红砖厝，感觉时光在倒流、岁月在穿越。空斗组砌的墙，以红砖组砌成万字形、寿字形、菱形、八角形、双环金钱形等吉祥图案，砖雕上的梅兰竹菊、人物故事、虫鸟花草等，厝宅中厅、后厅、门厅等处屏风及窗户的木雕，那些精美的燕尾脊、马鞍脊……这就是闽南典型的红砖厝宅村落。辗转于村里的角角落落，徜徉在这些古厝院落之间，我不禁惊叹，这片规模之大兼具闽南风情的厝宅院落，散发出一种浓郁的人文氤氲。环绕在厝宅旁边那些高耸的现代民居，与之毗邻，就好比一杯白开水与清香醇厚的浓茶。

厝宅大都建于清朝末年，距今已有一两百年的历史，不少已超过两百年。这些楼宇在岁月的洗涤下，大都尽显满目的萧瑟与沧桑，有的破败不堪，犹如饱经风霜的老人，留存的是岁月镌刻的皱纹，斑白的银发。来到这一栋栋古厝里，如果不说，又有谁会了解这里隐藏着的一段段鲜为人知的风闻逸事呢？在新垵西片 276 号的古厝，是厦门有名的洋行买办邱明昶的故居。

据说邱明昶在厦门开了万记和万吉等商行，致富发家后回到新垵故乡祖地，兴建了相邻的两栋大四规和大六规的红砖厝，占地达两千多平方米，共有七十多个房间，尽显其家族财富的雄厚，光宗耀祖的气派。中华人民共和国成立后，邱明昶故居曾被分配给穷人们居住，同时住过一百多个邱姓宗族后人。

走入一栋栋墙体斑驳、台阶布满青苔、庭院杂草丛生的厝宅，顿时感到岁月的流逝，世事的更迭。新垵村一脉相承的人文历史，也是一代代邱氏祖辈为摆脱传统农耕生活，奋力向海外发展的创业史。成批的邱氏先辈披荆斩棘、远渡重洋，也让这里成为远近闻名的华侨村。

一座豪气庄重的老厝宅，也代表着一代人筚路蓝缕的创业史。惠佐社105 号"庆寿堂"，是一栋外表朴素、内置奢华的建筑，是新垵村保护较好的厝宅之一。从其后人口中略知宅院主人邱得魏的创业史，其出洋至越南西贡，从社会的底层打拼，后来开办碾米厂，并迅速扩张，成为富甲一方的商业巨子。致富后的邱得魏回到家乡置办地产，兴建"庆寿堂"，通过捐献获得功名，光前裕后。

厝宅占地达两千多平方米，成为家族繁衍栖息之地，距今有 150 多年的历史。走进端庄典雅的大宅，首先映入眼帘的不是恢宏的主体建筑，而是幽静的书房，匾曰"观圃"。字迹仍然非常清晰，门廊镶嵌对联"文章师造化，天地尊自然"，隐约可见主人读书的志向与情趣，亦可感受到主人对教育的重视。这里也曾作为家族学堂。

庆寿堂最令人叹为观止的，还是中厅的屏风，一架高大的荔枝木透雕月洞落地罩，代替屏门立在寿梁下，上面透雕的人物、花草、动物形象逼真，煞是有趣。这些屏风木雕历经 100 多年的风雨涤荡仍然完好如初，如今经过修缮，更显富丽华贵。

据说，2003 年电影《台湾往事》曾在庆寿堂取景，电视剧《我爱我夫我爱子》也在这里拍摄。

走进新坡，我感受到其拥有一种卓尔不群的特质。一些闽南沿海渔村渔港，拥有共同的文化符号，受西洋外来宗教文化影响深厚，比如石码、莲河、月港、卓港村等地，甚至连内陆的嵩口古镇，都留下了不少气派的天主教堂，并有一大批忠实的信徒。新坡村虽然紧邻海港码头，但并没有类似外来宗教遗留的痕迹。这些古厝宅院大都随着年代的远去风化老旧，日渐倒塌，自然消失于尘世。而那些宗族祠堂，几乎全部得到翻建修葺，遍布整个村庄的近十座邱氏小宗祠，成了一道道亮丽的风景。

据邱氏族谱记载，在新坡村当地，还有南渡的邱氏族人，都是在夹缝中求生存，突出重围，成为当地不可小视的宗族。特别是前往马来西亚槟榔屿的邱姓先辈，从打工开始，逐渐成为当地的巨富望族。如今遗留的数百栋气派宏伟的古厝，也都是邱姓先辈出洋创业致富后，返回家乡置业的见证。

在南洋创业回到家乡盖西洋别墅是很常见的事情，但在新坡村竟然看不到一栋西洋别墅，这让我很是诧异。这里都是成片中规中矩的传统厝宅，依据经济实力和家族人丁的多寡，有二进一院的，三进二院的，四进三院等，还有五落大厝。墙面建筑风格"出砖入石""空斗组砌"，屋顶大致为燕尾和马脊。从中窥探，新坡人一直坚守中国传统文化，从门廊雕刻的"德威润于身，修为功在己""修省身心如执玉，子孙德昭胜遗金"家训警句中，不难看出主人的家国情怀。

新坡村成片的厝宅建筑样式是闽南地区独有的，如龙岩培田徽派建筑风格的古民居、永泰的庄寨、漳州的土楼、永安的土堡、平和的土城，等等，都是极具地域特色的建设样式，也浓缩了一方地域浓厚的人文脉络，更是不可复制的时代精品。

新坡这片红砖厝，仅有庆寿堂等少数得到了较好的保护，其余均处于一种任凭风雨消磨的状态，租居的厝宅尚有几分人气，其余大都已人去楼空，蛛网横挂，杂草丛生。这片曾经代表闽南建筑元素和一个民居时代的符号，伴随着时光的远去，自然流淌在岁月的深处，渐行渐远，令人很想紧紧地抓住，却又无力，只能发出一声声嘶力竭的呐喊。

（2016 年 9 月，作者在北京大学未名湖与同学合影）

清和别墅

游览过鼓浪屿菽庄花园的人，无不被庄园内那规模宏大、独具匠心、形如密道的假山所倾倒。可谁又曾想到，在厦门岛内有一处私家园林，那里太湖石构筑的假山远比菽庄花园更俊美，更有气势，还隐藏着一段段耐人寻味的故事。

坐落于岛内莲前西路的清和别墅，一直不为外人所知。这座私家园林几易其主，历经坎坷，后被驻军征用为营区，成了军事重地，就连周边的市民对它也知之甚少。高墙深院，岗哨林立，战士终日荷枪实弹，这为清和别墅蒙上了一层更为神秘的面纱。正因如此，清和别墅犹如一位与世隔绝的窈窕淑女，颇有"养在深闺人未识"的韵味。尽管如此，园林里的别墅与假山，亭台与楼榭，随着风雨的洗礼，岁月的消磨，还是余韵犹存，啜饮有味。

清和别墅的正门原先设置在莲前西路上，在十几年前，也许出于安全和营区封闭式管理的需要，移到靠东浦路的内侧，更加隐蔽。如今，这里不再作为炮兵团的指挥机关，只留有一支卫生小分队。偌大的营区全部交由厦门建发物业代管。作为一名退役多年的老兵，我想进去造访也并非一件易事，还得由认识物业的老战友来引路，方才成行。

进入营区的右侧，有参天苍劲的古榕树紧紧环绕，也有碧绿浓郁的垂柳穿插其间，还有满枝挂着果实的桂圆和波罗蜜树，最引人注目的还是那一大片太湖石构筑的假山。

假山寿石上野草丛生，青苔斑驳，形状各异的假山高低分布，错落有致，亭台楼阁点缀其间，条条羊肠小道曲径通幽，好一派江南水乡私家园林的经典样式。这片太湖石假山群是厦门现存规模最大的一处，就连人流如织的菽庄花园与之相比都逊色得多。

放眼远望，成片的假山与密布的古榕树相依相伴，就像一对夫妻。那一棵棵古榕树历经岁月的滋养，犹如胡须般的根系肆意扩张，环绕包裹着假山。假山丛中，有一条条曲折的鹅卵石小道，造型各异的门庭，有小桥流水的景致，又有闲暇垂钓的平台，更有欣赏风景的亭台。一座雅致有加的扇形亭，内置一石桌和两石凳，正面有一幅广东梅州叶支年的书法对联"话酒品茶听香读画，担风荷月傲雪餐露"，背面一幅对联"诗才岛佛专工瘦，书法坡仙不厌肥"。扇形亭中扇形窗，扇形亭上扇形台，窗花、石桌均雕刻着花鸟水纹图案，彰显了主人的品位与追求。有时候，视野与见识限制了我的想象，如此精致典雅的私家园林，可窥见其主人曾经的生活，又是怎样奢靡与阔绰。如今行走其间，内心深处也会自然生出一种惬意与闲暇的情绪，但更多的是复杂情绪交织的感叹。

蜿蜒交叠的九曲桥，横亘于婉转曲折的潭水池塘之上，如今已是绿藻浮漂满池，就像身着一袭绿衣，遮隐了池底的风景。过了湖中的养心亭，就进入了假山区。堆叠富有层次的假山，中间架以小桥，连着石阶，人在其中，时隐时现，扑朔迷离，宛如迷宫。在假山区中部，有叶清和为纪念爱妾修筑的"叶李慧珍纪念亭"，以及"忆芳"碑、"深明大义"碑。"深明大义"碑铭："慧珍女士热心公益，见义勇为，真女中之杰者。惜乎已没，因书四字纪之。"据说在这座庄园里，还发生过一件令人感慨万千的事情。不知是主仆一起嬉戏打闹，还是另有隐情，就在这座园林里，叶清和爱妾李慧珍为救不慎落水的仆人，落水而亡，时年仅28岁。这个动人而又凄美的故事，流传至今。此时此刻，我也对这位上海娱乐圈的女子心生几分敬佩。

园林内现存一栋中西合璧的别墅，据说是叶清和当年专门为爱妾李慧珍建造的，如今也是几经改造，变得面目全非了。与之紧密相连的红砖庭院，我觉得更具闽南地方特色的建筑风格，更有味道。这栋别墅有99扇窗户，有的窗户还保留着五彩斑斓的彩色玻璃，里面还保留了一些原汁原味的元素，可以窥探出，当年从总体布局设计构建到具体的图案雕刻，园林建筑的分布还是非常讲究的。别墅前的八角门别致典雅，门楣顶端有水泥浇铸的老鹰图案，像展翅飞翔的图腾，下方醒目地刻录着"1927 年"的字样，由此便知别墅园林的建筑年份。在别墅右侧有一座红砖拱门，是闽南地域特色风格，门额上题有"悬镜"二字，也是近代名家笔墨。园内翠竹丛生，假山青苔，墙上雕刻着"忠孝传家远，诗书训子孙"的家训。另外，园林内还保留着瞭望塔、防空洞、葡萄架、休闲石桌等原汁原味的设施。虽然园林历经拆拆建建，修修补补，被缩减为原来面积的三分之一，行走其中依然能够感受到这座园林的浩大宏伟与精雕细琢。

近年来，清和别墅园林面积不断收缩，由原来的 80 亩园林缩减至不到 30 亩，园林内拆除了不少原汁原味的厝宅，增添了不少部队军营气息的营房和军事设施。如今站在偌大绿树成荫、郁郁葱葱的园林中，真难分辨哪些是清和别墅的底色。

别墅主人叶清和，厦门莲坂人，出生于鼓浪屿。叶清和的父亲是鼓浪屿理发店的职员，可以说他也是出身底层。叶清和早年在鼓浪屿英华学堂读书，后随父亲经营店铺。

时间就像一张过滤的纱网，清和别墅里的风尘旧事一次次被风吹雨打，飘零远去。岁月总会留存一些事物，刻录着尘世那些淡薄的痕迹，让后人时而迷离，时而沉思。清和别墅这方私家园林随着近百年岁月的浸润，侥幸留存的那假山、那亭台、那楼榭、那刻记、那若隐若现的模糊踪迹中，还可窥见别墅主人叶清和那捉摸不透的情怀。

阳光村里那片红砖厝

两年前一个偶然的机会，路过漳州龙海市东园镇凤鸣村阳光自然村，与那片低矮的红砖厝民居擦肩而过，就是这不经意间的一瞥，算是一面之缘的邂逅。就是刹那间，我被村庄那片规划齐整、错落有致、简洁古朴的闽南建筑所打动，久久没能忘记，此后的日子，心头油然生出一种深深的眷恋。

一个阳光明媚、秋高气爽的日子，我独自驾车跨过海沧大桥，一路高架绿灯通达，直接往美丽的厦漳大桥飞驰而去，不到 40 分钟就顺利到达目的地——东园镇凤鸣村阳光村。

此前，我也曾亲眼见过与之毗邻的埭美村的古民居建筑群，如今成了龙海市旅游的一张烫金名片，是当地政府挖掘乡村休闲旅游的一个成功典范。埭美村，一个有着 600 年悠久历史的古村落，同时也是闽南宗族群居而治的传统村落，有着深厚的人文历史底蕴，深入其中，会被那独特的闽南人文气息所吸引。

而眼前阳光村这片古民居的建筑风格，与埭美村像一对双胞胎，两个村庄都是处在山环水绕之中，厝院纵横交错，整齐划一，建筑风格都是红砖瓦、灰白墙、燕儿尾，村落都设置了不同形式的家族宗祠宫庙，也都制定了相应的村规民约。种种古迹表明两个村庄都曾渗透着封建社会里那种同姓宗族、家族族规等传统自治模式的痕迹。

纵观这两个古民居村落，虽然都坐落于龙海市东园镇，如今却有着截然不同的时代际遇。埭美村已华丽转身，成为远近闻名的旅游热门景点，然而阳光村的那片古民居却无人问津，默默随着时光的远去，流进了岁月的深处。

阳光村的这片红砖厝的确很平常，从车水马龙的国道转到这个村落，顿时有一种静谧，也有一种萧条。

倘徉其间，那些红砖厝古民居任凭岁月的浸润、风雨的侵蚀，大都显得凋零破败，很多原住村民都在附近兴建了楼房，除了少量的老人还居住在这里，村民大都搬离了这片古厝宅。这些年久失修的厝院，有的院外杂草肆意丛生，更是凸显了门可罗雀，一种萧瑟的凉意自然而然地涌上心头。

在有人居住的宅院里发现一个有趣的现象，他们饲养了很多诸如画眉一类的鸟，都圈养在精致的笼子里。刚开始，我误以为是专业饲养的卖家，后来得知，原来这只是他们的一种娱乐休闲。真不敢相信，就是在这样脏乱的艰苦环境中，他们仍然有自己的"诗和远方"。

整个村庄的亮点在那座家族宗祠上，蒋氏宗祠显得端庄大气而又富丽堂皇，屋顶那高耸的燕尾脊预示着家族的兴旺发达，那些雕梁画栋的人物与花鸟每个都是形象逼真，活灵活现、生动有趣。从宗祠门楣两旁的一副对联"阳本凤阳翕邑发祥地，光原乐安穆公启宏基"中不难看出，村落蒋氏的起源脉络，阳光村蒋氏起源地在河南固始。

村里的老人说，阳光村蒋氏的先辈经厦门的澳头、泉州惠安崇武、深沪、崇武大寨、漳州南靖等地辗转到圳尾，再由圳尾迁来定居。阳光村村民姓氏单一，整个村庄就一个姓氏蒋氏，目前村民一千多人。如今，阳光村蒋氏后人每年还会到厦门等地追根溯源，祭拜祖宗。

阳光村四面环水，据说当年村庄外围的水道最宽广处达十几米，是村庄一道最好的天然屏障，护佑着蒋氏在这里一代代繁衍生息。以水道为界，整个村庄形状如同一个葫芦，也寓意着族人福气满满，和谐共生。

阳光村的红砖厝民居与厦门新垵村等地原来同属漳州府海澄县地域，但两个地方红砖厝的建筑风格又不尽相同。阳光村的红砖厝民居与埭美村大致相同，都是乡村普通人家建筑格局的样式，大都是排列齐整，没有独门独院，更没有围墙庭院，占地面积相对较小，建筑样式大部分为四壁三房，或者是六壁四房、五房。然而，海沧区新垵村的红砖厝建筑占地面积超大，有独立的庭院，独立宽敞的晒埕，建筑结构大都为四落大厝，六落大厝，还有层层叠叠的护厝，有的拥有多个院中天井，层层相连环绕。整个建筑彰显出红砖厝主人的不凡身份和阔绰。

同样是红砖厝建筑样式，阳光村的红砖厝民居彰显的是老百姓的务实与实用，也许问题的关键还是由他们口袋里财富多寡来决定的。

村里老人说，阳光村的红砖厝修建的年份并不是很长，大部分都是20世纪七八十年代修筑的，也有少量是五六十年代修筑的，建筑格局更加小而简易。老人指着不同的围墙，把其中的建筑材料细细道来，有的家庭为节省成本，墙体就用混凝土修筑，这类墙体风化最快，也是最不牢固的。其次就是以贝壳粉修筑的墙体，相对混凝土又坚固一些，最牢固的当然要数水泥修筑的墙体。当年，普通老百姓家家户户经济比较拮据，没有条件购买价格高昂的水泥材料，只得用少量水泥和贝壳粉混合修筑，这类墙体也比较牢固。

老人指着一面马头墙，那是他在1976年时只花费了四包水泥修建的房屋，当年就是用水泥和贝壳粉混合土来修建粉刷墙体，那些房屋现在依然牢固得很。

1949年出生的蒋番连，眼角深深的皱纹，足以说明他是一个饱经岁月沧桑磨砺、有故事的人。

他的父亲曾是供销社的职工，在五六十年代工资只有四十几块，还不如一个在生产队的男劳力挣的工分多。他家的房屋在当年花费了四五千元，全靠在生产队一天挣十来个工分积攒出来。那时，最困难的就是屋顶的木柴，另外就是水泥价格高，这些材料都得由外地依靠海运送过来。阳光村村民的生活，也是从家庭联产承包责任制后才得到质的改观。

如今，他的两个儿子都在附近兴建了民居，一个跑运输，一个在当地工厂上班，日子越来越红火。

老人们关心最多的，还是这片红砖厝的未来。阳光村这片红砖厝古民居地处东园工业区，早在20世纪90年代末就被征用作为工业开发用地。现在这片古民居也不允许改建，但地上建筑物又没有征收，成为一直拖而不决的历史遗留问题。他们对于如何保护这片古民居也没有太多期望。

阳光村也有成规模上片区的红砖厝，也是闽南地区难得的集中成片的红砖厝。行进在这片古民居里，时光好像在倒流，岁月仿佛在静默。

这片红砖厝古民居的命运会如何呢？我也没有一个明确的答案，只有让时间来回答大家。

（2003 年 9 月，作者在桂林漓江留影）

殿前"红楼"

殿前"红楼",一栋有着上百年历史的西式老别墅,夹杂在现代民居中。身临其境,让人感叹它又似一条浓缩历史、见证时代更迭的时光隧道,让时光穿越、岁月倒流。

"红楼"没有因为年月的流逝而老态龙钟。伫立于"红楼"面前,依然能感觉到老别墅那种风姿绰约、品性独特的韵味,让人读之有味,就想靠近,细品它曾经的芬芳。

"红楼"坐落在湖里区殿前街道殿前社。作为厦门岛内一个典型的"城中村",传统的厝宅、散落的祠堂与现代钢筋水泥建筑交织的居民区,来自天南海北、怀揣着梦想的外来人员在这里会聚,各种小摊小贩商家店铺密布其间,狭窄的巷道和拥挤的人群,工地的扬尘与南腔北调的喧嚣在这里飞扬。如今的"红楼"老别墅,俨然成了一位回归平民百姓生活圈的没落贵族,没有了地位身份的高贵,也失去了往昔的华丽。"红楼"老别墅里,暂住多户外来务工人员,在宅院中经常光着膀子饮酒聊侃吃喝。

1840 年后,厦门成为通商口岸之一,成了海内外众多的达官贵人、商贩巨富投资兴业的首选之地,许多海外华侨纷纷回到家乡置办产业。鼓浪屿、厦港周边顿时兴起一股西洋建筑东进的热潮,种类多样的西式别墅如雨后春笋般遍地开花。据统计,地偏位远的殿前社就有四栋类似规模的老别墅,"红楼"别墅更是其中翘楚,只要询问周边居民殿前"红楼",便都能给你指点方向。

现在,由于城市的变迁,从街道进入"红楼"的路已经被其他民居阻隔,只得从边门进入。从过道穿梭的人流中来到"红楼",顿会觉得眼前一亮——偌大的庭院,雄伟的建筑,特别的雕饰,参天的树木。虽然有的门窗已经锈蚀,地板也已断裂,设施早被破坏,但老别墅的基本形状没有改变，曾经那种高贵典雅的风范还依然荡漾其间。第一次造访就吃了个闭门羹，便寻思着下次登门拜访。

七月份一个夏日炎炎的双休日，"红楼"别墅又像一位迷人的少女，唤起我心中那份不达目的不罢休的激情。当汗流浃背的我出现在"红楼"时，"红楼"别墅的后人也表露出几分惊诧。或许是我的痴迷打动了她，她让我走进了这座"红楼"老别墅的前世今生。

"红楼"老别墅的主人叫陈宣志，殿前社人，早年跟随父亲出海下南洋，在马来西亚做橡胶生意。由于经营得当，不久便成了当地的业界名人，陈宣志的父亲还很热衷于各种社会事务，得到当时各界的认可。据说在当地有一条街和一个码头都是以陈宣志父亲的名字命名的。

20世纪30年代，陈宣志萌生了回国安家置业的念头，就在殿前社选择了这块风水宝地，修建了这栋彰显身份地位的西式别墅。如今在别墅屋顶的花岗岩石条上，还可看到工匠当年雕刻的"1933年建造"的字样，由此可推算出这栋"红楼"别墅已有近百年的历史。后陈宣志带着家眷被迫逃亡海外，直至70年代离开人世也没有回到厦门殿前社，再没有机会住进亲手修建的"红楼"别墅。在此后的几十年里，走进"红楼"别墅、想充当主人的人也全如匆匆过客。

中华人民共和国成立后，这里还作为"殿前高级合作社"、殿前大队等的办公地，直至20世纪80年代中后期，别墅终于回到陈宣志的后代手中。特别值得一提的是，在20世纪50年代初，由陈嘉庚提议在厦门高崎渡口与杏林之间修建海堤时，"红楼"老别墅还是海堤修建指挥部的办公场所，如今在高崎海堤纪念馆里还留有一张指挥部工作人员在"红楼"别墅里开展工作时的照片。

"红楼"别墅之所以被称为殿前"红楼"，主要源于别墅的第二层建筑用材全部采用闽南典型的红砖材质，建筑样式融合了闽南厝宅的风格，窗头门槛也有闽南雕梁画栋的元素。

如今，走进"红楼"别墅，感受的是时移世易、时过境迁、岁月流逝的沧桑，聆听到别墅伴随着繁华落尽、洗尽铅华后自然流淌的声音。是啊！世上芸芸众生终其一生追逐功名利禄，追求流芳百世的伟绩，但最终都是历史长河中一粒小小的尘埃，风来散落，无影无踪。诚如"红楼"别墅的主人陈宣志，当年或许为了光宗耀祖，荣归故里。然而风云变幻，世事难料，如今"红楼"别墅能留下来的，充其量只是陈宣志家族后代在厦门殿前社的一个念想，除此之外还有什么呢？

陈宣志的外甥女孙某说，陈宣志的嫡系子孙大都散居美国、加拿大等国，大都还是出类拔萃的，没有因争夺分割祖业宅院闹得不可开交，只是把"红楼"老别墅当作心怀故土的情缘所系。如今，"红楼"别墅历经百年风雨，各种管道线路老化，砖瓦雕刻脱落，如何保护成了难题。

当前现状是别墅的第一层被分割成多套，出租给外来务工人员，靠收取微薄的租金来维护别墅各类管道设施的修缮，即便这样，对于庞大的别墅维护也是捉襟见肘，更何况承租的人员根本没有爱惜这些文化遗产的意识，"红楼"别墅的维护前景堪忧。当地政府虽然也出资出力为"红楼"老别墅做了大量工作，由于"红楼"别墅的产权是私人，不便过多干涉其中，如何找一个两全其美的办法，是"红楼"老别墅面临最紧迫的难题。七十多岁的孙某也希望让财力雄厚的机构、学术团队来承租，这样可以更好地维护老别墅建筑文化遗产。

"红楼"何去何从，现在也不得而知。是啊！世间的许多事物，哪怕曾经繁华高光，建造得再精美、再出众，充其量也只是历史风尘中一颗飘浮不定的尘埃，消失于无声，消化于无形。

曾厝那一片红砖厝

在闽南沿海众多成片成群的传统村落中，传承着同姓宗族群居而住、较为稳固的农耕社会体系架构。村庄名称也很有地域特色，均以村落中的主要姓氏为前缀，冠以村落名字，比如蔡厝、黄厝、许厝、杨厝、彭厝、李厝等，其他小姓氏杂居其中，形成和谐自然的村庄，维持人类社会基本的单元部落。然而，也有一些村庄，比如翔安区内厝镇曾厝村，就不能"望名生义"，武断地认定此村落主要为曾姓族人群居，深入曾厝村探访，方知这里主要以陈姓为主，究竟是何原因也不得而知。

曾厝的村民大都姓陈，且源自陈氏两个不同地域宗族先祖，在村中的聚居地也是比邻而居，曾厝村北俗称"顶头"，居住着一千多位陈氏同宗，其祖先由金门分支而来。另一陈姓有五百多人，居住在村南"下头"，其祖先由漳州迁徙至此。此时，我无意去探究曾厝村名字的由来，也不想去对陈氏两个不同祖先为何汇聚于此而去追根溯源。其实，同一地域同为陈姓，就是他们共居共繁衍的充足理由。

涉足此地，被那一栋栋具有闽南特色的红砖老厝宅所倾迷，让我沉迷于这片地域特色浓郁的乡村之中。曾厝村现存的红砖古厝就达一百多栋，大多建于清朝中后期，大都是远渡南洋的归国华侨兴建的，也有华侨捐资由后人修建的。整个村落厝宅的规划布局，映射着当地村落族长对一方乡约民规治理的痕迹。此地的厝宅建筑排列整齐有序，均有百年以上历史，还是连接曾厝海内外陈氏血缘关系的桥梁纽带。

据村里的老人说，曾厝的这片古厝宅均是按照金门陈氏祖厝的"梳式"建筑样式规划构建的，像梳子一样排列有序。每栋厝宅坐北朝南，建筑正面宽 11.2 米，前后进深 19.6 米，占地面积大抵相当——大约 200 平方米。前座护厝两间，中为天井。后进面阔三间，均为穿斗式木构架，硬山顶、燕尾脊。也许是曾厝村地域狭窄，每栋厝宅前面均没有宽阔的晒场，也没有修建围墙用以护厝。整个村庄只有陈氏小宗和陈氏祖庙祠堂才有一定范围的晒场和围墙，以彰显家庙祖祠的端庄和大气。在"顶头"的大厝都有门匾，上刻"浯江衍派""浯江分支""浯水流芳"等字样，"浯江"是金门的别称，曾厝村"顶头"陈氏取其为堂号，意在提醒始终不要忘记自己从哪里来，这也是陈氏家族繁衍生息、一脉相承的渊源。

曾厝村是翔安区域内闻名遐迩的侨乡，90%以上的家庭均有海外侨属关系。据说陈氏先贤在南洋马六甲创建伟业，并且在当地建造了闽南特色的"曾厝街"，享有盛名。在曾厝的厝宅大部分也是由回乡的华侨捐资兴建的，形成了如今错落有致的厝宅群，是翔安区域内不可多得的古民居建筑群。近年来，村庄走上了乡村振兴的快车道，村里的厝宅面貌焕然一新。

"有曾厝的富，就没有曾厝的厝"，这是外人对曾厝这片古厝的整体印象评价。如今身入其中，我也是由衷地赞叹："翔安古厝数曾厝！"无论从总体布局到具体院落晒场，还是从那些砖雕木雕的精致到屋顶燕脊马背墙的设置，还有那些门庭的对联镌刻和宗祠庙堂雕梁画栋的考究，无不折射出闽南地域文化元素，以及陈氏家族文化的源远流长。

有时我在想，人类繁衍生息的力量真是不可估量，曾厝的陈氏恒元祖先当年从金门漂洋过海择居此地，一代代开枝散叶，后又南渡扩展至海外，让曾厝陈姓的血脉得到了衍播。据不完全统计，现居住于马六甲的"顶头"陈氏后裔有五千多人，而居住于台湾的后裔则有上万人之多，另在广东潮汕地区也有不少曾厝的陈氏后裔。

在这个阳光灿烂的春日，和着心存的那份痴恋，我来到这片颇具年代感的曾厝宅院中——斑驳的墙体、风化的红砖、断落残缺的燕尾脊、散落的瓦片、满阶的青苔、模糊的字眼、时而窜出一条"汪汪"叫的小狗。这片厝宅夹杂在现代民居丛中，一条高速铁路从村庄侧旁穿梭而过，现代与古老的元素在这里纵横交织。

曾厝的厝宅让人流连忘返，那些厝宅里的人文故事更是韵味十足。曾厝的这片古宅古厝，看似一位饱经风霜、阅历丰富的老嬷嬷，见证着这里曾经留下的那些人、那些事。"书田无税子孙耕，荆树有花兄弟乐""东平格言为善为乐，司马家训积德当先""日映芝兰长焕彩，天开奎壁近增辉"，那座座门楼牌坊上印刻的诗书对联，让陈氏后辈抬头就能见到家训。内涵深刻的对联让我似乎走进了厝宅主人的内心世界，也看到了家风家训优良传统的延续和传承。

在陈氏家庙祠堂里，有一块"爱国贤裔"的牌匾，以表彰曾厝村华侨对祖国的贡献，也是我国华侨在抗战时期同仇敌忾、踊跃捐资的历史见证。1939 年，曾厝村旅居马来西亚的华侨巨资支援抗日。当年，为表彰曾厝村陈氏先辈的义举，由时任同安县县长等三人联名题刻，这也是让曾厝村陈氏子孙引以为豪的美谈。

行走于曾厝村，除了那片古色古香、雕梁画栋的厝宅外，还有建筑样式是中西合璧的三栋别墅，让人耳目一新，眼前一亮。尤其是陈棋盘楼，有一种鹤立鸡群的醒目，成为曾厝村又一道亮丽的风景。陈棋盘楼位于曾厝村中部，建于清末，系马来亚华侨陈棋盘的私宅。房屋坐北朝南，为三层楼阁式民居（原为五层），面阔四间 15 米，进深一间 5 米，楼高 12 米。一、二层正面中间为凹形门廊及门厅，门匾镌刻"云霞竞远"四字，东侧三间厢房，西侧一间厢房，西侧厢房有木梯通往楼顶，三层中为天台，两侧为护厝，为水形山尖硬山顶、卷棚顶。此建筑采用传统的花岗岩石构墙裙，一、二层檐下"水车堵"的彩绘泥塑，门旁的"交趾陶"对联，二层门厅的木雕门扇及门廊上的垂莲拱、漆金木雕构件和砖雕等，三层的护厝形式等，以及屋面形式、建筑材料及装饰技法均以传统的闽南红砖民居风格为主。但在二、三层采用的花瓶式琉璃栏杆、二楼铺设的釉面花砖地板及楼阁式造型等方面有明显的南洋风格。这栋洋房有别于其他建筑，最明显的特征在于防御功能。当年，此栋建筑为全村最高点，楼房四周布设枪孔，二层厅堂中央为活动的镂空楼板，这些都具有较强的军事防御功能。

另外，与陈棋盘楼比邻而建的也是一栋建筑样式独特的别墅，位于曾厝 280 号，整栋建筑颇具几分伟岸壮观。门庭处一副精美石雕的诗联引我驻足："诗荣南岛创微业，阔怀择里建蜗居。"从字里行间，便可知悉这栋房屋也是陈氏先辈早年跨洋南渡，筚路蓝缕的见证物。别墅主人陈金阔致富后心怀故土，回到曾厝为同宗兄弟创建"蜗居"。

诗联里"微业"和"蜗居"的用词，彰显了主人陈金阔为人之低调，处事之谦卑，家底富裕而不骄横。据其后人介绍，其叔公陈金阔13岁就跟着同乡族人南渡马六甲，创造不凡的业绩，在20世纪50年代回乡创建此屋。整栋房屋端庄大气，红砖窗花，大理石柱，南洋瓷砖，雕刻五角红星做窗花，凸显时代特征，应该是当年曾厝村最漂亮的一栋建筑。

据说陈金阔并没有在此居住多少时日，便回到马六甲安度余生，不愿再回来，其后代也甚少回乡，个中缘由也颇值回味。

我也曾走访过厦门区域内几个华侨众多的村落，诸如海沧区新垵村、霞阳等，也听到村落老人讲述的类似陈金阔一样的情形，这是华侨村落的不幸，也是部分村落没落的根源所在，都存在着依靠海外亲戚寄钱度日的情况，这些华侨村有部分人短视，有了海外亲戚财富源源不断地供给，便忘记了亲戚艰苦卓绝开创事业的优良家风，仅仅靠着亲戚创造的财富过着衣食无忧的生活，更有甚者好吃懒做、赌博斗殴。

在南洋海外打拼的宗族先辈得知这种情况后，痛心不已，觉得不能纵容这种坐吃山空的寄生虫。慢慢地，除一些不得已的救济，以及涉及家乡公益事业建设会的捐资外，他们便不愿与大陆的家族亲戚有过多交往。

"靠树树会倒，靠兄兄有嫂"，不是不能靠，而是不要无原则无底线地依靠，即便是亲兄弟。一个地方也好，一个家族也罢，一个人也是如此，只有自己坚强有力才是根本，靠外力的救济和施舍不是长久之计，也不是立足之本，这或许也是部分华侨村的后人们值得思考的问题。

寨仔尾里

有一些人，一旦邂逅，就会产生一见钟情的情缘；有一些事，一旦经历，就会刻骨铭心；有一些地方，一旦遇见，就会流连忘返，迷恋其中，甚至想以此为家，厮守终老。厦门翔安大帽山寨仔尾里那一片古厝宅院，映衬在蓝天白云、绿水青山之间，犹如一片世外桃源，让人心心念念，乐不思蜀。

地处大山深处的寨仔尾里，一座昔日属穷乡僻壤的山村，一处名不见经传的弹丸之地，就像一位不愿出仕为官的乡贤隐士，又像是刻意隐匿于山野、埋藏于尘世间的居士大儒，只愿留在"鸡犬之声相闻，邻里童叟谈笑"的山野乡村之中，淡看似水流年，听取山涧溪水鸣唱。

此时此刻此地，闭上眼睛，耳朵里只有那蝉鸣"知了"的歌唱，山谷间潺潺溪流跌落的伴奏。微微睁开眼睛，放眼远眺，映入眼帘的景致，在天地相接之处只见春末夏初时节那份浓郁的绿黛青山的轮廓线，眼前一栋栋依地势错落有致而建的闽南厝宅，一口形如半月湾的池塘横亘在不远处，水清见底，池塘中鱼儿成群结队地穿梭游弋，水面上几只鸭子正在欢快戏水。

虽早已过了"春江水暖鸭先知"的时节，但鸭子与水，就是有一种说不清道不明的缘分。你看，鸭子一到水中，展翅拍水，一会儿钻入水下潜泳，一会儿露出水面甩头，嘴里还发出嘎嘎的叫声。原本平静如镜的池塘，像一位文静少女，让几只水鸭子的到来，引得水波涟漪。

寨仔尾里，既有陶渊明笔下"采菊东篱下，悠然见南山"的田园诗意，也有偏安一隅的小我之忘我的意境。来到这里，就要学会如同脱离尘俗的佛家弟子般，抛却心中杂念，融入大自然，享受天地的空荡与冷寂。

在这里，没有城市行人如织的车水马龙，没有商贾街市的叫卖喧嚣，有的是心中闲云野鹤般的闲暇与惬意。如果你有太多的放不下，就请别把身心交给寨仔尾里，因为这里阻隔了都市瞬息万变的信息，远离了觥筹交错的应酬与喧嚣。

"无丝竹之乱耳，无案牍之劳形"是这里的真性情。看到那头黄牛在悠闲地吃着草，还有来去自如、站在牛背上叽叽喳喳的鸟儿，似乎在谈情说爱，又像在欢快地歌唱。来到小溪边，赤脚下水，踩着溪底的小石子，让这涓涓的溪流抚摸着，一种沁人心脾的清爽走遍周身。漫步在林荫小道上，两旁的奇木秀林、节节细竹、无名花草，它们默默无声地陪伴，无须太多的言语，却是一种恰到好处的默契。让来到这里的人，彻彻底底地放空，完完全全地清闲，置身于这个天然的大氧吧，心是那样沉醉，身体是那么舒展、轻盈。

那些能工巧匠汇聚这里，精心设计，借助乡村振兴的翅膀，为村庄遗留的老厝宅量体裁衣。一栋栋传统与时尚交织交融的特色小屋、餐饮酒吧、会议会务堂馆呼之欲出，让人感觉一种融合自然的清新，一种引领时尚的唯美。厝宅的修复折射着闽南地域特色文化与现代时尚元素的交织融汇，还兼具城市小资生活情调的底色，让这个不起眼的小山村成为喧嚣城市的互补，越来越受到城里人的青睐和追捧，俨然成为乡村旅游休闲的"明星"。

寨仔尾里就有如此性情，是一处可以让你留下来，愿意在此"浪费"时间、"虚度光阴"的地方。不管别人怎样评价，反正我已深情万分，真心喜欢上了寨仔尾里。

印象小嶝岛

有时候，遵从自己内心的召唤，就是最好的选择。清明假期头一天，我的头脑里闪现了一个念头——上一趟小嶝岛。

小嶝岛，地处祖国东南沿海的蕞尔小岛。古时，由于偏远而被人忽略，在地图上几乎找不到，也许只有当地人对其略知一二。"三岛一寸土，大陆一座山"，小嶝岛与大嶝岛、角屿岛被授予"英雄三岛"光荣称号，从此小嶝岛声名鹊起。

对于小嶝岛的最初印象，归结于小嶝发生的一起重大事故。1995 年 6 月，我作为驻厦部队的一个新兵，下连后不久被抽调到警备区政治部宣传科，成为了科里的报道员。

小嶝与大嶝两座岛屿之间横跨两千多米的海域。那天，正逢海上风大浪高，民船又超负荷运载，船在大小嶝之间的海面上被大浪掀翻了，十人被大海吞噬了生命。

"英雄三岛"是驻厦部队艰苦、偏僻的代名词，其中角屿岛因"三无"（无水、无电、无居民）而闻名军内外。那时岛内的人想要去小嶝真不是一件容易的事，只能经厦门大桥到同安，再辗转到新店或者马巷，还要换乘中巴，或者乘坐摩托车到大嶝岛码头，最后乘渡船到小嶝岛。在之前，大嶝海堤还未修筑，得到紧靠南安的莲河渡口乘坐渡船到大小嶝。当年，很多战友在小嶝岛当兵三年，连厦门岛内都没去过，更别说去鼓浪屿了。

此后十多年，未能上小嶝岛，其间道听途说了小嶝岛上的一些趣事，最多的还是关于小岛那片天然海域自然风光的旖旎，还有"小岛隐大儒"的种种传说以及俚语"碧海青天两茫茫，有女不嫁小嶝郎""小嶝岛好是好，姑娘像大嫂，厕所像碉堡，一双拖鞋拖到老"……越是这样，我心里越发期待能够身临其境，一探究竟。

第一次踏上小嶝岛，是来厦门二十多年之后。转业在翔安区，原于工作上与小嶝岛的交集，同大嶝街道干部约定一起上岛。在大嶝码头，乘坐街道专用的轮渡，踏浪飞舟，心中难以掩饰初次邂逅的激动。那次小嶝之行，未能踏遍岛屿的角角落落，有种浅尝辄止的感觉，就像认识一个人，一面之缘，还未能细致入微地感受其形、深知其性。然而小嶝岛上古厝宅的雕梁画栋、岛屿居民的质朴、沿线海滩的柔美、海鲜佳肴的美味还是令我回味无穷。

从那以后，随着翔安国际机场各项工程建设的高歌猛进，不断向海洋扩展空间。于是，填海造地工程热火朝天，也给大嶝周边这片寂静的海域带来了前所未有的喧嚣。昔日偏安一隅的小嶝岛，身在其中，与大时代同频共振，无论是人还是事，都在这种大开发大建设的格局中悄然变化着。不久，又听说大小嶝之间架起了一座钢结构的桥梁，彻底告别了船舶摆渡的历史，就连小汽车都可以直接开上小岛了。也许这就是潮流与发展的趋势，让更多的不可能变成可能，也让更多的居民尽享发展的福利。

行走在阳光里，一边是填海造地而成的大片沙地，远远望去，沙天相接，近处偶尔能看到沙地里钻出的野草乱花，荒芜中略显生机，如果没有注解说明，还以为是误入了西北广袤无边的沙漠；另一边是退潮后海岸裸露的海滩，不远处映入眼帘的是那些早起的渔民——大都在收集海蛎成担挑上岸边。

在小嶝渡口前方海域，遇见三五成群的女渔民，头扎红围巾，身着防水服，肩挑沉重的担子，正在接连不断地向码头渡口转运海蛎，又装车拉到市场。这些人被称为"讨海人"，靠着艰辛的劳作换取生活所需。是啊！有的人劳作纯粹为了生存。正如她们头上艳红的头巾，在游人眼里是一道炫目的风景，可对于这些讨海人来说，可能就是为了遮阳。于她们，生活还很艰难，心中哪有诗和远方。一步一步向前，离大嶝越来越远了，意味着离小嶝岛就更近了。那些小汽车、载客电瓶车从身旁驶过，轧在钢板桥上轰轰作响。

小嶝岛面积为 0.88 平方公里，历史上小嶝岛属于金门县管辖，而金门县历代均属于同安县管辖，一度也曾隶属泉州南安县，1971 年又划归同安县。2004 年翔安新区成立，小嶝岛属于翔安区大嶝街道下辖小嶝居委会。隶属几经更迭，但岛依然还是那个岛，不会因为这些而改变。

在小嶝岛上行走，发现整个小岛屿是一个社区，下辖前堡、后堡两个自然村，邱、洪两姓分别为其中的大姓，还夹杂着苏、陈等 20 个姓氏，人口共计三千多人。让人无法绕开的，就是隐居于此的大儒邱葵。有人撰文称，宋明两朝金厦出现"四杰"，即大嶝的张廷拱，金门的许钟斗、黄逸叟，小嶝的邱葵。民间还有俚语相传："节气邱钓几，人品黄逸叟，文章许钟斗，武功张廷拱。"邱葵让后人最敬仰的是他高贵冰洁的品性。邱葵面对朝廷及地方官员多次登岛上门，以高官厚禄相许请其出仕，终不为所动。邱葵的一首《却聘诗》，从中足以窥见其心迹，"天子来征老秀才，秀才懒下读书台。商山肯为秦婴出，黄石终从孺子来。太守免劳堂下拜，使臣且向日边回。袖中一卷千秋笔，不为旁人取次裁"。

邱葵可以说是古同安的陶渊明，也是小嶝岛的人文底蕴，让这个小岛屿更具深厚的人文积淀。在美人古井旁有一面新制作的十八景石壁墙，对邱葵在小嶝的行踪进行了简要梳理。那天，恰逢一位前堡邱姓长者，得知我的来意，便十分中肯地给我讲解上面文字上的"字误"，真是"踏破铁鞋无觅处，得来全不费功夫"，让我对邱葵的过往有了更加细微的知悉。比如口口相传所谓的邱葵故居，其实是不太准确的定位，这里充其量只是邱氏的家族宗祠，最多算是邱葵曾经的居所。

根据史料记载，邱葵来到小嶝岛时，已是三十多岁了，即便居住于此，称为旧居才更为贴切。

本想一一领略小嶝的十八景，但又无意去刻意苦寻打探，全凭自己的脚力左右视野的广度。其实在一个陌生的地方，眼界所至皆风景，所遇之人皆朋友，在小嶝岛的所见所闻也是如此。

在岛上遇到一位 97 岁的老人，饱经风霜，扛着锄头劳动归来。如果不说，谁又能知道他的往事——他曾为解放军运输过军用物资……仅仅小嶝岛，就有28位船工自愿加入战役，运输大部队渡海登岛作战，其中八人牺牲，其他人也都客死他乡。

据岛上的老人讲，小嶝岛的发展几经沧桑，几经起落。在倭寇横行的明朝，为了躲避连年的战乱、海盗的掠夺，岛上的居民被迫迁往内地。比如岛上的邱氏宗族，曾经内迁到同安吾峰等地避乱达100多年，此后又慢慢回迁到小嶝岛屿。岛上的老人告诉我，中华人民共和国成立初期，"大嶝人口不过万，小嶝人口不过千"。时移世易，如今的小嶝岛已焕发全新的活力，如同一位俊朗少年，满满的朝气。

在最好的时光，去想去的地方，做想做的事。小嶝岛，我也是因此而来的。

（2015年，作者在广东潮州广济桥留影）

九　溪

　　由于工作关系，我已不记得有多少回与同事们安步当车、按图索骥，辗转于翔安的三大溪流及水库闸口之间。久而久之，三大流域和众多水库湖泊整体印象也渐渐地了然于胸。看待一件事物犹如对一个人的认知，越是靠近，越是了解熟悉，越是懂得其形、深知其性。河湖流域综合治理也是如此，随着工作渐入全面，信息数据的掌握，疑难症结的权衡，从中更能体会和感受国家战略层面的发展理念及重视整治河流自然生态发展的深谋远虑。

　　水是无形的，可一旦落入大地又会瞬息万变，依仗地势的高低起伏聚集成溪，形成蜿蜒迂回的溪流。翔安区境内水系主要有九溪、东溪翔安段和龙东溪翔安段，干流总长 34.71 公里，流域总面积 192.64 平方公里，其中九溪、东溪均发源于翔安境内，龙东溪发源于同安区郭山，东溪和龙东溪流经同安入海，九溪最终入海。

　　其中九溪为翔安区第一大河、厦门第三大河，尤以覆盖面积最广、河道流经跨度最长著称，被称为翔安的母亲河，主要由内田溪、美山溪、马池溪、店头溪、新埯溪、沙溪、莲溪、内头溪、后房溪九条干支流组成，故称"九溪"，其分布形状呈现为树状。九溪也称西林溪，河道长 20 公里，横跨四个镇（街）20 个社区和 16 个行政村，覆盖人口达 11 万人，流域面积 102 平方公里。

　　关于九溪，在翔安的百姓间还有一个美丽的传说，让九溪披上了一层更加神秘的色彩。据说东海龙王的龙子们在龙宫里安逸度日，一度厌倦了海底生活，想到陆地世界探个新鲜。在得到龙王应允后，诸龙子闯入了大嶝湾，进入翔安的溪流湾。上了陆地的九个龙子生了邪念，将魔爪伸向了村姑们，搞得人心惶惶，很多人不得不远避他乡。此事最终惊动了玉皇大帝，随即派八仙下凡来整治。何仙姑遂变身成美丽的村姑，九龙子果然上钩。之后，八仙与九龙子展开了一场恶战，龙子们最终惨败，大叫着吐出龙珠，演变成九条白蟒窜进香山、小盈岭等地，变成九条溪流，自然分布于邹鲁海滨。

自古以来，翔安区饮用水资源极其匮乏。时至今日，全区除古宅水库可供给新圩镇饮用水之外，饮用水源缺口还非常大，辖区五十多万人的饮用水都得靠区外引入。翔安也被称为风头水尾之地，辖区内虽有三大溪流，但水资源很是稀缺。九溪及东溪两大溪流的发源地均是内厝和新圩的高山野林，在20世纪五六十年代在溪流上游源头兴建了曾溪、古宅、岩后、店头、双坑、后辽等水库，对三大溪流的补水起到了一定的作用，但溪流的水资源仍然十分有限。因此区域内溪流的流量主要受季节性变化制约，为常年性河流，汛期水量丰富，骤涨骤落，旱季则易干。

可以说，三大溪流的水量补给全凭天公的喜好，大气降水是三大溪流补水的主要来源。正因如此，这些有限的降水成了流域周边几十万百姓的农业水源，百姓对有限的水资源视如珍宝，在溪流上布置了道道水闸堤坝，最大限度地利用好这些水资源。数百年来，流域溪水既灌溉了庄稼，又哺育了儿女，如此代代繁衍，生生不息，真正是翔安几十万百姓赖以生存的母亲河。勤劳的先辈还依据溪流缓急的规律，在九溪出海口设置古渡码头航渡，这里一度舟楫往来，商贸频繁，架起了溪流沿岸的百姓与外面世界交流互通的桥梁。

翔安的溪流源远流长，孕育了众多文人雅士，商贾政要，也是邹鲁海滨。比如地处东溪源头之一的金柄村，素有"厦门第一村"的美誉，未有厦门，先有同安，未有同安，先有金柄，已有一千三百多年历史了。在九溪中段村落里，至今还保留着"溪上巷"的名字，还有闻名遐迩的"闽南四大古镇"之一的马巷，这里自古以来就是"车轮滚滚，纸字千万捆"的商业重镇。

宋朝朱熹任同安主簿时发现马巷襟山带水，钟灵毓秀，曾预言："此地五百年后通利之所。"果不其然，在明代马巷已是人居稠密，商贾辐辏，到了清乾隆设立马巷厅时，更是一派店铺栉比，烟火万象的繁华景象，成为闽南商贸重镇，这些繁华盛状都是得益于这里溪流渡口、海港码头资源丰富的馈赠。地处九溪入海口的吕塘村董水古渡早已淹没在浩浩荡荡的历史潮流中，但有一处望洋阡墓道石坊，历经四百多年风雨仍矗立如初，记载了蔡贵易一家三代著学为官的心路历程，更是铭刻和见证着溪流沿岸曾经焕发的人文璀璨之光。俗话说，一方水土养育一方人，九溪哺育了翔安大地上数以万计的生灵，也曾形成极其厚重的人文脉络。

时光如流，岁月不居，特别是成为经济特区以来，翔安区也是开门迎客，商贸往来，辖区内人口剧增，生产方式裂变式转型，农业生产规模集约扩张，工业企业也呈几何倍数扩张。用水需求与有限的水流量矛盾加剧，溪流的水质日益恶化，沿溪的百姓深受其害，翔安的溪流自然生态遭到极其严重的破坏。

面对众多危及溪流自然生态的污染源，翔安区委、区政府对症下药，"绘方案，定目标，出措施，下重拳，出成效"，定出阶段治理任务，努力让三大流域达到"水清、河畅、岸绿、景美、生态"的状态。

从 2012 年在九溪入海口建设挡潮闸开始，描绘蓝图，重拳出击，综合施策，全面清理污染源，整合力量，成效显著。在很多时候，我既是参与者，也是见证者。作为青山绿水的背后推手，这是对他们的真实写照和最高的褒奖。

一分耕耘一分收获，整治提升后的莲溪、塘头、内头、浯溪、吕塘的水质都得到质的飞跃。一幅幅自然田园水墨画镶嵌在翔安的大地上，有的成了精致的节点公园，有的建设成带状休闲健身场所，有的打造成乡村振兴的典型推广点。

又是一年三月天，莲溪的十里桃花都在争相怒放，在一江春水的映衬下显得格外耀眼夺目，引来了众多慕名而来的游客，时而花前留影，时而江边写生，时而健步如飞。十里莲溪一江水，桃红柳绿约春到，此刻的莲溪带状公园俨然成了翔安区又一个休闲健身的好去处。

　　河道变宽阔了，溪水清澈了，处处呈现出小桥流水、杨柳依依、蜿蜒曲折的美景，犹如一位绰约多姿的美少女，成了百姓心中那片"看得见山，望得见水，记得住乡愁"的乡土原野。如今，回归到溪流堤岸休闲嬉戏的孩子多起来了，到这里休闲垂钓的人多起来了，溪流里的小鱼也多起来了。即便如此，溪流综合治理工作仍然任重道远，全面治理提升也不可能一蹴而就，一劳永逸。因此，捍卫青山绿水的目标没有最好只有更好，各级河长制工作也是永远在路上，这是社会发展赋予我们的时代命题。

（2016 年，作者在福建宁德太姥山留影）

血洒东南海疆的水师提督

金一南曾说："任何民族都需要自己的英雄，真正的英雄具有那种深刻的悲剧意味，播种，但不参与收获。"在厦门翔安后滨村，就有这样一位令人敬佩的清朝水师提督——李长庚，在与各路海盗直面战斗中，怀着一腔"以身许国，虑无归榇"的豪情。主政东南海疆数十年间身经百战，屡次受伤却毫不退却，反而越战越勇，最悲情的莫过于他最终倒在了胜利的前夜，没能分享到胜利的喜悦，可谓一位真正只播种、没有参与收获的英雄。

纵观李长庚的一生，虽官居浙江提督、总统闽浙水师提督，然而李长庚不太看重官衔品级，只专注海上杀敌平寇，确保了东南海疆的安平。李长庚一生可说历经了坎坷，但他始终精忠报国，直至战死海疆的最后时刻，还在奋力疾呼"诸君不杀此贼，老夫死不瞑目矣"，真正做到了生命不息战斗不止，其忠其勇其壮烈可歌可泣。

我有意踏足李长庚故里"千年古镇"马巷镇后滨村，试图探寻这位海疆将领留给故里的是怎样的情怀。关于后滨村，2010 年版的《厦门市地名志》有注解，后滨村在马巷镇中部，系镇政府驻地，原名侯滨，谐音后滨。有"武功之乡"之称誉，属清乾隆年间浙江提督李长庚、李延钰故里，也是清广东提督李增阶、登州镇总兵李埠师、厦门水师提督李维华、金门协副将李维实的故里。我惊奇，就这么一个小村落，竟涌现出这么多的武官将才，其中数浙江水师提督李长庚的事迹最扣人心弦。如今的后滨村，只是马巷镇一个名不见经传的小村落，村子在一轮又一轮的岁月更迭中洗尽铅华，保持着一种古朴民风。

村民们得知我的来意后，非常热心地指点方向，我很快就找到了李长庚故居。故居位于马巷镇后滨村 127 号，是一栋坐东朝西、红砖绿瓦的传统厝宅，建于清乾隆年间，为典型闽南红砖厝民居样式。令我诧异的是李长庚故居竟是如此普通，一栋简约、朴素的农舍，排列在村子里丝毫没有鹤立鸡群之感。如果没有门庭上方"伯府"的醒目字眼，如果不是"伯府"内依然留存着"钦赐祭葬"碑刻和"总统闽浙"的牌匾，很难将它与当年威震东南海疆的一代名将联系起来。然而在这栋不起眼的古厝里，贤才辈出。

李长庚的嗣子李延钰（承袭封爵）曾任闽浙水陆提督，侄子李增阶任广东水陆提督（其故居称"新大人衙"），曾孙李维实也担任过金门协副将。因此说，李长庚故居是清代同安"武功之盛，为全省冠"历史的见证。从这陈设简陋的故居也可窥见李长庚一生不仅忠勇，而且非常廉洁低调。

当年，嘉庆皇帝得知李长庚的英勇事迹后，连颁数道诏书，追封李长庚为三等壮烈伯，予以世袭，封谥"忠毅"。后来，后滨的乡亲们也尊称李长庚为忠毅公。

李长庚究竟是一个具有怎样家国情怀的人呢？在李长庚故居遇见故居的管理者李水霜，是李长庚第九代后嗣，虽然没什么文化，但对祖上一代代留下来的故事记得很清很牢。他说起李长庚的故事可谓滔滔不绝，说李长庚少年得志，二十一岁就考取武进士，是厦门明清两朝五六百年为数不多的武进士之一，初授蓝翎侍卫，多次跟随乾隆皇帝南巡。任浙江衢州营都司，后迁提标左营游击、太平营参将、乐清副将。乾隆五十二年（1787年），调任福建海坛镇总兵。乾隆五十五年，调署铜山营参将。乾隆五十九年，补海坛右营游击，累迁澎湖副将、定海总兵。嘉庆五年，擢升浙江水师提督。

从另一层面来说，这也是以李长庚为代表的贫民阶层，凭借自身努力不断获得朝廷认可的励志过程。纵观李长庚一生，他始终恪尽职守、勤于国事，捍卫海岛。即便在被诬陷、被罢免期间，他也不进行任何申辩，而是回到家乡，倾尽家财，招募同乡子弟，亲自训练，自造厚板海船，在福建沿海巡洋缉盗，保一方海疆平安。据记载，李长庚赋闲乡里并没闲着，两年里带领乡勇先后抓获大小海盗近百名，因此也重获朝廷任用。李水霜领着我走出"伯府"大门，指着右侧现已是民居楼的地方说，那是李长庚带领招募的乡勇习武操练的场所。

"为将者，其身先士卒，不令而行，反之虽令不从"，李长庚一生参加海上战斗无数，屡屡受伤，其事迹可谓彪炳史册。他无论作为福建海坛总兵，还是官居浙江提督、总统闽浙水师，直至潮州黑水洋最后搏杀，每一场战斗无不亲临一线，奋勇拼杀，在部属面前作出了榜样，树立了威信。难怪李长庚部属中涌现出一批又一批英勇战将。如温州总兵胡振声和定海总兵罗江泰与海盗蔡牵英勇战斗，殁于王事，还有福建水师提督王得禄、浙江水师提督邱良功及广东水陆提督李增阶，在黑水洋与蔡牵再次会战中拼死奋战。作为战将的王、邱两提督先后受伤，李增阶全力围剿顽敌，却跌入海中。他们越战越勇，将蔡牵制于无路可逃之境地，最后弹尽，船沉溺于大海。

这些都是李长庚培养出来的英勇战将。嗣子李延钰，虽世袭三等伯爵，也并没有躺在父辈的功劳簿上，而是继承了父辈的忠勇品质，为国家效力。在鸦片战争爆发时，时任潮州总兵的李延钰，跟随林则徐驻守虎门威远炮台，在对英作战中浴血奋战。如今在后滨村，也流传着李长庚家族"一门三提督"的故事。

一代威震海疆的将领李长庚，著名学者洪亮吉为其撰写墓志铭："历十二年，凡寒暑昼夜、风霾雪雹，无一日得离海洋，无一日不搜海盗，鬓发以此白，面目以此黧。而公誓死灭贼，不复旋踵想矣。记曰：以死勤事，以劳定国者实于公一人。"宁波昭忠祠建李长庚忠毅公专祠，浙江巡抚阮元哭祭并赋诗："粤海闽天接燧烽，大星如斗坠残冬。一生精气乘箕尾，百战功名称鼎钟。"马革裹尸日，征衣染血时，李长庚就是这样一位忠于朝廷的国之栋梁。嘉庆皇帝批览奏章，不禁为之堕泪，特派巡抚张师诚为特使，亲往同安代为祭奠。

李长庚不但英勇、忠诚、威武，而且还是一位文采斐然、情感细腻之人。从他的遗诗中不仅可见对于同僚的关切，对妻子的依恋，对儿子的教诲，也有其寄情于祖国大好河山的诗句，这些诗篇再现了一个有血有肉、有情有义的李长庚丰富多彩的人生。

嘉庆十二年（1807年），瑞安缉盗蓝嘉瑛率军士追击海盗蔡牵，与之血拼于广东黑水洋海域上，最后不幸船沉人亡。李长庚作有《哭蓝都督一首》："数遍归帆不见君，愁肠终日竟如焚。传来凶信还疑梦，说到沉舟岂忍闻。临难舍生酬圣主，受恩无命哭将军。渔山岛外伤心处，时有忠魂戮海氛。"对于嗣子李延钰的教诲也是苦口婆心，一腔肺腑之言，"年来颇觉风涛苦，寄语吾儿要读书。文武虽然同报国，荷戈总说是征夫"。

李长庚从军后，连年征战在万里海疆，与各路海盗浴血奋战，九死一生，有时过家门而不入。但并不代表李长庚不思念家乡，相反更加浓烈。有《思乡》为证，"不觉乡情动，难为慰此衷。故园今已芜，薄产早空虚。涉世狠形役，归心慎始终。置身名利外，绝口不言功"。

面对如此丰富翔实、鲜活生动的历史人物，马巷街道如今还没有很好地挖掘、系统地整理，也未建成纪念馆堂，不能不说这是一件令人遗憾的事情。

古宅华侨村往事

翔安境内的古宅村，地处大帽山山脚下，是一个山环水绕、偏安一隅的村落。没去之前，道听途说的那些人文故事，让我对这个偏僻的小山村产生了一种无形的亲切感，便有意与之相遇。古宅的人文深邃如洞，行走在石阶斑驳悠长的深巷里，伫立其间，有种穿越时空、岁月倒流的况味。

如今的古宅村，为新圩镇的一个行政村落。它被纳入翔安辖区，交通极其不便。古宅究竟有什么人文底蕴？有什么故事值得书写？又有什么值得传承？这是我在前往古宅的路上，脑海中萦绕的问题。一个地方，熟悉了才能够更深地懂得其形其性其味。古宅，一个隐藏于厦泉交界处大山里的村落，也一样日升日落。这里，蕴藏着"古宅十八弯""无名烈士墓"等可探寻的人文经典，这里还是一个家家有"番客"的著名侨村。

古宅与毗邻的小盈岭，成为古同安进入泉州府的两个必经之地。如今，在古宅后山还留存着"古宅十八弯"遗址，足以见证古宅驿道的历史变迁，让人似乎又听到了千年驿站回荡的马蹄风铃声。

据《翔安区志》记载，十八弯是宋景定元年（1260年）时，一个叫郑祥化的人与当地僧人妙谦为方便旅人往来，合力捐款修建的。十八弯长两千多米，沿山坡蜿蜒盘旋而上，直达山巅云中雁，因途中共有十八个弯得名。在陆路交通不发达的时代，这里是盛极一时的交通要塞。在宋元明清时期，有"小官商"之称，贸易非常活跃。

在村里还可探寻到当年商业叫卖的踪迹。热心的黄长春带着我，对村庄里的每一栋厝宅走马观花式地进行参观。在村部后面，许多石厝有明显的特征，在墙体一侧留下了一个个类似窗户，实际上是商铺对外叫卖的平台，虽然如今有的已经被砖头水泥重新封堵，但依然可窥见当年商旅过客羁留此地歇脚的踪迹。据说，这里也是古同安学子前往泉州、京城赶考的主要通道之一，这让"古宅十八弯"更增添了一丝文人墨客遗留的人文气息。20世纪80年代，"古宅十八弯"遗址被当时管辖的同安县列为文物保护单位。

任何事物都存在两面性。"古宅十八弯"曾是同安、泉州两地的交通要道，虽然方便了两地百姓的商旅来往，但也容易招致土匪、海盗的频频袭击。从村庄留下的石厝建筑，不难看出老百姓当年为了防止匪盗骚扰，煞费苦心。在黄长春的指点下得知，村庄许多石厝在修建时，还会在厚厚的石墙体上留有可供对外观察、射击的枪眼与射孔。至今，许多墙体上还遗留着枪弹射击的痕迹。

古宅原先称为辜宅，源于唐末宋初辜氏先祖在此地开基繁衍生息，后来逐渐演变为古宅，如今成了海外辜氏后辈的祭拜祖。后来，辜氏先祖不断外迁，或海外，或异地，村里已几乎没有辜氏后人居留此地的踪迹。如今，村子中央还遗留一处老宅院，从修建风格来看属于明朝年间的构造格局。黄长春介绍说，这是辜氏先人留下的为数不多的祖厝，里面还居住着一位风烛残年的老人。

古宅黄氏祖厝，这栋始建于明中叶的建筑，更是记录着村庄黄氏先祖的脉络延续与发展沿革。与黄长春攀谈，得知古宅黄姓先祖是由金柄黄姓分支而来。祠堂里面醒目的牌匾记录着黄氏先辈在政商界德高望重的乡贤名士，诸如，奋力将军黄怀直，解元黄维岳，等等，但更多的是修建祠堂的众多黄氏后人的名字，密密麻麻，分布排列在墙体之上。据说，古宅黄氏先辈原先从金柄来此，以教书为生，当地辜姓看到先生风里来，雨里去，很是感动，就腾出一块空地让其在此扎根，才有了古宅黄氏子孙一脉相承的繁衍生息。

这座祖庙曾在清朝光绪年间得以重建，20世纪50年代再次经历修缮，占地面积不大，但建筑样式端庄大气，兼具闽南地域特色的人文符号。祖厝坐东朝西偏北，前后两落大厝，中部为天井及两侧廊道。此建筑堪称翔安于明代保存下来的最经典、最完整的宗祠之一，被列入厦门市第三批涉台文物古迹。

"红宫黑祖厝"，这是民间修建的祖厝与宫廷建筑之间的最大区别，也是诸多"清规戒律"之一，标志着封建社会里各个阶层的贵贱，就连称谓和建筑规格及用材都是极其严格的，普通百姓更是不能随意使用。就连地方普通百姓的家族祖厝在修建上也严守规矩，否则会引来麻烦不断，甚至引来杀身之祸。古宅的祖厝也是如此，里面的柱子和厅堂均以黑色为基调，没有采用大红大紫的底色。屋顶采用 12 个屋脊构建，相互对称，雕刻精美，彰显出家族的兴旺与财富。然而屋顶的瓦片不能使用宫廷那种琉璃瓦，只能采用民间烧制的砖瓦。

祖厝两侧的墙体由坚硬平整的石砖有序堆积而成，成了祖厝一道独特的风景。原来，这些经过修饰平整的石砖代表着村里各个黄氏子孙的分房宗派，一块石砖就是家族的一个男丁。抚摸着块块被凿平的坚硬石砖，一种家族厚重的责任感沉淀于心。

古宅的古民居，除了大夫第、春霭华堂和黄玉带厝宅颇为气派之外，其余大多土洋结合，地基及基础墙体一米高，都是就地取材找来的石砖，再往上就是采用高端华丽的红砖砌筑。起厝的石头，有的直接取材于后山溪石。不仅没有加工，堆砌技术也几近原始，当时普通百姓还没有条件购买水泥做建材，大都使用壳粉作为石块之间的黏合剂，就是这样简易的修建技术，却能耐住岁月的侵蚀、风雨的吹打。只有少数归国华侨如黄玉带那样的成功商人，才有财力从南洋运来红毛灰（水泥）修建宅院。如今，古宅挖掘了以石厝建筑为主体的解元巷，成了厦门众多旅游爱好者的网红打卡地。

古宅是有名的侨乡，"家家有番客，户户有侨亲"。侨乡大家只图慕华侨富裕光鲜的身份，却不知这些华侨的苦难迁徙历程。但即便这样，也没有阻挡人们南渡海外谋生的步伐。厦门沿海一线几乎村村有华侨，特别是海沧的新垵村，翔安的澳头、曾厝、亭洋等地，都是著名的华侨村。

古宅也是如此，尤其在清末民初，这里的人频频出洋，到东南亚一带打工经商。在新加坡的古宅侨胞，甚至占据了整整一条大街。近现代有"法属第一商家"、垄断越南大米、白布市场的黄希鳖，新加坡"纸业大王"黄福华、"畜牧业大王"黄玉棕，马来西亚"大年市汽油巨子"黄仟章，等等，都是从古宅村下南洋的商业巨贾。但更多的是普通的华侨，依靠勤劳的付出，换取生存的基本资料。黄再生的父辈们便属此类，但他们的生活阅历见证着一个时代的变迁。

黄再生于 1945 年出生在新加坡，今年 74 岁了，但黄老身体还非常硬朗，也很健谈。得知我的来意，便把家族被迫远涉南洋的艰辛往事毫不隐瞒地一一道来。黄老对日本侵略者特别愤慨，他说当年就是日本侵略者的野蛮行径，把父辈们赶往海外，沦为流浪弃儿。

20 世纪 30 年代后期，日本入侵厦门，国民党也穷兵黩武，到处征兵抓壮丁，甚至连未成年的男孩也不放过，黄再生 15 岁的父亲黄笃狮和 16 岁的伯父黄笃腊均在征召之列。爷爷当时为了不让年幼的孩子牺牲在战场，便连夜从古宅后山那条十八弯山道匆匆赶往泉州，通过熟人花费了 12 块大洋坐上通往新加坡的轮船，开始了漂泊南洋的求生之旅。

黄再生给我出示了出生证明，看着一张注明 1959 年签发的泛黄褪色的出生证明，我的心头疑惑也是重重叠叠。黄再生出生是 1945 年 11 月，出生证明怎么延后 14 年才签发呢？黄老说来也是感慨万千，一张小小的出生证明也记载着历史沧桑变迁。新加坡原先是在英国的殖民统治下，1945 年他出生时，新加坡已被日本入侵占领，后来又归马来西亚管辖，终于在 20 世纪 60 年代独立。黄老的出生证明上面的印章也因此来回变换。

黄老说，他们兄妹五个只有他一个留在国内，其他四个弟妹都在新加坡生活。黄老也在感恩生活的馈赠，从小跟着爷爷奶奶在厦门上学直至参加工作，不但收获了事业上的成功，还有了一个幸福家庭。黄老一直在古宅水电站工作，先后当了三年电工，然后干了四十年的水电站站长，直至退休。黄老总是那样谦逊，每每政府来慰问华侨，他总是礼让别人。

"富而思源，回馈家乡"，走出去的古宅黄氏先辈致富后心系桑梓，为家乡贡献自己的力量，而且一代代薪火相传，众多古宅华侨致富后回报家乡。龙涎桥和古宅小学就是华侨资助家乡最好的物证。1927 年，黄希盘回乡，看到故乡还很贫困，村民们下田劳作时，都要涉水过溪，尤其每逢春夏之交的雨水期，两岸隔绝，村民只能"望水兴叹"，但又无可奈何。黄希盘得知后，便从新加坡运来建桥材料，建起一座石桥，取名"龙涎桥"，并在旁边立碑上书"龙涎桥，民国丁卯年立，仲秋日造"。龙涎桥已有近百年的历史，仍在为村里百姓服务。

黄长春老人说起黄玉带捐资兴建古宅小学，兴办教育，如同"竹筒倒豆子"，把黄玉带回馈家乡的事情全都和盘托出。中华人民共和国成立初期，黄玉带看到家乡的孩子们无学可上，当即就把自己的房子作为学校，如今早已废弃的祖屋的墙壁上还有当年黑板的痕迹。1955 年，黄长春又出资修建了古宅初级小学，如今已改造成老人活动室。黄长春称自己当年也在这所小学读书。同年十月，他又从新加坡带回一台德国造发电机及配套设施，偏远的古宅山村成为同安当时第一个使用电灯照明的村庄。

据说，黄玉带后来还在村庄里捐建了古宅华侨医院。在他的带动下，黄玉带的后代也继承爱乡兴教的好传统，几十年来一直关心古宅的教育事业。其子黄福华在 1994 年捐资 50 万元，在古宅小学里兴建了"黄玉带教学楼"。孙女于 2003 年捐资十多万元，为古宅小学添置了一间网络教室，黄福华被授予"厦门市荣誉市民"。更值得一提的是，在 20 世纪 80 年代，黄福华对银鹭食品有限公司大力注资，成就了翔安第一家本土企业成功上市转型的先例。

大路自然村的黄添福，是一位澳大利亚华侨，也是古宅村的热心人，虽然已过花甲之年，但依然活跃在资助家乡教育事业上，曾拿出两百万元设立"黄添福教育基金"。在黄添福的感染下，其夫人陈艺莹女士也加入家乡的公益事业中。在他们的牵线搭桥下，遍布欧洲、亚洲、大洋洲的两百多个黄氏后代又凝聚在一起，带领大家一同为建设家乡献计出力。正是在一代代华侨的资助下，古宅的教育事业蒸蒸日上，尤其是古宅小学的竖笛演奏队，成为翔安的三张文化名片之一，一度走进北京表演，并受到国家领导人的接见。在大乡，没想到还能看到一座规模宏大的基督教堂，正在保护修缮。这也足以说明古宅在接受西方文化的方面，早已经超越了时空，跨越了时代。

进入新时代，在乡村振兴的指引下，古宅形成了以大蒜为"一村一品"的特色，成为远近闻名的大蒜村，也助力当地经济腾飞。据我了解，古宅的大蒜风靡闽粤港澳地区，还受到东南亚等国家居民的喜爱。每到收获季节，一车车大蒜从古宅装载出发，又像当年黄氏先辈一样，走出山村，漂洋过海，远销新加坡、菲律宾、日本等国，这里继续与外面世界保持紧密的联系，续写着今日经济腾飞的新篇章。

（2006年10月，作者在河南洛阳龙门石窟留影）

浮光掠影培田行

培田，闽西偏远山区里的一个古村落，处在长汀、连城两县的交界处，村落里完整保留了几十个明清遗留下的民居、祠堂、书院、官厅等传统建筑群。这些年，培田古建筑群得到了挖掘和开发，涅槃重生，完成了一次华丽转身，先后获得"中国历史文化名村""中国最美历史文化村镇"的称号，并成为全国重点文物保护单位。

2018年元旦，同学相约出行，不约而同地选择了培田，这也算是与培田有着不约而同的默契。我驾车从厦门来到闽西腹地，感觉到年代的穿越和时光的倒流。近四个小时车程，让人感觉到几分疲惫，但一进入培田，几个小孩子等不及卸下行李，便朝村子里奔去，穿梭于巷间里弄追逐嬉戏，仿佛回到了童年。从城市的喧嚣到偏远的山区古村落，如同电影镜头切换，我立刻感受到了培田古村落岁月静好的悠然之态。

跟着导游，行走在培田古村落的角角落落，与这些历经岁月沉淀的古祠堂、古民居、古书院、古牌坊来一次近距离的亲密接触，用心来感受一代代吴氏族人在培田兴衰更迭的历程。虽然在培田逗留只有短短一天时间，但这里留给我的印象是深刻的，也是美丽的。它犹如一首经久传唱的老歌，让后人深感韵味悠长，耐人寻味。

培田之行，会让你触摸到这是一个可以心安气静、心旷神怡的好地方。我们长年生活在钢筋水泥的城市中，整天困扰在交通堵塞的怨气中，时常为空气质量指数不佳而叹息。然而在培田，看到小村庄山环水绕，绿野菜香，鸡犬相闻，炊烟袅袅，晒谷坪上童叟怡然自得其乐，顿时让人全身上下透着一种不一样的清爽，如同进入一片世外桃源，身心可以放空。穿过恩荣牌坊，整个村落自然呈现于眼前，让人顿时想起陶渊明的诗句："结庐在人境，而无车马喧。问君何能尔？心远地自偏。"初春的培田，别有一番韵味，村口池塘里的荷叶早已枯萎，不远处田野中的油菜还处在含苞之态，并没有因为立春的到来而吐萼呈妍。

培田属于那种"养在深闺人未识"的原生态，整个村庄还处在挖掘、修复、还原的初始阶段。其间也有的大屋被装修改造成旅店客栈，但总体感觉还算适度。

无意中走进了门头挂着"吴家大院"牌匾的老宅，被里面古色古香的装饰所吸引。小孩子始终不停地玩着他们的游戏，大人们则左顾右盼于自己感兴趣的方向，不知不觉已到正午时分，也感到饥肠辘辘，听说"吴家大院"里提供餐饮服务，便放下行囊，叫老板随意安排一桌本地家常特色菜，最后结账时我们都大呼好实惠！这又让大家对培田留下了好印象。本想就地入住"吴家大院"，不巧房间早被预订一空，我只得带着几分遗憾另寻他处。培田本无什么"吴家大院"，猜想就是老板对"乔家大院"的移花接木，也不失培田吴氏家族在连城远近闻名的声望，但要让外界对"吴家大院"津津乐道，还得有很长的路要走。

我们踏在村里纵横交错的青石板路上，看着小沟渠清澈见底的流水，漫步在村子里，一会儿走进南山书院，一会儿踏进官厅，一会儿踩在千米古驿道上，累了坐下来喝上几杯，听一听关于戏楼宅院的趣闻逸事，咀嚼回味吴氏家族兴衰轮回的前世今生。整个村子属于开放式的，老百姓都非常淳朴，导游说村子里所有的宅门院落只要是开着的，对来访的游客就都不设防，均可以随意进入参观。主人对游客的种种好奇一一热情解答，让我们始终感觉不是在景区旅游，而像是在自己的村子里走街串户闲聊天。傍晚，我们入住一家古色古香的家庭旅馆，有种宾至如归的温馨。

晚上，孩子们选择去村头阿姑家学习剪纸艺术，我则穿越村中河源溪上的万安桥，来到培田新村，找村里的"导游"老吴聊天。年近七十的老吴，对我的到来感到几分惊奇，非常热情地端茶倒水，左找右寻见没什么招待我，还悄悄交代孙女去村口买了包花生回来。一整夜，你一言我一语，他把吴氏家族曾经历的风烟往事娓娓道来。

培田的建筑，栋栋大屋围墙深院，各自相对独立又连成一片，整体看来是开放式的建筑群体。培田的鼎盛期是在清朝康乾时期，这个时期建成了官厅、双善堂等建筑，此后在嘉庆年间又盖了继述堂、务本堂、世德堂等。继述堂占地 6900 平方米，是培田最大的建筑，这些奠定了培田的基本雏形。触摸着日渐风化斑驳的墙体门楼，看到眼前的高堂戏台、雕梁画栋，我在想，培田地处如此穷乡僻壤的山林间，是一种什么样的家族动力能够让培田拥有如此华美的建筑群，如今犹如一颗耀眼的明珠闪烁在闽西北的大地上？是什么力量让吴氏家族从落魄逃亡到中兴强大？培田在不断走向衰败的过程中又经历了什么样的伤痛？

看过之后，心中对培田吴氏先辈营建开放式的建筑风格颇感费解。我也曾走访福建偏僻封闭大山里的一些古村落，尤其是特点分明的土楼、土堡、庄寨等家族式群居栖息部落，这些大多是为了躲避战乱、群族纷争、海寇土匪的袭扰与掠夺而建，具有很强的自卫防御功能，让迁徙于此隐居的客家人有一个安身立命的场所，不断繁衍更迭，延续家族的文明。

培田之所以能够有如此宏伟壮观的古建筑群，主要还是商贸上的发达所致，单这一点，我就很佩服培田先辈们敢为天下先的果敢，明知封建社会推崇"读书做官"是实现人生价值的最高体现，抑商贬商，从事商业贸易的沦落为社会最卑微的阶层。

以吴昌同为代表的一代代培田人却剑指偏锋，闯荡商海，创造出令人瞩目的家族财富，为培田的兴盛夯实了雄厚的经济根基。有了强大的经济后盾，一代代培田人在建设美丽家园的同时，也尤其注重教育投入，为培田吴氏家族培养了一批批后续人才。

据统计，培田先后拥有七家书院，曾经有闽西北最早的具有现代教育意义的培田小学；吴姓家族有四人留学海外，这些在当年的闽西地区，都是了不起的创举。

有人说，把思想变为文字是一件难事，可我要说，把文字变成一种思想更难，但还是有很多人为此欲罢不能，心甘情愿默默耕耘着。我时常也想提升自己，跋山涉水去一些地方，力争把足迹延伸得更长，也努力学着把当地的所见所闻码成段落文字，组合成自认为有些许趣味的小文章。这是我记录生活的习惯和乐此不疲的初心。

就这样， 培田在我的记忆仓库里又增添了一份新的储存。

（2019 年 8 月，作者在福建培田留影）

闽西古城数汀州

喜欢一个地方，恰似喜欢心中的恋人，总是想方设法找个理由去与她相处。

"第一最好不相见，如此便可不相恋；第二最好不相知，如此便可不相思。"但相见了，并相知了，就会不由自主地产生一种魂牵梦萦的缠绵与迷恋。长汀就是这么一个地方，两年前的一次偶然，虽只是蜻蜓点水般的邂逅，但无法不让我一见钟情，期待着再续前缘。2月9日，抓紧春节长假的尾巴，我带上家人上汀州来了一次"密会"，以缓解心头的思念之苦。

早在 20 世纪 30 年代，新西兰国际友人路易·艾黎就对湖南凤凰古城与福建长汀古城赞不绝口，甚至有点夸张地赞誉两者为"中国最美丽的山城"。不管怎么说，这也算是给长汀古城做的最早的广告吧。如今，凤凰古城可谓湖南省，甚至国内旅游的一张烫金名片，然而长汀古城却好似一壶埋藏在深巷里的好酒，芳香自溢，淡看流年，更像一位荒废了青春、蹉跎了岁月的老人，有自己独特的气质，令人沉醉其中。

翻开长汀古城千年的浩瀚史卷，寻觅踪迹叩问渊源，试图让自己向古汀州更靠近一些。长汀古称"汀州"，位于福建西部的闽赣交界处，如今隶属龙岩地区，是国务院第三批公布的国家历史文化名城，世界客家首府。长汀古城自唐开元二十四年（736 年）始设汀州，有近 1300 年的历史。这里曾设过州、郡、路、府，唐代就已是福建著名的五大州之一，福建四大名城之一，这里一度舟楫塞河，商贾云集，名流齐聚，俨然成为闽西政治商贸重镇。宋代汀州太守陈轩曾有诗云"一川远汇三溪水，千嶂深围四面城""十万人家溪两岸，绿杨烟锁济川桥"，等等，从中可窥见汀州古城往昔的繁华与鼎盛。

如今，长汀遗留下古城墙、古城楼，以及众多唐宋、明清古建筑，是汀州古城标志性的历史风貌建筑。沿着修葺一新的城墙拾级而行，漫步城中，徜徉巷弄里，那些唐代"城隍庙"、宋代儒教场所"汀州文庙"、天后宫、明清老街"店头街"以及秀才考试中心"汀州试院"，还有诸多家族宗庙祠堂等古建筑遗迹一览无余，有的"犹抱琵琶半遮面"，隐匿于成片的客家民居里，有些"旧时王谢堂前燕，飞入寻常百姓家"的味道。

古城的俊朗清秀，古城的灵动古朴，古城的深厚人文底蕴，是古汀州城给人最直接的感受。整座小城被群山环抱，犹如一个偎依在母亲怀里的孩子。在高低起伏、蜿蜒曲折的城墙外，是清澈秀丽、逶迤南流的汀江河，恰如少女飘散飞扬的丝巾，随风流向延绵不绝的群山深处。古城的底色是质朴的，整个小城展现的是山城平民生活的自然图景，全然没有像鼓浪屿、凤凰古城、丽江古城等热门景点，全身洋溢着十足的商业化气息，空气中夹杂着满满的喧嚣与纷乱。这一点与不远处连城县的培田古民居有几分契合，似乎也符合闽西腹地勤劳百姓的低调与朴实。拐进曲径通幽的乌石巷内，踩在青苔斑驳的鹅卵石小道上，偶尔有几个小孩在来回跑动打闹嬉戏，惊起一群鸡鸭，拍动翅膀在小巷里乱飞，我顿时又好像回到了赣西那个小山村里的童年时光。

古城有着浓厚的人文气质，触摸历经风吹雨打残存下来的古城墙、古城楼，踏进那些蕴藏着浓浓历史故事的汀州试院、文武庙宇，呼吸到古城文风脉络源远流长。曾有众多历史名人与这里结下了不解之缘。唐代诗人张九龄在此尝了客家米酒后，兴致盎然，写下了《题谢公楼》。宋代诗词大家陆游至此也曾写下《长汀道中》；民族英雄文天祥率精锐部队入汀，留下了诗章《汀州第六十五》。明代著名学者宋应星，出任汀州推官时完成了《天工开物》。清代大学士纪晓岚在汀州试院当主考官时也有"一菜、一联、一匾额"的故事流传下来。

千年州府，汀州千年，让文人墨客流连吟诵，陈轩、王捷、郝凤升、黄慎、杨澜、纪晓岚、黎士弘、康泳、江瀚等都以如椽巨笔为长汀的山川风物写下不朽的诗篇著作，流传后世。当代文学大亨贾平凹、莫言也对汀州古城由衷盛赞"客家首府，大美汀州"，这些都成为古韵汀州一道亮丽的人文风景。

站在太平廊桥之上，江面轻风徐徐吹来，桥上人流如织、车水马龙、汽笛声声，廊桥两侧凳子上有休闲的老人、嬉戏的小孩、驻足的游客，与两岸古色古香的老城墙、老建筑物形成了天然分隔线，绘就成了一幅自然隽永的市井生活图。桥下的太平码头没有了往日舟楫穿梭的繁华，只有岸堤上功勋坊牌坊似乎在见证着汀州千年的兴衰昌盛。据说功勋坊是汀州百姓对时任两江总督尹继善的褒奖。尹继善曾巡察汀江，推动了汀州的发展，古汀州也因汀江水利水运的兴起，繁盛长达 800 年，故汀州之兴，实乃汀江之兴的推波助澜之功。

来到长汀古城，有一个地方足以吸引游客的眼球，就是位于汀江边那栋"大夫第"宅院，光听其名便可知其出身高贵、身份不俗。身临其境，会被其造型精致、独具匠心的工艺所折服。整座宅院由精巧木雕组建，建筑布局通风优良，采光充足，疏密得当，可以说是客家府第式建筑的经典之作，号称"福建第一木雕楼"。

大夫第由门楼、宇坪、正大厅、左右厢房和后排横屋等部分构成，组合严整，结构稳定刚健。四根大柱托举的楼台，造型古朴、雕镂图案精美的木构件组合出的是一件何其雅致的艺术品。墙面上的窗户各具特色，有木的，也有石的，雕刻的图案或圆或方，体现着设计者别具一格的匠心。正大厅由前厅、天井、上大厅及左右房间组成。桌椅、屏风、壁面、梁檩、瓜柱、斗拱、栏杆，所雕图案或人物，栩栩如生，形态万千，品来有味，犹如一座极具特色的雕刻艺术殿堂。"家无逆子寿命长，国有贤臣安社稷""先代诒谋由德泽，后人继述在书香""一行雁序登云路，十样鸾笺造凤楼"，前后门厅上方的书联足以反映宅院主人的家国情怀和精神境界。

据说，大夫第是江庸的老宅。其祖父江怀廷，为清咸丰三年（1853 年）癸丑科进士，历任四川璧山、南充等地知县，也是一位体恤民情、清廉刚正的好官。宅院正面中央悬挂的写有"秀起汀水"四字的木匾，系清代著名书法家、宁化人伊秉绶书于嘉庆十二年（1807 年）。关于伊秉绶，传说他是现代方便面的鼻祖。

走出汀江博物馆，头脑里涌现了一种无名的怅惘思绪。我感佩那些为了中国革命倾尽心血、牺牲生命的革命先辈。瞿秋白，这个中国共产党早期的领导人，有着坎坷曲折的革命生涯，面对敌人的枪口，保持了共产党人的革命气节，坚守了读书人那种圣洁坚韧的风骨，最后大义凛然，笑对死亡，把灿烂的生命之花开在了长汀这片土地上。汀江试院靠后院左侧不起眼的角落，曾是瞿秋白就义前的关押地。

"寂寞此人间，且喜身无主。眼底云烟过尽时，正我逍遥处。落知春残，一任风和雨。信是明年春再来，应有香如故"，从瞿秋白留下不多的诗篇文章中，足以窥见其才华横溢，满腹经纶。

如今，无论是修缮一新的古迹文物、风貌建筑、宗祠庙宇，还是那些广为流传的红色经典故事，都自然而然融会到青山绿水中，浸漫到山城袅袅四起的炊烟里，伴随那些继往圣的绝学，汇聚一堂，夯实着古韵汀州浓郁深厚的底色。

丽江之行的"艳遇"

艳遇，人们普遍认为就是与情人的约会；丽江，似乎是一座声名远扬的艳遇之城。这让我对即将成行的丽江之旅，有一种理不清的复杂情绪，我在丽江能有"艳遇"吗？"艳遇"又会是什么呢？

丽江，一座平均海拔两千多米的高原之城，丽江古城与玉龙雪山是丽江两大极具特色的标志性景点，一座古城以厚重的人文历史为看点，一座山以浑然天成的自然风光为亮点。

丽江古城，坐落在丽江坝中部，始建于公元 13 世纪的宋末元初。整座古城地面均以红色角砾岩铺就，城内有四方街、木府、王凤楼等景点。

丽江作为中国历史文化名城之一，也是国内以整座古城申报世界文化遗产获得成功的古城。导游一路介绍大美丽江，并且也讲到关于丽江的"艳遇"，还特别解释了"艳遇"的原汁原味。在丽江，所谓的艳遇，并非就是狭义地指向一位情人，而是泛指遇到的一事一人，或一物件，或游览景点产生的一种感慨。这让我顿时豁然开朗，如同在重重迷雾中找到灯塔一般欢喜。

导游在路途中都会交代在丽江旅行的注意事项，印象最深的莫过于如何应对高原反应，特别是对翌日的玉龙雪山之行，对缺氧可能会出现的突发状况，作了一个最坏的提醒。对于我们这些从未涉足高原的南方人来说，还真有点忐忑心悸。团队中的瘦弱美女小吴，在车靠近金沙江时，似乎提前出现了高原反应的征兆——头晕，让大家都感到了一丝紧张。高原反应，也许就是进入丽江的第一份"艳遇"。

从大理到丽江的行程约摸三个小时，车子一路攀坡而上，进入丽江城已接近晚上九点钟。下车时，天空正飘着蒙蒙细雨，身上顿时感到丝丝凉意，衣着短袖的团友们有的直打寒战，心细的家长便忙于给孩子添衣保暖。

身临其境，真正感受到的丽江果然与印象中不同，高原的天气真如同多变的云彩。当地人都说"丽江天，女人脸"，八月里的厦门正处于高温艳阳的"火炉"中，这里却显得格外地不同寻常——"下雨即入冬"，这是丽江给我最初的感受。

第二天在玉龙雪山景区里，时而艳阳高照、晴空万里，时而乌云密布下起紧密的阵雨；忽而大雾弥漫，连绵山脉若隐若现，忽而山风阵阵，让人不知所措。天气别样地频繁转换就像舞台上的变脸一般，让天南地北的游客感受到丽江的与众不同。

两天的行程，主要围绕"一座山、一条峡谷、两座古城"。此前在大理游览了三座古城镇，相形之下，丽江的大研古城与束河古镇均烙印着纳西族风情的标签，可说是各有千秋，韵味各具特色。大研古城以商业繁华、超高人气而名声在外，束河古镇却有一种宁静致远、淡雅质朴的清新美。虽说大研古城的商业味道浓重了一点，但怎么也掩盖不了这座古城别具一格的人文历史底蕴，可以说大研古城是一座文化璀璨、钟灵毓秀的古城，也是八方游客云南之行不可不去的地方。

在丽江古城逗留，"艳遇"经历也算丰富，心头的收获更是满满当当。虽然只有短暂的三个多小时夜色下的闲逛，却让我感受到精致别样的丽江、温情的丽江、秀美的丽江。

在丽江古城，"艳遇"的第一人，就是战友姚老弟。我们曾一同在福建军营里扛过枪、列过阵，结下了兄弟般的情谊，他如今转业在丽江古城所在地街道办事处工作。他带着我们夜游古城，这让我们在夜幕下的古城里穿梭自如。

大研古城内街区巷弄纵横交错，密如蛛网，城依水存，水随街转，小巷临水，跨水筑楼。行走其间，脚踏着由千年岁月洗涤岩石铺就的石板路，感受古城古建筑的原汁原味。加上战友对古城纳西族那些悠长历史的往事如数家珍，娓娓道来，让我们对大研古城有了更全面的认知。

我曾游历过周庄、凤凰古城、汀州古城等地，这些古城似乎千篇一律。我觉得这些古城在大同中存有千人千面的特色，尤其是各个民族特色的文化符号，细看之中还真有大学问。

不知不觉中，走进网红街，跨过四方街，时而进店铺问询纳西族银制品的制作工艺，时而站立于百岁坊的石桥上，感受这座服务百姓六百多年的石桥，如今依然还承载河流两岸的人来人往，时而默然伫立于木府庭院前，穿越时空探寻那些精彩的历史花絮。一会儿，天空飘起密集的雨，我们各自撑起一把花伞，行走在蒙蒙的细雨中，别有一番滋味涌上心头。

看到游客光脚踏入绵绵长长的小溪流里，踩踏在清澈见底的水中的小石子上，任凭涓涓流水的抚摸。石桥上人来人往、人头攒动，熙熙攘攘，杨柳树那些如珠帘般的青青柳枝，随着微风摇曳。此刻，有一种错觉，眼下的风景，恍若一派小桥流水人家的江南风光。这些也反映出纳西族生活状态的悠闲与惬意。

八月，并不是上玉龙雪山观雪的最佳季节，即便这样，也没能排上行程，只得为下次重游埋下一个大大的伏笔。

玉龙雪山是世界登山领域的制高点之一。据说，有一支日本登山队对玉龙雪山研究了整整两年，选择了一个最佳登山时机和一条合理线路，但最后整个登山队依然被雪山无情吞噬，无一生还，这为玉龙雪山披上了更为神秘的面纱。

听闻有关玉龙雪山的各种传说，也觉得玉龙雪山似乎有一种"可远观不可亵玩"的高冷与矜持。此次丽江之行，也是围绕着玉龙雪山打转，游览行程路线安排有玉龙雪山一侧的云杉坪和蓝月谷，还有一场"印象丽江"的露天舞台剧。随着索道的上升，高原的气息日渐浑厚。

最美风景在险处，海拔三千米之上的高原景致——映入眼帘，一种隔尘世外的心境油然而生。玉龙雪山上洁白无瑕的冰雪，蓝月谷里清澈如玉的湖水，云杉坪绿茵如画的草甸，伴随着漂浮不定、若隐若现的云彩。置身其中，诗意的情绪自然萌发于心。在东巴经典《鲁般鲁饶》中，曾把云杉坪描绘成白鹿当耕牛、赤虎当坐骑、雉鸟来报晓、白雪酿美酒、树上结金果、洁净无苍蝇的理想乐园，即纳西族传说中的"玉龙第三国"。妻子和同事都如同孩子般地兴奋，不时变换着姿势，以高峻的雪山、青青的草甸、穿梭的牛羊为背景，留下美好时刻，这可苦了我这个"御用"摄影师。

此次云南之行，专门为看风景而来，却没想到被一位纳西人感动。在丽江古城的和志刚书斋，有幸认识了和志刚老师，犬子昊然得到和老师的签名售书并与之合影留念。我自认为，在丽江最大的"艳遇"就是认识了身残志坚的和志刚，导游称其为丽江的"三大名人"之一，也是丽江旅游的一张烫金名片。就连出租车司机都说："在丽江古城，能见到和志刚，就像追星族见到刘德华一样。"

一位无臂的残疾人，为何能赢得众多的人如此追捧？《假如上帝还我一双手》是和志刚用经历和心灵告白完成的一本自传，通篇语言质朴，情真意切，直击心灵，让我读来泪眼婆娑，久久地被这个坚强的纳西人感动着。在和志刚身上，品味到了身残志更坚，灵魂深处散发出的自强不息、克服困难、永不向惨淡命运低头的拼搏精神。和志刚老师从一位原本需要别人救助的残疾人到捐资百万慈善助人的公益人士，其间的奋斗历程，其中的温情故事，足以让人心灵震撼。

在城厢中学的那些日子

我常跟孩子讲，这个世界上两种人值得你一辈子去感激回报：一是养育你的父母，二是传道受业解惑的老师。

教师节的前两天，我撰写了一段文字，怀想自己学生时代的各位老师，结果回忆的闸门一开，就像喷涌而出的泉水，一发不可收拾。

城厢中学是一所 1986 年才开始创办的全日制初等教育学校。我 1988 年由城厢小学毕业，进入城厢中学，1991 年毕业，属城厢中学第三届，今年正逢毕业 30 周年。虽然没有轰轰烈烈的纪念活动，但只要自己能够记住这段如歌的青春就足够了。

江西省莲花县，地处"湘赣通衢""吴楚咽喉"的位置，山高路险，峰峦叠翠，属井冈山革命根据地重要组成地的一个山城，辖区人口稀少，交通闭塞，经济落后，就是一个穷乡僻壤之地。城厢中学，当年也是随着县城常住人口的增长创办的一所新学校，办学条件艰苦。建校伊始，没有教学楼，均是以原县展览馆的苏式老建筑为底子，学校的教学楼、办公场所、教职员工的家属楼均在这栋大楼里。没过两年，学校兴建了一排时尚的教学楼，教室宽敞明亮，学校在教学楼前平整出大操场，作为升旗、课间操、体育课的主阵地。在新教学楼和展览馆之间横亘着一大片稻田，有一条三四米长的石子路连接着，道路两旁的田里依然还是春天犁地插秧，秋天稻谷飘香。现在看来，母校当年办学条件极其艰苦，教学楼周边没有围墙，旁边民居楼房环绕，连一个器械场都没有，体育课的引体向上只能在校门口篮球板下的横杠上完成。

初中三年的时光，就是在这栋新教学楼里度过的，同学们时常也会去展览馆那个老房子，要么到老师家送作业，要么去任课老师那里挨批评，或者去老师那里领受任务。1989 年，展览馆还开设了县域第一批次的职高班，学制两年，但没两年就停办了。很可惜，这栋时代感很强的老建筑在后来的改扩建中拆除了。如今，县城内还保留着县政府、莲花医院、原莲花中学办公楼三处苏式建筑，据说是 1958 年时修建的。

记得当年，学校对初三年段阶段考试成绩张榜公布，信息栏就设在展览馆东面侧门进口左上方。那时我们最为关心的是年级期中、期末考试综合成绩光荣榜——用红纸做底，用毛笔书写综合成绩前五十名学生的名字。成绩好的同学，自然会挤过去寻找自己的名字，分析考试得失，成绩差的自然不太上心，背着书包灰溜溜地回家。

初中三年，我们班在年级总体成绩名列前茅。每学期两大考试，班级和年级都会进行综合排名，我们都希望能够进入年级九个班前五十名之列。当年，我各科的成绩基本上属于中游，不像班里的那些女生，本身优秀还那么努力。我也曾进入过年级排名前五十名之列，至今记忆犹新。那年中考，初三（6）班优秀的同学，比如尹梅凤、陈小丽、姜素琴、涂珊君、贺婷等，大多去了永新师范、吉安卫校等中专院校，毕业包分配，令人羡慕。尹梅凤同学是 1991 年全县中考的状元，现居北京；龙学良同学是 1994 年全县的高考状元，现供职于南昌某单位。

城厢中学三年时间叠起了一千多个日子，都是成长路上不断累积的岁月，平平淡淡而又真真切切。三十年弹指一挥间，那时的事，那时的人又有多少人会记得？只有在城厢中学有过三年读书经历的人会留意，这是我们成长的岁月，是青春的模样，更是彼此人生阅历的底色，与他人无关，却真实地映衬在我们的生活中。三十年岁月如歌又如风，那些事和那些人会随着时光的远去变得模糊，有的事和有的人却随着岁月的老去更加清晰深刻。

初中那些老师，在教学上大多有自己独特的一面。比如，政治老师周元宴是一位教龄较长的老师，至今也不清楚他是莲花哪里的，他对待教学那种认真负责的态度，至今让我印象深刻。周老师习惯性提着一块小黑板，那是课前精心准备的，上面密密麻麻用粉笔写满知识要点，要求学生必须掌握、背诵，以横线代表需要强记的关键所在。周老师课堂时间一般分成三部分：首先让学生对照小黑板知识点通读，找出重点、难点，画上红线；对疑难问题进行重点解读，不厌其烦；由学生对课堂知识进行背诵、消化。周老师的教学效率还真的很高，他在同学们中也很受欢迎，政治课大家也能轻松拿高分。

化学老师徐庆文，在我印象中是威严的，高大帅气，鼻梁上架着一副金框眼镜，眼神严肃，声音浑厚洪亮。徐老师当时还兼任学校的教导主任，这更是让同学们敬畏几分，上化学课谁都不敢开小差，生怕被揪住小辫子罚站。当年，我的化学成绩在班里属于中游水平，没有被老师特别关照的故事。

英语老师吴珊莲是一位援疆支边回莲的女老师，同住兴莲路鹿角塘，与伯父家是一前一后的邻居，又和伯母是同乡，因此对我也特别关照。吴老师是初中任课老师中唯一的女老师，从初一到初三的英语课都由她教，加上她很有亲和力，同学们都喜欢她。就算周末休息，也有同学自发到她家里玩，有时还调皮耍"狠"，弄得她时常哭笑不得又无可奈何。记忆里，到了毕业班阶段，下午第三节课一般安排自习，便成了老师们争抢的焦点，经常是两三个老师不约而同来到班级，都想多给同学们辅导一点，有时还争得不可开交。

物理老师陈秋南，也是我大哥在吉安师专的校友。记得当年，家人在县城兴莲路购买了一块地皮准备建房，大哥许多大学同学都来家里干粗活，陈秋南老师也到家里挑过砖。还有刘岩老师、李金华老师，他们都是大哥大学数学系的铁杆兄弟，每次家里需要帮忙时他们都在，有的甚至还帮忙下稻田干过活。初三毕业那年，班级组织了一场简洁的毕业告别仪式，陈老师现场还给同学朗诵了汪国真的《热爱生命》："我不去想是否能够成功，既然选择了远方，便只顾风雨兼程。我不去想能否赢得爱情，既然钟情于玫瑰，就勇敢地吐露真诚……我不去想未来是平坦还是泥泞，只要热爱生命，一切，都在意料之中。"

这首诗不仅是陈老师赠送给青春年少的我们的，也是他自己努力践行的目标。陈老师后来考上研究生，现已是湖南湘潭大学的教授。每年春节期间，回乡的同学们偶尔也会组织小型聚会，陈老师只要回老家，一定会参加同学们的聚会，一起畅叙曾经的难忘时光。

数学老师兼班主任金少华，作为年级数学教学组组长，后成了城厢中学的金校长。当年，金老师在我印象里就是一个不苟言笑、要求严厉、认真负责的严师。其实，金老师比我们也大不了几岁，一头时尚的三七分，头发还略带自然卷，平时要么身着一套合身得体的西服，要么就是一件皮夹克，散发着一种年富力强的干练与帅气。老师一家当年也是居住在展览馆，师母在医院上班，女儿当时也就三四岁的样子，非常可爱。记得初二的那个端午节前，老师还交代同学回家不要只顾吃大餐而忘记完成作业，结果自己却出了点小意外——被高压锅热气烫伤脸住了院。平时，同学们下课后最喜欢一起嬉戏打闹，但只要金老师一出现，顿时鸦雀无声。

另外，令同学们最佩服的还是金老师在黑板上用粉笔画圆的技巧。金老师从来不用圆规，只是右手拿着一支粉笔，手一挥，瞬间黑板上便显现出一个标准的图形。金老师那行云流水、一气呵成的气势让大家惊叹不已，称奇叫绝。

当年教我们的还有语文老师贺鹏虎、生物老师陈小平等。记得在初一，还有一些吉安师专到学校实习的老师，一般也是莲花籍的，虽然只有小半年的实习时间，但还是令人记忆至深。有一位名叫刘寒松的实习老师，家住兴莲路，因脚患有疾病而引人注目。他非常刻苦上进，平时还喜欢弹吉他，弹得一手好曲目，还带领全班同学到水库春游。

6班集中了如此优秀的老师，可谓强将手下无弱兵，也让班级一度名声在外，使得许多家长千方百计把孩子转进6班，6班也成了那一届的香饽饽。记得刘智峰、黄华泌、刘菲等同学也是中途转学来的。

回忆起老师，自然也会想起三年同窗的纯真情谊。初中阶段正是同学们青春懵懂、情窦初开的年龄，少男少女之间的好感与爱慕都是一种油然而生的自然情感。到了初三，这种暗地里的爱慕转变成书信来往，互赠照片。我也许是属于"木壳"脑袋，或是男孩子在这方面天生愚笨，似乎慢半拍，当年也有女同学传递纸条，但我没有接上"电源"，结果始终处于断电状态。后来随着毕业的分别，这小火焰也就自然熄灭了，只保持了一种纯真质朴的同学情谊。毕业之后，有的同学结婚早，比如贺明德、颜金华等，如今都已升级为爷爷或外公。

人的一生，就像从原点发出的一条条射线，三十年的岁月让每个同学都选择了自己独特的方向，留下了不同长度的人生轨迹，如今分布于天南海北，北京、上海、深圳、海南、省城、萍乡、老家，从事的事业也是迥然不同，各有收获，有当公务员的，有做教师的，有做生意的，等等。令人感佩的是严斌生同学，初中毕业后一直无音信，后来从同学口中得知其南下广东艰苦创业，一步一个脚印，从无到有，从小到大，打造出"甘源食品"这家规模宏大的上市企业。

在城厢中学的三年，每个同学都有一箩筐的故事，但现在能够记起的人和事的确不多。三年里，我有幸成为班级的第一批团员，曾到革命烈士馆宣誓入团，随后又入选学校团委会；三年里，我有幸加入学校"文学摇篮社"，印刷过刊物，也撰写过一些青涩的文字；三年里，我有幸加入班委会，组织全班队列夺得年级第一；三年里，我右脚不幸被开水烫伤一次，留下一块不深不浅的疤痕，英语老师还上门为我补过课；三年里，我经常在校门口的理发店里，听到贺建平的父亲对其进行苦口婆心地劝告。贺建平当年也是一个调皮捣蛋的孩子，终于在初三时醒悟到读书的重要。

近两年，听闻母校已迁至小碧岭原莲花中学校区内，原来老校区已移交给城厢小学。一所学校如同一个人，都有从出生到成长不同阶段的发展历程，有一茬茬城厢人勠力同心，众人拾柴火焰高，母校一定会走向更高更好的境界。

词作家黄小名为母校创作了《最闪亮的自己》作为校歌，听着这首青春旋律激荡的歌曲，欣喜母校随着时代的变迁也华丽转身。对于我们这一届城厢同学来说，位于康达路的老校区是我们对城厢中学最牵挂的根和魂，那里曾留下我们琅琅的书声和青春的梦想，以及年少的浮躁，更会牵起我们对母校那份深深的眷恋。

（1990 年 4 月，城厢中学新团员在县革命纪念馆举行入团宣誓时留影）

那些"二杆子"兄弟

2020 年 11 月 11 日，局领导将我叫进办公室，表示要将我抽调进区委乡村振兴办工作。区委乡村振兴办，作为区委主要领导分管负责的部门，其标准必然更高，有一份压力，需要一份更强的责任心。原本很想回到久违的执法大队，重拾起本职领域的执法业务，但组织的召唤又像战斗中冲锋的号角，没多想，我服从了组织的安排。

事有巧合，这让我想到 2013 年 11 月 11 日，恰是自己抽调到区委重大项目督查办的日子，也让我不由得想起与那些"二杆子"兄弟共事的往昔。

2013 年，转业到区农林水利局不久，一纸抽调令把我的工作地点切换至区委重大项目督查办。我转业这些年，在区委重大项目督查办工作的时间最长，区委重大项目督查办那帮兄弟，是名副其实的"二杆子"。督查办十几个成员主要来自两大系统：一是教育系统学校的老师，是正宗科班出身的"笔杆子"，二是各单位的军转干部，属于操枪弄炮实打实的"枪杆子"，戏称"二杆子"——平时以这种自嘲的调侃，来缓解高强度、快节奏的工作带来的压力。

平日里，大家一听到区委重大项目督查办，都有种情不自禁的敬畏感，都说被督查办关注的没有推进不了的项目，没有解决不了问题，因为大家知道，督查办是一个很有凝聚力和战斗力的团队。面对重大项目，对内不缺坐而论道的"笔杆子"，对外有冲锋陷阵的"枪杆子"，具有雷厉风行、攻坚克难的执行力。督查办当时要求所有成员具备的基本素质就是：坐下来能写（材料），站出来会讲（协调），走出去能督（跟踪）。这个凝心聚力的团队有效推进了全区重点工作的进度，也多次受到区主要领导在不同场合的首肯和称赞。

区委重大项目督查办的职能可简而言之归纳为：全面细致地掌握重点工作的推进落实情况、存在问题及解决问题的办法，为区领导决策部署提供第一手翔实资料，当好区委、区政府主要领导的参谋助手，做好服务保障工作。对一些重大急事、特事一般都是现场跟踪，下发整改落实清单，形成督查专报或呈阅件，依据区领导批示，进行再跟踪再落实再反馈，形成一套重点工作督、查、办的闭合回路，抓住问题紧盯不放，做到一查到底、一督到底，直到问题彻底解决。

蓦然回首，督查办组建十年来，也是翔安区全面建设日新月异的十年，许多重大项目、重点工程都有督查办参与其中，也闪现着同事的身影。以翔安国际机场为主的省、市重点工程，以滨海东大道为主的交通路网，以香山风景区建设的民生项目，以及全区征地拆迁的交地清表，保障重点项目的立项与落地，我们的同事都身在其中，明显感到翔安区这个厦门市最年轻的行政区域那无限的活力和张力，代表了经济特区的一种朝气，勃勃生机。督查办同事的工作也是如此，流下的是一片汗水，孕育的是一片希望。

那年 11 月 11 日，到督查办报到，记得当时全办公室的人员在邱主任的带领下，在一家餐馆里进行了一次简单的迎新送旧仪式。

王增嘉老师很舍不得离开这个温馨的集体，要我接替他做好各项工作。后来我听说王老师也擅长书法创作，他的书法苍劲有力，练达平稳，收放自如，作品深受大家喜爱，他还是省、市书法家协会会员。当年，督查办有一项周例会制度，每个小组都得简要梳理上周工作完成情况及本周的工作思路和行程安排，就像部队的早交班制度一样，让我感受到新鲜而又熟悉的味道。

初来乍到新岗位，还处于懵懵懂懂的状态，连"双查""四术""社会抚养费征收"等基本概念是啥都还没搞清楚。在到岗的第三天，被要求撰写月计生督查专报。此项工作原来由王增嘉老师负责，可他所在学校要求他回归岗位，由我填补空缺。那时临近年终，任务一件连着一件，不久又要撰写全区计生督查工作总结，当时感到压力山大，还悄悄对肖延国诉说苦衷，甚至打起了退堂鼓。那时，这个互帮互助的集体也在鼓舞着我，一定得坚持下来。生活的辩证法告诉我，面对困难，你强大了困难就变小了。的确如此，任何事情都是一个渐进的过程，只要有足够的责任心，攻克难关也在意料之中。

记得当年，时任区卫计局局长洪求瑛常来督查办探讨工作，他是一位善于借力推动工作的领导。此前，他曾任督查办主任，深知其中奥妙。在卫计局任职期间，也是计生工作最吃紧的阶段，区领导三天两头过问计生数据，全区每月召开区计生例会，选择在主要数据指标落后的镇（街），并邀请区委分管计生工作的副书记何伯星参会。另外，洪局长还积极协调将人口与计生工作纳入区督查的重要事项，由区委重大项目督查办会同卫计局相关人员每月分成五个督查小组，分别下沉村（居），由纪委常委带队现场督查村（居）计生例会召开落实情况，督促镇（街）包村领导、包村干部、计生专职干部、村（居）书记、计生管理员五个层级，形成合力抓工作，从形式到内容抓成效，让全区计生工作在省、市打了个翻身仗。当时，洪局长为了摸清镇（街）"四术"的真实底数，协调督查办和卫计局对相关数据逐一对照核实，拿着镇（街）上报的"双查""四术"等数据到医院核对，具体到手术时间、姓名、村（居）等。

卫计局的纪水池跟我开玩笑，说医院的妇产科，全翔安只有我们两个男同胞进去过。那些年，跟踪镇（街）的计生工作，时常与基层打交道，内厝镇计生办的郭天灯，一位计生战线上的老同志，平时工作最认真、最扎实，但电脑输入操作生疏，只得把全镇的相关资料装盒，每次到镇里核对相关数据最痛苦、最吃力。

在督查办几年，工作虽然很辛苦，但我也感觉日子很充实。后来，我又陆续接手美丽厦门典型示范村、社区书院、社区福利院建设、农村污水治理、小流域综合整治、机砖厂整治等项目。这些都是全新领域、陌生的业务，只得和同事们一道，做一些具体的分内事。

跟什么样的人在一起，你就会成为什么样的人。与优秀的人为伍，你必定会从他的身上吸纳到可贵的品质。督查办可谓人才集聚之地，我从身边的同事身上吸取优秀养分。督查办的"领头雁"邱惠霜主任，作为本人转业到地方工作接触时间最长的领导，是最让我由衷敬佩的。她身上自带亲和力。她在工作岗位上这些年不断地调整变动，从纪委到区委，还兼任多个岗位的领导职务。领导督查办这样一个来自不同单位人员组成的临时机构，面对繁重、快节奏的工作任务压力，其实更需要一位果敢严肃的男领导。

那些年，跟随邱主任在督查办，工作任务一年比一年多，工作要求越来越高，但邱主任处事不急不躁，脸上始终洋溢着标志性的自信和微笑，许多急、难事项在她那里得到妥善处置，就像诸葛亮，谈笑间把轻、重、缓、急的事情拿捏得很到位。

又如郑良，一位从野战部队正团级岗位上转业的领导，从区红十字会秘书长岗位上抽调过来，是办公室年龄最长的老大哥。老郑不光具有丰富的行政管理经验，还能撰写一手择词断句的好材料。那时办公室所有的材料均由老郑把关定向，精雕细琢。当初，我第一次跟他学习撰写材料，就是从区年终计生督查工作总结开始的，从材料的框架思路到具体层面，他不厌其烦，手把手地进行传帮带，刚开始还不觉得什么，后来我离开了督查办才感觉到当初的磨炼有种受益匪浅的获得感。

"三人行，必有我师焉。"在同事身上，我感受到了满满的正能量。蔡鹏旋，一位来自新圩中学的数学老师，他更是一位身怀诗书才气的青年俊杰，平时业余时间，潜心钻研山水书画，特别擅长画竹子，他笔下的竹子有"理"有"节"——知其画理，得其劲节，画风透出一种灵动氤氲，被业内人士称为福建省"郑板桥"，举办过多场个人画展，个人事迹多次在省、市各类媒体专版宣传，在厦门书画界颇具一定的影响力。就是这样一位翔安书画界的"竹神"，在督查办工作起来也是一个认死理的"拼命三郎"。记得滨海东大道全线打通关键节点，新店镇下后滨几栋祠堂和数座坟墓征地拆迁的攻坚阶段，他几乎天天蹲守现场，盯住问题紧抓不放，身上透出一股不达目的不松口的韧劲。

　　肖延国，与我来自相同的团队，有一样的工作经历，可谓交集最多的同事。在部队时，只知道他一直从事财务工作，认为他抽调督查办也只适合搞搞内勤工作。任何人相近才相识，相处才相知。的确如此，没想到他是一个多面手，既上得了厅堂，又下得了厨房。我私下里对他说，你工作可说是转行了，不仅要做好办公室日常协调、后勤保障工作，还要承担现场督办以及涉及办公室各类总结性的材料，单单撰写材料就相当于部队的组宣科（股）的工作了，可他毫无怨言，经常嘿嘿一笑，又埋头在自己那一亩三分地，对数据、理思路。

　　督查办的"双节棍"：林跃辉和林添辉，分别从区检察院、区政府办抽调而来，他们分别育有一儿一女，都是同年参加高考进入大学，大家调侃索性结成亲家得了。林添辉是处理信访件督查督办的专业户，林跃辉属于全能型选手，既要做好对接内厝镇的相关事项，还要应对诸如中央环保督察……

　　在邱主任的带领下，制定了《翔安区重点工作督查人员职责》《翔安区重点工作督查奖惩试行办法》等规章，并且要求督查工作做到"要三沉、知真情；会分析，能协调；明职责，敢较真；促成效，有奖惩"。后来，离开了督查办，不论在机场指挥部、河长办，还是在下乡执法过程中，我也会利用工作之便对曾经跟踪过的社区书院、美丽厦门共同缔造典型点、农村污水处理站点进行"回头看"，虽然早已不在现行工作职责之列，但觉得有些方面的工作还需要进一步改进。比如"美丽厦门共同缔造"，原来在全区面上铺开建设的有十几个村（居），如今再次踏访，感觉维护管养方面还需要强化，存在着重建设轻管养、重任务轻运行、重建设轻成效等问题。

　　作为抽调干部，时常也会产生些许无奈和迷茫。有时回到单位，有同事说，抽调在外，"肥了别人家的田，荒了自家的地"，况且每到年终岁尾评先奖优时又没有份儿，究竟图个啥？这些年又有什么样的收获呢？说实在话，自己也曾疑惑过，一度也极力要求回归本单位，安心"耕自家责任田"。

蔡阿在局长在办公室与我促膝谈心说，一个人在年轻的时候，不要图慕安逸，要在干事的年龄尽力做一点有益于老百姓的事。这话犹如醍醐灌顶，让我的思维有了一个新拓展。这些年，我们督查办那些"二杆子"兄弟，不都是这样吗！按理说大家都只是事业或者参公的编制岗位，晋升通道极其有限，甚至说都到"天花板"了，但他们依然以饱满的热情、满腔的情怀做好眼下的事，经常是加班加点地忙碌着。这是为什么？因为心中有一颗种子，眼里就有一份收获。

督查办的那帮兄弟，每个人都有各自的光彩与获得感。有些收获是有形的，而更多的收获是无形的。林小涵，来自发改局的小姑娘，在督查办的时间最长，收获也最丰厚，找到爱情组建了家庭，成为一儿一女的母亲。又如陈苏武和陈志标两位来自教育系统，均已过不惑之年，依然抓住了计生政策的红利，成为二孩政策的受益者，让大家羡慕不已。洪志刚，可算督查办的元老，从督查办成立之初就被从区商务局抽调过来，今年回归原单位，前后有十年时间，见证了督查办各个阶段的工作特点，也见证了督查办这个平台是锻炼人、培养人的好平台。有的同事从督查办出去之后走向了领导岗位，有的分散到各个岗位也成为独当一面的业务骨干。令洪志刚最欣慰、最有成就感的是其儿子大学毕业后通过考试加入村官队伍，也算子承父业，在镇（街）成为一名有担当的公职人员。督查办蔡秋东和老徐两位司机，被戏称为"师"级干部，数年来风里来雨里去，保障办公室全部现场督查用车，曾面临公车改革的困惑与迷茫、岗位的转换，经历了心理落差。老徐来自三明，最终还是把全家迁到翔安区安营扎寨，也许在他心里，这里给予他的幸福感和获得感更多一些。

当年，郑良到新圩镇担任领导职务之后，督查办又先后补充了董维新、王学文两位部队转业的领导干部，分别在地方市、县武装部担任过部长、政委，属于地方市、县委班子成员的"武常委"，有着丰富的领导管理经验。

　　"与高人同行，你能登上巅峰"，与他们共事这些年，总感到生活中充满着浓浓的暖意，工作中说干就干，虎虎生威，我从他们身上感悟出很多做人做事的道理。我和王学文更是有缘分，先后在督查办、机场翔安分指挥部、农业农村局三个单位都有交集，在他的领导下，我更细致深入地感受到他为人处世的方与圆。

　　大家都说时光如流星，划过之处既无痕，也无形！其实每一个人的经历都会在时光流逝中沉淀，也会留下深浅不一的履痕，就像曾经在区重大项目督查办的那段艰苦而又充实的时光，留住了芬芳，填满了年华。唯一遗憾的是，当年督查办全体成员竟没有照一张完整的全家福。

（2017年，作者与家人在福建南靖塔下村留影）

沧江古镇话端午

我作为他乡异客，每到传统佳节，心头自然会生出一种思乡的缠绵。离家年份越长，这种悠长的情绪越是交织于心。

端午节的那些家乡习俗，随着离家的脚步越来越淡化了，除去对粽子那种深刻而又美好的向往，其他仅存于脑海的记忆，也如风一样，随着世事的变迁渐行渐远，变得模糊不清，直至不再想起。

在军营阶段，对于厦门当地的习俗，没能渗透其中，故而对当地风俗知之甚少。如今，转业厦门已数年，融入当地端午节的，似乎也只是停留在那令人垂涎三尺的肉粽和一年一度集美龙舟池举办的龙舟赛事上。除此之外，再没有更多印象。这或许是因为我游离于闽南这方水土之外，还没能完全做到入乡随俗。

粽子与龙舟赛事，似乎是端午节一对标志性的"双胞胎"，其中包粽子、吃粽子是寻常百姓最接地气的节日传统。记得在老家，每每山村袅袅炊烟升上天际，家家户户蒸笼里飘散开来的粽味芳香，足以让那些放学归来的孩童口水外溢，眉开眼笑。

又到一年端午时，在厦门的部分莲花同乡，在李正泉老大哥的召集下，分头从岛内、集美、同安、海沧等不同方位，驱车前来海沧农场的江西土菜馆，品家乡菜，饮故乡酒，共叙乡情。异乡相聚，觥筹交错，驱散了"独在异乡为异客，每逢佳节倍思亲"的缠绵与惆怅。

一盘香气诱人的莲花血鸭端上桌，大家都说这才是正宗的莲花同乡聚餐。要知道，在同乡眼里，莲花血鸭就意味着家乡，如能吃上一盘莲花血鸭，就是一件美事。在推杯换盏中，莲花上西、龚西的乡音在交错中互动。大家吃的是饭，又不单是一顿饭，叙的是话题，又不单是一次平常的交流。人的一生，能相遇相识是一种缘，能相聚一堂更是一种缘中之缘。厦门的莲花同乡，更加珍视也更为珍惜这段异地的乡愁情缘。俗话说，亲不亲故乡人，美不美家乡水。共同的经历，一样的乡愁情怀，让大家走得更近、走得更勤、走得更亲。"把同乡当亲戚走，把老乡当兄弟看"，异地他乡抱团取暖，让我们这种乡情更加纯粹，如水波潋滟，在这里演绎并焕发出更加精彩绝伦的故土情结。

当年离开家乡，融入厦门这方水土，弹指一挥间，也已25年了，故乡成了渐行渐远的他乡，厦门却越来越像自己的家乡，也俨然成了儿子的故乡。相识是缘分，相知是情分，与同乡相识相处的多则二十几年，少则也有数年。这是什么？不是兄弟胜似兄弟，不是亲戚胜似亲戚。用生林老哥通俗直白的话说："在厦门，一旦有事，除了亲戚之外，你第一个电话打给谁？"每个人的答案毋庸置疑，肯定是这些朝夕相处的同乡，这就是一方水土一方人的缘分和情谊。

酒足饭饱后，有留下来玩牌的，有打道回府的，我则带领几位嫂子驱车到沧江古镇，参观莲塘别墅，逛柯井张氏祖庙。走进古朴幽静的沧江古镇，一种穿越时空的感觉油然而生。这个昔日车水马龙、商贾如流的集市，随着海沧大桥的通车，海沧行政区的迁移，渐渐地也丧失了经济文化中心的地位。远去的喧嚣，遁去的叫卖，沧江古镇犹如一位失宠的宫女，被流放闲置在九龙江畔的角落，淡看潮水的起落、舟楫的游弋。

在新街的中心位置，我们走累了，选择了一家百年老字号"三都"土笋冻门店驻足歇息，品尝一份正宗的土笋冻。这份老字号"三都"土笋冻，勾起了我们对家乡端午节的回忆。两位嫂子与我有着很深的缘分，她们都是军嫂，离开家乡的年头也很长，掐指算来，她们在厦门生活的时间远远超过了在故乡的时间，但这似乎并不影响她们对家乡深深地眷恋。

话题一开，对老家端午节的事情如数家珍，娓娓道来。小敏嫂子是闪石乡上西人，嫁到莲花县城，后又随军到厦门，对上西、农西的乡约民俗也是了如指掌。她说，老家端午节早餐按习俗要食"五子"，就是粽子、包子、豆子、蒜子、盐子（鸡蛋）。老家的粽子还真有别于厦门的肉粽，一般是糯米加红豆或火腿制成，用竹叶扎成三角形，清香滑润，爽口，保存数天也不会变质。

小敏嫂子说，在老家，女子出嫁后，每年端午节都要给娘家送节礼，以示孝敬。俗话说"娘送女送一年，女送娘万万年"。已订婚而未婚的男方更要给女方送厚礼，叫送新节，其中粽子、包子、扇子是必送之物。秀兰大姐是坊楼人，也是一位军嫂，还是一位大家闺秀，当年为了随军也是作出了很大的牺牲。她原在家乡政府部门端着"铁饭碗"，因随军放弃了稳定的工作来到厦门，也曾打过工，在社区当过书记，后来通过招考进入街道办事处，绕了一个弯又重新回去干行政工作。说起端午，她也回忆起老家有喝雄黄酒的风俗，不管上西还是农西，长辈们会把雄黄碾成粉末，兑上酒，即称雄黄酒。中午用饭时饮用，大人们还将雄黄酒涂在小孩子的耳、鼻、头额和脸颊上，以避免毒虫叮咬。

大家你一言我一语，串起家乡端午节那些零碎的记忆。小敏嫂子说，老家还会用红纸写上"艾叶如旗抬百福，菖蒲似箭斩万邪""五月五日午，金狮骑艾虎，是非归天去，虫蚁入地土"等吉祥语，贴在大门或墙上。我记得在农村，各家各户还在屋内外和菜园扬石灰、洒雄黄酒，还常常用艾叶、菖蒲煮水洗澡，据说能清热解毒、消除痱子。品尝完土笋冻，我们继续行走在沧江古镇上，惊喜地看到有的人家门窗上也插上了艾叶、菖蒲。顿时，我们好像又回到了童年时家乡的小山村，回味着那时村里浓郁的端午气氛。

儿子昊然土生土长于厦门，早已融入闽南这方水土，尽管我们平时要求他学说莲花话、吃家乡菜，但对于家乡端午节的感受、家乡的风土人情，他也只是停留在一种概念上，自然对于我们的话题不感兴趣，吃土笋冻也是浅尝辄止，闹腾着要回岛内。

随后，伴随着九龙江畔的汽笛声，夕阳的余晖把天空映衬得如一张彩色的窗帘，驱车向岛内方向进发。其实，人生的旅途就是这样，在不断赶场中前行，体验着多姿多彩的况味。

最是荷花斗艳时

此前，在厦门能够观赏荷花千姿百态、万种风情的地方，那必定只有杏林湾园博苑。一年一度的荷花展，算是厦门区域内规模宏大、品种繁多、格调品位上乘的赏荷之地。

因"荷"有缘，我几乎年年都会欣然前往，虽然年年岁岁花相似，但岁岁年年看荷花的心情却不尽相同。又到七月盛夏日，园博苑又是一年荷花开。屈指算来，园博苑应该也是举办第十一届荷花展了，心头也盘算着要择日前去与"荷"相会。除此之外，厦门赏荷之地还有岛内的莲花公园，一隅的池塘里种植有一小片荷花，也属荷花精品，可满足部分岛内市民的荷花情结。

意外有时就是突然降落的一份惊喜。怎么也不曾想到，这个七月，在翔安九溪流域竟然种植了如此点面相连成片的荷花，着实给了喜欢荷花的市民一份意外和欣喜。

前几天，看到文友邹君在朋友圈分享了一组九溪赏荷图，邹君引领着一群身着汉服的帅哥美女，抚琴弄笛，摇扇追荷，一派诗情画意的唯美景致，足以让我心驰神往。尤其邹君触景生情，即兴赋诗："人间七月荷花尽，不知移入九溪来。翔安九溪，荷花正盛，错过了荷，便是错过了一个夏季。"我瞬间心动。

不想错过这片荷海，便决定利用闲暇追荷而去。在印象中，翔安地域内种植如此大规模的荷花，而且还在九溪流域，心中更加有一种天然的亲近感。我曾在区河长办工作数年，足迹遍及辖区内的各条河流支脉，对九溪流域及其各条支流也是心中有数，不用导航便能到达准确位置。从邹君发的照片便可以初步判断，这片荷花就在内厝镇莲溪上游塘头段。莲溪是翔安区小流域综合整治成效最明显的溪流之一，塘头节点公园更是打造得错落有致，亭台水榭分布雅致，恰到好处地点缀了莲溪，彰显了隽永和谐，一度成为翔安区居民热门的休闲打卡之地。这个周末，我从岛内寓所驱车出发，轻车熟路，不到四十分钟便到达了塘头湿地公园。

在塘头湿地公园池塘内，种植着满池的睡莲，片片圆罗盘模样的荷叶铺展在水面上，星星点点的紫红荷花点缀其间，有的就像小灯笼一般还处在含苞待放状态，平铺如镜的水面上，那一抹绿叶红荷，扮靓着这座湿地公园。沿着溪流上行，在地处莲溪后田支流处的池塘内，数亩荷花连片成海，让人眼前一亮。片片荷叶在微风吹拂下，像起伏的海潮，在一阵接一阵的微风中形成一个高低循环的峰谷，着实让人兴奋不已。

绽放的朵朵红荷高于荷叶，又像一位位忘情的舞者，迎风摇曳，那种独领风骚的妩媚和娇艳，让人如痴如醉。有些风景置于错地，就像一份没人读得懂的心思，任凭风雨过，无人能知晓。这片荷花，周边田地里的农人没有工夫，也没有闲情来欣赏这大好的红荷花海，因为他们都在埋头收获着番薯、青蒜，或是给各类蔬菜施肥。对于他们来说，我似乎就是清闲的客人，甚至还不太理解我为何为这片花海所痴迷。

是啊，百姓们专注于田园里实实在在的收成，我却在钟情放飞那种水到渠成的自然，其实不管哪种心境，自己喜欢的才是最好的状态。

就这样，九溪流域的这片荷香花海我算是领略过了，手机里也拍摄了许多照片，此时我却又惦记起园博苑的那片荷花。于是，趁着夏日艳阳高照，又马不停蹄地驾车赶往位于杏林湾的那片花海。我哼着小曲跨区远足，半天时间里把厦门的荷花尽收眼底，似乎在完成一个心愿。

这时候，也许不全是为看荷花而去，好像是在了却一份说不清的心事。因为，在厦门能够看到这些盛开的荷花，便会情不自禁地想起家乡的那片荷花来。

赣西山城家乡的荷花，似乎有别于厦门的，始终有一种满满家的味道。从某种意义上说，家乡的荷花也就代表着家乡，已经升华为一种标志符号，化作浓郁的情结。

我的家乡位于罗霄山脉中段的莲花，是全国唯一以花卉命名的县级城市。每年的七月，以荷花为主题的旅游节更是吸引着成千上万的游客慕名而来，沉醉于家乡的那片荷花。"一朵荷花"与"一道菜"，成为家乡的文化品牌，牵起众多他乡游子心中难舍难分的思乡愁绪。

园博苑的荷花，其精致，其品相，其生成环境，好像代表着一种皇家的高贵和娇柔，生长于温室大棚，享受百般呵护，少了一分浑然天成的质朴。翔安莲溪上的荷花，则是一种放置郊野的淡雅与自然，芬芳自吐，出生在寻常百姓家，那份质朴纯洁也吸引眼球无数。千里之外的家乡，那争艳开放的荷花，无疑是最通人情世故的，常常让我倚窗望乡，触景生情。

在我的眼中，园博苑精心种植的那片荷花，为游客生长，因此必须装扮出为游客而来的精致与美丽。九溪流域的荷花，主要为改良溪流水质有选择而种，兼具观赏价值，因此不太在乎别人的关注，更多的时候只是保持一种原汁原味的生存状态。而家乡那片方圆数千里的荷花，也许是为了打造一种地域旅游文化和乡村振兴而生，因此更加注重形式与内容的结合，聚焦的是富有成效的社会经济影响力。

回到家里，打开朋友圈，许多同乡在分享家乡第九届莲文化旅游节开幕式直播现场，让我足不出户，也能跨越千里，"为荷而去，云游莲花"。在直播中观赏到家乡那片熟悉的荷花海洋，体验到故乡的绿色生态、乡村美景和美食佳肴……

此时，此刻，此情，又有一种思乡的潮水涌上心头，荡漾着，翻滚着。

山林深处寻土堡

说起福建土楼，身边的同事都能如数家珍，但要说起福建土堡却知之者甚少，更别说到此一游了。福建的土楼和土堡原本是一对孪生兄弟，探其历史渊源，土堡还是名副其实的兄长，而如今土楼可说是众星捧月，早已成为世界文化遗产，闻名遐迩。土堡，则是一片默默无闻的绿叶，被掩盖在杂草丛生之中，鲜为人知。土楼和土堡的命运为何有天壤之别呢？清明假期里，我驾车对散落在山林深处的土堡来了一次探寻，感受了隐匿在世外桃源之中的土堡。

穿梭在永安、大田数个村庄山林间，触摸斑驳的墙体门楣，被岁月侵蚀的窗台瓦片，感受土堡创建者的别出心裁。土堡大都修建在偏远的山林里，与山地自然融为一体，很难被外人发现。我一边借助导航搜索，一边向当地老乡打听，方才找到。两天行程串起五座土堡，一座接着一座被我尽收眼底，我也与"养在深闺人未识"的古堡进行了一次对话，用心感受那些巨富豪绅当年创建古堡的家国情怀。

一座座古堡是乡土建筑艺术的奇葩，这是我游历这些土堡之后最直接的感受。如此闭塞的山林里修建的土堡规模如此宏大，所有建筑材料都靠肩挑手提，光石材运输之艰难就可想而知，如今展现在我们面前的古堡之宏伟、恢宏、牢固，功能设施配套令人称奇。座座土堡设计布置繁简有致，独具匠心，堡顶层层叠落有序，屋檐装饰华丽夺目，厅堂、楼阁的楠木浮雕，千姿百态让人叫绝。

永安市洋头村安贞堡，占地 15 亩，建筑面积达 6000 平方米，有大小房间 360 间，18 个厅堂，12 间厨房，5 口水井。古堡前的晒谷场可容纳数千人，历时 14 年才竣工，整个建筑群落气势雄伟、耀眼夺目，历经百余年风雨沧桑仍巍然屹立，历久弥新。

抵御匪患，保境护民，我感受到这是土堡最突出的功能。古堡大都修建在明清时期——土匪四起的阶段。福建沿海一些地方巨富豪绅为了家族、乡邻避匪患而修筑了具有防御功能的土堡。依山而建的安良堡是典型的防御性土堡，土堡墙体周边布设射击孔，可四面御敌，不留死角；潭城堡外墙三五步便是一个瞭望窗和枪眼，跑马道非常宽敞，便于机动穿梭，一个角楼倚在大门旁，与大门互为犄角，构成一道御敌屏障，使来犯者无法靠近。安贞堡环堡马道墙体设计有 90 个扇形了瞭望窗，180 个圆形射击孔，犹如密布在人周身的眼睛。据说，1930 年，德化千余名土匪攻打安贞堡，最终也是无功而返。坐落在地势险峻的山岗上的琵琶堡更是独具特色，土堡四周地势陡峭，易守难攻，而且整个土堡只开一扇门，"一夫当关，万夫莫开"。史料记载，由于这些土堡的防御性好，地理位置险峻隐蔽，一度被红军部队当成一道御敌屏障。安良堡曾作为中国工农红军红九军团总部所在地，粟裕大将带领中国工农红军北上抗日先遣队也曾在芳联堡驻扎，安贞堡曾作为全国备战备荒二级仓库。

走进这些几经沧桑、历经百年风雨仍矗立的古堡，抚摸斑驳的墙体，品读厅堂、门侧的对联以及屋檐、壁画、窗雕依稀可见的图案，仿佛看到了古堡主人的内心世界。"平安竹报全家庆，富贵花开满室春""安于未雨绸缪固，贞观休风静谧多""芳事庭垂花蕚近，联辉阶接锦香余""芳户对青山绿水，联门含画意诗情"，渴望太平盛世，向往安居乐业的幸福生活，这是处于乱世中的普通老百姓的美好追求。

世事更替，岁月轮回，老百姓心目中有杆秤，不会忘记给他们遮过风挡过雨的人，如安贞堡的创建者池占瑞父子、潭城堡的创建者郑尚、安良堡的创建者熊坤生、芳联堡的创建者张应滥父子，等等。因为在那个不太平的年代，这座座土堡就是他们最后的救命稻草。

了解座座古堡的前世今生，不免心生悲怆，安贞堡主人池云龙考取乙酉科"拔贡"，还加补"知府"，应该是个有知识且见过世面的人，为什么不带领家族走出这穷乡僻壤，谋求更广阔的天地呢？一代又一代池氏后裔至今默默地与土堡为伴，没落在这封闭的山林里。芳联堡的主人张应滥思想还颇具前瞻性，把儿子元梅送到省城念书，希望儿子功成名就，将来光宗耀祖，却不想元梅执意回到这个小地方兴建土堡，便注定了此生"唯留功名在土堡"。

　　人走出了土堡，心却留在了土堡，这一座座土堡如今不再坚固，不再伟岸，也经不起岁月的风吹雨打，大多数土堡自然地风化老去，被蚕食直至消亡。土堡，记录了闽中老百姓奋起抗倭御匪的历史，如今硝烟散尽，土堡也逐渐被岁月尘封。如何保护这些可贵的历史文化遗产，让土堡的子孙后代永远铭记这段刻骨铭心的历史，又是如我一样关心土堡的人士心中的问号。

（2019 年，在云南大理留影）

翔安有位"徐霞客"

诗人汪国真的《热爱生命》里有句话："既然选择了远方，便只顾风雨兼程。"洪神扶，翔安区新店镇吕塘村一位普通的村民，今年74岁的他就是这样一个热衷于行走远方、不惧风雨的行者。

初次会面，洪神扶给我的第一印象并无特别之处。然而，就是这位其貌不扬、和蔼慈祥的长者，却是一位游历众多山川胜景、历史文化名城的驴友大神，足迹遍布全球三十多个国家。

洪神扶谈起旅行的经历，总是神采飞扬，难以掩饰内心的那份喜悦。在与洪神扶和风细雨的交谈中，他罗列出旅游的一些数据，让我称奇不已。洪神扶已经在福建省60个县市和全国31个省市留下足迹，国内125个5A级风景名胜地，也被洪老游览达80%以上。另外，洪神扶从退休后开始走出国门，游历东南亚、欧洲、北非、北美等共三十多个国家。从洪神扶的行走足迹范围、路程来看，远远超出了明朝的徐霞客。可以说，洪神扶是翔安一位名副其实的旅游达人。

洪神扶为何痴迷于旅游呢？"一个人只有走出家门，才知道世界的辽阔，旅游不仅可以增长见识、丰富视野，还能开阔胸怀。"洪神扶介绍，早在1969年，他第一次出远门到福州，看到福州人口达一百二十多万人，而厦门当时才26万人，便感受到这个世界只有走出去才能更深刻地体会秀美山川和人文历史。

还有一回，他出公差到东北长春购买农机专用车，顺道参观了第一汽车制造厂，一汽的工人就达十几万，这些更加让洪神扶感受到旅游给自己带来的认知提升，思想见解的飞跃。从此，洪神扶便爱上了旅游，而且一发不可收拾。

旅游耗时费力，还得有足够的财力支持方能成行。洪神扶的旅行也是量力而行，退休后从两年一次到一年一次，到后来的一年两次，行走的地方也是由近至远，先由省内到国内，再延伸到国外。近年来，随着汽车的普及，洪神扶和几个志趣相投的朋友玩起了自驾游。洪神扶讲话很是风趣，他告诉我，前年他与四位"70后"驴友（人均70岁以上）自驾去东北三省、内蒙古、山西、河南等地，把大半个中国的名胜古迹来了个一网打尽。

洪神扶兴趣广泛，平时还热衷于研究洪氏家族族谱文化。在他的书房里，有一面书柜密密匝匝排满了从全国各地收集的洪氏族谱、方志、文献、文史资料，等等，粗略算来就有三百多本，简直就是一座洪氏宗族小型博物馆。翻开一本本泛黄线装版本的族谱，从中可以寻得洪氏在各地繁衍分布的情况。这些年，洪神扶在国内各地旅游，附加给自己一项"使命"，就是查找、收集洪氏家族的历史演变脉络。每一次旅游，他总是不忘搜罗当地的洪氏族谱，打听洪氏后人分布状况。为了查找洪氏先辈的足迹，先后九次深入江西乐平、波阳两地的洪氏村落，不惧风雨，孤身一人到市井巷弄里，走访宗庙、宗祠，查阅族谱、文史资料。

洪神扶对先祖踪迹的追寻，达到几近痴迷的境界，只要能打探到些许线索，他就不会放过任何可能。到台湾旅行，他打听到洪秀柱先祖为浙江人氏。在柬埔寨，他还打探到总理洪森的家族脉络，最后确认洪森的祖上是广东人氏。在韩国博物馆，他也不忘查看其族谱渊源，了解韩国最早也使用中国汉字，采用欧式书写。洪神扶经常自嘲："小人忧国事，寻宗到国外。"

洪氏的郡望为敦煌，洪神扶认为祖先与敦煌必定有剪不断的关联。他便特意安排了一趟西北敦煌游，想尽办法要找出其中关联的史料。到了敦煌，洪神扶向当地人打听阳关和玉关所在。族谱资料记载，洪氏祖先曾在阳关和玉关两地镇守戍边，或许会留下史料线索。阳关、玉关两地距离敦煌各有数百公里，而且还在荒无人烟的戈壁滩上，当时还没有直达的公交车，他索性就打车直奔阳关、玉关，费用达650元。最后，虽是无功而返，没能找到相关线索，洪神扶依然乐此不疲。他告诉我，从不后悔，做自己想做的事情，花再多的钱、费再多的周折也值得。

2015 年，洪神扶看到《海峡都市报》报道洪山桥的人文历史，竟把洪山桥的建造时间给弄错了。一向做事认真严谨的洪神扶，查阅洪氏族谱得知，洪山桥是洪氏先祖所建，洪氏先祖曾任南宋福州谏议大夫，被尊称为获麟公，其建造时间是北宋末至南宋初年，而非报道中的明朝。为此事，洪神扶带着洪氏族谱专程赶往福州，找到报社，打开族谱陈述缘由，校正这一历史错误。为此，报社还专门就此问题策划了一个专版《洪山桥往事》，报道此事。

洪神扶虽然只有初中文化，但平时很善于学习和积累，也是一位热心家乡公益事业的人士。从 2002 年开始，洪神扶耗时三年，查阅了大量资料，为吕塘村策划编撰了《吕塘风情》，该书详细记录了吕塘的人文风貌，历史典故，名胜古迹。该书图文并茂，突破了族谱的拘囿，按照方志体例，记载了吕塘村七个姓的宗亲血缘、历史沿革、人物事迹等，演绎了吕塘村原汁原味的风土人情，刻录了吕塘人拼搏奋斗的历史进程。《吕塘风情》是村里第一部记录村庄九百多年发展史的作品，也是翔安区建区以来第一本"村志"，进一步丰富了美丽乡村建设的内涵外延。

洪神扶退休前在新店镇农机推广站工作，多年从事农业机械技术推广业务，是一位集机械、推广、管理、操作、维修于一体的专业型人才。洪神扶熟悉行业，懂得寻找商机和出路，成为吕塘村率先购买机械作业、脱贫致富起来的那一批人。

俗话说，一人好不算好。带动乡亲共同脱贫致富，才是洪神扶的愿望。20 世纪 80 年代，随着厦门经济特区建设开发的热潮，商业嗅觉敏锐的洪神扶紧盯市场需求，与亲友购买了挖掘机、推土机、装载机，为用户租赁机械作业。与此同时，他还动员村民加入，吕塘的村民亲眼看到洪神扶的拼搏发家之路，都愿意跟着他购置机械。老洪为村民找到一条共同脱贫致富的捷径。吕塘村购买挖掘机的人越来越多。吕塘村目前共有挖掘机三百多台，这也成就了吕塘"八闽机械第一村"的美誉。

吕塘村靠挖掘机致富的先进典型事迹，犹如星星之火，迅速传遍八闽大地，先后有《厦门日报》《海峡导报》等新闻媒体争相报道，甚至还被选入《人民日报》特刊。

洪神扶上半年去北非埃及，参观金字塔，下半年带家人到越南，还完成了一趟国内游——重庆游。每次还不忘带些当地的特色美食回来，比如从越南捎回了当地的猫屎咖啡。同时，洪神扶也道出了自己的困惑，许多旅游团不太愿意接待老年游客。即便这样，也难以阻挡洪神扶心中的梦想。时下，他想趁着身体还硬朗，继续外出旅游。当问及对旅游有何感受，洪神扶说道："眼观大千世界，感悟天地人事，认知古今中外，提高生活品质，陶冶心胸情怀，勉励鞭策自我。"

至今，洪神扶的足迹已经遍布亚洲、欧洲、北非、北美洲等地。他说在有生之年，将游历南美洲，完成周游五大洲的梦想。

（2013 年，作者与家人在福建三明谭城堡留影）

换 房

喜好写作的我，栖居盘龙寓所十四年间，却没撰写过丁点文字，真有点愧疚。迄今为止，盘龙寓所是我目前居住时间最长久的地方，难道是因太过于熟悉而忽略了身边的风景？还是工作太忙，不能静下心来安心写作，无法表达内心真挚柔和绵长的情愫。叩问内心，似乎没有唯一的指向。

有时对于流年岁月的瞬间片刻，再优美的文字也略显苍白无力，唯有用心去领略，方能感知其中的隽永和曼妙。

换房之际，搬离之时，恍惚间对往昔平淡日子生出一份缭绕无边的回味。生活总是柴米油盐的堆砌，家长里短的琐碎，留存着那段日子里没有任何遮掩的烟火气，如同一杯没加糖的咖啡，原汁原味。

此去经年，没有惊天动地的创举，没有豪言壮语的不凡，拥有的是平淡如水、波澜不惊的日子，犹如一湾清澈透亮的清水。《清明上河图》中，北宋画家张择端以艺术的形式，记录了开封城平民百姓真实的生活状态。画中百姓是幸运的，普天之下不是所有的凡夫俗子都会被历史记录，就像普通百姓的琐碎，不会经久流传一样。自己可以主宰的，就是借助双手敲击电脑，以排列组合的文字编织出一篇篇流水账式的片段，这是对生命中每一段流逝的时光作些文字注释。记录一个人的琐碎经历，其实就是印刻着这个时代自然出现的年代感。

2020 年 12 月 26 日，房子交付之后，盘龙寓所的生活点滴就成为记忆内存库累积叠加的一段。那天早晨，特意带着妻儿到小区中庭花坛边留影，算是对此地一段岁月的纪念。近日再次踏足，新房东已经对我曾经居住的39 号 502 室进行了外科手术式的装修。盘龙寓所，曾经的家，已不复存在，今后盘龙寓所只能在照片里找寻，在记忆中挖掘。

我儿子昊然生于斯长于斯，这里赋予生命和感知的原乡原野，十几年的时光让他有许多难以磨灭的童年痕迹，他在言语间对这里显然也有种十分不舍的情绪。

原本，并不想置换房子，却最终在"以小换大"浩浩荡荡的换房大潮中，有了一份攫取积聚财富的侥幸，也有了一份改善居住环境的想法。此前十多年间没有频繁换房搬家，是因为盘龙寓所已经融入小家庭多元素的沉淀，也不愿让儿子在频繁搬家中感受到一种漂泊不定的游离感；再则，不屑投身频繁交易的投机行为中。虽然厦门房价这些年也是以惊人的速度向上窜，但我没投资的天分，只求拥有一屋一床，能够容纳一家栖居足以自满。此次换房，纯属偶然，盘龙寓所的三居室原本也算宽敞。

回首往昔，小家庭已完全融入盘龙小区的节奏中，尤其钟爱自己设计打造的小书房，平时一杯茶一本书，可以消磨一天；寓所旁的忠仑公园，也悄悄占据了周末的清闲，或爬山、或散步、或奔跑，连汗水也融入公园的泥土里。公园四季不同风景带来的是一种舒心与愉悦。不想离开这里，更重要的是，盘龙寓所十四年的平淡时光，也见证了本人组建家庭、事业初创等各个阶段的欢乐与苦涩，像是我们一家人情感的吸纳场。

第一次购房，也是刚开始工作的2003年，手头拮据，只得按实力做选择。在左挑右选的比对中，举"洪荒之力"购置育秀里那套70平米的二手房，总价二十多万元，也只有当年有这么大的魄力来敲定，这是人生的第一套房，一种成就获得感随着房价的攀升油然而生。

饮水且思源。还得郑重提及这个源头——得益于杰民老弟"金言良策"，一番权衡利弊后决定买房。同为南昌陆院校友，杰民是地方高考进军校的，我总觉得杰民的毕业证含金量高一些。那年，我从二炮连进宣传股，杰民则由八连到干部股。杰民对事物的认识深刻独特，有一双洞悉事物的慧眼，就说买房这档事吧。当年，杰民劝说如果经济允许就买套带装修的二手房，并分析得有理有据：单身干部吃住在部队，买带装修的二手房，买后可直接出租，用别人的租金来还按揭。这就是当年决定买房的理由，随即向家人报告，电话那头的父母也不太理解，但最终还是接受了，便顺其自然地资助。就这样，父母和兄弟们，你给一点，他凑一份，为我凑足了首付款。

2003 年春季，部队严控私自外出，基层连队更是"铁筒"一块，机关尚可有些空闲时间。育秀里的房子，就是在这种情况下完成交易的。也许那时购房买卖还不太规范，军队干部尚未配备居民身份证，地方房管部门就以军官证作为身份证，进行买卖，办理贷款按揭。

那年没有入住，而以每月 1000 元的价格出租，刚好可以用来还按揭款。不久被调往"鼓浪屿好八连"任职，此后两年间，厦门房地产市场蓬勃兴起，房价也水涨船高，刺激着如我一样众多年轻浮躁的心。也曾一度想卖掉房子获利，当年自己工资每月不到 2000 元，可房子价格却在两年里翻倍，得省吃俭用多少年才能积攒这么多的财富！2005 年 6 月，我调到团机关，也到了谈婚论嫁的阶段。于是把房子回收，简单装修，当年 10 月，这里成为了我的婚房。

育秀寓所面积狭小，客厅放一张饭桌就显得拥挤。当年特意买张折叠饭桌，每天饭后收拢靠墙，来个客人都有点无处容脚的窘迫。2006 年底，结婚不久便产生换房念头。当时厦门房价还算合理。2004 年，报刊媒体报道每平方米 7000 元的房价属豪宅。没过两年，各个区域的房价在不断攀升中刷新，接近万元大关。购买的育秀寓所价值悄然突破 40 万，不久就与位于忠仑公园旁的盘龙寓所结缘。

2006 年，在悄无声息中完成以二居室置换三居室的跨越。盘龙寓所的总价是八十多万元，这让我们夫妻俩准备勒紧裤腰带过日子了。当时，军队工资刚从一千多元提升到三千多元，但在房价面前显得很渺小。假如没有那套房作铺垫，也不知如何凑足 60 万元的首付款。

此后，全国房地产经历了一次又一次嬗变，就连专业人士也无法知晓其中规律。你若跟上，就会从中受益，如果掉队了，便会付出更大的代价。的确，厦门房价除在 2008 年亚洲金融危机时大幅下降之外，均一路高歌猛进，总在螺旋式上升中。2017 年之后，厦门岛内外房价翻倍增长，让购房者瞠目结舌。世上有的趋势可以预言，但有的事物不可能准确判断，身在这座城市里的个体，都能感知到房价对生活的影响。

厦门的经济水平、居民收入与其高居不下的房价存在严重失衡，身在这座城市里的人不能置身事外。我曾困惑，认为购买的房子越住越旧越贬值，可如今却越来越增值，几分兴奋几分担忧交织相融。厦门的房价，真是几家欢乐几家愁，都有一串喜怒哀乐的购房故事。

在买卖转换的空当，举家搬到建亚叔叔在厦门大学的寓所——坐落于白城演武大桥旁面朝大海的三居室，这原是校领导、老教授的福利房。建亚叔叔一家当年住福州，表弟牛牛留学加拿大，厦大白城的房子空置着。建亚叔叔鼓励我们长期居住，连物业费都不让交纳，迁居白城解决了燃眉之急。厦门大学白城的寓所，紧靠大学闻名的建南大礼堂建筑群，前面就是演武上弦场，处处透出浓郁的文化气息。那一年，也是婚后最惬意的一段日子，工作之余，时常漫步于厦门大学芙蓉湖、上弦场等角角落落，穿梭于老厦港街区的纵横巷弄之间，享受那段初建家庭的温馨。

盘龙寓所属于旧城拆迁的安置房，产权证没法快捷高效地办理。2006年签订买房协议，产权证直到2013年才办理，在此期间厦门房产价值成倍上升。我买房的故事不可复制，购房经历也让人惊诧不已。当初签订公证书，把房款总价的80%先行交付给房东。当时中介交易协议，如果违约，只赔偿总价的35%。也许是天意，遇到一个讲规则、重诚信的好房东。试想，房子经历六七年变迁，房价已成倍增长，况且，房东家发生了变故，需要房东及其子女放弃遗产继承方能交易。感恩于房东郭先生一家人信守承诺，最终顺利办理全权委托公证，两年之内税费减免政策一来，又顺利办理产权证。整个过程，和郭先生一家均以君子相处，但凡涉及一些诸如遗产继承税费则主动包揽下来。

盘龙寓所在2007年5月交房后，摸摸口袋，盘算着装修事宜。很显然，选择简洁实用的装修风格，是囊中羞涩的最好借口。

那时，围绕着房子装修的产业链大都随着房地产的兴起赚了个满盆钵，比如一些瓷砖、卫浴、门窗等商家，还有一些泥水匠和装修师傅也是闻风而动，纷纷入驻小区提供服务，还有水泥和沙子，甚至连一些装修土方、沙石搬运都存在垄断现象。

第一次装修，无任何经验，只得先"依葫芦画瓢"，参考邻居的做法。从水电布局到泥水工进场，从墙面粉刷到木工进场，再到厨房橱柜的设计，连阳台、卫生间的瓷砖及门头石的选择都要把个关。经过数个月的忙碌，终于大功告成。在此期间，因搬运费用太高与工作人员产生分歧，随即叫别人来搬运，他们说不允许外面人来搬，问及缘由，他们也不好直白说垄断了小区的搬运工程。因为教导队在附近，便打电话给战友钟华，他当时调入教导队任教员。他二话没说，利用休息时间带领一个班的战士过来帮忙，小区的搬运包工头见状，也只能默不作声。后来，厦门市曾专门开展过打击类似"沙霸"的专项行动，狠狠打击了房屋装修领域强买强卖的黑势力。

寓居盘龙寓所这些年，特别是转业到地方工作完全融入这座城市，窥探到城市是"小社区大社会"。城市的社区有别于内地传统村落的邻里乡亲。厦门是一座典型的"移民之城"，来自五湖四海的新厦门人和闽南本地人杂居，突破了宗族乡规的束缚，有的只是对现代社会制定的法律共同遵守的契约精神，呈现的是现代城市社区快节奏的众生相。如今的城市社区，我的解读是，普通话俨然成为厦门这座移民城市最通行的语言，闽南语反倒成了点缀，在每个社区里，每个人都在忙碌奔波着，每个家庭单元好像是永远不相交的平行线，即便乘坐同一部电梯，也是行色匆匆，形同陌路。能够简单打个招呼的，必定是栖居于此至少有几年交集的。这些社区，如同市场，每天有人租房和退房，买房和卖房，搬进和搬出，周边的每一个人对此也都习以为常，绝不会在意谁的进出、搬离。即便在盘龙寓所栖居十四年，但我在这座匆匆如流的城市里也同样微渺如蚁，只有自己惦记起成长的岁月、曾经的欢愉。谁也不会因为你的成功而称赞，也不会因为你的没落而伤心。我始终认为城市化进程中，越来越让农村人失根，城市人失魂，人与人越来越冷漠无情，这是一种时代发展的特殊现象。

的确如此，快节奏的城市，不是让你讲地域宗族、血脉情感的地方，也没人倾听你讲故事，这里只是人们实现价值的名利场。厦门是座外表光鲜亮丽的海滨现代化城市，城市社区周边的店铺日益扩张，房产中介比米店还要多，你说厦门的房子是老百姓用来住的，还是投资客用来炒的？对有些人来说，也许住的成分多些，对另一些人来说，或许投资的成分多一点，也许兼而有之，但房产中介的拥挤扎堆，不能不说房子在厦门这座城市里显然有金融投资的属性。喧嚣和浮躁，充斥着这座城市的角角落落。

盘龙寓所，一家人在这里生活了十几年，几千个日日夜夜的平淡日子。有人说，平淡如水的日子是最幸福的岁月。是啊！一个家庭没有大起大落的波折就是人间最好的生活。在盘龙寓所的十几年，有幸见证了厦门经济特区日新月异、狂飙突进的改革热潮；在盘龙寓所的十几年，亲历了部队精兵整编、质量建军的进展细节；在盘龙寓所的十几年，收获了家庭创业苦乐、和美幸福的点点滴滴。尤其是转业后，融入闽南这方水土更深入一些，更感性一些，更透彻一些。转业那时，军官证转变成厦门居民身份证，领到居民户口本的那一刻，心头也明白，自己完完全全成为了五百万厦门人的一分子。

在一个地方生活的时间久了，自然也就会琢磨出这个地方的独特性格。盘龙公寓是有八百户至一千户的小区，相当于厦门岛外一个中等行政村庄的架构。由于这里集中了厦门老市区各个拆迁安置点的住户，自然也以厦门本地人为主，通行的语言也是我感觉晦涩难懂的闽南语，像我这样的外来户属于其中的少数，还好，他们大都也很友善，每每在电梯里招呼还是用他们也习惯的普通话。时间一久，我们彼此也都像同宗同族的邻里亲戚。

盘龙寓所有"三多"：老人多，小孩多，养狗的多。厦门是一个典型的"移民城市"，尤其是厦门岛内百分之六十以上的人口都是外来的，厦门虽然不像上海那样排外，但部分厦门本地人仍保持着几分老厦门人的优越感。比如，邻居是厦门本地人，平时充其量就是打个照面，停留在简单的问候上。2009年，其丈夫突发脑溢血，救护车到了小区，不肯上楼帮忙抬上担架，我当时休假在家，二话没说帮助将其丈夫抬上担架送上救护车，一直护送到医院，帮助其办理完住院手续才离开。此后，邻居态度简直是三百六十度地大转弯，过年还给我儿子昊然买衣服。"路遥知马力，日久见人心"，这件事让人懂得厦门人与外地人之间的距离其实并不遥远，只要真诚以待，以心换心，和谐共处、和谐邻里是那样简单。

有人说，城市是一群来自五湖四海孤独的人集聚在一起的部落。现代小区，同一电梯，同一楼层，"老死不相往来"。入住盘龙这些年，身在部队，精力都消耗在部队的工作上，连周末都闲时较少，寓所成了晚上回来睡觉的地方，很少融入小区日常琐碎的家长里短中。"和谐厝边，和谐邻里"，这是近些年厦门城市社区努力打造的方向。居民来自五湖四海，也产生了一些严重的社会问题，城市社区治理越来越重视，政府许多政策措施也得以在小区单元中落实，比如：垃圾分类行动、党建进入小区、和美厝边邻里、社区党员志愿者等。

两次换房三次交易，前后跨度近二十年，也是我和家人不断发展的二十年，从当初七十平方米的二居室到三居室，再到人均超 50 平方米的大三居室，这是随着时代的发展，普通百姓生活"芝麻开花节节高"的缩影。这也是厦门发生翻天覆地的变化的二十年。厦门的房价从当初的两三千元到现在的数万元，岛内的思明、湖里两区域更是引领房价提升，新房源限价均价都达七万多元，有的学区地段甚至高涨到十几万元。厦门房价在全国已名列前茅，高房价让这个偏安一隅的海滨城市受人瞩目。

此次换房，首付款就高达六七百万元，此轮卖房到买房，两份买卖协议金额共计一千多万，也是本人经手的最大的买卖，但总感觉这么多钱也没有太强烈的快意之感，反倒有点心慌。十几年前，提着十几万元现金，手都会发抖，心跳都会加速。

现在社会许多家庭关系紧张，夫和妻、父与子矛盾丛生，大多也是因为房子，经常闹上法庭。房子和房价成了老百姓当下最敏感的字眼。

厦门的自然环境和浓郁的人文气息令人向往，但高房价又让人望而生畏，真是一座让人爱恨交加的城市。这些年，话说有年轻人正在逃离北上广深，也有人在逃离厦门，主要原因就是那令人仰望的高房价。年轻人似乎看不到希望，找不着奋斗的目标。作为体制内的人，我没有他们那样自由支配的权利，有时也有一颗逃离的心。

（2019年8月，作者与家人在云南昆明云南起义纪念馆留影）

　　退伍转业在厦门工作，意味着自己此生与厦门结缘相伴。普通人，一般工作在那里，家便随之安在此地，况且，厦门还是一座令人心驰神往的宜居之城。

　　一位领导当年这样定位厦门，转业能进入厦门安家落户，对在偏远高山、海岛部队的干部来说，这就相当于享受到高级干部的待遇，他们梦想着能进厦门，甚至说哪怕降级转业也乐意。如果谁愿意交换，保准给他提升一级。当年还真是这样，我那年转业，同样颇感纠结，最后还是毅然决然留在了厦门。

在厦门一晃就是二十多年，这种累积厚度还在越拉越长。

盘龙寓所十几年的岁月流年，也伴随着韶华容颜的细微变化，厦门这方地域也曾发生翻天覆地的变迁。身在其中，日日伴行，不觉其变化，猛然回头细数走过的路、流逝的岁月，却能感知其年轮更迭的跨度带来的物是人非的变迁。

寓居在盘龙寓所风雨十几年，大家族的人事也在自然更迭循环，每个家庭都像世间任何一种生命个体一样往复轮替，我们迎接了许多新生的晚辈，也送走了一些长辈。

岁月悠悠，世事在消磨中变化，地域也随风变迁。时光都是在万事万物生死轮回中悄然流走，想紧紧抓住却又无可奈何，唯有珍惜当下，过好每一天，做一些有益的事情，让岁月留痕，让精神永生。

老黄牛一般的城管

近段时间，从《厦门日报》城市副刊看到多篇"城市管理与文明一鹭行"的征文作品，拜读到一篇篇原汁原味的文章，也被文中一个个生动形象的城管人物原型先进事迹所感染。这让我不由得联想到身边一位城管兄弟——林振海，平时我们都习惯称他为阿海或海子。我与他相识于军营，相知于军校，结谊于二十多年平凡而又深厚的交往中。

那年转业，阿海选择了思明城管队，而且还是地处厦门旅游最热门打卡景点曾厝垵和环岛路所在地的执法中队。在大家的印象中，选择城管就意味着选择了苦累脏乱杂的工作环境。然而，阿海时常笑着说："城管总要有人干，就像部队工作一样，边疆国门总得要有人来守卫吧！"

经过简单的岗位培训，他被分配到思明区的滨海中队，片区内热门景点众多、常年人气爆棚，各类违章违建和投诉繁多。面对纷杂的工作，阿海没有更多的豪言壮语，而是默默地沉下身、沉下心，从一个普通的科员岗位干起。城管的岗位虽然普通而又平凡，但他仍然像在部队一样，干一行爱一行钻一行，几乎没有休息日可言，更别说有一个完整的假期了。数年如一日，立足岗位毫无怨言，一头扎进城管那些千头万绪的工作中。

阿海一旦工作起来，简直就是"拼命三郎"，遇到矛盾不回避，遇到问题不过夜。即使在休息日，不论他在景点游玩还是正在聚会的饭桌上，只要接到单位的电话就会换上随身携带的工作制服，以最短时间最快速度赶赴工作岗位。否则，他会茶饭不香，连觉都睡不着。

岗位不断调整，阿海的工作也是越来越忙。阿海担任滨海中队副队长之后，他陪伴女儿的时间越来越少了。前些年——小孩上幼儿园伊始，我们同学约定每年必须陪孩子至少两次外出旅游，让孩子们"行万里路胜读万卷书"。可每次阿海总是有临时任务，一次又一次地爽约，就连阿海的老婆和女儿有时都会责怪他，说他就好像"卖给"了城管一样。"我们做城管的，平时多加一点班，这座城市就会多一分美丽温馨嘛。"对于家人的不理解，阿海总是那样耐心做好他们的说服工作。

2017 年金砖国家领导人厦门峰会前夕，阿海原本打算和同学一道赶赴南昌陆院，参加母校校友 20 周年座谈会，事先通过网络预订了往返车票，可临近出发，单位要求全员值班备勤，不得休假，阿海只得把这份对老师和同学的愧疚感埋藏在心底。

后来，阿海调往厦港执法中队担任中队长，工作强度增加了，工作节奏加快了，工作压力也无形中增大了。阿海和同学能聚在一起的时间也减少了，每次见面总是说："不好意思，又迟到了；对不住了，单位临时有任务，我要先走一步了。"

2018 年 11 月 2 日，阿海在街道召开工作会议后，突发脑溢血，所幸抢救及时，目前已基本康复。阿海在感觉身体稍微转好一些时，又不听单位领导的劝阻，毅然回到单位主动分担同事们手中的工作任务。阿海就是这样一位像"老黄牛"一样的老城管。

翔安 "加速度"

万马奔腾，狂飙突进。这是当下翔安重点工程点线连片，纵横集群的建设工地上如火如荼景象的真实写照，也是每一个来到这里的人最直观的感受。

一组数据亮眼世人，令人鼓舞振奋。仅 2022 年 "五一"期间，央视主流媒体 12 次将镜头对准翔安这片热土，聚焦报道翔安国际机场、厦门新体育中心、新会展中心和翔安大桥等省、市重大项目热火朝天的建设场景，定格了翔安这个年轻的行政区域强劲有力的发展势头，彰显了翔安 "加速度"。作为五十多万翔安人中的一份子，有幸成为参与者、见证者，身处这个 "大开发、大变革"历史节点上，思绪奔腾，感慨万千。

我 2012 年转业翔安，与这片热土有了一种交织相融的不解之缘，到岗不久抽调到翔安区委重大项目督查办五年，后又到机场建设指挥部工作，耳闻目睹了翔安的沧桑巨变。转业十年里，一项项重点工程从蓝图擘画到落地建设，再到惠民，我真切领略到 "一年小变样，十年大巨变"的翔安发展 "加速度"。

翔安翔安，寓意着业翔民安。曾几何时，这里可是位置偏远、贫穷闭塞的代名词，就连岛内战友转业安置都竭力回避此处，这个最年轻的行政区有过一段尴尬的过渡期。然而，年轻喻示着一种蓬勃新生的朝气、希望，从此翔安经历了一场脱胎换骨的嬗变。

"九万里风鹏正举。"建区伊始，这片土地就注定了不同凡响，数十年来，每个翔安人都能指出耳熟能详的变化。地铁轨道交通在翔安区域内纵横交织成网，百姓出行更为便捷，片区加速向城市化进程迈进。新会展中心、厦门新体育中心、翔安大桥、天马微公司等诸多正在施工的建设工地上呈现一派热火朝天的场面。乡村振兴旅游动线、海洋文化特色品牌以及纵横交错的交通网络布局叫人满心希冀，激情澎湃……

　　转业十年弹指一挥间，一路奋楫笃行中的翔安，涌现出的精彩故事层出不穷，不胜枚举，我身在其中，看得见、摸得着，更能幸福地感受到这种来自翔安发展的"加速度"。翔安，正在蜕变为一座高素质、高品质的滨海新城。

　　"五百年前利不通，五百年后通利地"，南宋理学大师朱熹曾写下谶语，先哲似乎预见到今天的翔安大地进行中的这场伟大变革。作为一名新翔安人，愿与这个火热的时代同频共振，为翔安更美好的明天贡献一份绵薄之力。

甘当翔安腾飞的一抔泥土

2003 年之前的翔安，还只是同安县偏安一隅的渔村渔港，是一只孕育在腹的雏鹰。那些年，我参军在厦门岛内一处环境优美的营地，对翔安的印象也是雾里看花、朦朦胧胧。

真正认识翔安是 2004 年，那时新区刚成立不久。我有一位同年出生、坐同一辆火车参军、在军校三载又是同队同窗、彼此结下了兄弟般情谊的同乡战友。他毕业后在大嶝岛军营里任职，并在那里收获了爱情，特地邀我去把把关。我向同事打探线路，询问班次，准备着大嶝之行，那架势好像在准备一次长途旅行。

那时岛内还没有直达大嶝岛的客车，只得坐上通往马巷的班车，跨越厦门大桥，颠簸一个多小时才到新店街头，再换乘开往大嶝岛的中巴。通往大嶝岛的路是越走越窄，路面坑坑洼洼，颠簸不已，车过大嶝海堤，看到的风景尽是低矮破旧的房子，没有一栋高楼大厦。这哪是什么特区呀，简直就是荒芜的海腥咸味十足的渔村，真不如赣西老家的雅致！那次翔安之行没有感受到丁点儿经济特区的生机与繁荣，顿时为战友的选择感到惋惜。偏僻与落后便成了我对翔安最初的印象。

在此后的十几年里，鲜少直接触摸到翔安，但时常能从报刊、网络媒介中识得这里的风土人情，领略这里发生的沧桑巨变。翔安已由边陲渔村嬗变成高颜值高素质的活力新区，成为厦门经济增长的新极点。也许是日久生情的缘故，我也慢慢改变了对翔安的偏见。

缘由天定，2012 年我面临转业的十字路口，又是一次选择，或许是这里是海滨邹鲁，闾巷传说的人文底蕴浸润着我；或是这里物华天宝、人杰地灵的隽永感染着我；那种朝气蓬勃、热火朝天的时代气息更是吸引着我。因此，我毅然决然地选择了翔安。从此便与这里有了更深的不解情缘，让我有幸亲历这片热土发生的翻天覆地的变化。

划域设区，翔安成为了厦门最年轻最具生机的行政区域，处处孕育着新生与希望；翔安海底隧道的贯通，岛内外从此天堑变通途，加速了岛内外"一体化"融合；翔安国际机场的开工建设，预示着翔安从此成为走向世界的支点；美丽典雅的厦门大学翔安校区开门纳新，莘莘学子在此坐而论道，激扬文字，描绘未来；美丽的翔安大道，俨然成为了厦门东大门的迎宾大道；火炬（翔安）产业区筑巢引凤，高楼林立，吸引了国内外名牌强企纷纷落户于此；新圩小城镇建设成为全国城镇建设的典范标杆，另外还有翔安新城、大嶝小镇、海绵城市等诸多建设场面如火如荼；轨道地铁、香山画卷以及四通八达的交通网络规划蓝图叫人激情飞扬，豪情万丈……

二十年了，精彩翔安故事层出不穷，也不胜枚举，犹如碧波海潮里朵朵浪花，汇聚成海峡西岸一颗璀璨亮丽的明珠。

翔安籍诗人鲁黎在《泥土》中写道："把自己当作泥土吧，让众人把你踩成一条道路"。如今，我也把自己融入翔安这方热土，尽己所能，尽情飞洒青春的汗水，甘愿做翔安展翅腾飞的一抔泥土。

后 记

"文以时而著，诗以事为作。"本人尘世凡夫，文不能以载道，却在力求撰写带有温度的文字，留下真情实感的时代记录。

文字，其魅力就在于能够跨越时空、穿越阶层。不论贫穷富贵，不分高低贵贱，不择时机与场合，但凡留心皆能文，记录人事，雕刻瞬间，聚焦所处时代每个特定阶段那些精彩纷呈的人文花絮。记录一个人的经历和刻画一件事物的过程，就是在刻录一个时代，一人一事均可折射出一个大时代。让文字生辉，叫事物不朽，这是文字的使命，也是文字记录者的责任。

吾既非政要贤达，也非商贾名流，在茫茫人海中微小如蚁，唯有平实稳定的人生履历。我出生于 20 世纪 70 年代，成长于一个改革碰撞、活力四射的发展阶段，四十多年行走在阳光下，享受着改革发展的红利，同时经历、见证着所处时代的沧桑变迁和蓬勃生机。从赣西山城走来，在海防线上扛枪戍边站岗，后转岗特区，再次实现人生轨迹转向。风雨人生，一路走来，睁眼看世界，静心悟人生，以平行视角对待过往，经历皆风景，留文皆收获。

一个作家经历的现实生活，与之积累匹配的阅历，是其撰文创作取之不尽的源泉和富矿。

"没有金刚钻，不揽瓷器活。"在军营，战士最大的苦恼就是与文字为伍，宁可跑一个五公里，也不愿写一篇文章，我概莫能外。然而火热的军营，没有给我选择的权利，硬是让我揽上了"瓷器活"。

转业到地方，同样惧怕单位的文字材料，常游离在机关爬格子之外，对那些舞文弄墨的文人骚客，停留在远观羡慕的彼岸。

改变，往往只需要一个适当的契机。2017 年，回到原先扛枪放哨的军营，一切已是时过境迁、物是人非。时间可以改变定势的思绪，原先"铁打的营盘流水的兵"的那种思维定势，也在大变革中悄然转向。时代前进的步伐，浩浩荡荡，也令人思绪绵绵，感慨至深。心头所感，心笔所记，当时撰写的数篇关于军营心路历程的文章推上公众号，文章均以一路风雨、满路风尘的铿锵步履为主线有感而发，文字虽然涩讷，竟也赢得大江南北战友们的同频共振。回忆如潮，思念如海，他们都希望我挥笔劲书，抒写曾经的绿色、飞扬的军旅。

坚持，有时只需要一个小小的端口。就这样，文字通过敲击键盘的啪啪声倾泻而出，从此一发不可收拾。五年来，抓住业余时间，忆军营、抒乡愁、寻芳踪、踏名胜，一路走来，一路偶闻偶思偶感，篇篇随心而作的文章，水到渠成。

在 2019 年，我还创建了"浏下足迹""东南散文"公众号，原汁原味的图文，聚焦的情感，通过公众号发散拓展，以文会友，视野越发开阔，文路更加清新。五年里，坚持笔耕不辍，不成想聚沙成塔，收获了 50 多万字的心得杂文，其间参加一些报刊征文，曾获一些小奖，加入了当地作家协会，但对"作家"两字一直心存敬畏，深感自己距离作家的称号相距甚远，充其量算是一位文学爱好者，在公开场合从不敢以作家自居。许多朋友建议将这些文字集结成册，出版成书。对此，我认为自己写作纯属业余时间的消遣，但最终还是遵从文坛前辈、众多文友期冀，对过往的文字进行系统梳理、分门别类，排列成册，算是对时间悄悄流逝的交代，也是对过半人生的一种回望。

《生命的梯度》整部文集，共计约 30 万字，从原稿 50 多万字 100 多篇目里精心挑选，反复酝酿，最后定篇成册，共分为"军旅如虹映初心""乡愁悠悠寄远方""古渡探幽水自流""一路风景人间客"四辑 75 篇，贯穿了从青年学生到革命战士，从基层连队到军校课堂，再到职业军官，最后回归地方岗位。有军旅的号角，也有乡愁的绵长，有游历的回味，也有亲情的缭绕，点点滴滴，琐碎记之，又汇聚合一，成就人生轨迹的平淡瞬间，整个过程犹如十月怀胎到一朝出世，痛并快乐着。过去五年里，寻访、写作、修改、推上平台，在单调而又磨心的文字方格间，耗费了不知多少个夜晚，占用了不知多少个假期。这属于自讨苦吃，但苦与乐，只是相对而言，同样的苦乐两字，每个人有着迥然不同的看法，我总认为做自己喜欢的事情，再苦也豪迈，甚至把这种苦当成一种更高级的人生趣味。

《生命的梯度》整部文集均为散文，形式不按章法，也不拘一格，可说随心随性，路过看过，以游记、以回忆、以心得、以碎片化记录。对于散文，我理解就是围绕主题，以零散的笔墨，以发散的思维，散淡而记之，并且以当下经历过或正在发生的真实生活为基础，是思想和情感最真实的体现，也是我生命和人生旅途中最珍贵的点滴。通观文集，均以各个时期亲历的事情为主线条，串联起人生履历中那些记忆深刻的瞬间，以真情实感为铺垫，辅以对事对物对人的一己之见。

文集的名字最难斟酌，既要涵盖所有内容，又得言简意赅，最终以《生命的梯度》为题。梯度，原是一个数学概念，吾以为，任何一个生命个体，在其人生中，均是一道独一无二的光，你经历什么，就会留下什么，也是一个向上向前的变量。即使再平凡的个体，一路走来，必定风雨随行，荆棘相伴，人之所以能够改造世界，就是因为每个人都肩负特殊的责任和使命，步履铿锵，奋力接续，在传承与摒弃中不断丰盈人生，留下或深或浅、或浓或淡的印痕。

感恩这个伟大的时代，普通人心怀梦想，可以做自己喜欢的事情。《生命的梯度》记录着从军转业厦门等各时期的偶见偶思，沐浴在阳光下，共享时代发展硕果。弹指间 29 年过去，人生得以脱胎换骨，犹如涅槃重生。与军营结缘，与厦门"联姻"，其间充盈着酸甜苦辣，五味杂陈，喜悦和收获，也伴随着苦闷与彷徨，更多的是发自肺腑的一种感恩，岁月磨砺出钢铁般的意志，成就了一段无怨无悔的青春，坚实了一段无比幸运的浪漫岁月。《生命的梯度》的结集出版，让我的人生厚度与外延有了更宽广的拓展，感恩于众多领导、文友的提携和关心。特别感谢中国作家协会会员、中国文艺评论家协会会员、厦门文艺评论家协会主席何况老师，中国文艺评论家协会会员、江西省作家协会会员李水兰老师，二人友情支持，倾情撰文，为文集作序评论，进行高屋建瓴的提炼和升华；感谢"鹭客社"公众号曾经在文字路上给予我的帮助和鼓励；感谢翔安区作家协会蔡伟璇主席、林瑞声副主席和王亚铃老师的诚心相助，对本书予以修改、校对并提出宝贵建议。

"细雨湿衣看不见，闲花落地听无声。"吾以为，再显赫的个体置身于浩瀚的历史长河中，就像细雨湿衣闲花落地，看不见听无声摸不着。然而，文字和文字记录者却能够让这细雨闲花升华不朽，在历史回音壁上雕刻那些抓不住的雨点和花絮。诚如我一样的世间凡客，在风雨前行中有过的淡淡印迹，经过文字的排列组合，让无趣的世界变得有趣，让冰冷的事物变得温暖，文字成为一道光，化作风雨前行的灯塔。

刘小亮

2023 年 11 月 1 日